Christine Brand

BLIND

CHRISTINE BRAND

BLIND

KRIMINALROMAN

blanvalet

MIX
Papier aus verantwortungsvollen Quellen
FSC® C014496

Verlagsgruppe Random House FSC® N001967

1. Auflage
Deutsche Erstveröffentlichung März 2019 bei Blanvalet Verlag,
einem Unternehmen der Verlagsgruppe Random House GmbH,
Neumarkter Straße 28, 81673 München

Umschlaggestaltung: www.buerosued.de
Umschlagabbildung: Gettyimages / Minfeng Wu / EyeEm
Trevillion / Stephen Carroll
JB Herstellung: sam
Satz: GGP Media GmbH, Pößneck
Druck und Bindung: GGP Media GmbH, Pößneck
Printed in Germany
ISBN 978-3-7645-0645-2

www.blanvalet.de

Prolog

»Das Kind lebt! Es lebt!«

Plötzlich geriet alles in Bewegung. Der Notfallarzt hetzte die Stufen hoch, zwei Sanitäter eilten mit einer Trage hinterher, darauf diverse Koffer, Sauerstoff und eine Accuvac-Absaugpumpe. Felix Winter presste sich an die Wand des Treppenhauses, um ihnen Platz zu machen. In der Wohnung hörte er seinen Kollegen rufen, dass die Rettung sofort einen Hubschrauber herschicken solle. Es folgte unverständliches Geknarze aus dem Funkgerät. Als Winter über die Türschwelle trat, vernahm er aus dem Wohnzimmer die ruhige Stimme des Arztes, der die Sanitäter mit knappen Worten anwies, was zu tun war. Alles ging schnell, jeder Handgriff saß, schon wenig später trugen die Männer den auf der Trage fixierten Jungen an Felix Winter vorbei. Fast zeitgleich vernahm er draußen das Sirren des Hubschraubers. Winter musste den Blick abwenden, als er den Kopf des Buben sah. Er hätte für den Jungen gebetet, würde er an Gott glauben.

Felix Winter hatte gedacht, er sei hart im Nehmen. Doch als er sich in der Wohnung umsah, wurde ihm übel. Nicht wegen der Leichen; die Anwesenheit des Todes war erträglich. Sondern weil sich hier alles irritierend normal anfühlte. Die nicht leer getrunkenen Gläser mit Schokomilch auf dem Küchentisch. Die kalt gewordenen

Rühreier in der Bratpfanne. Die Kinderzeichnungen am Kühlschrank. Und die Sonne, die ein goldgelbes Rechteck in Form des Fensters auf den Boden zeichnete und einen schönen Tag versprach. *Lügnerin,* dachte Winter. Vor der Küche lagen neben einem umgestürzten Regal Playmobilfiguren auf dem Boden. Im Wohnzimmer: die Leichen. Sie passten nicht hierher, als hätte sie jemand hier drapiert, wie nachträglich in ein bestehendes Bild gemalt.

Mit einem Nicken grüßte Winter die Kollegen von der Spurensicherung und den Rechtsmediziner, die in diesem Moment die Wohnung betraten. Der medizinische Forensiker beugte sich als Erstes über das tote Mädchen, das unter dem Stubentisch lag, als hätte es versucht, sich zu verstecken.

»Drei Tote. Darunter ein Mädchen, zirka zwölf Jahre alt. Sein Bruder ist so schwer verletzt, dass auch er die nächsten vierundzwanzig Stunden kaum überleben wird«, sagte der Rechtsmediziner. Winter war sich nicht sicher, ob die Worte an ihn gerichtet waren. Er blickte auf die Leichen. Das Mädchen, zusammengerollt, als ob es schliefe. Die Mutter, auf dem Bauch liegend, das Gesicht ihrem toten Kind zugewandt. Der Vater etwas abseits, als gehörte er nicht dazu. Und überall Blut. Zu viel Blut. Winter musste würgen. Er machte kehrt, rannte die Treppe hinunter und erbrach sich hinter dem Gebüsch vor der Eingangstür des Mehrfamilienhauses. Ein älterer Kollege nickte ihm wissend zu.

So hatte sich Winter seinen ersten Tag nicht vorgestellt. Ob es richtig gewesen war, zur Mordkommission zu wechseln? Was, wenn er dies alles nicht ertrug? Wenn es ihm zu naheging?

Winter wischte sich das Gesicht mit einem Taschentuch ab. Er holte sich neue Handschuhe aus dem Wagen der Spurensicherung, fand eine Wasserflasche, spülte sich den Mund und begab sich zurück in die Wohnung, die zu einem makabren Familiengrab geworden war.

1

»Wunderbar sieht das aus.« Der rotgekrauste Haarschopf zwischen Caroles gespreizten Beinen nickt anerkennend. »Alles genau so, wie es sein muss. Der Kleine kann kommen.«

»Ich krieg die Panik, wenn ich nur dran denke.«

»Ginge mir genauso.«

Carole schluckt. Das ist nicht das, was sie von ihrer Frauenärztin hören wollte. Doch als Chantal Tischler ihren Blick von Caroles Intimbereich abwendet und ihr in die Augen schaut, erkennt Carole, dass sie es nicht ernst gemeint hat.

»Wissen Sie, wie viele Kinder schon von Frauen auf die Welt gebracht worden sind?«

Carole zuckt mit den Schultern.

»Eben. Milliarden von Frauen haben Kinder geboren. Dann werden Sie das wohl auch hinkriegen.«

Carole versucht zu lachen. Es misslingt ihr. Sie kann sich schlicht nicht vorstellen, wie der Kleine, der ihren Bauch innerhalb von neun Monaten in einen überdimensionierten Medizinball verwandelt hat, es aus ihrem Körper hinausschaffen will. Sie nimmt die Füße von den zwei Metallstützen und setzt sich wieder aufrecht hin. Die Peepshow ist beendet.

»Sie können sich anziehen. Sind Sie immer noch sicher,

dass Sie den Vater bei der Geburt nicht dabeihaben wollen?«

»Hundertprozentig sicher. Ich weiß ja nicht einmal, wer der Vater ist.«

Carole stemmt sich aus dem Stuhl, greift nach Slip und Hose, die sie hinter dem Paravent, der mit japanischen Schriftzeichen verziert ist, unordentlich auf einem Schemel abgelegt hat.

»So viele werden dafür ja wohl nicht infrage kommen«, hört sie ihre Ärztin sagen.

Wenn Sie wüssten, denkt Carole. »Ich will gar nicht wissen, wer der Vater ist«, ruft sie über die Trennwand hinweg. »Und ich bin mir sicher, dass auch die potenziellen Väter es lieber nicht wissen möchten.«

Sie setzt sich hin, versucht, die Socken überzustreifen. Was früher ein Kinderspiel war, ist heute wegen des Kindes in ihrem Bauch ein Kunststück. Carole fragt sich, ob alle Frauen sich die Mühe machen, die Socken auszuziehen, bevor sie auf dem gynäkologischen Stuhl ihr Intimstes präsentieren. Aber anders geht es für Carole nicht: Nackt auf dem Stuhl zu sitzen und Socken zu tragen, würde sich ähnlich schrecklich anfühlen, wie in Socken Sex zu haben. Carole gewinnt schließlich den Kampf und tritt vollständig angezogen hinter dem Paravent hervor.

»Nun gut, es ist Ihre Entscheidung. Dann müssen wir die Geburt eben alleine durchstehen.« Etwas Warmes liegt im Blick der Frauenärztin. »Sie werden das Kind schon schaukeln.«

»Hoffentlich.« Jetzt bringt Carole doch so etwas Ähnliches wie ein Lächeln zustande.

Sie vereinbart mit ihrer Ärztin in sieben Tagen den

nächsten und wohl letzten Untersuchungstermin vor der Geburt. Chantal Tischler ermahnt sie, nicht zu übermütig zu sein; von nun an könne es jederzeit losgehen. Ein Hinweis, der nicht zur Beruhigung Caroles beiträgt.

Bevor sie die Praxis verlässt, muss sie noch rasch aufs Klo. Sie muss jetzt ständig aufs Klo, was auch kein Wunder ist, turnt ihr der Kleine doch dauernd auf der Blase herum. Die Toilette in der Praxis ist liebevoll eingerichtet. An der Decke dreht eine geflügelte Kuh an einem Faden ihre Runden. Vor dem Spiegel sind in bunt bemalten Holzkästchen Tampons, Damenbinden und Briefchen mit Kondomen aufgereiht.

Carole mustert ihr Spiegelbild. Auch ihr Gesicht hat sich verändert. Es wirkt weicher, als wären ihre Züge nicht mehr kantig mit Tusche gezeichnet, sondern in Aquarell gemalt. Ihr blondes Haar hat seinen Glanz verloren. Stumpf sieht es aus. Stroh, denkt Carole. Sie bündelt es hinter ihrem Kopf zu einem Knäuel, streicht sich mit der anderen Hand die langen Strähnen aus der Stirn, schaudert kurz und lässt die Haare wieder fallen. Sie hat sich geschworen, sich nicht wie viele andere Mütter nach der Geburt einen Kurzhaarschnitt zuzulegen.

Wie viel von ihrem alten Ich wohl übrig bleiben wird, wenn das Kind mal da ist? Und wem es wohl gleichen wird? Ihr selbst? Oder wird sie ihm ansehen, wer sein Vater ist?

Sie hatte nicht lange darüber nachdenken müssen: Sie hatte ein Kind gewollt, aber keinen Mann. Schon als sie ein Teenager war, hatten sich Jungs mit ihrem Drang nach Unabhängigkeit schwergetan – was mit dazu beitrug, dass sie sich zunehmend schwertat mit Jungs. Bis ihr auf einmal klar wurde, dass sie ganz auf sie verzichten wollte.

Es dauerte eine Weile, aber schließlich hat sie ihr Ziel erreicht. Der Gugelhupf-Bauch ist der Beweis dafür.

Carole wendet sich von ihrem Spiegelbild ab, quetscht sich aus der Hose, Modell extra weit und extra hoch geschnitten. Beides trifft auch auf die Unterwäsche zu, die sie seit einiger Zeit trägt; Marke Lusttöter. Sie pinkelt eine gefühlte Ewigkeit und ist dem nicht enden wollenden Sprinkeln ihrer Blase machtlos ausgeliefert. Zwei Wochen noch, denkt sie, zwei Wochen, dann hat sie ihren Körper wieder.

2

»Es ist siebzehn Uhr dreizehn.«

Eine unsympathische Frauenstimme rattert die Zeit herunter. Immer sind es Frauenstimmen. Die Stimme in seinem Handy, die Stimme in seinem Computer, die Stimme in seiner Uhr. Nathaniel fragt sich, warum. Er ist im Moment nicht gut auf Frauen zu sprechen. Brigitte hat ihm gestern nach zweiwöchiger Sendepause geschrieben, sie wünsche keinen Kontakt mehr. Dabei hatte er das erste Mal seit Ewigkeiten das Gefühl, dass sich jemand für ihn interessiert. Sie hatten hin und her gechattet, humorvoll, auch ein wenig flirty, und er hatte sich dabei ein bisschen in Brigitte verliebt. Klar, es war bei geschriebenen Worten geblieben, aber daraus hätte mehr werden können. Hatte er gedacht.

Bis er Brigitte Alishas Weckmethode beschrieben hat, die jeden Morgen ihre Pfote auf sein Gesicht knallt, wenn sie beschließt, dass es Zeit zum Aufstehen sei.

»Wer ist Alisha?«, hatte Brigitte gefragt.

»Meine Hündin.«

»Du hast einen Hund?«

»Natürlich, einen Blindenhund.«

»Du bist blind???«, schrieb sie zurück, doch das konnte er nicht sehen, sondern nur hören. »Du bist blind Fragezeichen Fragezeichen Fragezeichen«, las ihm die Frauenstimme in seinem Computer mit nervtötender Monotonie vor. Drei Fragezeichen. Dabei steht es zuoberst im Begrüßungstext seines Profils auf der Online-Dating-Seite: »Hallo, ich bin Nathaniel, und ich bin blind.« Sogar seinen Profilnamen hat er so gewählt, dass kein Missverständnis möglich ist: Nathaniel Blind. Wie blind muss man denn sein, um das zu übersehen? Offenbar hat Brigitte sein Profil gar nicht gelesen. Nach dieser letzten Konversation hatte sie geschwiegen, bis gestern. Bis zum Kontaktabbruch.

Die Gedanken an Brigittes stillosen Abgang haben Nathaniel die Zeit vergessen lassen. Erneut drückt er den Knopf auf seiner Uhr.

»Es ist siebzehn Uhr einundzwanzig.«

Mist, denkt Nathaniel. Er ist spät dran, er ist immer spät dran, stets braucht er für alles länger, als er meint.

»Wir müssen uns beeilen, Alisha. Avanti.«

Seine Blindenhündin lässt sich nicht zweimal bitten. Selbst wenn sie nicht in Eile sind, legt die langhaarige Schäferhündin ein Tempo vor, das ihn beinahe in den Laufschritt zwingt. Nathaniel weiß, dass sie beide ein ungewöhnliches Bild abgeben: Alisha, die vorwärts drängend an ihrem Geschirr zerrt, und er, der in leichter Rücklage hinter ihr her eilt. Alisha entspricht grundsätzlich nicht dem Idealbild, das man sich gemeinhin von einem Blindenhund macht. Nicht nur wegen ihres enormen Tempos, das sie meist anschlägt. Oft ist sie auch ungeduldig. Zudem verfügt die Hundedame nicht über den besten Orientierungssinn; angeblich ein typisch weibliches Phänomen. Vor ein paar Monaten, als der Winter sich gerade mal wieder von seiner fiesesten Seite zeigte, legte Nathaniel für den Radiosender RABE Musik auf. Alle drei Wochen macht er dort von zehn bis Mitternacht eine eigene Sendung. Als er sich nach Feierabend nach Hause begab, versperrte ihnen ein Schneewall, den eine Räummaschine mitten auf seiner Route angehäuft hatte, den Weg. Nathaniel konnte Alisha nicht dazu bringen, über den Wall zu klettern. Die Wegänderung brachte das Tier dann dermaßen durcheinander, dass Nathaniel geschlagene zwei Stunden lang durch die sterbensleere Stadt irrte, bevor Alisha endlich den Heimweg fand. Weil wie immer in solchen Momenten nicht nur Alisha, sondern auch der Akku seines Handys versagt hatte.

Nathaniels Freunde verstehen nicht, warum er die Hündin nicht längst gegen einen besseren Blindenhund ausgetauscht hat. Doch das ist für Nathaniel undenkbar. Er liebt Alisha über alles, und ja, er liebt sie vor allem auch dafür, dass sie anders ist als alle anderen, dass sie ihren eigenen Kopf hat und nicht so treudoof spurt wie die meisten ihrer Berufskollegen – wortwörtlich in hündischer Ergebenheit.

Und manchmal hat sie ihren Job perfekt im Griff, zum Beispiel heute. Alisha stoppt, als sie vor dem Hintereingang des Restaurants angekommen sind.

»Gut gemacht, Alisha.« Nathaniel klopft ihr kurz auf die Flanke, klaubt ein Leckerchen aus der Hosentasche, wirft es in die Luft und vernimmt ein Schnappen, gefolgt von einem kurzen Kauen. Er bringt die Hündin in den Vorraum, wo eine Decke – ihre Decke – für sie bereitliegt.

»Es ist siebzehn Uhr neunundfünfzig«, sagt die Frau in seiner Armbanduhr. Gerade noch rechtzeitig.

Als er hört, dass sich Alisha hingelegt hat, folgt er den Gerüchen und den Geräuschen, die ihm den Weg in die Küche weisen. Gedünstetes Gemüse, geröstete Zwiebeln,

Olivenöl. Das Brutzeln von Fleisch. Besteck, das gegeneinanderklimpert. Das Saugen des Dampfabzuges. Und dann eine wohlvertraute Stimme: »So pünktlich warst du ja noch nie!«

Nathaniel kann nicht deuten, ob Olivia es lobend oder tadelnd meint, aber er beschließt, es als Kompliment zu nehmen. Olivia erklärt ihm rasch, welche zwei Menus heute auf der Karte stehen und was es zu beachten gilt. Nathaniel macht diesen Job noch nicht lange. Und er macht ihn noch nicht besonders gut. In dem Moment, als er den Zeiger der Küchenuhr auf die volle Stunde klicken hört, vernimmt er, wie im Saal nebenan der Schlüssel der Eingangstür gedreht wird.

»Es kann losgehen«, sagt Olivia.

Auf in den Kampf, denkt Nathaniel.

3

Vanessa wartet bereits, als Carole kurz nach halb sieben am unteren Ende der Berner Altstadt ankommt. Sie lehnt an einer Laubensäule und tippt auf ihrem Handy herum. Carole hält einen Moment inne und studiert die konzentrierten Gesichtszüge ihrer Freundin. Erinnerungen blitzen auf. Dann stupst sie mit dem Fuß gegen Vanessas Zehen. Erschrocken blickt sie auf.

»Danke, dass du draußen wartest, drinnen hätte ich dich nicht gefunden.«

Die zwei Frauen umarmen sich und müssen lachen, weil ihnen Caroles Bauch in die Quere kommt.

»Himmel, bist du rund geworden. Wer hätte gedacht, dass du jemals in Umständen bist. Ich hätte auf alle anderen gewettet, aber niemals auf dich.«

Carole pufft ihre Freundin sanft gegen die Schulter. »Ich doch auch nicht!«

»Ist da drin alles in Ordnung?«

»Alles so, wie es sein soll. Aber ich sag's dir: Schwanger sein ist gar nicht lustig. Geschwollene Füße, Atemnot nach dem Treppensteigen, Hitzewallungen, als wäre ich mitten in den Wechseljahren – mit dreiunddreißig … Und mein Busen! Kürzlich sah ich Bilder von überzüchteten Milchkühen im Fernsehen – ihre prallvollen Euter haben mich total an meine Brüste erinnert. Du würdest sie nicht wiedererkennen!« Carole deutet mit beiden Zeigefingern auf ihren Vorbau, der unerwartete Dimensionen angenommen hat. »Glaub mir, ich gäbe meine Gucci-Tasche, könnte ich endlich wieder mal joggen gehen. Und würde mich der kleine Kerl in der Nacht nicht immer mit seinem Strampeln wach halten. Ich glaube, er übt schon jetzt für eine Kickbox-Weltmeisterschaft in siebzehn Jahren.«

»Das mit dem Joggen wird schon wieder. Und um die Kickbox-Karriere deines Kleinen kümmern wir uns später. Jetzt gehen wir erst mal essen.«

Vanessa stößt die Tür auf. Kaum stehen die beiden Frauen im Restaurant, umgibt sie nachtdunkles Schwarz. »Blinde Kuh« heißt das Lokal. Wer hier isst, soll sich wie ein Blinder fühlen, sodass die geschärften Geschmackssinne für einen kulinarischen Höhenflug sorgen. Erlebnisgastronomie nennt sich das. Das Restaurant Blinde Kuh gehört zu einer Kette, die diese Filiale in Berns Altstadt erst vor Kurzem eröffnet hat. Grund genug, sie gleich zu testen, hat Carole sich gedacht. Doch jetzt ist sie nicht mehr sicher, ob das eine gute Idee war. Denn dieser erste Moment besteht aus nichts als Unsicherheit. Instinktiv tastet Carole nach irgendetwas, an dem sie sich festhalten kann. Sie stößt mit ihrer Hand auf etwas, das sich bewegt. Erschrocken zuckt Carole zurück.

»Sie haben reserviert?«, fragt eine freundliche Stimme. Die Frau muss direkt vor ihnen stehen. Carole hat auf der Website des Restaurants gelesen, dass die meisten Angestellten blind seien; sie haben sozusagen Heimvorteil.

»Stein, ich habe auf den Namen Stein reserviert.«

»Herzlich willkommen«, verkündet die Stimme. »Ich nehme Sie beide jetzt an den Händen und bringe Sie an Ihren Tisch.«

Carole tapst durch die Finsternis und fühlt sich schutzlos. Doch dann führt die Kellnerin ihre Hände an die Stuhllehne und hilft ihr, sich zu setzen. Sitzen fühlt sich gut an. Sicherer Halt. Vorsichtig tastet Carole nach dem Besteck. Messer, Gabel, Löffel, ein Glas, alles da. Wenn das nur gut geht.

Es geht gut, mehr oder weniger. Schon nach fünfzehn Minuten ist Carole froh, dass sie das Tischtuch nicht sehen kann. Sie hat bestimmt schon für etliche Kleckse gesorgt. Wie unbeholfen man sich anstellt, wenn man auf den wichtigsten seiner Sinne verzichten muss. Und wie schwierig es sein muss, ein Leben lang mit einer solchen Behinderung zurechtzukommen. Kurz blitzt die Angst in ihr auf: Hoffentlich ist der Kleine gesund.

»So, wie dein Bauch aussieht, kann der Kleine jederzeit herausploppen«, unterbricht Vanessa ihre Gedanken.

»So ist es auch. Die Ärztin sagt, er könne von nun an jeden Moment kommen.«

»Na dann hoffe ich, dass er sich noch ein paar Stunden geduldet!« Vanessa tastet sich mit der Gabel voran, um den Chèvre chaud auf dem Jungblattsalat zu finden. »Aber sonst ist alles in Ordnung? Schaffst du es? Ohne deine Mutter, meine ich?«

Carole zuckt kaum merkbar zusammen, als Vanessa auf jenes Thema zu sprechen kommt, über das sie noch immer kaum reden kann, ohne dass ihr Tränen in die Augen schießen und sich ihre Kehle anfühlt wie zugeschnürt.

»Wie lange ist es jetzt her?«, hakt Vanessa nach und unterbricht die Stille.

»Fünf Monate und elf Tage.« Mehr sagt Carole nicht, sie muss schlucken.

»Wir müssen nicht darüber sprechen, wenn du nicht möchtest.«

»Es geht schon.« Carole ist froh, dass Vanessa sie nicht sehen kann. Sie würde in ihrem Gesicht die Lüge erkennen. Carole räuspert sich. »Das Traurigste ist, dass sie ihren Enkel nie kennenlernen wird. Ich weiß, wie sehr sie sich gefreut hätte.«

»Deine Mutter wäre unglaublich stolz auf dich.«

»Manchmal kann ich mir immer noch nicht vorstellen, dass sie wirklich tot ist. Es gibt Momente, da rechne ich jederzeit mit einem Anruf von ihr. Oder dass sie um die nächste Ecke biegt. Ich kriege auch immer noch Post, die an meine Mutter adressiert ist – als hätte die Welt da draußen nicht mitgekriegt, dass sie nicht mehr da ist. Das fühlt sich jedes Mal an wie ein Stich ins Herz. Ich öffne ihre Post schon lange nicht mehr. Ich ertrage es einfach nicht.«

Vanessa nickt. »Das verstehe ich«, schiebt sie nach. Sie überlegt sich, kurz aufzustehen, um ihre Freundin zu umarmen. Doch da verrät ein Räuspern, dass die Bedienung wieder am Tisch steht. Die Kellnerin von vorhin erkundigt sich, ob der Salat geschmeckt habe und ob sie fertig seien. Kaum sind die mutmaßlich leeren Salatteller verschwunden, ist die Frau schon wieder da. Carole hört, wie etwas vor ihr auf den Tisch gestellt wird.

»Stellen Sie sich vor, der Teller ist eine Uhr«, erklärt nun plötzlich eine männliche Stimme. »Zwischen zwölf und sechs Uhr finden sie den Kartoffelbrei, zwischen sechs und neun Uhr liegt das niedergegarte Rind an einer Portwein-Soße und zwischen neun und zwölf das Gemüsebouquet. Guten Appetit!«

»Guten Appetit. Und lass uns von etwas anderem reden«, sagt Carole, als sich der Kellner entfernt hat. Ihre Stimme verrät, dass das Thema »tote Mutter« beendet ist.

Es ist Vanessa gerade recht. »Wo stand ich in meinem Leben, als wir uns das letzte Mal getroffen haben?«, fragt sie, um dem Gespräch eine andere Richtung zu geben.

»Du hattest kürzlich Patrizia vor die Tür gesetzt, mitten in der Nacht …«

»Ach ja, das. Diese Geschichte ist jetzt endgültig vorbei.«

»Das hast du beim letzten Mal auch schon gesagt.«

»Ich weiß. Aber dieses Mal meine ich es ernst.«

Carole verdreht ungesehen die Augen. Vanessas Liebesleben ist kompliziert. Das war es schon immer, auch damals vor beinahe fünf Jahren, als Carole und Vanessa mehr als nur Freundschaft verband. Ihre Beziehung hatte gerade mal knapp zwei Monate gedauert; sie hatten sich schnell und heftig ineinander verliebt, aber als Paar überhaupt nicht funktioniert. Eigentlich verstehen sie sich erst seit ihrer Trennung richtig gut.

»Ich habe nämlich einen Entschluss gefasst«, fährt Vanessa fort. Ein Klimpern verrät, dass sie mit dem Besteck gegen irgendetwas gestoßen ist. Ihr Glas womöglich. »Ich habe beschlossen, mich wieder mal in einen Mann zu verlieben.«

»Um Himmels willen! Warum das denn?«

»In den letzten fünf Nächten habe ich von Sex mit einem Mann geträumt.«

»Das ist natürlich ein überzeugendes Argument.« Carole lacht und sticht in eine Masse, die sie für Kartoffelbrei hält.

Auch Vanessa scheint mit der Suche nach Essbarem auf ihrem Teller beschäftigt zu sein. Als sie beide einen Moment lang schweigen, realisieren sie, wie auffällig ruhig die anderen Gäste sind. Wahrscheinlich hat Vanessa mit ihren Sex- und Liebeseskapaden gerade das ganze Lokal unterhalten. Zum Glück kann uns hier keiner sehen, denkt Carole.

»Und du, erzähl, gibt's was Neues in Sachen Sex und Liebe?« Vanessa fragt leiser jetzt, sie flüstert fast.

»Machst du Witze? Bei mir gibt es vor allem eines: einen runden Bauch mit einem strampelnden Kleinen drin.«

»Ach komm schon.«

»Meine Flegeljahre sind vorbei. Mein Sexleben ist tot. Und dass es je wieder in neuer Blüte erstrahlen wird, ist in etwa so wahrscheinlich, wie dass ich mal zum Mond fliegen werde.«

»Das werden wir ja sehen. Weißt du mittlerweile, wer der Vater ist?«

Carole hasst diese Frage. Als ob es eine Rolle spielen würde. Energisch schüttelt sie den Kopf, bis ihr einfällt, dass Vanessa es gar nicht sehen kann. »Nein. Und das ist auch gut so. Dabei belassen wir es.«

»Männer werden sowieso überbewertet.«

»Eben! Total überbewertet!«

Ohne sich zu sehen oder sich abzusprechen, greifen die beiden Frauen gleichzeitig zu ihren Gläsern und prosten sich zu. Vanessas Weinglas klirrt gegen Caroles Wasserglas.

»Wie viele kommen denn überhaupt als Vater infrage?«, fragt Vanessa dann doch nach.

»Fünf. Vier oder fünf.«

»Und du bist keinem von ihnen hochschwanger über den Weg gelaufen?«

»Zum Glück bis jetzt nicht. Ich hoffe, Klein Silas wird

mir und nicht seinem Vater ähnlich sehen. Stell dir vor, wie ich eines Tages mit Silas im Kinderwagen dem Vater begegne und der in ihm sein Ebenbild erkennt.«

»Silas! Er hat schon einen Namen! Freust du dich?«

»Auf Silas: ja. Auf das Leben als Mutter: jein. Ich merke schon jetzt, dass ich mich verändere. Andere Dinge werden plötzlich wichtig. Und mein Gehirn wird träge.«

»Wie meinst du das?«

»Ich führe mich auf wie eine schusselige, alte Oma. Schwangerschaftsdemenz! Kürzlich habe ich eine halbe Stunde lang meine Schlüssel gesucht. Ich hätte schwören können, dass sie in meiner Tasche sein müssen! Und weißt du, wo ich sie gefunden habe? Zu Hause auf der Kommode, die Wohnung war nicht abgeschlossen. Oder als ich vorgestern aufstand, war mein Laptop aufgeklappt und eingeschaltet. Ich klappe ihn immer zu. Immer.« Carole hält inne und meint zu spüren, dass Vanessa sie skeptisch anschaut. »Blickst du mich jetzt gerade skeptisch an?«

»Das tue ich. Bist du sicher, dass dies auf deine Schusseligkeit zurückzuführen ist? Klingt irgendwie seltsam.«

»Worauf denn sonst? Jemand klaut meinen Schlüssel, um ihn zu Hause auf meine Kommode zu legen? Kaum. Da sind keine Diebe am Werk, sondern Hormone. Scheiß Hormone, ich sag's dir!«

»Darauf trinken wir! Auf die scheiß Hormone!«

Als die beiden Frauen erneut mit den Gläsern anstoßen wollen, verfehlen sie sich gegenseitig, und Vanessas Wein sowie Caroles Wasser schwappen über. In der gleichen Sekunde, in der sie erschrocken ein »Ups!« ausrufen, peitscht ein Schrei durch das Restaurant, gefolgt von scheppernden Lärm. Danach verschluckt die Stille jedes Geräusch. Als würde die Welt die Luft anhalten.

4

»Himmel, Nathaniel!«

Die Zeit setzt sich wieder in Bewegung. Mühsam rappelt sich Nathaniel hoch. Kartoffelbrei klebt an seiner Wange. Er tastet sich ab und spürt, dass auch seine Kleider bekleckert sind. Zum Glück sieht das hier niemand.

»Was war denn das?«, hört er hinter sich eine Frau erschrocken fragen.

»Keine Ahnung«, antwortet eine andere Stimme.

»Nichts passiert!«, ruft die Oberkellnerin in den Raum. »Ein Kollege von mir ist gestürzt, aber es ist alles in Ordnung.«

Als ob die das weiß, denkt Nathaniel. Doch tatsächlich scheint zumindest an ihm alles ganz geblieben zu sein. Was man von dem Gedeck, das er auf dem Tablett getragen hat, nicht behaupten kann. Vor ihm muss eine mit Scherben durchmischte Pampe aus Kartoffelbrei, Rüben, Rinderfilet und Wein auf dem Boden liegen. Beim Anblick des Menu surprise würde den Gästen jetzt bestimmt der Appetit vergehen.

Nathaniel weiß nicht genau, was ihn zu Fall gebracht hat. Er muss an einem Stuhlbein hängen geblieben sein. Zum zweiten Mal in dieser Woche. Wenn er so weitermacht, ist er den Job bald wieder los, fürchtet er.

»Du musst dich konzentrieren«, reklamiert Tobias, sein

Chef, ein Sehender, kaum ist Nathaniel zurück in der Küche.

»Tut mir leid.« Mehr kann er dazu nicht sagen. Nathaniel schiebt nicht mal ein »wird nicht wieder vorkommen« nach, weil er es schlichtweg nicht versprechen kann. Er ist nicht geübt, sich sicher zu bewegen, wenn er keine Hand frei hat. Und das Restaurant, der Raum, die Einrichtung sind ihm noch nicht vertraut. Überdies muss ein Gast nur seinen Stuhl verrücken, und schon ist ihm ein Hindernis im Weg, das zwei Sekunden zuvor noch gar nicht existierte.

Aber sein Chef hat recht. Er muss sich besser konzentrieren und vorsichtiger sein. Dieser Job ist für Nathaniel ein Glücksfall; er will ihn unbedingt behalten. Denn Kellnern ist eine richtige Arbeit, Kellnern tun auch Sehende. Nur fallen die nicht ständig auf die Nase und landen mit ebendieser mitten im Kartoffelbrei, denkt Nathaniel verärgert. Seine Wut richtet sich gegen ihn selbst. Er kann sich seine Fehler nicht verzeihen. Er kann auch seinen Makel schlecht akzeptieren. Es sind solche Momente, in denen er es hasst, blind zu sein.

Nathaniel flucht leise vor sich hin, als er versucht, sich am Spülbecken so gut als möglich zu waschen.

»Alles in Ordnung?«, fragt Olivia. Er hört sie hinter der Kochinsel hantieren.

»Geht schon wieder.«

Nathaniel tastet auf der Theke nach den nächsten Tellern.

»Welche Tischnummer?«, fragt er.

»Acht.«

Auf ein Neues, denkt Nathaniel, als er ins Restaurant zurückkehrt. Seine Schritte sind kleiner jetzt, er tappst langsam vor, er ist verunsichert. Doch Unsicherheit ist schlecht. Unsicherheit provoziert Stürze. »Reiß dich zusammen«, flüstert sich Nathaniel zu.

Als seine Schicht zweieinhalb sturzfreie Stunden später zu Ende geht, fällt die Anspannung von ihm ab. Er zieht seine Lederjacke über, für die es selbst nachts schon bald zu warm sein wird, und verabschiedet sich von seinen Kollegen. Im einstigen Geräteraum neben dem Hintereingang wird er mit einem freudigen Winseln begrüßt. Alisha springt an ihm hoch und bringt ihn beinahe aus dem Gleichgewicht. Schon wieder.

»Ruhig, Alisha, ruhig.« Es nützt nichts. Nathaniel muss warten, bis sich das aufgeregte Fellwuschel beruhigt hat, bevor er der Blindenhündin das Geschirr überziehen kann.

Gemeinsam marschieren sie wenig später unter den Lauben die Berner Altstadt hinauf. Nathaniel mag diesen Weg, weil er genau hören kann, wo er sich befindet. Seine Schritte hallen in den Lauben und wiederholen sich in einem leisen, dumpfen Echo. Beim Bahnhof geht er weiter geradeaus und biegt dann rechts ab Richtung Länggass-Quartier. Nach einem gut dreißigminütigen Fußmarsch ist Nathaniel zu Hause.

Seine Wohnung im dritten Stock eines alten Mehrfamilienhauses ist klein, und das ist gut so. Die wenigen Möbel hat er an die Wand geschoben: ein Tisch, auf dem sein Computer steht, ein gebrauchtes Sofa, das ihm ein Freund besorgt hat, und ein schlichtes Regal. Links ist es gefüllt mit Musik-CDs. Auf jeder Hülle klebt eine Etikette, auf der er in Brailleschrift den Namen der Band und des Albums vermerkt hat. Auf der anderen Seite des Regals stehen aus Draht geformte Motorräder unterschiedlichster Größen. Nathaniel würde es lieben, Motorrad fahren zu können, wie sein Vater es mit ihm getan hat. Leider findet er nicht mal jemanden, der ihn als Sozius mitnimmt. Darum sammelt Nathaniel Motorräder aus Draht. Manchmal nimmt er eines aus dem Regal und fährt die Formen mit den Fingern nach. Als versuche er, nach einem Traum zu greifen.

Nathaniel befreit Alisha von ihrem Geschirr und begibt sich vom dunklen Wohnzimmer in die dunkle Küche. In seiner Wohnung ist immer Nacht. Selbst bei Tag dringt das Licht nur durch kleine Ritzen zwischen den heruntergelassenen Rollläden herein. Lampen und Glühbirnen existieren nicht in seinem Haushalt. Noch nie hat Nathaniel einen Lichtschalter betätigt. Warum auch? Nichts kann Licht in sein Leben bringen. Nicht im wörtlichen Sinne.

Doch sein neuer Job ist ein Fortschritt. Und nicht nur der, auch diese Wohnung im Länggass-Quartier. Nathaniel ist vor einem Dreivierteljahr eingezogen und weiß schon jetzt, dass er nie mehr weg möchte. Er mag die Leute hier, die freundlich und hilfsbereit sind. Und er liebt es, morgens im Bett liegend die Vögel singen zu hören. Nathaniel greift in den unteren Küchenschrank. Er braucht gar nicht erst mit der Schachtel zu rascheln, er weiß, dass Alisha schon neben ihm steht. Er kann ihr Gehechel hören. Dass ihr längst der Speichel von der Zunge tropft, weiß er hingegen nicht.

»Na, hungrig? Dann schauen wir doch mal, was wir hier Leckeres für dich haben.«

Als er sich wenig später an seinen Computer setzt, hört Nathaniel Alisha in der Küche schmatzen. Eigentlich sollte er müde sein. Aber die Dunkelheit, seine persönliche ewige Nacht, hat ihm das Zeitgefühl geraubt.

Mithilfe eines Programms, das speziell für Blinde entwickelt wurde, öffnet er seine Mailbox. Er könnte sich die eingegangenen Nachrichten vorlesen lassen, aber er verzichtet auf die monotone Frauenstimme und liest sie lieber selber. Das Programm übersetzt Zeile um Zeile in die Brailleschrift und überträgt diese auf seine Tastatur; die Punkte erheben sich reliefartig auf einem Band oberhalb der Tasten, wo Nathaniel sie mit seinen Fingerspitzen erfühlen kann.

Zwischen der täglichen Flut von Spam und anderen sinnlosen Angeboten entdeckt er eine Nachricht seiner Schwester. Sie ist nicht seine leibliche Schwester, weshalb er sie gelegentlich seine falsche Schwester nennt; aber nur, wenn sie es nicht hören kann.

Hallo Nathaniel, schreibt sie. *Nicht vergessen, morgen ist Mutters Geburtstag, und wir sind zum Essen eingeladen. 19 Uhr. Lieber Gruß, Barbara.*

Natürlich hat Nathaniel es nicht vergessen. Sogar ein Geschenk hat er bereits gekauft. Doch seine falsche Schwester behandelt ihn noch immer, als wäre er ein kleines Kind. Als könnten Blinde nie erwachsen werden.

»Nicht wütend sein«, ermahnt sich Nathaniel laut. »Sie meint es nur gut.« Das macht er oft; mit sich selber reden. Oder mit Alisha, der besten Zuhörerin der Welt. Ihr erzählt er Dinge, die er niemandem sonst anvertrauen würde.

Alles klar, ich werde da sein, schreibt er Barbara zurück.

Er schätzt seine Pflegeeltern und ist ihnen dankbar. Sie haben versucht, sein Leben nach dem Unfall erträglich zu gestalten. Doch als neue Eltern hat er sie nicht akzeptieren können. Menschen, die er nie mit seinen Augen gesehen hat. Herzensgute Menschen zwar, deren Existenz ihn jedoch jedes Mal daran erinnert, was er verloren hat. Aber er wird sich Mühe geben morgen. Und irgendwie freut er sich sogar auf den Besuch. Er schaltet den Computer aus. Im Schlafzimmer krault er Alisha ein letztes Mal zwischen den Ohren, dann schlüpft er unter die Decke.

Nathaniel liegt lange da, reglos, mit geöffneten Augen. Er redet sich ein, dass er nicht träumen muss, solange er sie nicht schließt. Der Traum kommt zwar nicht jede Nacht. Aber wenn er kommt, ist es jedes Mal die Hölle.

5

In jener Zeit, bevor ein Sperma sich in einem ihrer Eier eingenistet hat, wäre Carole nach dem Essen mit Vanessa auf einen Schlummertrunk ins Café Adriano's gegangen, wo sie bis Beizenschluss hängen geblieben wären. Anschließend hätten sie beschlossen, in die Kreissaal-Bar weiterzuziehen, ihr Stammlokal zu später Stunde, dort, wo der beste Gin Tonic der Stadt serviert wurde, selbstredend mit Gurke. Doch seit in ihrem Bauch ein kleiner Mensch heranwächst, weckt allein der Name der Bar ganz andere Assoziationen in ihr, obwohl sie doch alle Gedanken an den bevorstehenden Geburtstermin nach Kräften zu verdrängen versucht.

»Es tut mir leid, ich muss passen. Du siehst: Ich bin innerhalb von neun Monaten um Jahre gealtert, ich mach schon schlapp, bevor wir unsere Tour durch Berns Kneipen richtig begonnen haben.«

»Macht nichts, ich muss morgen eh früh raus«, meint Vanessa. Sie wissen beide, dass dieser Umstand sie früher nie davon abgehalten hat, einen Großteil der Nacht in den Lokalen der Stadt statt im Bett zu verbringen.

»Werden wir uns nochmals sehen, bevor du zu zweit bist?«

»Ich fürchte, nein. Ich muss noch tausend Dinge erledigen, und es kann jederzeit losgehen.«

»Dann warte ich auf deinen Anruf und düse ins Spital, sobald Silas angekommen ist.«

»Drück mir die Daumen.«

»Mach ich! Wird schon gut gehen.«

»Hoffentlich«, wiederholt Carole vage.

Die beiden Frauen umarmen sich. Es fühlt sich beinahe an, als wäre es ein Abschied für immer. Oder wie ein Abschied von ihrer unbeschwerten, wilden Zeit. Der Ernst des Lebens wird bald Einzug halten. Er wird den Namen Silas tragen.

Carole nimmt den Bus bis zur Militärstrasse. Früher wäre sie zu Fuß gegangen, doch heute … Zu Hause angekommen, stellt sie fest, dass die Eingangstür des alten Sechsfamilienhauses nicht abgeschlossen ist. Dabei hat die Vermieterin einen Zettel an die Tür geklebt, auf dem in Großbuchstaben geschrieben steht, dass ab acht Uhr abends abgeschlossen werden muss. Carole dreht brav den Schlüssel im Schloss, leert ihren Briefkasten und schleppt sich die Treppen hoch. Sie kann sich kaum mehr vorstellen, dass sie einst Bergläufe absolviert hat. Allein die paar Stufen bringen sie völlig außer Atem. Oben angekommen, dreht Carole den Schlüssel einmal im Schloss, drückt gegen die Tür – und prallt dagegen.

»Verflucht! Was zum Teufel …?«

Die Tür lässt sich nicht öffnen. Carole steckt den Schlüssel erneut ins Schloss, dreht ihn noch einmal um. Jetzt springt die Tür sofort auf.

Seltsam. Carole schließt niemals doppelt ab. Oder hat beim ersten Aufschließen der Schlüssel im Zylinder nicht richtig gegriffen?

»Hallo?«, ruft sie in den Flur und kommt sich im gleichen Augenblick ziemlich dämlich vor. Wäre nämlich jemand in ihrer Wohnung, hätte der wohl kaum abgeschlossen. Oder?

Carole horcht in sich hinein, ob sie spüren kann, dass jemand Fremdes hier war. Aber da ist nichts. Eigentlich glaubt sie auch gar nicht daran, dass sich so etwas erfühlen lässt. Also lauscht sie nicht länger in sich, sondern in den Flur hinein. Auch da nichts als Stille. Trotzdem schaltet Carole das Licht nicht ein. Die Straßenlaterne vor dem Haus taucht die Zimmer in ein diffuses Licht und wirft lange Schatten auf die Wände. Carole greift sich den Schirm, der neben der Tür angelehnt ist, packt ihn wie einen Baseballschläger und pirscht von Zimmer zu Zimmer. Nichts. Sie lässt den Schirm sinken und lacht unsicher auf. Weil sie sich vorstellt, wie sie gerade eben ausgesehen haben muss: eine Hochschwangere, die bewaffnet mit einem Schirm durch ihre dunkle Wohnung schleicht.

»Ich werde langsam paranoid.« Carole legt den Schirm beiseite und klickt das Licht an. Ihr Zuhause sieht genau so aus, wie sie es verlassen hat: ziemlich unordentlich. Das wäre mal was, denkt Carole, wenn es Einbrecher gäbe, die mein Geschirr abwaschen und mein Chaos aufräumen würden. Aber man muss ja immer alles selber machen.

Carole schaltet den Wasserkocher ein, setzt sich an ihren Laptop, checkt kurz, was ihre Freunde auf Facebook schreiben, sichtet die Mails; nichts, was dringend wäre. Sie hat ihre Arbeit in ihrem Atelier bereits beendet; eine befreundete Grafikerin übernimmt ihre Aufträge in den nächsten acht Wochen, in denen sie sich eine Auszeit »gönnt«, bevor sie ihren Job – bei reduziertem Pensum – wieder aufnehmen und den Kleinen in die Tageskrippe bringen wird. Eigentlich wäre sie jetzt bereit. Sie streicht sich über den Bauch. »Silas, du kannst kommen«, flüstert sie, nur um lauter nachzuschieben: »Ich hasse es, dass ich mit meinem Bauch rede.« Er gibt keine Antwort. In ihr drin rührt sich nichts. Ein Klacken aus der Küche verrät ihr, dass das Wasser gekocht hat. Sie erhebt sich, öffnet den Schrank, greift nach ihrer Teetasse. Doch die steht da nicht.

»Himmelarsch«, wettert Carole. Sie nimmt es sich langsam übel, dass sie so zerstreut ist. »Wo habe ich die jetzt wieder hingestellt?« Sie findet die Tasse im Spülbecken. Einen Moment lang blickt sie sie irritiert an. Dann schüttelt sie den Kopf, spült die Tasse aus und brüht sich Tee auf. Schlaftee. In der Hoffnung, dass er insbesondere auf Silas eine beruhigende Wirkung haben wird.

Kaum liegt Carole auf dem Rücken im Bett, spürt sie einen Tritt mit dem Fuß. Dann noch einen. Und noch einen.

»Scheiße«, flucht sie laut.

Silas ist aufgewacht. An Schlaf wird kaum mehr zu denken sein. Da hätte sie ja ebenso gut in der Kreissaal-Bar abhängen können. In Carole regt sich der Verdacht, dass Alain der Vater des Kleinen sein muss; auch er weist das Verhalten einer Fledermaus auf – tagsüber schläft er, dafür ist er überaus nachtaktiv. Kann ja heiter werden.

Nachdem sich Carole gefühlte hundert Mal von der einen auf die andere Seite gewälzt hat, steht sie noch einmal auf. Barfuß tappt sie durch den Flur, drückt auf die Klinke ihrer Eingangstür. Abgeschlossen. Sie war sich plötzlich nicht mehr sicher. Sie nimmt den Schlüssel von der Kommode, steckt ihn ins Schloss und dreht ihn um. Dann kriecht sie wieder unter die Decke.

Als siebenundfünfzig Minuten später ein leises Schaben verrät, dass jemand die Tür aufzuschließen versucht, träumt Carole gerade, wie sie durch nicht enden wollende Spitalgänge hetzt und den Geburtstermin ihres eigenen Kindes verpasst.

6

Nathaniel hat den Nacken auf die abgerundete Kante des Waschbeckens gelegt und wünscht sich, dass Karina nie mehr damit aufhört, ihm die Haare zu waschen.

»Wann warst du das letzte Mal hier?«, fragt sie, hinter ihm stehend.

»Keine Ahnung. Ist schon eine Weile her.«

»Das sieht man.«

»So schlimm?«

»Mittelschlimm. Aber das kriegen wir wieder hin.«

Karina rubbelt und presst mit einem Frottiertuch seine Haare halb trocken und rollt ihn auf dem Stuhl zu einem anderen Platz. Er weiß, dass er jetzt vor einem Spiegel sitzen muss. Weil man beim Frisör immer vor einem Spiegel sitzt. Als ob man dadurch unter Kontrolle hätte, was der mit seiner Schere anstellt. Nathaniel ist froh, dass sich Karina seit Jahren schon um sein Aussehen kümmert. Er vergisst das einfach immer wieder: dass die Haare wachsen, dass einem durch die langen Haare die Frisur abhandenkommt.

»Weißt du eigentlich, was du für eine Haarfarbe hast?«, fragt Karina.

»Schwarz.«

»Nun, nicht mehr ganz.«

»Du willst doch nicht etwa behaupten, dass …«

»Doch, da haben sich schon etliche graue Haare reingeschmuggelt.«

»Das will ich gar nicht hören!«

»Du hast es gut. Du kannst dir einfach vorstellen, deine Haare wären weiterhin schwarz. Du wirst nicht jeden Morgen mit der eigenen Vergänglichkeit konfrontiert, sobald du in den Spiegel blickst.«

Dafür muss ich mich mit anderen Wahrheiten auseinandersetzen, denkt Nathaniel. Er hört das leise Schleifen der Scherenblätter, das Geräusch des Schneidens. Spürt hin und wieder, wie ein Haarbüschel auf den Umhang fällt, den Karina ihm umgebunden hat.

»Weißt du, was die Definition von blindem Vertrauen ist?«, fragt er nach einer Weile.

»Nein.«

»Bei dir unter der Schere zu sitzen.«

Karina lacht laut auf. »Ich könnte dir die Haare heimlich violett färben. Oder grün! Kümmern dich Haarfarben überhaupt?«

»Bei Männern ist mir die Haarfarbe egal.«

»Und bei Frauen nicht?«

»Nein. Wenn ich eine Frau treffe oder kennenlerne, stelle ich mir stets ihre Haarfarbe vor. Es ist mir wichtig, dass sie auf dem Bild, das ich mir von ihr mache, eine Haarfarbe hat.«

»Das ist interessant. Das hätte ich nicht gedacht.«

»Meine Lieblingsfarbe ist blond.«

»Warum das denn?«

»Meine Mutter war blond. Und auch Kim Wilde. Meine Mutter war ein Fan von Kim Wilde, und ich erinnere mich, dass Kim mir gefallen hat.«

»Wie alt warst du, als der Unfall geschah?«

»Elf. Ich war elf.«

»Ich bin übrigens ebenfalls blond.«

»Nein, unmöglich!«

»Doch! Warum? Klar bin ich blond!« Karina hält mit ihrer Arbeit inne und schaut Nathaniels Spiegelbild in die Augen, oder besser: ins Auge, denn das andere ist immer geschlossen. Es erwidert ihren Blick nicht, es blickt verloren ins Unendliche, während das andere wie ein Fremdkörper in dem sonst symmetrischen, fast bubenhaften Gesicht wirkt. Ein attraktiver Mann, denkt Karina. Sein Teint ist blass wie Elfenbein. Als wäre Nathaniel ein lichtscheues Wesen aus einer Fabelwelt. Das lässt ihn, obwohl er großgewachsen ist, zerbrechlich wirken.

»Dann sind sie gefärbt.« Nathaniel holt Karina aus ihren Gedanken zurück.

Sie pufft ihn sanft gegen die Schulter. »Sind sie nicht!«

»Sind sie doch!«

»Wie kommst du drauf?«

»Ich kenne dich jetzt schon eine Weile. Und für mich hast du seit jeher kurzes schwarzes Haar.«

»Du bist lustig. Ich trage meine Haare lang. Meine blonden ungefärbten Haare.«

Nathaniel stöhnt auf. »Ich hätte wohl mal fragen müssen.«

»Hättest du wohl.«

Als sich Nathaniel in seinem neuen Look, den er niemals kennen wird, von Karina verabschiedet, entschuldigt er sich dafür, dass sie in seiner Vorstellung noch immer schwarzhaarig sei. Aber er werde versuchen, das Bild in seinem Kopf bis zum nächsten Besuch zu revidieren.

Nathaniel ruft Alisha, die bei der Tür gewartet hat,

fasst das Geschirr und macht sich auf den Nachhauseweg. Mit dem neuen Haarschnitt fühlt er sich für das Familienessen gleich viel besser gewappnet. Obwohl er bereits ein Geschenk für seine Mutter besorgt hat, beschließt er, unterwegs noch Blumen zu kaufen. Er fragt sein Handy, wo der nächste Blumenladen liegt, und lässt sich dorthin dirigieren. In der Hoffnung, dass der Akku des Geräts nicht leer ist, bevor er am Ziel angekommen ist, was mit unerschütterlicher Regelmäßigkeit immer wieder passiert. Doch dieses Mal passt es. Er entscheidet sich für Sonnenblumen, denn er erinnert sich vage daran, wie sie aussehen; die Tapete im Schlafzimmer seiner Eltern zeigte ein Sonnenblumenfeld. Sonnenblumen verbindet er mit Wärme. Vielleicht, weil er als kleiner Knirps früh morgens oft zwischen seine Eltern ins warme Bett gekrochen ist.

Wieder zu Hause, holt Nathaniel seine drei Hemden aus dem Schrank, tritt hinaus auf den Balkon, weil es dort heller ist als in seiner abgedunkelten Wohnung, und öffnet auf seinem Handy per Sprachbefehl die App *Be my eyes*. Ein nahezu blinder Däne hat sie aus der Not heraus erfunden, seither haben Zehntausende von Sehenden und Blinden sie heruntergeladen. Die Idee dahinter ist simpel: Es sind oft Kleinigkeiten des Alltags, die Blinde vor immense Probleme stellen – und bei denen ihnen Sehende aus der Ferne weiterhelfen können. Nathaniel nutzte die App zum ersten Mal, als er sich ein Sandwich streichen wollte und sich nicht sicher war, ob der Käse das Verfalldatum schon überschritten hatte und schimmlig war. Und jetzt will er wissen, welches der drei Hemden blau ist. Blau ist die Lieblingsfarbe seiner Pflegemutter.

»Be my eyes«, diktiert Nathaniel in sein Handy. Als die automatische Frauenstimme ihm sagt, er könne per Doppelklick ein Gespräch anfordern, tippt er zwei Mal auf das Gerät. Sofort wählt die App per Zufallsgenerator eine Mehrzahl von Sehenden an. Mit demjenigen, der am schnellsten rangeht, wird er in wenigen Augenblicken per Videochat verbunden sein. Seine Handykamera wird dem Sehenden zeigen, was Nathaniel selbst nicht sieht.

»Hallo?«, ruft Nathaniel in sein Telefon, als eine Verbindung zustande gekommen zu sein scheint.

Vorerst hört er einzig ein Rauschen.

»Hallo, hier ist Nathaniel. Können Sie mich sehen?«

7

Caroles Tasche vibriert. Ein ungewohnter Klingelton dringt aus ihrem Innern. Bitte lass mich diesmal schnell genug sein, denkt Carole, als sie realisiert, dass es sich nicht um einen normalen Anruf handelt. Dass es ein Blinder ist, der ihre Hilfe braucht. Vor gut einem Jahr hat sie *Be my eyes* heruntergeladen. Doch da sie im Schlund ihrer Tasche immer eine Ewigkeit nach dem Telefon angeln muss, war sie meist zu langsam, wenn eine Anfrage reinkam. *Der Person konnte bereits geholfen werden,* teilte ihr die App jeweils mit. Das letzte Mal, als ein Anruf einging, hatte sie das Telefon zwar rasch gefunden, sich aber beim Eintippen des Sperrcodes derart unbeholfen angestellt, dass der Anrufer aufgegeben hatte, wie ihr die Nachricht *Dieser Person konnte nicht geholfen werden* bestätigte. Sie hatte sich grün geärgert und den Sperrcode ihres Handys ausgeschaltet, damit ihr das nicht ein zweites Mal passiert. Und jetzt scheint es tatsächlich zu klappen.

»Hallo, hier ist Nathaniel. Können Sie mich sehen?«

»Im Moment höre ich Sie nur. Aber ich bin da. Voilà, nun hab ich auch ein Bild.«

Eine Frau, denkt Nathaniel. Jung muss sie sein. Hübsch hört sie sich an. Und irgendwie kommt ihm die Stimme bekannt vor.

»Hallo. Ich bin zu einem Essen eingeladen und möchte

mein blau kariertes Hemd anziehen«, fährt er fort, während er das Handy vor sein Gesicht hält. »Können Sie mir helfen, es zu finden?«

»Klar.« Carole hält inne, als sie Nathaniel sieht. »Kennen wir uns nicht? Wir kennen uns!«

»Wir kennen uns?« Nathaniel weiß, dass diese Stimme keiner seiner Freundinnen gehört.

»Wir waren schon einmal miteinander auf diesem Kanal verbunden.«

Darum also kommt ihm die Stimme vage bekannt vor.

»Damals war ein Filmteam bei dir, und du hast ihnen gezeigt, wie die App funktioniert.«

Nathaniel registriert, dass die Frau vom Sie zum Du gewechselt hat. Er erinnert sich wieder an sie. »Ach, du bist das«, sagt er mit einem Schmunzeln und schiebt gleich nach: »Wer bist du denn?«

»Ich bin Carole. Und klar, ich werde dir gerne helfen. Mit dem Hemd.«

Genau, das Hemd, denkt Nathaniel, darum hatte er ja angerufen.

»Warum willst du wissen, welche Farbe dein Hemd hat?«, fragt Carole.

»Ich bin zum Essen eingeladen. Die Lieblingsfarbe meiner Mutter ist Blau. Darum will ich das blau karierte Hemd anziehen.«

Nathaniel schwenkt das Handy auf die drei Hemden, die er bereitgelegt hat.

»Wenn du einfach so vor die Tür gehst – überlegst du dir dann auch, welche Farben deine Kleidung hat?«

»Ja, schon.«

Er schwenkt zurück auf sein Gesicht.

»Warum?«, fragt Carole.

»Wenn ich gut gelaunt bin, möchte ich mich hell anziehen, wenn ich ernst drauf bin, eher schwarz. Doch oft greife ich daneben. Und kürzlich hat mir auf der Arbeit ein Kollege ein Kompliment für mein rosa Hemd gemacht. Dabei besitze ich gar keine rosa Hemden. Wir haben dann herausgefunden, dass es sich in der Wäsche verfärbt haben muss. Aber verlang mal von einem Blinden, die Wäsche nach Farben zu sortieren ...«

Nathaniel sagt es mit einem Lachen, doch Carole fühlt Mitleid in sich hochsteigen. Das ist auch so etwas; sie ist viel gefühlsduseliger geworden, seit sie schwanger ist.

»Ja, das geht natürlich nicht.« Etwas Schlaueres fällt ihr nicht ein. Nathaniel hört im Hintergrund Verkehrslärm. Eine Tram quietscht in den Schienen, als sie an Carole vorbeifährt.

»Aber ich hab eine Lösung gefunden.«

»Wie denn? Mit der App?«

»Nein, es gibt spezielle Tüchlein, die man der Wäsche beilegen kann, damit sie nicht abfärbt.«

»Das wär auch was für mich!«, ruft Carole. »Meine Wäsche verfärbt sich nämlich auch ständig, obwohl ich die Farben sehen kann.«

Plötzlich ist es ruhiger am anderen Ende der Leitung. Nathaniel hört eine Tür zufallen, hört Caroles Schritte. Stufen steigen. Ein Treppenhaus.

»Können wir jetzt rasch nach dem Hemd schauen?«

»Entschuldige, natürlich.«

Nathaniel zeigt Carole mit der Handykamera seinen Hemdenstapel.

»Es ist das in der Mitte. Blaukariert.«

Ein Schlüssel klimpert, eine Tür wird aufgeschlossen.

»Danke. Darf ich dich noch was fragen?«

»Nur zu.«

»Welche Haarfarbe hast du?«

»Du willst wissen, welche Haarfarbe ich habe?«

»Ja.«

»Warum?«

»Nur so.«

Sie hat braune Haare, denkt Nathaniel, sie hört sich an, als hätte sie braune Haare.

»Meine Haare sind …« Carole hält abrupt inne.

Nathaniel hört sie atmen, doch plötzlich ist es ganz still, als würde sie die Luft anhalten. »Hallo?«, fragt er. »Bist du noch da?«

»Blond. Dunkelblond.« Caroles Stimme klingt auf einmal hektisch.

»Alles in Ordnung?«

»Wart mal einen Moment. Hallo?«

Nathaniel hört am anderen Ende der Leitung ein lautes »Was machen Sie …«. Ein schrilles Kreischen tötet den Satz. Nathaniel zuckt zusammen, der schreckliche Schrei bricht ab, es folgt ein Rumpeln, als falle ein Sack Kartoffeln auf den Boden. Ein schleifendes Geräusch. Der Summton.

»Hallo?«, brüllt Nathaniel in sein Telefon. »Hallo! Hallo!«

Doch die Leitung bleibt tot.

8

Im elften Stock des Hochhauses im Zürcher Leutschenbach liefern sich Wolfgang Schnell und Milla Nova einen Kleinkrieg. Vorerst kämpfen sie mit Worten, doch ihrer Lautstärke nach zu urteilen, könnte sich das bald ändern. Es kommt selten vor, dass die Reporterin und ihr Chef verschiedener Meinung sind. Aber wenn, dann wird es laut und mitunter persönlich. Die beiden streiten wie ein altes Ehepaar, bei dem der eine kein gutes Haar am anderen lässt. Es ist Mittwochmorgen, Redaktionssitzung der Sendung »Wochenthemen« beim Schweizer Fernsehen: Zwei Journalisten bombardieren sich mit Argumenten, und acht schweigen.

»Hat von euch eigentlich auch jemand eine Meinung?«, herrscht Milla ihre Teamkollegen an, die bis jetzt wohlweislich darauf verzichtet haben, sich zwischen die Fronten zu begeben.

»Also, was mich betrifft, ich bin auf Wolfgangs Seite«, sagt Evelyne.

Milla wirft ihr einen bösen Blick zu; genau das hat sie nicht hören wollen. Sie rollt ihr Haargummi vom Handgelenk und zurrt ihren schwarzen Lockenschopf zu einem Pferdeschwanz zusammen, so wie sie es immer tut, wenn sie sich aufregt, sich aber beherrschen sollte. Als könne sie sich selbst beruhigen, indem sie ihre Haare bändigt.

Die Diskussion dreht sich um den Studiogast, der zum Live-Interview in die Sendung eingeladen werden soll. Die »Wochenthemen« setzen diesen Donnerstag einen Schwerpunkt zur aktuellen Flüchtlingskrise. Wolfgang will den Politiker Kopp von der rechten Volkspartei einladen, der sich selbst Journalist nennt, eine populistische Zeitung unterhält und mit seinen stets bissigen Worten bestimmt für eine hohe Einschaltquote sorgen wird. Milla könnte kotzen, wenn sie sich nur vorstellt, dass ihre Sendung diesem Scharfmacher gegen Flüchtlinge eine Plattform bietet.

»Quote ist nicht alles, Wolfgang, ich appelliere an deinen politischen und menschlichen Verstand!« Milla ist verzweifelt. Sie hat alles gesagt, was sie einwenden kann, und trotzdem hat sie ihren Chef nicht überzeugen können.

»Milla, Janosch wird Kopp in die Zange nehmen, er wird ihn kritisch interviewen, das gibt ein spannendes Streitgespräch.«

Milla verdreht die Augen. Nichts gegen ihren Moderator Janosch, aber sie weiß, wer am Ende als Sieger aus diesem sogenannten Streitgespräch hervorgehen wird, alle wissen es; Janosch wird es nicht sein. Weil Kopp leider nicht nur ein gewiefter Redner, sondern auch ein heller Kopf ist.

»Den kriegt auch Janosch nicht zu fassen, Kopp ist glitschig wie ein Aal.«

»Gut jetzt.« Das ist Wolfgangs Machtwort. »Gut jetzt« bedeutet: Ende der Diskussion, der Chef hier bin immer noch ich.

Er weist seine Redaktionssekretärin an, bei Kopp eine Anfrage zu stellen. Milla zweifelt keine Sekunde daran, dass der sich die Gelegenheit zu diesem Auftritt nicht entgehen lassen wird. Schmollend lehnt sie sich in ihrem Stuhl zurück und beschließt, in dieser Sitzung gar nichts mehr zu sagen. Ein Beschluss, den sie freilich nur wenige Minuten später wortreich wieder umstößt. Die Klappe zu halten ist ihre Sache nicht, sonst wäre sie als Reporterin bei der Sendung »Wochenthemen« auch am falschen Ort.

Für ihren Beitrag hat Milla eine Woche lang in einem Flüchtlingscamp in Griechenland gedreht. Sie hat schon viele schwierige Themen bearbeitet und in heiklen Gebieten Reportagen realisiert, doch keine ging ihr so nahe wie diese. Sie spürt, dass dieser Auftrag sie verändert hat. Die Schicksale der Menschen haben sie persönlich berührt. Da war der irakische Familienvater Metaq, dessen jüngster Sohn in Bagdad bei einem Anschlag mit einer Autobombe gestorben ist. Er war gerade zwei Tage alt. Metaq hat ihr das Video gezeigt, in dem er den Säugling zu Grabe trägt. Sie hat es in ihren Beitrag einbauen können. Die irakische Familie ist mit dem Gummiboot nach Griechenland gekommen und lebt jetzt in unhaltbaren Zuständen seit Monaten in einem kleinen Zelt in einer verschmutzten, stinkigen Fabrikhalle. Der älteste der drei Söhne leidet an Epilepsie, die Mutter an Diabetes. Sie hat sich beim Abschied an Milla geklammert und ihr ins Ohr geflüstert, dass sie keine Kraft mehr habe. Oder Selwa aus Aleppo, genauso alt wie Milla und mit ihrem Mann und einem kleinen Buben vor den Bomben geflohen. »Aleppo, my Aleppo«, sagt Selwa in die Kamera, und ihre Augen beginnen zu leuchten. Sie erklärt, falls der Krieg morgen vorbei sei, fahre sie übermorgen zurück in ihre geliebte Stadt. Die es so gar nicht mehr gibt. Als die

Kamera aus war, hat Selwa den Ärmel ihres Kleides hochgekrempelt und Milla gezeigt, dass die Hälfte ihrer Haut am Körper Narben von Verbrennungen trägt. Obwohl Milla gewusst hat, dass die Menschen aus dem Krieg kommen, dass sie höchst traumatisiert sein müssen – sie hat es erst in diesem Augenblick wirklich begriffen. Und nun stecken die Flüchtlinge in Griechenland fest, erneut gefangen in einer traumatisierenden Situation. Darüber berichtet Milla in ihrer Reportage. Das ist das Mindeste, was sie tun kann: aufzeigen, wie schlimm die Lage dieser Menschen ist.

Und jetzt soll also Hardliner Kopp in der Sendung auftreten, seine Sprüche klopfen und die Wirkung ihres Berichts zunichtemachen. Kopp, der den Weltuntergang wortgewaltig auf die Großleinwand in den Köpfen der Schweizer projiziert, falls die Eidgenossen ihre Grenzen nicht abriegeln. Am liebsten würde er rund um das Land eine Schutzmauer bauen. Jetzt, da Mauern an den Grenzen gerade wieder salonfähig geworden sind.

»Himmel, Arsch und Zwirn«, flucht Milla noch einmal laut vor sich hin, als sie wieder an ihrem Schreibtisch sitzt, im Wissen, dass an Wolfgangs Entscheid nicht zu rütteln ist. Sie schaltet ihren Computer aus, sie wird Feierabend machen für heute, am liebsten würde sie gleich für immer Feierabend machen. Das wäre was: Wolfgang – zack! – die Kündigung auf den Tisch knallen. Milla seufzt. Sie weiß, dass sie es doch nicht tun wird. Morgen wird sie brav wieder auf der Matte stehen, bei der Textabnahme erneut mit Wolfgang streiten, dann mit dem fertig geschnittenen Beitrag in die Vertonung gehen, wo der Sprecher Millas Kommentartext zum Film aufzeichnen wird. Während der Sendung wird sie in der

Regie sitzen und sich grün und blau und violett ärgern, wenn Kopp seine Angstmacherei live zelebrieren kann.

Nein, das wirst du dir nicht antun, sagt sich Milla. Sie nimmt sich vor, am Sendeabend auszugehen, damit sie Kopp nicht ertragen muss. Sie könnte nach Bern zu Sandro fahren. In dem Moment, in dem sie an ihn denkt, vermisst sie ihn.

Hast du am Donnerstagabend Zeit für mich?, tippt sie in ihr Handy, drückt auf »Senden« und sieht, dass Sandro die Nachricht sofort liest. Das kommt selten vor. Doch die Antwort, die unmittelbar folgt, gefällt ihr gar nicht.

Ich kann nicht. Mich hält ein krasser Fall auf Trab, der immer irrer wird. Du würdest es nicht glauben. Ertrinke in Arbeit. S.

Was für ein Fall?

Milla … Mehr schreibt Sandro nicht.

Bitte!

Vergiss es, keine Chance, ich sage es dir nicht. Kein Wort.

Verflucht! Genervt stopft Milla ihr Handy in die Tasche. Heute scheint sich die ganze Welt gegen sie verschworen zu haben.

9

Nathaniel spürt das Zittern seiner Hand, die noch immer das Telefon festhält. Alisha stupst ihn mit ihrer kalten Schnauze an und winselt leise.

»Hast du das gehört? Der Frau muss etwas zugestoßen sein«, sagt Nathaniel. »Wir müssen etwas tun.«

Wieder ein Winseln.

Nathaniel streicht sich fahrig über die Stirn. Sie ist nass; kalter Schweiß. Er fährt mit dem Finger über das Display des Handys, aber es passiert nichts; auch seine Hände sind feucht. Hastig streicht er sie an der Hose trocken, tippt das Display erneut an und sagt: »Polizei anrufen.«

»Polizei anrufen«, wiederholt die Frauenstimme.

Kurz darauf hört Nathaniel den Klingelton. Ruhig bleiben, denkt er. Ich muss ruhig bleiben. Was zum Teufel geschieht hier gerade? Ruhig bleiben.

»Polizeinotruf Schertenleib. Kann ich Ihnen helfen?«

»Sie müssen sofort kommen, es ist etwas Schreckliches passiert!« Nathaniel erschrickt ob seiner Stimme. Er hört sich an wie ein verzweifeltes Kind.

»Können Sie mir Ihren Namen nennen?«

»Nathaniel. Nathaniel Brenner.«

»Wo sind Sie jetzt, Herr Brenner?«

»Ich bin zu Hause, aber es ist nicht bei mir passiert.«

»Wo sind Sie zu Hause?«

»An der Beaulieustrasse 81 in Bern. Aber nicht mir ist etwas zugestoßen, sondern der Frau!«

»Wie ist der Name der Frau? Wo befindet sie sich?«

»Sie heißt Carole, aber ich weiß nicht, wo sie ist, das müssen Sie herausfinden. Und zwar schnell!«

»Carole, und ihr Nachname?«

»Den kenne ich nicht.«

»Herr Brenner, beruhigen Sie sich. Können Sie mir von Anfang an erzählen, was genau geschehen ist?«

Der Polizist am anderen Ende der Leitung hört sich auf einmal an wie ein Oberstufenlehrer. Nathaniel hat das Gefühl, sich gerade wie ein Volltrottel aufzuführen.

»Ich habe mit einer Frau telefoniert. Das heißt, wir haben nicht telefoniert, wir waren per Videochat verbunden, sie wollte mir helfen, weil ich nicht wusste, welches mein blau kariertes Hemd war.« Nathaniel realisiert im gleichen Moment, in dem er die Worte ausspricht, dass er sich anhören muss, als wäre er völlig verrückt. »Sie müssen wissen, ich bin blind! Ich bin blind!« Er schreit jetzt fast.

Die Stimme des Polizisten hingegen bleibt ruhig und bedacht.

»Herr Brenner, sind Sie in Gefahr?«

»Nein, nicht ich, aber die Frau, Carole, sie wurde während unseres Gesprächs angegriffen. Ihr muss etwas zugestoßen sein. Da war nur noch Stille. Ich glaube, sie wurde niedergeschlagen.«

»Herr Brenner, können Sie mir sagen, wo sich diese Carole befindet?«

»Nein, verflucht nochmal, das weiß ich eben nicht!«, ruft Nathaniel genervt. Das hat er dem Kerl doch schon erklärt.

»Können Sie mir ihre Adresse nennen?«

»Nein, das sag ich doch, die kenne ich nicht!«

»Wissen Sie irgendetwas über diese Carole?«

Sie ist jung, sie klingt hübsch, sie ist neugierig, sie klang so munter, und jetzt ist sie vielleicht tot, denkt Nathaniel. »Nein«, sagt er stattdessen. »Eigentlich weiß ich nichts. Ich weiß nur, dass ihr geholfen werden muss.« Noch bevor er den Satz beendet hat, ist Nathaniel klar, wie sinnlos dieser Anruf ist. Er kann dem Polizisten am anderen Ende der Leitung nicht den geringsten Hinweis liefern, der helfen könnte, Carole zu retten. »Es tut mir leid.« Nathaniel spürt Tränen in den Augen, er ist wütend und verzweifelt, weil er so verdammt blind und so verdammt hilflos ist.

»Herr Brenner.« Die Stimme des Polizisten klingt auf einmal härter. »Haben Sie dieser Frau etwas angetan?«

Nathaniel fährt sich mit der freien Hand übers Gesicht und stöhnt auf.

»Nein, habe ich nicht. Ich weiß, ich höre mich an wie ein Verrückter.« Nathaniel möchte noch einmal von vorne beginnen. Aber es geht nicht. Er beginnt laut zu weinen, schämt sich seiner Tränen, schämt sich seiner Hilflosigkeit, presst ein unverständliches »Danke, auf Wiederhören« in das Mikrofon und klickt den Anruf weg.

Als das Handy kurz darauf vibriert und ihm die Frauenstimme sagt, dass die Polizei anruft, schaltet er das Gerät aus. Das bringt doch alles nichts.

In der Notrufzentrale der Kantonspolizei Bern blickt Michael Schertenleib perplex auf sein Telefon. Er schreibt sich die Nummer des Anrufers auf und macht sich ein paar Notizen dazu. Dann legt er das Papier auf den rechten Stapel vor sich und nimmt den nächsten Anruf entgegen.

10

Über dem Fluss hängen kleine Nebelschwaden. Trotzige graue Geister der Nacht, die sich weigern, von den ersten Sonnenstrahlen vertrieben zu werden. Das Wasser der Limmat fließt träge. Einzig die Rufe der Möwen und das regelmäßige Stampfen von Millas Schritten durchbrechen die Stille. Milla stößt kleine Atemwölkchen aus. Ihr Puls geht schnell. Schon richten sich die Härchen auf ihren Armen auf, Gänsehaut – ein stiller Protest ihres Körpers, eine Mahnung: Zu viel, es ist genug. Milla achtet nicht darauf. Stattdessen blickt sie auf ihre GPS-Uhr; ein Schnitt von fünf Minuten pro Kilometer. Sie zieht das Tempo noch etwas an, sie will sich spüren heute, zu viel Frust hat sich angesammelt, das muss alles raus jetzt. Denn natürlich hat sie ihre Stelle nicht gekündigt. Selbstverständlich wird sie heute ihren Job zu Ende bringen, und ihr Beitrag wird wie geplant in der Sendung ausgestrahlt. Ihre Laune aber hat sich keineswegs gebessert. Im Gegenteil; sie ist nicht länger nur auf ihren Chef sauer, sondern auch auf sich selbst, weil sie es nicht geschafft hat, ihn mit Argumenten zu überzeugen.

Milla rennt über die Brücke beim Stauwehr, wie immer schaudert sie kurz, als sie auf die tosende Wasserwalze unter sich blickt, dann nimmt sie am anderen Ufer den Weg zurück, flussaufwärts jetzt. Ein schmaler Pfad; sie muss sich konzentrieren, wegen der Wurzeln und der Steine. Es wäre nicht das erste Mal, dass sie hier strauchelt oder gar stürzt. Weil ihre Gedanken sich beim Laufen verselbstständigen und oft irgendwohin mäandern, aber nicht bei diesem Stolperpfad sind. Milla schaut auf den Boden, auf ihre Beine, die wie durch ein Motörchen angetrieben im immer gleichen Rhythmus vorwärtstraben, blickt wieder hoch und sieht, dass ihr jemand in hohem Tempo entgegenrennt. Es ist ein Mann, der da angejagt kommt, als sei eine ganze Meute von Paparazzi hinter ihm her; zusammengekniffene Augenschlitze, vorgeschobener Unterkiefer, weißgrünlicher Teint. Müsste man zu dem Begriff »Verbissenheit« ein Gesicht entwerfen, so sähe es aus. Erst als sie nur noch wenige Meter trennen, erkennt Milla, wer der Jogger ist: Nationalrat Kopp! Ausgerechnet! Der Studiogast. Milla fasst den Gedanken nicht bewusst, er kommt eher intuitiv, wie ein Reflex; jetzt das Bein ausstrecken, er stolpert und fliegt im hohen Bogen in den Fluss. Kopp wird den Sturz überleben, klar, wird sich wohl schnell genug aus dem Wasser retten, aber er wird sich dabei verletzen, wahrscheinlich schlägt er sich den Kopf auf, eine unschöne Beule mitten auf der Stirn, eine Platzwunde über der rechten Augenbraue. Natürlich muss er den Studioauftritt heute Abend mit Bedauern absagen, seine Eitelkeit lässt nicht zu, mit zerschlagenem Gesicht im Fernsehen aufzutreten. Er wird terminliche Überschneidungen als Grund nennen, natürlich. Jetzt sind sie auf gleicher Höhe. Kopp blickt Milla nicht an, starrt stur geradeaus. Der entscheidende Moment. Das Bein rausfahren. Jetzt!

Zu spät. Die Chance ist so schnell vorbei, wie sie gekommen ist. Scheiße, denkt Milla, ich bin zu gut erzogen.

Oder zu schüchtern. Oder zu feige. Oder zu vernünftig. Über diesen Gedanken muss sie lachen, weil ihre Freunde sagen, »Unvernunft« sei ihr zweiter Vorname. Daran kann es also nicht gelegen haben.

Der alte Mann, der oben auf der Brücke steht und beobachtet, wie sich auf dem schmalen Uferpfad ein zackig rennender Jogger und eine um einen Kopf kleinere, aber kaum langsamere Läuferin kreuzen, ahnt nicht, dass er ganz knapp ein Spektakel verpasst hat, das es in der Boulevardpresse auf die Titelseite geschafft hätte. Als die Frau mit der knabenhaften Figur und dem munter hüpfenden Pferdeschwanz unter der Brücke durchrennt, winkt sie ihm lachend zu.

Eine Dreiviertelstunde später schleicht Milla durch den langen Flur des Redaktionsbüros, sie hofft, unerkannt bis zu ihrem Arbeitsplatz zu gelangen, doch Wolfgang ruft ihr ein überaus gut gelauntes »Morgen« durch die offene Tür zu. Sie murmelt etwas Unverständliches zurück, begibt sich zu ihrem Schreibtisch, packt einen Stapel Papiere aus und schaltet ihren Computer ein. Als sie den Internet-Browser öffnet, blinkt eine Pushmeldung des Online-Magazins »Sherlock« auf: *Mysteriöse Aids-Fälle in Bern – die Polizei ermittelt.*

Was für eine seltsame Nachricht, denkt Milla. In der gleichen Sekunde ist ihr klar, dass sich der Artikel um jenen Fall drehen muss, über den Sandro auf keinen Fall mit ihr sprechen will. »Na prima!«, sagt sie laut. Ihr Polizistenfreund schweigt ihr gegenüber, weil er unter der Paranoia leidet, dass sie seine Informationen für einen Bericht ausschlachtet – aber bei der Konkurrenz darf sie darüber lesen.

Genau das ist der einzige Streitpunkt in ihrer Beziehung: Er weiß Dinge, über die er nicht reden darf, weil sie nicht an die Öffentlichkeit gelangen sollen – und ihr Job ist es, genau die Dinge an die Öffentlichkeit zu bringen, die da seiner Meinung nach nicht hingehören. Zweimal waren sie beide nahe daran, Schluss zu machen; sie, die TV-Reporterin, und Sandro, der Polizist, weil ihre Jobs fast unvereinbar sind. Dabei sind es gerade ihre Berufe gewesen, die sie zusammengeführt haben. Die Umstände, unter denen ihre Liaison begann, waren unüblich. Sandro rettete Milla das Leben, er streckte einen zweifachen Mörder nieder, der sie in einem Kaufhaus verfolgte. Sollte Milla je ein Drehbuch zu einer tränentreibenden Liebesschnulze schreiben, sie könnte ihre eigene Geschichte erzählen. Blöd nur, dass Milla romantische Filme nicht ausstehen kann, schon gar nicht solche mit Happy End.

Wobei – von einem Happy End sind sie im Moment meilenweit entfernt.

Bist du an dem Aids-Fall dran?, fragt sie Sandro via WhatsApp. Ihre Nachricht bleibt ungelesen. Milla seufzt. Dann aber huscht ein kleines, gemeines Lächeln über ihr Gesicht. Wenn ich nicht weiß, dass mein Freund an diesem Fall arbeitet, hindert mich auch nichts daran, darüber zu berichten, denkt sie. Obwohl sich diese Überlegung in ihren Ohren sehr überzeugend anhört, weiß sie schon jetzt, dass sie sich Ärger mit Sandro einhandelt. Sei's drum, sie will das Thema in der nächsten Redaktionssitzung vorschlagen. Die Informationen im »Sherlock«-Artikel sind zwar dünn; es ist einzig von ungeklärten HIV-Infizierungen die Rede und davon, dass die Polizei ermittelt. Die Fragen, wie und was genau und warum, bleiben unbeantwortet. Es ist Millas journalistische Spürnase, die hinter der kleinen Meldung eine große Geschichte wittert. Und weil sie nach der Flüchtlingsreportage neue Themen sucht, zweifelt sie nicht daran, dass sie genau die Richtige ist, um dieser Sache auf den Grund zu gehen. Sandro hin oder her.

11

Ein Schrei reißt Nathaniel aus dem Schlaf. Er schreckt hoch und stellt fest, dass er von seinem eigenen Schrei geweckt wurde. Sein Puls rast, er pocht gegen die Halsschlagader. Kalter Schweiß hat das Leintuch durchnässt. Nathaniel schaudert. Erschöpft lässt er sich zurück ins Kissen fallen.

Der Traum war wieder da. Fast dreißig Jahre sind seit dem Unfall vergangen. Doch der Traum schleudert ihn jedes Mal an jenen Punkt zurück, an dem die Katastrophe über sein Leben hereinbrach. Erst das letzte Bild befreit ihn und katapultiert ihn aus dem Schlaf zurück in die Wirklichkeit, ein schemenhaftes Bild, das er nie fassen kann, das weg ist, sobald er wach ist, und von dem er einzig weiß, dass es sich unwahr anfühlte, und schmerzhaft.

Es dauert einige Minuten, bis Nathaniel bewusst wird, dass der Traum nur ein Teil des Schreckens ist – und die Realität mittlerweile ein weiteres Unglück bereit hält. Er erinnert sich an Caroles Schrei, an ihre Panik und an sein Gefühl der Hilflosigkeit. Noch immer hat er keine Ahnung, wer die Frau ist und was ihr zugestoßen sein könnte. Und dann dieser missglückte Anruf bei der Polizei; er war völlig überfordert.

Auch seine Familie ist ihm keine Hilfe, wie sich herausgestellt hat. Aber was hatte er auch erwartet? Als Nathaniel zwei Stunden nach dem vermaledeiten Polizeinotruf bei seiner Adoptivfamilie angeklopft hatte, erkundigten sich alle besorgt, wie es im gehe und ob alles in Ordnung sei. Wahrscheinlich sah er noch immer verheult aus. Er erzählte ihnen, was ihm respektive Carole widerfahren war. Aber er hatte nicht die erhoffte Unterstützung erhalten. Seine falsche Schwester meinte, er habe sich das sicher alles nur eingebildet. Seine Adoptivmutter vermutete, der Frau namens Carole sei wahrscheinlich bloß das Telefon aus den Händen geglitten. Und sein Pflegevater sagte dazu dasselbe wie immer, wenn Nathaniel etwas erzählte, nämlich gar nichts. Nathaniel war wütend geworden, auf alle drei, auf ihre Oberflächlichkeit, dass sie immer auf heile Welt machten und ihn gar nicht ernst nahmen. Hauptsache, die Fassade bröckelt nicht. Und tut sie es doch einmal, dann bitte schnell schnell den Staub und den Schutt unter den Teppich kehren.

Nathaniel hatte sich nichts anmerken lassen. Hatte seine Emotionen zu einem Knäuel zusammengeknetet und hinuntergewürgt, wie er es immer tut, wie das alle machen in dieser Familie, die nicht die seine ist.

Die Sache mit Carole aber kann er nicht verdrängen. Die Sorge um die unbekannte Frau hat sich in ihm eingenistet wie ein Bandwurm, und er weiß, dass der ihn innerlich auffressen wird, wenn er nichts unternimmt. Immer wieder umkreisen seine Gedanken Carole, er spielt die verschiedensten Szenarien durch, was ihr zugestoßen sein könnte. Und es sind keine guten.

»Was ist mit dir passiert, Carole?«, fragt Nathaniel in den leeren Raum.

Kurz darauf hört er das vertraute Klacksen von Alishas Pfoten auf dem Laminatboden, sie stößt ihren Kopf unter seine Hand und verlangt nach einem Guten-Morgen-Kraulen. Dann fordert sie ihn mit drei hohen Japsern unmissverständlich auf, mit ihr rauszugehen.

Kaum zurück von Alishas Morgentoilette, setzt sich Nathaniel hinter den Computer. Er tippt mit seiner Braille-Tastatur die Wörter »Raubüberfall«, »Angriff«, »Frau verletzt« in die Suchmaske und erhält Millionen von Treffern. Das bringt so nichts. Carole hatte berndeutsch gesprochen. Das muss zwar nicht heißen, dass sie auch in Bern wohnt, aber er hatte eine Tram im Hintergrund gehört. Sie muss demnach in einer Stadt leben. Warum also nicht Bern? Nathaniel tippt zusätzlich das Wort »Bern« in die Suchmaske und grenzt auch das Datum ein. Diesmal erhält er gar keinen Treffer. In der Stadt Bern muss es seit gestern so harmonisch zugegangen sein wie in einem Schlag von Friedenstauben.

Oder aber es wurde ein Verbrechen begangen, und keiner hat etwas gemerkt, denkt Nathaniel.

Er schaltet das Radio ein. In den Nachrichten sind die Flüchtlingskrise und wieder einmal ein Fifa-Skandal die großen Themen, unter den vermischten Meldungen wird über eine Massenkarambolage auf der Autobahn berichtet und über den freisinnigen Parteipräsidenten, der mit Rücktritt droht. Kein Raubüberfall. Keine Vergewaltigung. Nichts.

Ob er sich doch irrt? Ob er sich verhört hat und sich nun in etwas hineinsteigert? Vielleicht ist Carole tatsächlich nur das Telefon aus der Hand gefallen, und den Rest hat sich seine Fantasie zusammengebastelt. »Nein.« Nathaniel sagt es laut, als müsse er sich selbst überzeugen. »Ich weiß, was ich gehört habe. Ich bilde mir nichts ein.«

Er hatte gezittert nach Caroles Schrei. Er war erschüttert gewesen. Ihr ist etwas zugestoßen. Und er ist wahrscheinlich der einzige Zeuge.

Auch er war mal ein Opfer. Oder ist es vielleicht immer noch. Womöglich bleibt man es ein Leben lang: Opfer. Auch wenn das Geschehene längst Vergangenheit ist. Er wird Carole helfen. Nur hat er im Moment keine Ahnung, wie er das anstellen soll.

12

Sie kommt von sehr weit her. Sie will nicht aufwachen, will nicht zurückkehren in diesen Körper, der sich fremd und kalt anfühlt, als wäre er nicht ihrer. Der Schädel schmerzt, Flammen züngeln in ihm drin. Der Kopf ein schwerer Stein, sie kann ihn nicht anheben, kann sich nicht rühren, kann nicht denken, mag nicht denken, will nur schlafen. Schlaf. Sie driftet weg. Muss husten, der Hals ist rau, die Zunge fühlt sich an wie Schleifpapier. Durst. Ihr Mund ist zugeklebt. Die Augenlider sind so schwer.

Ihr Mund ist zugeklebt – der Gedanke balanciert am Rand ihres Bewusstseins, eine kleine schwarze Wolke, weit weg hinter dem Horizont. Nicht gut, will sie denken, aber denken funktioniert nicht. Zu anstrengend. Sie schafft das nicht. Schlafen.

Ihr Instinkt meldet sich und versucht, sie wach zu rütteln. Aufwachen. Gefahr. Aber sie will schlafen. Nichts anderes. Doch plötzlich dringt eine Erinnerung zu ihr durch: das Kind.

Sie öffnet die Augen – und es bleibt Nacht. Das Schwarz umgibt sie wie zähflüssiges Pech. Sie ertrinkt darin. Sie will sich bewegen, sich aufsetzen, es geht nicht. Sie spürt die Arme nicht mehr, die Hände sind taub und hinter dem Rücken gefesselt, die Füße zusammengebunden.

Sie begreift nicht, schwebt irgendwo zwischen Wachsein und Ohnmacht.

Nur einzelne Gedanken drängen in ihr Bewusstsein, zusammenhangslose Funksignale aus der anderen Welt. Es muss ein Unfall passiert sein. Sie ist so müde. Wie schrecklich. Schlafen jetzt. Sie ist verletzt. Wenn sie schläft, wird alles gut. Sie ist geknebelt. Fesseln. Der Mund zugeklebt.

Der Schrecken tröpfelt träge in ihren Verstand. Die Erkenntnis klopft zunächst leise an, das Klopfen wird drängender und geht in ein lautes Hämmern über, bis sie endlich begreift, dass das kein Unfall war. Dass sie nicht dem Unglück, sondern dem Bösen begegnet ist. Und dass es noch nicht vorbei ist.

Ihre Seele gefriert. Da fühlt sie ein Ziehen im Bauch, dann einen Fußtritt. Ihr Kind. Ein Zittern erschüttert ihren Körper, ein Schluchzen bleibt in ihrer wunden Kehle stecken. Sie will die Hände auf ihren Bauch legen, ihr Kind festhalten, das sich zu regen beginnt. Sie kann nicht, nicht mal das. Sie ist gefesselt und verloren in diesem finsteren Grab. Sie spürt Tränen auf ihrem Gesicht. Was ist passiert?

Sie versucht, sich zu erinnern. Die Gedanken lassen sich nicht greifen. Alles zu verschwommen. Surreal. Sie will nicht, dass es die Wirklichkeit ist. Ein Traum soll es sein. Einschlafen, aufwachen, und alles ist gut. Sie schließt die Augen. Sie ist wieder weg.

13

»Das kannst du so nicht sagen«, meint Wolfgang. »Das ist ganz klar Beeinflussung. Zu viel Meinung. Der Satz wird gestrichen.«

»Wird er nicht.« Sei nicht so ein verdammter Angsthase, fügt Milla in Gedanken an. Immer diese politische Korrektheit, ja nie jemandem auf die Zehen treten, schließlich arbeiten wir für das öffentlich-rechtliche Fernsehen, Gebührengelder, blablabla … Milla kann's schon nicht mehr hören.

Sie sitzt gemeinsam mit Wolfgang und dem Produzenten Reto am runden Tisch und geht mit ihnen den Kommentartext zu ihrem Beitrag durch. Sie feilschen beinahe um jeden Satz.

»Europa versagt«, liest Milla nochmal den Absatz vor, um den sie gerade streiten. »Es lässt das selbst stark gebeutelte Griechenland und Zehntausende von Kriegsflüchtlingen im Stich. Während die EU-Parlamentarier endlos diskutieren und keine Lösung finden wollen, gehen die Menschen in den Lagern in Griechenland zugrunde.« Sie macht eine Pause. »Das ist nicht kommentierend, das ist ein Fakt.« Milla fühlt sich wie eine Katze, die von zwei bissigen Hunden in die Ecke gedrängt wird. Doch sie wird ihre Krallen ausfahren und um jedes Wort kämpfen, das sie auf dieses Blatt gesetzt hat.

Nach etlichem Hin und Her einigen die drei sich darauf, dass einzig das Verb »wollen« gestrichen wird. Weil es nach Unterstellung klingt. Damit kann auch Milla leben. Sie knorzen eine weitere Dreiviertelstunde am Text herum. Schließlich druckt Milla die finale Version aus und eilt hinüber ins andere Gebäude, wo bereits Tontechniker und Sprecher auf sie warten.

Eine Stunde später ist der Beitrag fertig. Milla ist zufrieden. Sie hofft, den einen oder anderen damit berühren zu können, den Zuschauern bewusst zu machen, was eine gute Flugstunde entfernt hinter der geschlossenen Grenze von Mazedonien in Griechenland passiert. Sie hat Bilder gedreht, die eine Schande sind für Europa, und schämt sich, Teil der westlichen Welt zu sein, die sich um das Elend der Kriegsflüchtlinge nicht schert.

Wenn bloß der Studiogast nicht wäre, denkt Milla. Hätte ich ihm doch ein Bein gestellt, auf der Joggingrunde, unten an der Limmat. Nun, es ist nicht mehr zu ändern. Am Abend wird die Sendung vorbei sein, ab morgen wird die nächste geplant. Milla nimmt diesen Gedanken als Stichwort, sich den neuen Themen zuzuwenden. Zum Beispiel den »mysteriösen Aidsfällen« in Bern.

Mittlerweile hat auch die Online-Redaktion der Boulevardzeitung »Blitz« aus den spärlichen Informationen eine Schlagzeile gebastelt. Viel Neues ist aber auch hier nicht zu erfahren, abgesehen von der Mutmaßung, dass es um mehr als fünf Opfer gehe. Doch der Satz ist so vage formuliert, er riecht förmlich nach Erfindung des diensthabenden Redakteurs, um die Nachricht aufzupeppen. Milla nimmt ein Papier zur Hand, um sich die wichtigsten Schlagworte aufzuschreiben. Aids – HIV-Infektion – Verfahren – Polizei – Ärztepfusch? – Verwechslung von Spenderblut? – Spital – Arzt – Staatsanwaltschaft. Als ihr nichts mehr einfällt, schreibt sie gedankenverloren Sandros Namen auf, malt ein Herz darum herum – und übermalt es hektisch wieder, weil sie sich auf einmal kindisch vorkommt. Beschämt blickt sie sich um, ob es jemand gesehen haben könnte.

Nein, Sandro ist keine Option. Sie kann ihn nicht um Hilfe bitten, allein schon der Versuch gäbe Streit zwischen ihnen.

Milla starrt auf die wenigen Wörter auf ihrem Blatt und zwirbelt mit dem Zeigefinger an einer ihrer Locken herum. Das hat sie schon als kleines Kind gemacht und bis heute beibehalten, wenn sie versucht nachzudenken. Ihre Mutter hat ihr früher erzählt, dass daher ihre Zapfenlocken kämen; sie habe sie sich selbst gedreht. Milla glaubte ihr, bis sie neun war. Erst, als sie intensiv versuchte, jede einzelne Locke glatt zu ziehen, weil sie ihren Wuschelkopf satthatte, war ihr klar geworden, dass es so nicht funktioniert: Die Haare sind immer wieder in die Lockenform zurückgesprungen.

Die Polizei ist keine Ansprechpartnerin, auch nicht die Staatsanwaltschaft, das weiß Milla, dort würde sie mit der Floskel »laufende Ermittlung« abgewimmelt werden. Sie muss es über die inoffiziellen Kanäle versuchen. Ihr fallen zwei Personen ein. Die eine heißt Petra Bolz, eine frühere TV-Kollegin, die mittlerweile Mediensprecherin der Medikamentenkontrollstelle ist. Falls es zu einer Verwechslung von Spenderblut oder zu einem Ärztepfusch mit infiziertem Blut gekommen sein sollte, hat sie bestimmt davon gehört. Die zweite Möglichkeit heißt Ben und ist der Ex-ex-Freund einer Freundin. Er arbeitet als Arzt am Berner Inselspital. Vielleicht hat sich dort etwas herumgesprochen.

Petra Bolz geht sofort ans Telefon. Sie geht immer sofort ran, denn sie ist in ihrem überbezahlten Job total unterbeschäftigt und freut sich über jeden Anruf. Allerdings ist sie Milla keine große Hilfe.

»Ärztepfusch? HIV-infiziertes Blut? Ich habe keinen Schimmer, wovon du sprichst.«

Milla hört Petra an, dass sie nicht die Ahnungslose spielt, sondern dass sie ahnungslos ist. »Du hast die Blitz-Schlagzeile noch nicht gesehen, die mysteriösen Aidsfälle von Bern?«

Petra verneint, und Milla fragt sich einmal mehr, was ihre ehemalige Kollegin den ganzen Tag lang wohl treibt. Immerhin verspricht sie, dass sie sich melden wird, sollte sie etwas darüber hören.

Milla beendet das Gespräch und sucht die nächste Nummer. »Ben von Franziska«, so hat sie ihn in ihren Kontakten gespeichert. Sie müsste den Eintrag auf »Ben jetzt nicht mehr von Franziska« ändern.

Bei ihm klingelt das Telefon länger. Als Milla gerade aufgeben will, geht Ben ran, der einen Augenblick braucht, bis ihm klar ist, wen er da am Draht hat. Milla erklärt ihm, warum sie anruft und fragt ihn, ob er etwas über die Aids-Fälle gehört habe.

Er zögert, genau eine Sekunde zu lang. Milla ist sofort klar, dass er etwas weiß. Als er schließlich doch antwortet, ist seine Stimme nur noch ein Flüstern: »Ich kann nicht am Telefon darüber sprechen.«

Bingo!, denkt Milla.

14

»Guten Tag. Mein Name ist Nathaniel Brenner. Ich muss mit jemandem von der Abteilung für Gewaltverbrechen sprechen.«

»Haben Sie einen Termin?«

Die Stimme klingt, als käme sie von weit weg. Nathaniel vermutet, dass die dazugehörende Frau hinter einer schusssicheren Scheibe sitzt. Er lehnt sich etwas nach vorne, weil er nicht sicher ist, ob er sich am richtigen Ort hingestellt hat.

»Nein, aber es ist dringend, ich muss ein Verbrechen melden.«

»Nennen Sie mir erst mal Ihren Namen und Ihre Adresse.«

Nathaniel tut, wie ihm geheißen.

»Und um was für ein Verbrechen soll es dabei gehen?«

»Eine Frau wurde niedergeschlagen.«

»Und das haben Sie gesehen?«

Die Skepsis der Frau ist unüberhörbar, was ihre Frage kein bisschen intelligenter macht. Schließlich sitzt am Schalter vor ihr neben dem Mann ein Blindenhund bei Fuß.

»Nein, ich sehe nichts, ich habe es gehört«, erklärt Nathaniel geduldig.

Die Frau ist einen Moment lang still, und Nathaniel spürt, dass sie ihn mustert.

»Sie können nicht einfach so ohne Anmeldung mit jemandem vom Dezernat Leib und Leben sprechen, die haben anderes zu tun. Aber ich kann einen Polizisten rufen, bei dem Sie Ihre Angaben machen können.«

»Das hab ich schon gemacht. Ich habe gestern alles einem Mann von der Notrufzentrale erzählt. Aber ich muss mit jemandem von der Gewaltabteilung reden, es ist wichtig.« Nathaniel ärgert sich über den flehenden Tonfall seiner Stimme. Er wollte bestimmt auftreten, nicht unsicher. »Ich schwöre, ich gehe hier nicht wieder weg, bis ich jemanden von der Gewaltabteilung sprechen kann«, schiebt er darum nach und spürt, wie die Frau hinter der Glasscheibe zögert.

»Warten Sie einen Moment.«

Sie ruft jemanden an, und obwohl sie sich abgewandt hat und die Worte kaum zu verstehen sind, erkennt Nathaniel an ihrer Art zu sprechen, dass sie ihn für einen blinden Wirrkopf hält, den sie zu jemand anderem abschieben will. Er meint den Begriff »notorischer Polizeibelästiger« herauszuhören.

»Setzen Sie sich, da hinten. Da hinten an der Wand stehen Stühle«, fährt sie ihn plötzlich an. Sie muss sich wieder direkt hinter der Scheibe befinden. »Es dauert einen Moment.«

Nathaniel bewegt sich weg vom Schalter, bleibt aber stehen. Nur Alisha setzt sich erneut hin.

Der »Moment« dauert schließlich eine kleine Ewigkeit. Doch Nathaniels Sturheit zahlt sich aus. Er spürt, dass jemand vor ihm steht.

»Sie sind also Nathaniel Brenner«, sagt eine Männerstimme, die auch einem Opernsänger gehören könnte, einem Bariton. Automatisch kreiert Nathaniels Hirn einen Menschen, der zu ihr passt. Ein großer Mann, denkt er, bestimmt über fünfzig, wenn nicht älter, gut trainiert, das Haar langsam schütter werdend. Welche Haarfarbe?

»Das bin ich. Nathaniel Brenner.« Grau, denkt er.

»Mein Name ist Felix Winter. Man hat mir gesagt, Sie hätten ein dringendes Anliegen, über das Sie sprechen wollen?«

Nein, weiß, denkt Nathaniel, seine Haare sind schlohweiß.

»Sie sind von der Gewaltabteilung?«

»Warum ist das wichtig?«

»Weil jemandem Gewalt angetan wurde.«

»Ich bin vom Dezernat Leib und Leben, oder Mordkommission, wie wir in den Krimis heißen. Aber Sie können ruhig Gewaltabteilung sagen. Lassen Sie uns in mein Büro gehen. Soll ich Sie führen?«

Dankend nimmt Nathaniel das Angebot an. Winter ist ihm sofort sympathisch. Er fasst nach seinem Ellenbogen und entlässt Alisha mit einem »Libera«.

»Was bedeutet das?«, fragt Felix Winter.

»Dass sie mich nicht führen muss, das machen ja jetzt Sie.«

»Sie reden mit Ihrem Hund italienisch?«

»Das ist die Sprache der meisten Blindenhunde.«

»Warum das denn?«

»Alisha muss dreißig Befehle unterscheiden können. Dafür eignet sich die italienische Sprache besser als die deutsche, weil die Wörter kürzer sind und mehr Vokale haben.«

»Das habe ich nicht gewusst.«

Gemeinsam steigen Nathaniel und der Polizist Stufen hoch. Stimmen hallen durch das Treppenhaus. Der Klang und auch der Geruch erinnern Nathaniel an eine Schule. An seine Schule. Damals, als die Welt noch in Ordnung war.

Auf einmal sind die Geräusche leiser. Er hört, dass Winter eine Tür hinter ihnen schließt. Seine Hand wird zu einer Stuhllehne geführt.

»Nehmen Sie Platz und erzählen Sie mal.«

Zum dritten Mal innerhalb von vierundzwanzig Stunden berichtet Nathaniel, was ihm respektive Carole widerfahren ist. Oder eher: Warum er glaubt, dass Carole etwas widerfahren ist. Doch sehr weit kommt er nicht.

»Was ist das genau: *Be my eyes*?«

Felix Winter wirkt überfordert. Nathaniel nimmt es als Hinweis, dass er tatsächlich einer älteren Generation angehört, und wiederholt, ausführlicher dieses Mal, um was es bei dieser App geht, mit der Sehende Blinden helfen können, und wie sie funktioniert.

»Und Sie wissen nicht, mit wem Sie verbunden sind, wenn Sie einen solchen Videoanruf starten?«

»Nein, und der Sehende weiß auch nicht, dass er mit mir verbunden ist. Aus Sicherheitsgründen, nehme ich an. Es ist alles anonymisiert. Sobald ich einen Anruf starte, werden mehrere Personen angewählt, die erste, die rangeht, ist mein Helfer. Er oder sie sieht mich natürlich, aber ich, ich …« Er spricht den Satz nicht zu Ende.

»Und was genau meinen Sie während des Gesprächs mit dieser Frau gehört zu haben?«

Nathaniel versucht, alles exakt zu beschreiben, Caroles Frage, wer da sei, ihr entsetzlicher Schrei, der dumpfe Aufprall, als würde ein Kartoffelsack auf den Boden prallen. Die unerträgliche Stille. Das leise Schleifen. Die tote Leitung.

»Es ist schwierig, meinen Eindruck in Worte zu fassen. Ich konnte fühlen, dass etwas Schlimmes im Gange war. Ich habe Gänsehaut gekriegt. Sie müssen eine Untersuchung einleiten!«

»Können Sie diese Frau näher beschreiben?«

»Wie denn, ich kann doch nicht sehen!«

»So meine ich es nicht. Wissen Sie irgendetwas über sie?«

»Sie spricht berndeutsch. Ich denke, sie ist jünger als ich. Sie wirkte irgendwie jünger.«

»Sie müssten jetzt so etwa um die vierzig sein.«

Nathaniel stutzt einen Moment, dann nickt er.

»Fällt Ihnen sonst noch etwas ein?«

»Sie ist dunkelblond.«

»Sie kennen ihre Haarfarbe?«

»Ich habe sie danach gefragt.«

Einen Augenblick lang sind beide Männer still. Irgendwo im Zimmer tickt ein Sekundenzeiger. Das Geräusch macht die Zeit schwer. Nathaniel wünschte sich, er könnte Winters Gesicht sehen. Um abzuschätzen, was er über die ganze Sache denkt. Wäre Nathaniel nicht blind, würde er sehen, wie Felix Winter ihn nachdenklich mustert. Dann räuspert er sich.

»Das ist nicht gerade viel. Bei uns ging keine Meldung ein, die zu Ihrer Schilderung passt. Keine Anzeige, kein Hilferuf, keine verletzte Person, nicht mal eine Vermisstenanzeige. Kein Verbrechen. Und wenn es kein Verbrechen gibt, gibt es für uns auch keinen Fall.«

»Aber ich weiß, dass es ein Verbrechen gegeben hat!« Nathaniels Stimme klingt weinerlich. Er zittert.

»Herr Brenner, ich kann im Moment nichts machen. Es tut mir leid. Aber falls ich etwas hören sollte, gebe ich Ihnen Bescheid.«

Als Nathaniel wieder draußen auf der Straße steht, fühlt er sich verloren. Er ist keinen Schritt weitergekommen.

»Was machen wir jetzt?«, fragt er Alisha und wünscht sich, seine Hündin könnte ihm eine Antwort geben. Er hat getan, was er tun musste. Mehr Möglichkeiten hat er nicht.

Alisha kläfft zwei Mal und stupst mit der Schnauze gegen seinen linken Oberschenkel.

Oder doch?

»Avanti«, sagt er zu Alisha und eilt mit ihr nach Hause.

Auf der Website von *Be my eyes* findet Nathaniel rasch, wonach er sucht. Er lässt sich den Inhalt der Seite von seinem Hilfsprogramm vorlesen. Als die Frauenstimme »Kontakt« sagt, klickt er auf die Maustaste. Die Stimme teilt ihm mit, dass sich ein Feld öffnet und er eine Nachricht diktieren kann.

»Guten Tag. Ich bin blind und nutze mit Begeisterung Ihre hervorragende App. Sie sind meine Augen!« Er sagt sich, lobende Worte können nicht schaden, wenn man etwas erreichen will. »Am Mittwoch, dem 5. Juni, war ich mit einer Frau verbunden, die Carole heißt und die mit großer Wahrscheinlichkeit ebenfalls im Kanton oder gar in der Stadt Bern zu Hause ist. Aus sehr wichtigen Gründen …« Nathaniel hält inne. Soll er die Wahrheit erzählen und riskieren, dass man ihm nicht glaubt? Oder soll er eine Ich-habe-mich-schrecklich-in-diese-Frau-verliebt-und-muss-sie-unbedingt-wiederfinden-Geschichte erlügen, um seine Erfolgschancen zu erhöhen? Oder doch bei der neutralen Formulierung bleiben? »… aus sehr wichtigen Gründen bitte ich Sie, mir die Telefonnummer dieser Carole zu vermitteln. Es ist etwas passiert, das dringend erforderlich macht, Ihnen diese Anfrage zu schicken. Und ich kann Ihnen versichern, dass es in Caroles Interesse ist, dass Sie mir ihre Nummer weitergeben.« Wieder zögert Nathaniel. Ob er mit der Polizei drohen soll, falls er nicht bekommt, was er wünscht? Oder ist das kontraproduktiv? »Andernfalls müsste ich in Betracht ziehen, mir mit rechtlichen Mitteln Zugang zu den Daten zu verschaffen.« Nathaniel lässt sich den letzten Satz noch einmal durch den Kopf gehen, dann gibt er den Befehl, ihn wieder zu löschen, und sagt stattdessen: »Ich bitte Sie sehr, meine Anfrage zu berücksichtigen, sie ist von höchster Wichtigkeit. Mit bestem Dank und freundlichen Grüßen, Nathaniel Brenner.« Senden.

Nathaniel bleibt regungslos sitzen. Nach einem stillen Moment aktualisiert er seine Mailbox. Keine neue Nachricht. Drei Minuten später wiederholt er es, immer noch nichts Neues in der Mailbox. Nathaniel drückt ein drittes Mal die Taste für »Aktualisieren«. Es bringt nichts. Womöglich dauert es Wochen, bis seine Anfrage bearbeitet wird.

Was kann ich noch tun?, fragt sich Nathaniel. Wen kann ich um Hilfe bitten?

Eine einzige Person fällt ihm ein. Er greift zu seinem Handy, nennt ihm einen Namen. Das Gerät stellt eine Verbindung her. Dieser Anruf ist Nathaniels letzte Hoffnung.

15

Milla wird heut Abend doch nach Bern fahren. Zwar nicht zu Sandro, der keine Zeit für sie hat, sondern zu Ben, der sich überraschend schnell bereit erklärt hat, sich mit ihr zu treffen. Sie hofft, dass der Arzt gesprächiger sein wird als ihr Liebster und ihr etwas über diesen rätselhaften HIV-Skandal erzählen kann.

Normalerweise verlässt Milla an einem Donnerstag das Büro nicht, ohne den Kollegen, die live im Studio sein werden, eine gute Sendung zu wünschen. Dieses Mal aber ist ihr nicht danach. Als sie alles erledigt hat, stopft sie ihre Unterlagen in die Tasche und macht sich auf den Weg. Sie will weg sein, bevor der Studiogast Kopp in der Redaktion eintrifft. Sie fühlt sich wie eine Verliererin, und sie will dem Sieger im Augenblick ihrer Niederlage nicht in die Augen blicken müssen, selbst wenn er davon nichts ahnt.

Milla ist gerade zur Tür raus, da klingelt das Telefon auf ihrem Schreibtisch. Sie hält inne, wendet sich um und schaut das Gerät an, als wäre es eine giftige Kröte. Es läutet, zwei Mal, drei Mal. Eigentlich bin ich schon weg, denkt Milla. Vier Mal. Wenn es jemand Wichtiges wäre, würde er meine Handynummer kennen. Fünf Mal.

»Mann, kann da mal jemand rangehen!«, ruft Yves genervt vom anderen Schreibtisch herüber.

Milla geht zurück ins Zimmer und greift zum Hörer.

»Nova.«

»Hallo, Milla. Hier ist Nathaniel.«

Nathaniel, Nathaniel … Milla weiß, dass sie den Namen kennt. Sie weiß sogar, dass sie den Mann kennt. Aber sie kann ihn keiner Erinnerung zuordnen.

»Der Blinde«, hilft er ihr.

»Nathaniel, wie geht es dir?« Das Stichwort hat seine Wirkung nicht verfehlt. Vor etwas mehr als einem halben Jahr hat Milla vier Tage lang mit ihm gedreht und eine eindrückliche Reportage gemacht. Sie hat Nathaniel mit der Kamera begleitet und seine Geschichte erzählt.

»Danke, es geht mir gut.«

Milla wartet, da muss noch mehr kommen, Nathaniel wird nicht ohne Grund angerufen haben. Doch er schweigt.

»Ist alles in Ordnung?«

»Ja. Und nein. Also, ich meine, es geht mir gut, wirklich. Aber ich könnte, wie soll ich sagen, ich könnte deine Hilfe gebrauchen.«

Zwei Stunden später kämpft Nathaniel gegen eine Tür, er kriegt sie einfach nicht auf. Hoffentlich ist sie nicht aus Glas, denkt er, denn dann schauen ihm bestimmt alle Gäste im Café Diagonal zu, wie er sich hier draußen vergebens abmüht. Offensichtlich ist genau dies der Fall, denn Hilfe eilt von innen heran: Milla öffnet die Tür, tritt heraus, begrüßt Nathaniel mit drei Wangenküssen und Alisha mit einem Ohrenkraulen.

»Schön, dich zu sehen.« Milla meint das ehrlich. Nicht oft, aber immer wieder mal kommt es vor, dass sie mit Protagonisten ihrer Reportagen in Kontakt bleibt, vor allem dann, wenn es sich dabei um emotionale Themen handelt und nicht um harte Recherche-Storys. Denn bei diesen Geschichten muss sie sich auf die Personen einlassen, muss auch von sich selbst etwas preisgeben, wenn sie erreichen will, dass sich die Menschen vor der Kamera öffnen und über ihre Gefühle sprechen. Sie kommt den Menschen sehr nahe. Und umgekehrt. Bei Nathaniel war das nicht anders.

»Bist du extra wegen mir nach Bern gefahren?«, fragt er, als sie sich gesetzt haben.

»Nein, ich habe später noch einen anderen Termin, es hat perfekt gepasst.«

Nathaniel hat sich seit dem Telefongespräch gut überlegt, wie er sein Problem am glaubwürdigsten schildern kann. Trotzdem ist er nervös. Milla ist tatsächlich seine letzte Hoffnung. Denn gerade eben hat er vom Kundenservice der App eine ernüchternde Standardantwort erhalten: Aus Datenschutzgründen sei es ihnen nicht möglich, Angaben über die Gesprächspartner zu machen, die miteinander verbunden waren.

»Es ist etwas passiert«, sagt Nathaniel ohne weitere Einleitung. Und obwohl er sich ganz fest vorgenommen hat, ruhig und strukturiert zu berichten, sprudelt auf einmal alles aus ihm hinaus, nicht von A bis Z, sondern ungeordnet wie in einer Buchstabensuppe. Er erzählt vom Chat mit Carole, von ihrem Schrei, von seinem Notruf, von seinen Pflegeeltern, die ihm nicht glaubten, von seinem Besuch bei der Polizei, vom negativen Bescheid der App-Betreiber.

»Kannst du mir helfen, du bist doch Journalistin?« Nathaniel holt tief Luft. Auch Milla muss erst mal durchatmen. Das war eine geballte Ladung an Information.

»Ich bin nicht sicher, ob ich alles richtig verstanden habe. Können wir das Ganze noch einmal etwas langsamer durchgehen? Aber vorher brauche ich etwas zu trinken.«

Drei Minuten später sitzt Milla wieder bei Nathaniel am Tisch, vor beiden steht ein Glas Rotwein, obwohl Nathaniel eigentlich keinen Alkohol trinkt. Aber wann, wenn nicht jetzt?, hat er sich gedacht. Er hört, dass Milla in ihrer Tasche wühlt und etwas auf den Tisch legt. Dann kritzelt ein Kugelschreiber über Papier. Sie macht sich Notizen. Er wertet es als gutes Zeichen.

Schritt für Schritt erzählt Nathaniel erneut, was er erlebt und was er mittlerweile herausgefunden hat – Letzteres ist ziemlich bescheiden, um nicht zu sagen: gar nichts. Dieses Mal unterbricht Milla ihn immer wieder mit Fragen. Sie hat ihren Journalisten-Modus eingeschaltet und versucht, auch noch den kleinsten Brosamen an Information aus ihrem Gegenüber herauszuklauben.

»Glaubst du mir?«, fragt Nathaniel, als er keine Antworten mehr weiß.

»Natürlich glaube ich dir. Warum sollte ich dir nicht glauben?«

Nathaniel spürt, wie seine Augen feucht werden. Er reißt sich zusammen, um nicht vor Erleichterung loszuheulen.

»Weil das bis jetzt niemand tat. Danke.« Nathaniel schluckt vernehmlich. »Und was machen wir jetzt?«

»Ja, was machen wir jetzt? … Ich denke, als Erstes muss ich bei jemandem anklopfen, bei dem du auch schon vorstellig warst – mit dem kleinen Unterschied, dass ich über bessere Beziehungen verfüge.«

»Und das wäre?«

»Bei der Polizei.«

Eine Dreiviertelstunde später fragt sich Milla, ob sie gerade dabei ist, ihre intime Beziehung zu einem Polizisten für immer zu zerstören. Sie ist sich nämlich sicher, genau in jenem Fall zu recherchieren, der ihren Freund Sandro umtreibt. Er würde toben, wenn er davon erführe. Ben hat das Café Parterre für das konspirative Treffen vorgeschlagen, weil sich hier vor allem junge Leute und Alternative und bestimmt keine Ärzte ein Feierabendbier genehmigen. Immer wieder blickt er sich um, als sei er gerade dabei, einen milliardenschweren Diamantenraub mit ihr zu planen.

»Du tust hier im Fall nichts Verbotenes, Ben. Und übrigens schütze ich meine Quellen. Immer«, versucht Milla ihn zu beruhigen.

»Du hast ja recht, ich will einfach nicht, dass jemand merkt, dass du die Informationen von mir hast.«

»Versprochen. Indianerehrenwort.«

Ben atmet tief durch. Dann beginnt er zu erzählen. Die Geschichte, die Milla zu hören bekommt, klingt derart abstrus, dass wohl selbst ein Thriller-Autor nicht auf die Idee käme, so etwas zu erfinden. Weil niemand sie ihm abkaufen würde. Unglaubwürdig, würde die Kritik schreiben, zu dick aufgetragen, absolut realitätsfern.

Aber das hier ist die Realität. Was für ein seltsamer Tag, denkt Milla, als Ben innehält, um sich einen Schluck Gin Tonic zu gönnen. Zuerst diese merkwürdige Erzählung von Nathaniel, wer weiß, was davon zu halten ist. Und jetzt die Schilderung von Ben, der sich anhört, als würde er unter bewusstseinserweiternden Drogen stehen. Vielleicht werde ich gerade mit einer versteckten Kamera gefilmt, überlegt sie, und zwar für einen Clip mit dem Titel: Investigative TV-Reporterin glaubt jeden Unsinn.

»Ben, würdest du mir das auch vor laufender Kamera erzählen?«, fragt sie, als seine Geschichte ein vorläufiges Ende findet.

»Um Himmels willen. Niemals!«

»Ich könnte das Interview anonymisiert aufnehmen, du trägst Perücke, wir verzerren deine Stimme …«

Ben blickt skeptisch.

»Du kannst sogar mit dem Rücken zur Kamera sitzen. Niemand wird dich erkennen«, legt Milla nach.

»Vielleicht. Ich muss darüber nachdenken.«

Milla meint zu spüren, dass er zusagen wird. Sie weiß jetzt, dass sie an einer großen Geschichte dran ist. An einer sehr großen Geschichte.

16

Nathaniels Schritte hallen hektisch in den Altstadtlauben. Alisha hat den Turbo eingelegt und zerrt ihn hinter sich her, in einem Tempo, das die anderen Fußgänger vor dem eigenwilligen Gespann zur Seite treten lässt. Statt in der Amthausgasse nach rechts Richtung Bundesplatz abzubiegen und nach Hause zu gehen, hat Nathaniel den Weg hinab in die untere Altstadt eingeschlagen. Das Gespräch mit Milla hat ihm gutgetan. Endlich fühlt er sich von jemandem ernst genommen. Aber er ist zu unruhig, er kann jetzt nicht untätig daheim herumsitzen.

Wenig später steht er in der Küche der »Blinden Kuh«, obwohl heute sein freier Tag ist. Es gibt Lasagne, er erkennt den Geruch in dem Moment, als er über die Schwelle tritt. Er muss gar nicht erst fragen, wahrscheinlich sieht Olivia, die Köchin, ihm seinen Hunger an, auf jeden Fall stellt sie ihm sogleich einen vollen Teller auf den kleinen Beistelltisch für die Angestellten. Neben ihm kaut Martha, Nathaniel hört, wie die Chefkellnerin schluckt. Sie ist von Geburt an blind und wird heute die Spätschicht übernehmen.

Nathaniel fühlt sich stets privilegiert, wenn er einen anderen blinden Menschen kennenlernt, der niemals sehen konnte. Er erinnert sich wenigstens daran, wie Sonnenblumen ungefähr aussehen, dass sie gelb sind, gelb wie die Freude oder das Glück. Er weiß auch, wie man sich das Wasser vorstellen muss. Er hat das Meer gesehen, die Unendlichkeit, das Abbild des Himmels auf Erden. Er weiß, wie ein Bein aussieht, eine Nase, Augen, sogar an Frauenbrüste erinnert er sich, dank der Magazine, die er und seine Schulfreunde aus den Altpapier-Stapeln an den Straßenrändern geklaubt haben. Erinnerungen, die er hütet wie einen wertvollen Schatz. Er hofft, dass sie ihm nie verloren gehen werden. Aber vielleicht, denkt er, vielleicht irrt er sich auch. Womöglich sind jene Blinde glücklicher, die nie sehen konnten – weil sie nicht wissen, was ihnen entgeht.

»Benutzt du eigentlich die App *Be my eyes?*«, fragt er Martha beiläufig zwischen zwei Bissen.

»Ab und zu.«

»Warst du mal mit einer Carole verbunden?« Nathaniel hört, dass Martha einen Schluck nimmt und trinkt, bevor sie antwortet.

»Nein, ich frag nicht nach den Namen. Warum?«

»Nur so. Ich hatte eine Carole am Draht, und ich möchte sie wiederfinden.«

»Warum, hast du dich verliebt?«

Nathaniel nimmt den leichten Spott in Marthas Stimme wahr, der ihn davon abhält, ihr die ganze Geschichte zu erzählen. »Nein, nur so, aus anderen Gründen. Aber vielleicht weißt du das: Verbindet die App einen mit Personen aus der eigenen Region, oder stammen die von irgendwo?«

»Keine Ahnung. Ich hatte es immer mit Schweizern zu tun. Aber das liegt vielleicht auch an der Spracheinstellung.«

Nathaniel stochert resigniert in der Lasagne herum.

Dieses Gespräch wird ihn nicht weiterbringen. Außer dem gelegentlichen Scharren der Gabel auf dem Teller, den Kaugeräuschen und dem Saugen des Abzuges ist einen Moment lang nichts zu hören.

»Vor ein paar Tagen war eine Carole bei uns zu Gast«, fällt Martha plötzlich ein.

»Wann?«

»Dienstag. Tisch Nummer elf. Zwei Frauen. Ich glaube, sie hieß Stein.«

Carole Stein. Könnte das seine Carole sein? Oder wird er langsam völlig verrückt? Nathaniel fühlt sich überfordert. Je länger das Gespräch mit Carole zurückliegt, das so abrupt endete, desto unwirklicher kommt es ihm vor. Fast so, als habe es nicht im wirklichen Leben stattgefunden, sondern nur in einem Traum. Doch die Erinnerung an ihren Schrei, seine körperliche Reaktion darauf, das war viel intensiver als jeder Traum. Nathaniel greift zu seinem Handy und diktiert eine Sprachnotiz: »Carole Stein.«

»Du glaubst im Ernst, dass es dieselbe Carole gewesen sein könnte?«, fragt Martha.

»Wer weiß.«

»Deine Verzweiflung muss wirklich groß sein.«

Als er wieder zu Hause ist, findet selbst Nathaniel den Gedanken ziemlich abstrus. Es wäre ein gewaltiger Zufall, wenn seine Carole jene Carole Stein wäre, die in der »Blinden Kuh« zu Abend gegessen hat. Aber, sagt er sich, vielleicht ist ein Sehender, der eine App heruntergeladen hat, mit der er Blinden hilft, auch an einem Restaurant interessiert, das von Blinden betrieben wird. Die Ungewissheit über das Schicksal der unbekannten Frau fühlt sich an wie ein Rucksack voller schwerer Steine. Nathaniel möchte den Ballast wieder loswerden, nur weiß er nicht, wie. Vielleicht, sagt er sich, ist ja alles gut. Vielleicht hat er am Telefon alles verkehrt verstanden, und Carole ist glücklich und zufrieden. Womöglich macht er aus einer Mücke einen Elefanten und interpretiert alles falsch.

Er greift zu seinem Handy, hält es lange in der Hand, als könnte es ihm Antworten auf seine vielen Fragen geben. Per Sprachbefehl öffnet er *Be my eyes*. Zweimal war er in den letzten sechs Monaten mit Carole verbunden gewesen. Pro Monat nutzt er die App zirka vier bis acht Mal. Das macht sechs Mal im Durchschnitt, was wiederum sechsunddreißig Chats in sechs Monaten bedeutet. Er war nie besonders gut in Mathematik, und als sie in der Schule bei der Wahrscheinlichkeitsrechnung angelangt waren, hatte er längst aufgegeben. Aber wenn ihn nicht alles täuscht, ist die Chance, dass er noch einmal mit Carole verbunden wird, wenn er heute vierzig Mal einen Chat anfordert, ziemlich groß. Oder macht er einen Denkfehler, weil er weder weiß, wie viele Personen pro Anruf angewählt werden, noch wie viele überhaupt zur Auswahl stehen? Zudem ist die Zeitspanne von sechs Monaten für sechsunddreißig Anrufe wohl nicht mit jener eines Tages zu vergleichen.

Trotzdem, denkt Nathaniel, ein Versuch kann nicht schaden. Er tippt auf das Display und löst einen Anruf aus. Nach wenigen Sekunden ist jemand dran.

»Hallo, wie kann ich Ihnen helfen?«, fragt eine tiefe Männerstimme.

Nathaniel entschuldigt sich und sagt, er habe den Anruf versehentlich ausgelöst. Er probiert es noch fünf weitere Male. Drei Männer, zwei Frauen. Letztere fragt er nach ihren Namen, keine nennt sich Carole, keine klingt wie sie. Ein Anruf noch.

Wieder ist Nathaniel mit einer Frau verbunden. Die Stimme! Könnte es ihre Stimme sein?

»Bist du Carole? Bitte sag mir, dass ich mit Carole verbunden bin!«, ruft Nathaniel laut aus.

»Bitte was? Mein Name ist Carmen.«

»Carole? Carole!«

»Nein, C-A-R-M-E-N!«

Nathaniel kommt sich vor wie ein Idiot.

17

Auch Milla geht nicht direkt nach Hause, nachdem sie sich von Ben verabschiedet hat. Sie stand schon auf dem Bahnsteig, der Zug nach Zürich abfahrbereit, aber sie wollte Sandro sehen. Milla versteht zwar, dass sein Job Vorrang hat. Es ergeht ihr ebenso: Für sie beide ist der Beruf mehr als nur ein Broterwerb. Trotzdem unternahm sie einen letzten Versuch und rief ihn an. Er ging tatsächlich ran, und er war trotz Arbeitsstress einverstanden, dass sie vorbeikommt, wenn sie sowieso schon in der Stadt ist.

»Eine Pause wird mir guttun und etwas Ablenkung auch. Ich koch uns was«, hat er gesagt, was Millas Magensäfte augenblicklich in Wallung versetzte. Sandro ist ein hervorragender Koch, wenigstens in dieser Disziplin schlägt er Milla um Längen. Während ihr jede Tätigkeit widerstrebt und sie auch fachlich überfordert, die auch nur im Entferntesten mit Haushalt in Zusammenhang steht, behauptet Sandro, mit der Kelle in einem Kochtopf zu rühren habe eine meditative Wirkung. Wahrscheinlich hätte er sich heute so oder so an den Herd gestellt, auch wenn sie nicht als Überraschungsgast auftauchen würde.

Sie steigt die Treppe hoch, nimmt zwei Stufen auf einmal. Seine Wohnung liegt im vierten Stock eines Berner Altstadthauses. Eine klassische Single-Wohnung: zwei

Zimmer, eine kleine Küche, Bad mit Dusche, Dachschräge mit Fensterlukarnen in jedem Raum. Bescheidener, als sein Lohn erlauben würde, aber gemütlich. Das Projekt einer gemeinsamen Wohnung hat es nie über das Planungsstadium hinausgeschafft. Auch, weil sie sich nicht für eine Stadt entscheiden können: Sandro will in Bern und Milla in Zürich leben.

Sie drückt zweimal kurz und einmal lang auf den Klingelknopf und tritt ein, ohne eine Antwort abzuwarten. Anhand des Duftes erkennt Milla auf Anhieb, dass Sandro eine Lasagne kocht, nach dem Rezept seiner sizilianischen Mutter. Ihr Magen liebt seine italienischen Wurzeln.

Sandro kommt ihr aus der Küche entgegen. Sie umarmen sich und halten sich fest, halten sich lange fest, bevor sie sich mit einem ebenso innigen Kuss begrüßen. Das ist der Vorteil, wenn man sich eine Weile nicht gesehen hat, denkt Milla, dass dann das Wiedersehen umso schöner ist. Gleichzeitig überkommt sie sofort ein schlechtes Gewissen, weil Sandro sie kaum so liebevoll begrüßen würde, wenn er um ihre Recherchen in seinem Fall wüsste. Ein Thema, dem sie heute tunlichst aus dem Weg gehen wird.

»Wie läuft es denn so als Chef?«, fragt sie vorsichtig, im Wissen, dass sie bereits damit heikles Terrain betritt. Erst vor zwei Monaten hat Sandro seine Stelle bei der Bundespolizei aufgegeben und stattdessen die Leitung des Dezernats Leib und Leben bei der Kantonspolizei Bern übernommen, nachdem sich seine Vorgängerin durch einen sogenannten *Suicide by cop* aus der hiesigen Welt verabschiedet hat – aber das ist eine andere Geschichte. Sandro rührt die Salatsoße an, tunkt einen Kaffeelöffel hinein und hält Milla die Löffelspitze an den Mund.

»Es läuft gut. Ich bin sehr zufrieden. Und nein, über meinen aktuellen Fall reden wir nicht.« Sandro lacht. Milla tut es ihm gleich und hofft, dass sie dabei nicht rot wird.

Sie nutzt die Gelegenheit zum Themenwechsel.

»Erinnerst du dich noch an meine Reportage über den blinden Nathaniel?«

»Natürlich.«

Sandro holt die Lasagne aus dem Ofen, richtet die Teller an und reicht sie Milla, die sie auf den Tisch stellt und sich hinsetzt.

»Ich hab mich heute mit ihm getroffen.« Sie rührt den Salat in der Schüssel um.

»Warum das denn?« Sandro entkorkt den Wein und füllt die Gläser zu exakt einem Drittel.

»Ihm ist etwas passiert, respektive er ist buchstäblich ein blinder Zeuge von einem Unfall oder vielleicht gar von einem Verbrechen geworden.«

Sandro hört Milla aufmerksam zu, als sie ihm während des Essens eine Kurzversion von Nathaniels Schilderungen wiedergibt.

»Und warum genau erzählst du mir das alles?«

Es ist eine rhetorische Frage. Sandro hat längst erkannt, dass Milla gerade dabei ist, sich einen Gefallen zu erbetteln.

»Könntest du nicht bei den App-Betreibern anklopfen und abklären, ob es der Frau gut geht?«

Sandro wirft Milla mit seinen nachtschwarzen Augen einen Blick zu, mit dem man einen Welpen tadeln würde, der gerade auf den Teppich gepinkelt hat und treuherzig und schwanzwedelnd zu einem aufschaut.

»Bitte …«

Sandro kennt das Szenario bereits. Sie wissen beide, dass er nicht Nein sagen kann, doch so schnell will er sich nicht geschlagen geben. »Was kriege ich als Gegenleistung?«

Milla steht auf, geht um den Tisch herum und setzt sich rittlings auf Sandros Schoß.

»Also, mir würde da schon etwas einfallen.« Sie küsst ihn auf seinen tomatenroten Mund. Küsst ihn innig und lange.

»Ich glaube, ich werde mit mir reden lassen.«

»Das hoffe ich doch!«

Mit einem Ruck steht Sandro auf, trägt sie hinüber ins Schlafzimmer und wirft sie übermütig aufs Bett. Milla kreischt. Er setzt sich zu ihr auf die Matratze, öffnet die Knöpfe ihrer Jeans und schält Milla aus ihrer Hose, während sie sich das Shirt abstreift. Wie immer kämpft er gegen den Verschluss ihres BHs, gewinnt aber schließlich die Auseinandersetzung mit dem widerspenstigen Haken. Dann sucht seine Zunge ihren Nabel, ihre kitzligste Stelle, was sie zappeln lässt. Seine Küsse wandern nach oben, sie fühlt, wie ihr Körper ganz weich wird, was man von seinem nicht behaupten kann. Er windet sich aus seinen Klamotten, umschließt Milla mit seinen Armen, sie riecht seine Haut, atmet ihn ein und versinkt in ihm.

Neun Stunden später, und mit zu wenig Schlaf, fragt sich Sandro Bandini, was er hier eigentlich macht. Er hätte weiß Gott anderes zu tun. Aber Milla hat letzte Nacht überzeugende Argumente vorgebracht, warum er ihr diesen Wunsch nicht abschlagen kann. Also hat er frühmorgens gleich als Erstes seine Assistentin gebeten, bei den Betreibern des *Be-my-eyes*-Dienstes einen dringlichen

Antrag auf Dateneinsicht zu stellen; es gehe um den Chat vom 5. Juni, zwischen Nathaniel Brenner und einer Carole, Nachname unbekannt. Die App wird von einem Team mit Sitz in Dänemark unterhalten. Insgeheim hat Sandro gehofft, dass sich das Unterfangen, in Dänemark an sensible Daten eines App-Betreibers heranzukommen, als ein kaum zu bewältigender Hindernislauf durch zahlreiche Behörden herausstellen würde. Dann hätte er eine gute Ausrede gehabt, das Ganze auf sich beruhen zu lassen. Doch wider Erwarten zeigten sich die App-Betreiber äußerst kooperativ und gaben die gewünschte Adresse ohne Umstände heraus. Nach einer Stunde legte die Assistentin den Zettel mit der Anschrift auf seinen Tisch: Carole Stein, Militärstrasse 73, Bern.

Nun steht er hier vor der Eingangstür des Hauses, sie ist nicht abgeschlossen. Sandro betritt das Treppenhaus und liest die Namensschilder auf den Briefkästen, die in der Wand eingelassen sind. Auf dem zweiten wird er fündig: Carole Stein. Er wirft einen Blick hinein. Der Briefkasten ist leer. Sandro steigt die Treppe hoch. In derselben Sekunde, in der er auf den Klingelknopf drücken will, öffnet sich die Tür. Die Frau, die ganz offensichtlich in Eile ist, zuckt erschrocken zusammen. Sie ist zirka Mitte dreißig, denkt Sandro. Dunkelblond, nicht unattraktiv. Doch sie wirkt etwas blutleer, als gehe sie zu wenig an die frische Luft.

»Carole Stein?«

»Wer will das wissen?« Sie hat sich rasch wieder gefasst und wirkt nicht gerade freundlich.

»Sandro Bandini, Kantonspolizei Bern.« Er hält ihr kurz seinen Dienstausweis hin.

Sie blickt ihn überrascht an. »Ist etwas passiert?«

»Seien Sie unbesorgt. Sind Sie Carole Stein?«

Die Frau nickt.

»Können Sie sich ausweisen?«

»Muss das sein? Ich wollte gerade weg.«

Sandro teilt Carole Stein mit, dass sich jemand um sie Sorgen mache und er deswegen sicherstellen wolle, dass es ihr gut gehe. »Darum möchte ich kurz Ihren Ausweis sehen, nur, um sicherzugehen.«

»Wenn's denn sein muss. Moment.«

Widerwillen zeichnet sich im Gesicht der Frau ab, bevor sie sich umdreht, die Tür bis auf einen Spalt offen lässt und in der Wohnung verschwindet. Sandro hört sie suchen: Schubladen werden herausgezogen, Papiere durchgeblättert. Sie scheint nicht der ordentlichste Mensch zu sein, denkt Sandro, während er auf die Uhr blickt. Eine gefühlte Ewigkeit später erscheint sie wieder an der Tür und streckt ihm einen Reisepass hin, der auf Carole Stein ausgestellt ist. Sandro blickt auf das Foto, schaut dann wieder Carole Stein an. Auf dem Bild ist sie etwa zehn Jahre jünger, ihr Gesicht ist etwas voller, und ihr Haarschnitt von damals erinnert an eine andere Zeit.

Sandro reicht ihr den Pass zurück. »Waren Sie am letzten Mittwoch über die App *Be my eyes* mit einem blinden Mann verbunden?«

Carole Stein scheint nachzudenken. Dann nickt sie. »Ja, genau, ein blinder Mann.«

»Er sagt, Sie hätten das Gespräch plötzlich abgebrochen. Er habe einen Schrei gehört, und er sei sicher, dass Ihnen etwas zugestoßen sein müsse. Ist alles in Ordnung?«

Jetzt lacht Carole Stein. »Ach das! Natürlich, es ist alles in Ordnung. Ich habe meine Einkäufe hochgetragen, während ich am Telefonieren war. Dann bin ich gestolpert und habe alles fallen gelassen. Das war eine ziemliche Bescherung. Dabei muss ich wohl aufgeschrien haben. Ist ja süß, dass sich der Blinde Sorgen macht.«

»Ich bin froh, dass Ihnen nichts zugestoßen ist.« Sandro entschuldigt sich für die Störung und verabschiedet sich. Kurz darauf steigt er auf sein Fahrrad und schlägt den Weg Richtung Altstadt ein. Während er in die Pedale tritt, beginnt er, ein uraltes Lied von Nik Kershaw zu pfeifen. Er wünschte sich, all seine Fälle könnten so schnell gelöst werden – und hätten einen solch positiven Ausgang. Vor der Polizeiwache schließt er sein Fahrrad ab, selbst hier ist es nicht vor Dieben sicher, und blickt auf die Uhrzeit seines Handys. Milla muss längst in Zürich in der Redaktion angekommen sein. Er wählt ihre Nummer.

»Auftrag Nova erledigt«, sagt er mit seiner Polizistenstimme, als sie rangeht. »Ergebnis positiv.« Und in seinem normalen Tonfall fügt er an: »Mit deiner Carole ist alles in Ordnung. Sie ist gesund und munter zu Hause.«

18

Carole friert. Sie kann nichts sehen, ist eingepackt in das undurchdringliche Schwarz, noch immer. Die Decke, das Einzige, das sie wärmen könnte, ist stellenweise nass. Hoffentlich ist es bloß Urin, denkt sie, nicht Blut.

Mühsam kämpft sie sich aus ihrer Benommenheit. Die Arme spürt sie wieder, sie bewegt sie hinter ihrem Rücken vorsichtig auf und ab, die Taubheit ist dem Schmerz gewichen. Ihr Schädel fühlt sich an, als habe sie am Vorabend mehr als einen Wodka über den Durst getrunken, aber die Kopfschmerzen sind nicht mehr ganz so verheerend wie zuvor.

Sie weiß nicht, wie lange sie schon hier ist. Ein paar Stunden? Einen Tag? Oder länger? Das Gefühl für die Zeit hat sie verloren, ebenso die Erinnerung daran, was geschehen ist. Sie sucht in ihrem Gedächtnis nach einem Hinweis, nach irgendetwas. Aber da ist nichts. Sie weiß weder, wie sie hierhergekommen ist, noch, wo sie sich befindet. Sie ist herausgefallen aus der Zeit, herausgefallen aus ihrem Leben, es scheint nichts anderes mehr zu geben als dieses schwarze Loch.

Sie versucht nachzudenken, so sehr, dass der Kopf wieder stärker zu schmerzen beginnt. Es geht nicht. Jeder Gedankengang ist so anstrengend wie ein Langstreckenlauf. Sie wimmert leise. Was ist bloß passiert? Wie und warum bin ich hierher geraten? Wer tut mir das an? Leere Fragen ohne Ziel.

Sie spürt, dass sie auf einer dünnen Matratze liegt, daneben ertastet sie kalten Betonboden. Der Raum *fühlt* sich groß an. Nicht der kleinste Tropfen Licht dringt herein. Ein strenger Geruch macht ihr das Atmen schwer. Er erinnert sie an Autos. Benzin oder Lack, oder beides. Sie könnte überall sein. In einer anderen Stadt, in einem anderen Land. In einer fremden Welt. Warum? Wenn ihr bloß das Denken nicht so schwerfallen würde.

Jemand muss sie unter Drogen gesetzt haben. Genau so fühlt es sich an, ein Drogen-Kater, fast wie damals, als sie vor Jahren bei einer Techno-Party Ecstasy geschluckt hat. Nach zwei Nächten ohne Schlaf gierte ihr ganzer Körper nach Ruhe und schmerzte wie verrückt. Man hat ihr Drogen gegeben. Hoffentlich hat das Kind nichts abbekommen. Mein Kind, denkt sie.

Sie fühlt in ihren Bauch hinein, doch da regt sich nichts. Keine Bewegung, schwer und taub und tot ihr Bauch. Sie erstarrt. Sie spürt es nicht mehr. Mein Kind! Jetzt schreit die Stimme in ihrem Kopf. Ihr Junge stirbt ihr weg! Er stirbt!

Sie wirft sich von der einen auf die andere Seite, ein ersticktes Würgen bleibt im Klebeband an ihrem Mund hängen. Sie wälzt sich herum, ihr Herz beginnt zu rasen. Auf einmal gibt es nur noch diese abgrundtiefe Angst. Sie ist eiskalt und flutet ihren Körper wie flüssiges Gift.

Das Kind ist tot.

Sie versucht zu schreien, will sich freistrampeln von den Fesseln, tritt mit den Beinen ins Leere. Schweiß fließt an ihren Schläfen hinab, die Haare kleben an ihrer Stirn. Ihr Kind, gestorben, bevor es geboren wurde. Sie weiß es, weiß, dass alles zu spät ist. Sie krümmt sich. Wieder wälzt sie ihren schweren Körper auf die Seite. Ein totes Kind im Bauch. Es darf nicht sein. Sie windet sich. Die Geräusche, die sie ausstößt, haben nichts Menschliches mehr an sich. Sie schlägt mit dem Kopf auf den Boden, noch einmal. Immer wieder, doch plötzlich kriegt sie keine Luft mehr, nicht genug zum Atmen. Ihr Kind ist tot, und sie selbst wird ersticken. Alles zu spät.

Panisch zieht sie Luft durch die Nase ein. Zu wenig Luft. Sie verzieht ihren Mund, schneidet Grimassen und hofft, dass sich so das Klebeband etwas löst. Tut es nicht. Luft, Luft, ich brauche Luft, denkt sie. Sie brüllt, obwohl sie nicht brüllen kann. Schürft sich die Arme wund, schlägt sich den Kopf auf. Alles ist nur noch Schmerz.

Da spürt sie etwas. Es bewegt sich. In ihrem Bauch. War das ein Tritt? Sie erstarrt. Das ist ein Tritt! Er lebt! Er ist noch bei ihr. Sie will aufatmen, doch sie kriegt noch immer nicht genug Luft. Ich muss mich beruhigen, langsam atmen, denkt sie, das Kind lebt, beruhigen. Wieder spürt sie eine Bewegung in sich. Sie saugt die Luft durch ihre Nasenlöcher, saugt ein, noch mehr, doch es genügt nicht. Sie erstickt.

Da fällt ihr Kevin ein. Der kleine, blasse, zerbrechliche Kevin, ein Klassenkamerad, der gegen alles allergisch war, gegen das man allergisch sein konnte, ein ewig kränkelndes Kind, aber trotz allem nicht der Außenseiter in der Klasse. Weil er lustig war, weil er immer Unfug im Kopf hatte und die Lehrer in den Wahnsinn trieb. Ausgerechnet jetzt kommt ihr Kevin in den Sinn, doch der Gedanke rettet sie. Vorerst. Er litt an allergischem Asthma. Und er erzählte ihr vor gefühlten hundert Jahren von seinem Trick, wenn er das Gefühl hatte, zu wenig Luft zu kriegen: Ausatmen, hatte er ihr gesagt. Wenn nicht genug reinkommt, muss ich ausatmen. Denn dann mache ich in der Lunge wieder Platz für neue Luft. Noch einmal zieht sie Luft in sich hinein. Ausatmen, hört sie Kevins Kinderstimme sagen. Du musst ausatmen. Jetzt stößt sie die Luft hinaus, schnaubt durch die Nase. Raus damit. Mich beruhigen. Ruhig atmen. Ausatmen. Ruhig sein. Sie konzentriert sich auf jeden einzelnen Atemzug, zählt dabei, langsam. Einatmen, Ausatmen, ruhig sein. Sie atmet.

Wie erschöpft sie auf einmal ist. Sie möchte wegdriften. Alles ist besser als wach zu sein mit dieser verstörenden Wahrheit, die sich anfühlt wie ein billiger Horrortrip.

Aber ihr Kind lebt. Sein Leben ist wichtiger als ihres. Sie weiß, dass es von jetzt an immer so sein wird; dass ihr Kind das Wichtigste ist, immer und überall, es wird stets an erster Stelle stehen, nie mehr sie selbst. Falls es sie überhaupt noch geben wird.

Die Kälte durchdringt sie. Tränen nässen ihr Gesicht. Sie kann sich nicht über den Bauch streichen. Sie kann ihr Baby nicht berühren. Das Einzige, was ihr bleibt, ist ihre Stimme, die kriegt auch der Knebel nicht tot. Sie summt für ihren ungeborenen Jungen eine todtraurige Melodie.

19

Irgendwo im Haus hört Nathaniel den Gesang einer Frauenstimme. Er hört sie hin und wieder, weiß aber nicht, woher sie kommt. Ein schönes Lied. Er erkennt die Melodie, versteht aber die Worte nicht. Zu viele Mauern zwischen der Stimme und ihm.

Er liegt wach in seinem Bett. Der Traum war da. Aber er war anders als sonst. Dieses Mal hat ihn nicht sein eigenes Schreien aus dem Schlaf gerissen. Etwas anderes muss ihn geweckt haben. Nathaniel tastet nach seinem Nachttisch, erfühlt den Wecker, daneben liegt sein Handy. Er tippt es an.

»Sie haben einen unbeantworteten Anruf«, teilt ihm die Frauenstimme mit.

»Ebenfalls guten Morgen«, sagt Nathaniel laut.

Kurz darauf vernimmt er das leise Klacks-Klacks-Klacks von Alishas Pfoten. Sie tapst ins Schlafzimmer, schiebt ihren Kopf unter seine Hand, fordert ein Begrüßungskraulen, dann setzt sie sich hin und kläfft drei Mal, was so viel heißt wie: Gassi gehen. Manchmal fragt sich Nathaniel, wer von ihnen beiden eigentlich Herrchen und wer Hund ist in diesem Haus. Er überlegt, ob Alishas Blase noch einen Telefonanruf lang dichthält, und entscheidet, ein Rückruf nach dem Morgenspaziergang sei noch früh genug. Nathaniel greift sich die Kleidung, die er gestern Abend sorgfältig bereit gelegt hat. Als Kind hatte er seine Klamotten zum Ärger der Mutter immer achtlos liegen gelassen, wo er sie ausgezogen hatte. Doch Unordentlichkeit verträgt sich schlecht mit Blindheit. Wäre er ein Sehender, würde man ihn wohl pedantisch nennen. Nathaniel legt Alisha das Geschirr um, hält sich am Griff fest und befiehlt ihr loszugehen. »Avanti.« Kaum sind sie unten zur Tür raus, klingelt sein Telefon. Die Frauenstimme in seinem Handy sagt ihm, dass Milla anruft.

»Milla?«

»Nathaniel, ich habe gute Neuigkeiten! Mein Freund Sandro hat herausgefunden, wo deine Carole wohnt, und er hat sie zu Hause aufgesucht. Es geht ihr gut. Es ist alles in Ordnung.«

Nathaniel schließt die Augen, atmet einmal tief durch. »Gott sei Dank!« Die Erleichterung ist ihm anzuhören. »Danke Milla, das ist die beste Nachricht seit Langem. Was ist passiert, als sie mit mir telefoniert hat? Hat sie etwas dazu gesagt?«

»Sie meinte, sie habe ihre Einkäufe die Treppe hochgeschleppt, sei gestolpert und habe alles fallen gelassen.«

Nathaniel versucht, sich die Szene vorzustellen, sie mit den Geräuschen, die er gehört hat, in Einklang zu bringen. Es gelingt nicht.

»Ist dein Freund sicher, dass das stimmt?«

»Nathaniel, du musst dir keine Sorgen mehr machen. Carole geht es bestens. Sandro hat es mit eigenen Augen gesehen. Lass es gut sein.«

»Du hast bestimmt recht. Vielen Dank, dass du mir geholfen hast. Ich bin sehr froh, dass nichts passiert ist.« Nathaniel will sich gerade verabschieden, dann hält er inne. »Kannst du mir Caroles Nummer geben? Damit ich sie selbst anrufen könnte?«

Milla verneint. Zum einen habe sie die Nummer nicht, zum anderen dürfe Sandro ihr sie gar nicht herausgeben.

»Macht nichts, trotzdem danke.«

Sie vereinbaren, zusammen etwas trinken zu gehen, sobald Milla wieder mal in Bern ist und Zeit hat. Dann klicken sie beide das Gespräch weg.

Einen Moment lang bleibt Nathaniel auf dem Gehsteig stehen. Alisha schaut ungeduldig zu ihm hoch. Sie macht einen Laut, irgendetwas zwischen einem Jaulen und einem Kläffen.

»Mission accomplished«, sagt Nathaniel in ihre Richtung. In Gedanken wiederholt er die Worte. Mission accomplished. Es wäre nicht das erste Mal, dass eine Mission zu früh für beendet erklärt würde.

Kaum hat Nathaniel den Bremgartenwald erreicht, bindet er Alisha los, damit sie dem Ruf der Natur folgen kann. Als sie ihr Geschäft erledigt hat, kehrt sie sofort zu ihm zurück.

»Es tut mir leid, wir gehen schon wieder nach Hause. Ich muss etwas herausfinden.«

Ich bin ein alter Sturkopf, denkt Nathaniel auf dem Rückweg, einer, der sich festbeißt in eine Sache, wie ein überzüchteter Kampfhund, der seine Beute nicht mehr loslässt. »Vielleicht sollte ich einfach loslassen«, sagt er laut. Er merkt nicht, dass Alisha ihn aufmerksam anblickt.

Als Nathaniel zu Hause ankommt, steigt er nicht bis in den dritten Stock hoch, sondern stoppt eine Etage tiefer, vor der Wohnung, die exakt unter der seinen liegt. Alisha beginnt zu wedeln, ihr Schwanz klopft vor Aufregung gegen die Tür, bevor Nathaniel den Klingelknopf findet. Er vernimmt aus dem Innern der Wohnung das Läuten der Glocke. Veronika ist bestimmt zu Hause. Sie ist fast immer daheim.

Man kann guten Gewissens sagen, dass Veronika und Nathaniel enge Freunde sind, obwohl vierzig Jahre zwischen ihnen liegen. Das Verhältnis des fast noch jungen Mannes und der betagten Dame ist indes gerade umgekehrt, als man für gewöhnlich annimmt: Es ist nicht Nathaniel, der Veronika zur Hand geht, ihr die Einkäufe erledigt und ihren Abfluss flickt, wenn er tropft. Vielmehr ist es Veronika, die Nathaniel immer mal wieder hilft, wenn er gegen eine schwarze Wand rennt, wie er es nennt. Wenn ihn seine Vergangenheit einholt und das Leben zu schwer wird. Oder ganz einfach, wenn er ein Problem ohne Augen nicht lösen kann. Zum Beispiel, wenn die Waschmaschine nicht anspringt und alles Herumdrücken auf den Knöpfen nichts hilft, oder wenn ihm plötzlich in der Küche Insekten um die Ohren fliegen, weil etwas liegengeblieben ist, das für die kleinen Tierchen ein Fressen ist. Freunde sind Veronika und Nathaniel aber auch deswegen, weil sie sich beide gute Zuhörer sind. Und eine gute Zuhörerin kann Nathaniel gebrauchen, gerade jetzt.

Es dauert einen Moment, dann hört er ein Rascheln, ein Schlüssel, der gedreht wird, die Tür, die sich öffnet.

»Nathaniel!«

Nathaniel will seine Nachbarin in die Arme schließen und verfehlt sie um ein Haar, weil sie so winzig ist. Sie schiebt ihn sanft etwas nach rechts und drückt ihn dann an sich.

»Wie geht es dir? Ich hoffe, die Träume lassen dich in Ruhe!«

Könnte sich Nathaniel eine Großmutter aussuchen – er wüsste genau, wen er wählen würde. Niemand kennt ihn so gut wie Veronika.

»Ich brauche deine Hilfe«, sagt Nathaniel ohne Umschweife.

»Stets zu deinen Diensten!« Veronika muss lachen, sie mag seine direkte Art.

»Allerdings habe ich eine etwas spezielle Bitte.«

»Nur zu, ich helfe dir gerne.«

»Ich möchte, dass du die Treppe raufstolperst.«

»Du möchtest was?«

»Also, ich meine, du sollst natürlich nur so tun, als ob du stolperst.«

»Nathaniel, hast du getrunken? Ich soll auf der Treppe stürzen? Ich bin eine alte Frau!«

»Nein, nein, nicht stürzen, du brauchst gar nicht hinzufallen!«

»Da bin ich aber erleichtert. Du weißt schon, dass du dich gerade ein bisschen seltsam anhörst?«

»Ich weiß, aber es gibt niemanden sonst, den ich darum bitten könnte.«

»Bevor ich mich auf die Treppe oder sonst wohin stürze, mach ich uns eine Tasse Tee, und du erzählst mir, was passiert ist.«

Veronika tischt Schokoladenkekse und Kräutertee auf, der schmeckt, als hätte sie die Kräuter soeben selbst im Garten gepflückt. Allein dafür hätte sie den Titel »Großmutter des Monats« verdient. Nathaniel hat es sich auf dem Sofa bequem gemacht, er kommt in Veronikas Wohnung einigermaßen zurecht; sie hat den gleichen Grundriss wie seine, allerdings mit dem Unterschied, dass bei ihr massenhaft Möbel im Weg stehen.

»Du willst also, dass ich die Treppe hochstolpere?«

Nathaniel hört Veronika leise schlürfen und führt sich die Tasse ebenfalls zum Mund. »Ja, ich möchte hören, wie es sich anhört.«

»Ach so. Das erklärt natürlich einiges.«

Jetzt müssen sie beide lachen. Nathaniel kommt nicht umhin, Veronika die ganze Geschichte zu erzählen, die nun um ein Kapitel länger geworden ist. Nämlich um den letzten Akt: Dass Millas Freund, der Polizist, bei der gesuchten Carole vor der Tür gestanden hat und sie ihm versicherte, ihr sei nichts zugestoßen, sie sei bloß gestolpert.

»Und warum muss ich dann die Treppe hochstürzen, wenn sich die Angelegenheit zu aller Zufriedenheit erledigt hat?«

»Weil ich es nicht glaube.«

»Du denkst, der Polizist lügt?«

»Nicht der Polizist.«

»Also die große Unbekannte? Warum sollte sie erzählen, es sei alles in Ordnung, wenn dem nicht so ist?«

»Keine Ahnung. Ich weiß nur, dass etwas nicht stimmt. Es ist ein Gefühl. Als hätte jemand in mir drin einen Alarmknopf gedrückt.«

Veronika nickt. Sie hat in ihrem langen Leben gelernt, dass man auf die Stimme im Bauch hören sollte. Und nicht auf jene im Kopf, denn die erzählt manchmal den größten Mist. Zu oft fällt man auf sie herein. Die Stimme im Bauch hingegen ist eine miserable Lügnerin, darum hält sie sich an die Wahrheit. Leider ist die Stimme im

Bauch viel leiser als jene im Kopf, die mitten zwischen den Ohren sitzt. Darum muss man immer ganz genau hinhören.

»Ich bin einverstanden«, sagt Veronika deshalb. »Dann starten wir mal dieses Experiment.«

Und weil Veronika nie halbe Sachen macht, begibt sie sich in die Küche und packt einige Äpfel, eine Dose Ovomaltine und eine Schachtel Kekse in ihre Einkaufstasche. Wenig später steht sie im Treppenhaus bereit.

»Also, ich steige die Treppe hoch, tue so, als ob ich stolpere und lasse die Tasche fallen.«

Nathaniel vernimmt zwei Schritte, dann hält Veronika inne. Sie zögert.

»Aber wenn ich nur so tue, als ob ich stolpere, hört es sich dann nicht sowieso falsch an?«

»Nein, falsches Stolpern genügt. Es geht mir um den Ablauf. Wir wollen schließlich nicht, dass du dir alle Knochen brichst.«

»Nun gut.« Veronika räuspert sich und steigt die Treppe hoch. Sie fühlt sich wie eine Schauspielerin, die zum ersten Mal die Bühne betritt. Auch Nathaniel ist hochkonzentriert: Er hört die Schritte auf den Stufen. Ein Fehltritt. Ein Aufschrei. Gefolgt von einem Poltern, als rollten Steine die Treppe hinab.

»Wow, das hörte sich echt an!«, ruft Nathaniel begeistert. Zur Antwort erhält er ein klägliches Stöhnen.

»Veronika, alles in Ordnung?«

Stille.

»Veronika? Veronika!«

20

»Ich habe darüber nachgedacht.«

»Und zu welchem Schluss bist du gekommen?« Milla spürt, dass sich ihr Puls beschleunigt.

»Ich mach's.«

Sie ballt die Hand zur Faust. Mit Ben als Kronzeugen kann sie die Story in der nächsten Sendung bringen, die Geschichte über die mysteriösen HIV-Infektionen, die sie selbst noch immer kaum fassen kann.

»Aber nur in anonymisierter Form«, schiebt Ben nach.

»Das geht in Ordnung.«

»Und am liebsten gleich heute – sonst überlege ich es mir womöglich noch anders.«

»Ich kann in zwei Stunden bei dir sein«, sagt Milla. Es gibt Momente im Leben, in denen Zögern keine Option ist.

Fünfzig Minuten später macht sich Milla schon wieder auf den Weg nach Bern. Diesmal sitzt sie nicht im Zug, sondern auf dem Beifahrersitz des weißen Kastenwagens, auf dessen Seite übergroß das Emblem ihres TV-Senders prangt. Sie will noch einmal die Notizen durchgehen, die sie während des Gesprächs mit Ben gemacht hat. Doch sie kommt nicht weit.

»Mist, ich kann nicht lesen, mir wird total übel«, sagt

sie zu Ivan Ivanovic, der nicht wirklich Ivan heißt, den aber alle Ivan nennen.

»Immerhin, du hast tatsächlich Notizen dabei.« Ivan grinst frech. Zu gut kennt er Milla und ihren Hang zum Chaos. Seit bald neun Jahren sind sie regelmäßig zusammen im Einsatz. Milla als rasende Reporterin, er als ihr Kameramann. Sie haben schon einiges miteinander durchgestanden; eine Beinahe-Verhaftung im Bundeshaus, Tränengas-Attacken, eine Hetzjagd von Neonazis et cetera, et cetera. Bei ihren Drehs sind sie immer wieder mit den unterschiedlichsten Schwierigkeiten konfrontiert, und das nicht selten, weil Milla alles andere als vorbildlich darauf vorbereitet ist. Oft aber auch, weil sie sich die verrücktesten Themen aussucht, wie etwa die Undercover-Reportage aus einer Klinik, die Medikamente unerlaubt an unwissenden Patienten testet, oder die Story über betrügerische Bestatter. Auf jeden Fall wird es Ivan mit Milla nie langweilig. Auch darum hat sie stets erste Priorität, wenn sie anruft und mal wieder höchst dringend einen Kameramann braucht. So wie gerade jetzt.

»Worum geht es?«, fragt Ivan.

»Frag lieber nicht.«

Er blickt zu Milla hinüber und sieht das Strahlen in ihren Augen.

»Klingt gut.« Er wendet sich wieder der Straße zu.

Mit wenigen Worten versucht Milla ihm zu erklären, was sie von Ben erfahren hat. HIV-Infizierte, mysteriöse Ansteckung, ein Arzt als Held, womöglich böse Absicht – das sind die Schlagwörter, die bei Ivan hängenbleiben. Trotzdem weiß er nach ihren Ausführungen in etwa genauso viel wie vorher. Für ihn ist wichtig: Das Interview muss anonymisiert gedreht sein. Das stellt ihn immer vor besondere Herausforderungen.

»Und du bist sicher, dass dein Zeuge vertrauenswürdig ist?« Ivan klingt skeptisch.

»Absolut sicher. Er ist Arzt am Inselspital und arbeitet in der betroffenen Abteilung.«

»Okay. Dann lass uns mit ihm in den Bremgartenwald fahren«, schlägt Ivan vor. Dann könne er die Bäume im Hintergrund fokussieren und Ben davor von schräg hinten und in großer Unschärfe aufnehmen, sodass ihn niemand erkennen werde. Zudem habe er einen Hut dabei. »Den Anonymitäts-Hut. Den habe ich schon verschiedenen Köpfen aufgesetzt. Funktioniert immer.«

Milla ist einverstanden.

Ben ist es wenig später auch. Ivan braucht eine Weile, bis er mitten im Wald alles in Position gebracht und die Kamera eingestellt hat.

»Ich werde dich siezen, wie es beim Schweizer Fernsehen Pflicht ist. Die Schärfe ist so eingestellt, dass du nicht erkennbar bist. Und deine Stimme werden wir später am Schnittplatz verfälschen. Geht das so in Ordnung für dich?« Milla schaut Ben fragend an.

»Ja, alles klar.« Er reibt sich nervös die Hände. Dann wischt er sich mit dem Handrücken über die Stirn. Ein letztes Räuspern. »Ich bin bereit.«

»Ich auch«, sagt Ivan, »Kamera läuft.«

»Wir beginnen ganz am Anfang dieser Geschichte. Können Sie mir erzählen, wie alles begann?«, fragt Milla.

»Es begann mit dem ersten Patienten, das war vor über einem Jahr. Ein siebzehnjähriger Junge. Die Diagnose lautete HIV-positiv, kombiniert mit einer Hepatitis C.

Solche Mehrfachinfektionen kennen wir vor allem aus dem Drogenmilieu.«

»Nahm der Junge Drogen?«

»Er hat geleugnet, jemals in seinem Leben Drogen genommen zu haben. Und Sex habe er auch noch nie gehabt.«

»Haben die Ärzte ihm geglaubt?«

»Nein. Weil das unmöglich ist. Irgendwo muss er sich ja infiziert haben. Schließlich kann auch die heilige Maria nicht mehr jungfräulich gewesen sein, als sie schwanger war. In einer Klinik wie dem Berner Inselspital glaubt man nicht an Magie. Sondern eher daran, dass ein Jugendlicher vor seinen Eltern das Gesicht nicht verlieren will und lieber lügt, als zu gestehen, dass er Drogen ausprobiert hat.«

Milla schmunzelt innerlich. Sie mag den Vergleich mit der Jungfrau Maria.

»Aber dann gab es einen zweiten Fall«, fährt sie fort.

»Genau. Eine Pianistin, Mitte dreißig, attraktive Frau. Auch sie konnte sich nicht erklären, wer sie angesteckt haben könnte. Sie fragte ihre ehemaligen Partner, und alle waren negativ.«

»Hegten die Ärzte da schon einen Verdacht?«

»Nein. Stutzig wurden wir … Mist.«

»Was?«

»Ich kann nicht von ›wir‹ sprechen. Das geht nicht.«

»Kein Problem, den Absatz schneide ich raus. Wir machen's noch mal: Hegten die Ärzte da schon einen Verdacht?«

»Nein. Stutzig wurden die Ärzte aber beim dritten Fall. Eine verheiratete Frau, die auf die fünfzig zuging. Sie schwor auf die Bibel, dass sie ihr ganzes Leben lang nur mit einem einzigen Mann Sex gehabt habe, und zwar mit ihrem Ehemann. Der war HIV-negativ. Also begannen die Ärzte, die Patientin eingehender zu befragen. Sie gab an, dass sie Akkordeon spiele. Und sie erzählte, sie habe bei ihrem Musiklehrer eine Akupunktur-Sitzung besucht.«

»Kann man sich denn bei einer Akupunktur mit HIV infizieren?«

»Das ist so gut wie unmöglich. Aber auch der erste Patient, der Jugendliche, hatte eine Akupunktur-Sitzung erwähnt. Nur hat das zu dem frühen Zeitpunkt noch niemand ernst genommen. Der zuständige Arzt begann daraufhin, die Patienten systematisch zu befragen. Dabei stellte sich heraus, dass auch der junge Mann ein Instrument spielt: Geige.«

»Und dann?«

»Kam die vierte Patientin. Als sie sagte, sie wisse nicht, wie sie sich infiziert habe, fragte der Arzt, ob sie ein Instrument spiele.«

»Und?«

»Sie sagte nein – aber sie nehme Gesangsunterricht.«

»Das bedeutet?«

»Die Ärzte fanden heraus, dass alle Patienten beim selben Musiklehrer Unterricht nehmen.«

»Das kann Zufall sein.«

»Das wäre ein großer Zufall. Zumal dieser Musiklehrer seinen Studenten angeblich auch Akupunktur-Sitzungen anbietet – zwecks Förderung der Kreativität.«

»Denken Sie, dass er unvorsichtig mit den Nadeln umgegangen ist und seine Schüler dadurch mit dem HI-Virus infiziert hat?«

»Ich denke eher, dass Absicht dahintersteckt.«

»Warum sollte er so etwas tun?«

»Diese Frage kann ich beim besten Willen nicht beantworten.«

»Und wie geht es nun weiter?«

»Vor etwa drei Monaten wurde die Polizei eingeschaltet. Aber auch das Inselspital führt weitere Befragungen durch.« Ben macht eine kurze Pause, dann fügt er an: »Denn es könnte sein, dass alles noch viel schlimmer ist.«

21

»Veronika!« Nathaniel brüllt jetzt.

Zur Antwort erhält er einen donnerlauten und nicht enden wollenden Fluch, den er dieser kleinen, zarten Person nie zugetraut hätte. Darauf folgt ein leises Wimmern.

»Was ist passiert?«

»Das hat sich nicht nur echt angehört – das war echt«, ächzt Veronika. »Meine Hand tut schrecklich weh. Ich fürchte, wir müssen einen Arzt rufen.«

In Nathaniels Vorstellung liegt Veronika blutüberströmt auf der Treppe, das Gesicht zerschlagen, ihre Zähne überall verstreut, sämtliche Knochen gebrochen. Ihm wird augenblicklich schlecht. Was hat er da bloß angerichtet?

Ganz so schlimm ist es dann schließlich doch nicht, aber immer noch schlimm genug: Veronika hat sich bei ihrem Treppensturz das Handgelenk verstaucht und sich ein paar blaue Flecken geholt. Zum Glück ist nichts gebrochen, das hätte in ihrem Alter bestimmt zu Komplikationen geführt. Aber dennoch: Sie hat sich verletzt, eine Handgelenkverstauchung ist eine langwierige Sache – und das alles einzig, weil er die glorreiche Idee hatte, eine Seniorin die Treppe hochstolpern zu lassen. Großartig,

Nathaniel, das hast du toll hingekriegt, tadelt er sich in Gedanken selbst.

Doch es ist nicht nur sein schlechtes Gewissen, das Nathaniel auf den Magen schlägt. Es ist ebenso die Erkenntnis, die er dank Veronikas Einsatz gewonnen hat: Carole ist nicht die Treppe hochgestolpert. Warum auch immer sie diese Version dem Polizisten aufgetischt hat: Es war gelogen.

Als Nathaniel Veronika die Stufen hochsteigen hörte, als er ihren vermeintlich hervorragend gespielten Sturz mit seinen Ohren genau mitverfolgte, war die Erinnerung auf einen Schlag wieder da. Inklusive eines Details, das beweist, dass Carole nicht mehr auf den Stufen gestanden hat, sondern bereits an der Tür gewesen sein musste: der Schlüssel! Er hat ja gehört, wie sie den Schlüssel im Schloss gedreht hatte. Das kann man nicht, während man noch auf den Stufen steht, sondern erst, wenn man den Absatz am oberen Ende der Treppe erreicht hat. Und wie soll man dann noch die Treppe hochstürzen? Carole hatte sich schon im Eingang ihrer Wohnung befunden, als das Gespräch so abrupt unterbrochen worden war.

Nathaniel verspricht Veronika, die gerade fertig verarztet wird, er »sehe gleich morgen« nach ihr, was aus seinem Mund irgendwie seltsam klingt. Dann steigt er zusammen mit Alisha stolperfrei die Stufen zu seiner Wohnung hoch.

»Warum lügt sie?«, fragt er seine Hündin, als die Tür hinter ihm zugefallen ist. Als Antwort vernimmt er nur das Klopfen ihres Schwanzes, der gegen die Wand schlägt.

Vielleicht, denkt Nathaniel, hatte sie gute Gründe, der

Polizei nicht die Wahrheit zu sagen. Vielleicht unterhält sie eine Hanfplantage und wollte um jeden Preis verhindern, dass der Polizist die Wohnung betritt. Allerdings hat sich Carole nicht nach einer Drogenproduzentin angehört.

Vielleicht hat sie einen gewalttätigen Freund und will ihn nicht bei der Polizei anzeigen. Man hört ja immer wieder von Fällen häuslicher Gewalt, bei denen die Frauen die Anzeige zurückziehen, ja sogar bereuen, ihren Mann angezeigt zu haben, der sie halb tot geschlagen hat.

Vielleicht wird Carole aber auch in ihrer eigenen Wohnung gefangen gehalten, und sie konnte dem Polizisten nicht die Wahrheit sagen, weil der Täter mit gezückter Pistole hinter der Tür gestanden hat. Nathaniel erinnert sich an die Geschichte aus Cleveland, wo ein Mann drei Frauen jahrelang in seinem Haus gefangen gehalten hatte, bevor sie sich befreien konnten.

Und vielleicht, denkt Nathaniel, habe ich auch einfach zu viel Fantasie. Ich muss die Sache auf sich beruhen lassen. Der Polizist hat die Frau schließlich gesehen. Offenbar geht es ihr bestens. Bestimmt macht sie sich gerade darüber lustig, dass ein dummer, blinder Mann sich Sorgen um sie gemacht hat. »Vergiss sie«, sagt Nathaniel laut zu sich selbst. »Alles ist gut.«

22

Ihre Kleidung ist weg. Innerhalb einer Sekunde ist Carole wach. Sie trägt etwas, das sich anfühlt wie ein Spitalhemd. Sie dreht sich auf die andere Seite und realisiert, dass sie sich wieder rühren kann. Die Hände! Sie sind nicht mehr zusammengebunden! Mit einem Ruck setzt sie sich auf, winkelt die Beine an, streckt eines wieder durch … Sie ist frei. Die Fesseln sind weg. Sie schaudert. Es muss jemand da gewesen sein. Ist sie wach gewesen? Eine Erinnerung blitzt auf. Oder hat sie das nur geträumt?

Zahllose Träume sind durch ihren Schlaf gejagt, fast so, als gäbe es ein Reservoir an zu träumenden Träumen in einem Leben, das jetzt noch rasch geleert werden muss, bevor es vorbei ist. Das Leben und das Träumen. Sie hat geträumt, dass sie losgebunden wurde und dass da ein Eimer stand, den sie als Klo benutzt hat. Dass jemand ihr Wasser gereicht hat. Und geschälte Orangen. Oder war das real?

Sie fährt mit der Zunge über ihre Lippen, glaubt die Erinnerung an die bittersüße Frucht zu schmecken. Es dauert mehrere Augenblicke, bis die Information ihr Gehirn erreicht und es damit etwas anfangen kann: Ihre Zunge hat ihre Lippen berührt. Ihr Mund ist nicht mehr zugeklebt.

Ächzend erhebt sie sich, stemmt sich hoch, ringt unsicher ums Gleichgewicht, sie hat Angst, in das Schwarz hineinzufallen.

»Hallo?« Ihre Stimme klingt wie das Krächzen einer Saatkrähe. Sie räuspert sich. »Hallo! Hallo!« Sie beginnt zu schreien, immer lauter, brüllt schließlich um Hilfe, so laut sie kann, wieder und wieder und wieder. Zur Antwort erhält sie nichts als Stille.

Ihr Schreien verkommt zu einem Schluchzen, von dem am Ende nicht mehr als ein klägliches Wimmern übrig bleibt.

Da spürt sie einen energischen Tritt in ihrem Bauch. Auf einmal muss sie lachen, was völlig irr ist in dieser Situation. So muss es sich anfühlen, wenn der Schalter im Hirn kippt und man verrückt wird. Aber sie kann nicht anders, sie sieht dieses absurde Bild vor sich: Ihr Baby, das wie ein erzürnter Nachbar auf dem Schemel steht und mit dem Besenstiel gegen ihre Bauchdecke klopft, weil sie mit ihrem Rumgeheule zu viel Lärm veranstaltet hat.

»Ach, wenn du wüsstest, wenn du wüsstest.« Sie kichert hysterisch, während sie mit beiden Händen ihren Bauch streichelt. Endlich kann sie ihn wieder fühlen, den Kleinen in ihr drin. Da! Erneut ein Tritt. Silas zappelt herum, als müsste er ihr klarmachen, dass es um mehr geht als um ihr Leben, dass hier nämlich auch sein Leben auf dem Spiel steht und dass sie gefälligst etwas dagegen unternehmen soll. Genau so fühlen sich seine Tritte an. Du hast recht, ich bin eine Rabenmutter, denkt sie. Ich muss etwas tun. Zumindest muss ich versuchen, etwas zu tun.

Vorsichtig setzt sie einen Fuß vor den anderen, will sich blind vorwärtsbewegen und überlegt es sich schnell anders. Zu groß ist ihre Angst, im Finstern zu stürzen und auf den Bauch zu fallen. Sie darf sich nicht verletzen. Sie darf dem Kind nicht wehtun.

Also versucht sie es kriechend auf allen vieren. Der raue Boden schürft ihre Knie auf. Ihre starren Muskeln brennen. Vorwärts, treibt sie sich an. Irgendwo muss eine Tür sein. Nach zirka drei Körperlängen erreicht sie eine Mauer. Sie spürt Rillen zwischen kaltfeuchten Backsteinen. Mit einem Stöhnen richtet sie sich auf und tastet sich Zentimeter um Zentimeter an der Wand entlang. Blind wie ein Maulwurf.

Der blinde Mann. Der Gedanke ploppt in ihrem Kopf auf. Das Hemd, blau kariert sollte es sein. Auf einmal ist da eine Erinnerung, sie klammert sich an ihr fest. Sie hat einen Anruf erhalten, via *Be my eyes*. Wie hieß der Mann? Blau kariert sollte es sein. Das Hemd. Eines der zwei blinden Augen war geschlossen. Und was war dann? Hoffnung blitzt auf. Er muss etwas gesehen haben! Vielleicht hat er Alarm geschlagen. Doch dann fällt ihr ein, dass er gar nichts gesehen haben kann. Und dass er weder weiß, wie sie heißt, noch, wo sie wohnt, noch, wer sie ist. Der Blinde ist nicht mehr als eine diffuse Erinnerung, die ihr nichts bringt.

Carole tastet sich weiter. Ein Backstein wie der andere, keine Unregelmäßigkeit, kein Fenster, nichts. Der Raum ist ein zugemauerter Sarg. Sie lehnt sich mit dem Rücken gegen die Wand und lässt sich an ihr heruntergleiten. Still rinnen Tränen über ihre Wangen.

Was war das? Carole schreckt zusammen und erstarrt. Da ist es wieder. Ein schabendes Geräusch. Metall schleift über Metall. Es kommt jemand.

23

Nathaniel hat versucht, sich abzulenken. Er hat seine Rechnungen bezahlt und seine Mails gecheckt. Er ist mit Alisha an der Aare spazieren gegangen. Er hat begonnen, ein Buch zu lesen. Er hat seine Musiksammlung neu sortiert. Und trotzdem war Carole in seinen Gedanken ständig präsent. Je länger er über das Ganze nachdenkt, desto überzeugter ist er, dass er mit ihr reden muss. Sonst wird er sie nie mehr loswerden; diese Ungewissheit, diese Zweifel, dass einfach etwas nicht stimmt an der Geschichte. Vielleicht würde Carole ihm die Wahrheit anvertrauen, die sie dem Polizisten aus welchen Gründen auch immer nicht hat sagen können. Vielleicht könnte er ihr helfen. Nathaniel, ihr helfen – er hat noch nie jemandem wirklich geholfen. Er ist derjenige, der sich immer wieder helfen lassen muss.

Einmal im Leben das Richtige und etwas Wichtiges tun, sagt sich Nathaniel. Aber dazu braucht er ihre Telefonnummer. Doch er hat bereits eine Idee, wie er an sie herankommen könnte. Vielleicht wird er lügen müssen. Oder sagen wir mal: bluffen. Dieses Wort gefällt ihm besser.

Nathaniel bereitet sich eine halbe Stunde lang auf das Gespräch vor, geht wieder und wieder die Worte durch, die er sagen will. Dann greift er zum Telefon. Zu seiner Überraschung stellt ihn die unfreundliche Dame in der Polizeizentrale direkt zu Felix Winter durch. Da Nathaniel den Namen von Millas Freund nicht kennt und Felix Winter ihm auf Anhieb sympathisch war, versucht er es bei ihm. Er hat das Gefühl, dass der alte Polizist ihn mag.

»Felix Winter.«

Diese väterliche Stimme, denkt Nathaniel. Begegnet er einem älteren Mann mit einer väterlichen Art, fühlt er sich stets in eigentümlicher Weise zu ihm hingezogen. Er weiß um seine Schwäche und braucht keinen Therapeuten, um zu verstehen, dass dies mit dem frühen Verlust seines Vaters zu tun hat.

Kaum hat Nathaniel den Polizisten begrüßt, kommt ihm Winter zuvor.

»Ich habe es schon vernommen! Wie gut, dass Sie nun endlich Klarheit haben und dass der Frau nichts geschehen ist.«

All die Argumente und Erklärungen verpuffen, die sich Nathaniel für das Gespräch zurechtgelegt hat. Felix Winter würde ihn wahrscheinlich definitiv für einen unzurechnungsfähigen Polizistenbelästiger halten, wenn er ihm nun die Treppenhaussturz-Geschichte von Veronika erzählen und Caroles Worte anzweifeln würde. Darum entscheidet er sich kurzum für Plan B.

»Ich bin auch sehr erleichtert, dass sich die Sache geklärt hat.« Nathaniel ist überrascht, wie überzeugend er sich anhört. »Ich möchte mich gerne mit Carole treffen und zur Feier des Tages mit ihr etwas trinken gehen. Auch, um das unfertige Gespräch zu beenden. Um ihr sagen zu können, wie froh ich bin, dass bei ihr alles in Ordnung ist. Ihr Kollege hat mir ihren Namen und ihre

Adresse zwar bereits genannt, nur habe ich mir leider nicht alles merken können. Manchmal müsste man als Blinder wahrlich über ein Superhirn verfügen, was ich aber leider nicht habe. Darum dachte ich, ich frage am besten rasch bei Ihnen nach. Wie hieß sie noch gleich? Carole Käser? Carole Stein? Nein, Carole Flückiger.«

Frei geraten. Es ist ein Versuch. Zwei Namen hat sich Nathaniel aus dem Telefonbuch der Stadt Bern vorlesen lassen, und Carole Stein hieß jene Frau, die im Restaurant Blinde Kuh zu Abend gegessen hat.

»Lassen Sie mich rasch in den Akten nachschauen.«

Er hat es mir abgekauft, denkt Nathaniel überrascht. Ist es möglich, dass es auf einmal so einfach ist? Nathaniel hört Winters Finger über eine Tastatur klacksen.

»Richtig, Carole Stein. Können Sie sich die Telefonnummer merken, wenn ich sie Ihnen diktiere?«

»Moment, ich starte kurz mein Sprachmemo-Programm. Wie gesagt, meinem Gedächtnis ist nicht zu trauen … in Ordnung, ich bin bereit.«

Während Winter die Nummer überdeutlich abliest, als wäre Nathaniel taub und nicht blind, wird Nathaniels Lächeln breiter und breiter.

»Ich kenne übrigens Ihren Fall«, schließt Winter, als er die Nummer fertig diktiert hat.

Das Lächeln ist weg. »Meinen Fall?«

»Die Geschichte Ihrer Familie.«

Der Satz fühlt sich an wie ein Fausthieb. Nathaniel glaubt, sein Herz stehe still.

24

Ben hat Milla den Namen genannt: Claudio Rudelli. Der Musiklehrer betreibt an der Viktoriastrasse in Bern eine eigene Musikschule. Laut seiner Website bietet er Unterricht in Gesang an und für acht verschiedene Instrumente. Ein richtiger Amadeus, denkt Milla, allerdings steht da weder etwas davon, dass er auch Akupunktur-Sitzungen durchführt, noch, dass er zu kontaminierten Nadeln greift. Vorsicht, ermahnt sich Milla. Sie darf ihn nicht vorschnell verurteilen. Noch ist nichts bewiesen. Der Gedanke, dass ein Musiklehrer seine Studenten absichtlich mit HIV ansteckt, ist derart abwegig, dass Milla dahinter eher eine Verwechslung oder einen Irrtum vermutet. Selbst wenn die Polizei ermittelt, bedeutet das noch nicht viel. Auf jeden Fall muss Milla das tun, was ins Pflichtenheft einer seriösen Journalistin gehört: Sie muss Rudelli mit den Vorwürfen konfrontieren. Er hat ein Recht darauf, seine Sicht der Dinge darzustellen. Also los, denkt Milla. Sie gibt sich einen Ruck und stellt die Nummer ein, die auf der Website des Musiklehrers angegeben ist.

Es klingelt. Ein Mal.

»Drehst du mit?«, fragt sie Ivan.

Dieser nickt.

Zwei Mal.

»Gut.«

Denn sollte der Musiklehrer sich weigern, vor die Kamera zu treten, könnte sie zumindest die Sequenz mit dem Anruf in den Film hineinschneiden; als Beleg dafür, dass sie ihm die Möglichkeit gewährt hat, Stellung zu nehmen.

Drei Mal.

»Ruuudeeellliiii!«

Ivan hält die Kamera auf Milla, die kaum merklich zusammenzuckt. Sie müsste sich eigentlich das Ohr reiben nach dieser überraschenden Begrüßung, mehr gesungen als gesprochen, würde sie nicht gerade gefilmt.

»Herr Rudelli, hier ist Milla Nova vom Schweizer Fernsehen. Wir stehen vor Ihrer Musikschule und würden Ihnen gerne ein paar Fragen stellen. Es ist wichtig, und ich denke, es ist in Ihrem Sinne, wenn Sie Ihre Sicht der Dinge darstellen können.«

»Meine Sicht der Dinge darstellen? Worum geht es denn, junge Dame?«

Er spricht noch immer in diesem Singsang, und er hat keine Ahnung, wie alt ich bin, denkt Milla.

»Es geht um das Verfahren, das gegen Sie eröffnet wurde.«

»Vor meinem Haus stehen Sie? Ich komme rasch runter.«

»Er kommt. Besser könnte es nicht laufen«, sagt Milla an Ivan gewandt.

Der Mann, der kurz darauf das wuchtige Eisentor öffnet, hinter dem der Garten des Anwesens liegt, sieht überhaupt nicht so aus, wie Milla ihn sich vorgestellt hat. Claudio Rudelli hat die Statur eines leicht untersetzten

Hammerwerfers. Sein langes Haar, das nicht mehr ganz so schwarz glänzt wie einst, hat er sich hinter beide Ohren gekämmt. Sein Gesicht erinnert Milla an ein Tier, eine Kreuzung zwischen einer Eule und einem Waschbären. Buschige Augenbrauen, die sich in der Mitte beinahe berühren, ein borstig wuchernder Bart und eine Boxernase, vorne so platt, als würde sie unentwegt gegen eine unsichtbare Scheibe gedrückt. Seine Augen aber haben Tiefe. Er reicht Milla die rechte Hand und legt seine Linke darüber, lässt sie einen Augenblick zu lange dort liegen, als müsse er Milla festhalten. Dasselbe wiederholt er bei Ivan. Er begrüßt sie nicht nur, sondern erkundigt sich, wie es ihnen gehe. Er spricht mit ihnen wie mit zwei Vertrauten, die er eine Weile nicht gesehen hat. Seine Stimme plätschert dabei wie esoterische Beruhigungsmusik sanft dahin. Rudelli hat ein einnehmendes Wesen, man kann ihm nicht nicht zuhören, sondern lauscht unweigerlich seinen Worten, selbst wenn man gar nicht will. Milla ist irritiert. Sie wird selten freundlich empfangen, wenn sie jemanden kritisch befragen will.

»Ich bin vom Schweizer Fernsehen, ich will Sie zu den massiven Vorwürfen befragen, die Polizei und Staatsanwaltschaft gegen Sie erheben«, wiederholt sie, um sicherzugehen, dass die Information auch wirklich bei ihm angekommen ist.

»Ja, ja, ich weiß, aber zuerst will ich Sie durch meine wunderbare Schule führen.« Rudelli macht eine ausholende Armbewegung. »Sie dürfen gerne alles filmen«, sagt er zu Ivan.

Der lässt sich nicht zweimal bitten und schaltet die Kamera ein.

Das Trio gibt ein ungewöhnliches Bild ab: Ein bulliger

Mann mit wehendem Haar, der großen Schrittes durch die Gänge schreitet, gefolgt von einem Kameramann, an den sich eine zierliche Frau mit einem Mikrofon in der Hand drängt. Milla hat ihre Locken zu einem Pferdeschwanz zusammengebunden, damit ihre Haare nicht plötzlich ins Bild ragen, und hält sich dicht an Ivan, um gegebenenfalls Fragen einwerfen zu können. Ivan trägt die Kamera auf der rechten Schulter und folgt Claudio Rudelli auf Schritt und Tritt. Er filmt, wie Rudelli theatralisch seine Räumlichkeiten präsentiert. Der Musiklehrer fuchtelt mit den Händen, als sei er dabei, ein Orchester zu dirigieren. Zeitgleich referiert er in überheblicher Art und Weise über das Angebot seiner Schule. Milla kommt sich vor, als sei sie im falschen Theaterstück gelandet, in dem nicht sie, sondern Rudelli Regie führt. Ausgang: ungewiss. Hinter einer geschlossenen Tür hört sie Klaviergeklimper; jeweils eine Oktave rauf und runter. In einem anderen Raum spielt jemand Geige. Es sind offensichtlich noch immer Studenten hier. Ob sie von den Vorwürfen wissen?, fragt sich Milla. Oder ob sie ahnungslos und womöglich in Gefahr sind?

»Wissen Ihre Studenten, dass gegen Sie ermittelt wird?«, fragt Milla unvermittelt.

»Selbstverständlich nicht!« Rudelli stoppt seine Darbietung abrupt. »Denn diese Ermittlungen sind ein Witz!«

»Aber gleich mehrere Schüler Ihres Instituts haben sich mit HIV infiziert. Können Sie sich erklären, was passiert ist?«

»Lügen, nichts als Lügen! Das habe ich auch den Polizisten gesagt, doch die wollen einfach nicht hören!« Rudellis Gesicht nimmt einen leicht violetten Ton an. »Die Medizin irrt. Meine Schüler sind nicht krank, kein einziger von ihnen. Es handelt sich hier um eine infame Verschwörung gegen mich. Zwei Monate lang haben die mich unschuldig ins Gefängnis gesteckt! Das müssen Sie sich mal vorstellen … in Untersuchungshaft genommen! Ich werde die Polizei verklagen! Und Sie werden sehen: Am Schluss siegt immer die Wahrheit.«

Ivan versetzt Milla unauffällig einen kleinen Tritt, sie blickt zu ihm und sieht, wie er die Augen verdreht: Er hält den Kerl für verrückt. Und wahrscheinlich hat er damit recht. Was in diesem Fall bedeuten würde, dass es sich um eine ausgesprochen gefährliche Verrücktheit handelt.

»Herr Rudelli, ist es richtig, dass Sie Ihren Schülern auch Akupunktur-Sitzungen anbieten?«

»Das ist richtig. Und das ist sinnvoll und notwendig. Denn eins müssen Sie wissen: Es gibt Situationen, in denen die durch unseren Körper fließenden Energien blockiert sind und ein Student keine Fortschritte mehr macht. Diese Blockade kann ich mit Akupunktur lösen. Ich erkenne sofort, wo das Problem liegt, bearbeite die Punkte und sorge dafür, dass die Energieflüsse wieder stimmen. Sie können meine Schüler fragen, sie haben nur gute Erfahrungen gemacht. Folgen Sie mir!«

Jetzt legt Rudelli tatsächlich seinen Arm um Millas Schultern; sie muss sich zwingen, ihn nicht abzuschütteln. Sie erträgt diese Nähe fast nicht. Ivan folgt ihnen, als Rudelli an eine Tür klopft und ein Übungszimmer betritt.

»Maria, darf ich rasch stören? Das Schweizer Fernsehen macht einen Film über mich.«

Milla will ihn gerade korrigieren, will sagen, dass es nicht um einen Film über ihn, sondern über ein mutmaßliches Verbrechen geht. Aber sie behält es dann doch für sich, als sie die Frau erblickt, die vor ihr an einem Klavier sitzt. Sie ist etwa fünfundvierzig, trägt jedoch die Kleidung einer Siebzigjährigen und lächelt Milla schüchtern an. Alles an dieser Person wirkt aus der Zeit gefallen: Ihre Frisur, ihre Brille, ihr Outfit, ja sogar ihre Haarfarbe. Wahrscheinlich ist Maria Mitglied einer Freikirche, denkt Milla.

»Los, fragen Sie!«, fordert Rudelli Milla auf.

»Sind Sie schon lange Herrn Rudellis Schülerin, wie ist er denn so als Lehrer?«, fragt Milla vorsichtig.

»Er ist der beste Lehrer, den ich je hatte. Er weiß genau, wo meine Probleme liegen und wie ich sie überwinden kann. Er ist wie mein Vater und mein bester Freund in einem. Ich wüsste nicht, was ich ohne ihn machen würde. Komme ich jetzt ins Fernsehen?«

Milla schluckt. Wohl doch keine Freikirche, denkt sie. Viel wahrscheinlicher ist, dass sie sich in ein Scientology-Institut verirrt hat, das sich als Musikschule tarnt.

»Es gibt Vorwürfe gegen Herrn Rudelli, er soll …« Milla will sagen: Er soll seine Studenten womöglich absichtlich mit HIV infiziert haben. Aber der Satz klingt so absurd, dass sie ihn nicht aussprechen kann. »Er soll Schüler seiner Schule verletzt haben«, fährt sie stattdessen vage fort.

»Claudio? Unmöglich! Er will für uns nur das Beste. Er würde alles für uns tun. Niemals würde er uns schaden.«

Wie einstudiert das klingt, denkt Milla, obwohl sie nicht daran zweifelt, dass dies tatsächlich die Meinung der Klavierschülerin widerspiegelt.

»Haben Sie sich von ihm auch schon eine Akupunktur machen lassen?« Milla versucht, die Frage möglichst belanglos klingen zu lassen.

»Ja, stellen Sie sich vor: Ein einziger Stich in den Nacken hat genügt, und meine Blockade war gelöst; seither übe ich wieder viel lieber.«

Milla streift der Gedanke, dass sie der Frau dringend einen HIV-Test empfehlen müsste.

»Sehen Sie? Ich heile meine Schüler, ich mache sie doch nicht krank!«, sagt Rudelli mit sanfter Stimme. Auf seine Lippen stiehlt sich ein Lächeln.

25

Nathaniel wird die Kehle eng. Er hat sich so rasch als möglich von Felix Winter verabschiedet, hat irgendwas von »Hund« und »dringend rausgehen« gemurmelt und das Gespräch schleunigst weggedrückt. Danach hat er das Handy auf den Tisch gelegt und von sich weggeschoben, als sondere es giftige Dämpfe ab. Er spürt einen Druck auf seiner Brust. So muss man sich fühlen, kurz bevor man einen Herzinfarkt erleidet.

»Sein Fall« war in den letzten dreißig Jahren etwas Abstraktes gewesen, ein Aktendossier, das in einer Schublade verstaubt und so weit weg ist von seinem neuen Leben, dass es nichts mehr mit ihm zu tun hat. Was auch immer damals genau passiert ist – es existiert für Nathaniel nur noch in seinem verschwommenen Albtraum, und wenn er daran denkt, stellt er sich vor, es sei jemand anderem zugestoßen. Die einzigen Menschen, die die Geschichte halbwegs kennen, sind seine Pflegeeltern. Nur redet man in dieser Familie nicht, vor allem nicht miteinander.

Als er noch im Körper eines Kindes steckte, obwohl er längst kein Kind mehr war, hat man ihn zur Therapie geschickt. Er hat die Therapeutin gemocht, aber nie begriffen, worüber er mit ihr hätte reden sollen. Er konnte sich an nichts erinnern. Und sie war nicht dabei gewesen. Sie konnte ihm keine Antworten auf seine stummen Fragen liefern.

Und jetzt, wo es endlich jemanden gibt, der ihm vielleicht all die Antworten geben könnte, will Nathaniel sie nicht mehr hören. Weil Tatsachen die eigenen Wahrheiten zerstören. Und neue Wahrheiten allzu schmerzhaft sein könnten. Es ist zu spät. Nathaniel hat sich aus den Bruchstücken von Leben, die ihm geblieben sind, ein wackliges Gerüst zusammengebaut, das ihn aufrecht hält. Er fürchtet, dass es in sich zusammenfallen wird, wenn sich herausstellt, dass das verwendete Material aus nichts als falschen Vorstellungen besteht. Seine nutzlosen Augen füllen sich mit Tränen, innerhalb von Sekunden laufen ihm Rinnsale über das Gesicht. Er hört Alisha kommen, sie setzt sich, legt ihm ihren Kopf auf den Schoß. Nathaniel drückt sein Gesicht in ihr Fell. In seinem Schädel dröhnt ein schrecklicher Lärm. Er hält sich die Ohren zu, doch es wird nicht leiser. Im Gegenteil.

Wie lange er so dagesessen hat, kann er später nicht mehr sagen. Irgendwann steht er auf, begibt sich ins Badezimmer, wäscht sich das Gesicht mit kaltem Wasser. Seine Augen sind geschwollen. Er fährt sich mit dem Finger über seine rechte Schläfe, spürt die Narbe, dort, wo die Kugel aus seinem Kopf ausgetreten ist. Nathaniel schüttelt sich wie ein Hund, der aus dem Wasser gestiegen ist, als könne er so die Vergangenheit abschütteln.

»Alisha!«, ruft er zu laut. Er muss raus hier.

Nathaniel marschiert mit seiner Hündin die Straße hoch, Richtung Bremgartenwald. Das war schon immer so; er sucht die Ruhe der Natur, wenn in ihm das Chaos tobt. Womöglich ist auch das etwas, das aus der Kindheit hängengeblieben ist; das Sich-wohl-Fühlen in der Natur, das Mit-sich-ins-Reine-Kommen in der von Menschen unberührten Welt, denn mit seinem Vater hat er oft draußen etwas unternommen. Damals, in der anderen Zeit.

»A Terra«, sagt Nathaniel zu Alisha. Er will abbiegen, weg vom Weg, den Waldboden unter seinen Füßen spüren, sich in ein Moosbeet setzen. Doch Alisha weigert sich, den Weg zu verlassen. Er löst das Geschirr. Entlässt sie mit einem »Libera« und stolpert dann alleine ins Dickicht hinein. Er setzt sich irgendwo hin. Legt sich auf Wurzeln und Blätter und Zweige. Er riecht den Wald, das feuchte Laub, frische Nadeln, weiche Erde, strenges Harz und leichten Moder. Würde ihn jemand in diesem Moment auf dem Waldboden liegen sehen, die Arme ausgebreitet, das Gesicht gegen den Himmel gerichtet, er müsste meinen, Nathaniel sei ein glücklicher Mensch.

Zwei Stunden später stellt Nathaniel Carole Steins Nummer ein.

Der Summton erklingt. Es läutet am anderen Ende der Leitung. Einmal. Zweimal. Nathaniel ist aufgeregt. Dreimal. Viermal. Enttäuscht will er schon aufgeben. Fünfmal. Dann geht jemand ran.

»Hallo?«

»Carole? Carole Stein?«

»Ja. Wer ist da? Mit wem spreche ich?«

»Hier ist …« Nathaniel hält inne. Er wollte Carole eigentlich sagen, er sei der blinde Mann, dem sie mit dem Hemd geholfen habe. Dass er hoffe, sie nehme es ihm nicht übel, dass er ihr die Polizei auf den Hals gehetzt habe. Aber dass er sich Sorgen um sie gemacht habe, weil sie so schrecklich geschrien habe und die Leitung plötzlich unterbrochen worden sei.

Doch all das verschweigt er der Frau am Telefon. Denn er weiß von der ersten Sekunde an, dass er nicht mit Carole spricht. Es ist die falsche Stimme.

26

»Was war das denn?«, fragt Ivan, als sie wieder im Kastenwagen sitzen und außer Hörweite des charismatischen Musiklehrers sind.

»Das war ziemlich schräg.« Milla schüttelt sich.

»Der Typ ist völlig durchgeknallt, oder? Ich glaube, der hat seine Leute tatsächlich mit HIV infiziert, womöglich, damit sie ihm noch höriger werden.«

»Das wissen wir nicht. Vielleicht ist er unschuldig. Noch ist er nicht verurteilt. Wenn sich die Polizei sicher wäre, hätte sie ihn bestimmt in Untersuchungshaft belassen.«

»Ha!«, ruft Ivan.

»Was: Ha?«

»Er hat dich auch erwischt! Sag bloß, du glaubst ihm?«

In dem Moment ertönt aus Millas Handy die Titelmelodie von *Kill Bill*. Sie passt ihren Klingelton stets ihrer Stimmungslage an. Manchmal hält sich ein Lied mehrere Wochen, manchmal nur einige Stunden. Dieses hier hat sie erst vor ein paar Tagen heruntergeladen, nach der Auseinandersetzung mit ihrem Chef Wolfgang. Sie blickt auf das Display und sieht, dass Nathaniel anruft. Schon wieder. Milla zögert ranzugehen. Sie hat tausend andere Dinge im Kopf und keine Lust, sich mit seinem Carole-Problem auseinanderzusetzen, das gar kein Problem mehr ist. Auf der anderen Seite weiß sie, was sie Nathaniel zu verdanken hat; sie konnte dank ihm eine eindrückliche Reportage realisieren, und seine Mitarbeit an dem Projekt war keine Selbstverständlichkeit. Für Milla ist das Leben stets ein Geben und ein Nehmen. Und jetzt ist sie mit Geben an der Reihe. Sie klickt auf den kleinen grünen Hörer auf ihrem Display.

»Hallo Milla, es tut mir leid, dass ich dich schon wieder störe. Aber ich habe etwas herausgefunden. Ich weiß jetzt, dass die Frau, die sagt, dass sie Carole sei, gar nicht Carole ist.«

Milla bedauert augenblicklich, dass sie das Gespräch entgegengenommen hat. Bin ich denn heute nur von Verrückten umgeben?, fragt sie sich im Stillen. Es ist offensichtlich, dass sich Nathaniel da in etwas hineinsteigert. Und Milla weiß nicht, wie sie ihm in dem Fall helfen kann.

»Nathaniel, das ist unmöglich. Sandro hat das geprüft.«

»Ich habe sie angerufen. Es war nicht dieselbe Stimme.«

»Woher hast du ihre Nummer?«

»Das sage ich dir besser nicht.«

»Aber du bist sicher, dass es die richtige Nummer ist?«

»Absolut sicher.«

»Und wie willst du dich so genau an ihre Stimme erinnern?«

»Milla – ich bin blind! Glaub mir, wenn ich eins kann, dann Geräusche unterscheiden. Die Stimme ist das Einzige, woran ich einen Menschen erkennen kann. Und diese Frau klang anders als jene Carole, die mir via App geholfen hat.«

»Nathaniel …« Milla sucht nach den richtigen Worten, sie will Nathaniel nicht verletzen. Er scheint jedoch allein ihrem Tonfall anzuhören, dass sie ihm nicht glaubt.

»Milla, du musst mir glauben. Ich schwöre es, ich bilde mir das nicht bloß ein.«

»Bist du sicher, dass du dich da nicht in etwas hineinsteigerst?«

»Ich bin mir so sicher, wie sich jemand sicher sein kann.«

Zu viele Sekunden lang sagt keiner der beiden ein Wort. Das Auto ruckelt, Ivan schweigt ebenfalls, Milla ringt mit sich.

»Vielleicht haben die Leute von *Be my eyes* die Nummern durcheinandergebracht«, sagt sie schließlich.

»Ich denke nicht, dass es so viele Caroles in Bern gibt, die die App heruntergeladen haben.«

»Nathaniel, ich weiß nicht …«

Wieder verstummen beide gleichzeitig. Irgendwo weit weg meint Milla Stimmen in der Leitung zu hören, ein anderes Gespräch zweier Fremder, das ihr Schweigen kreuzt.

»Vielleicht kannst du es beweisen.« Nathaniels Satz zerschneidet die Stille.

»Ich soll es beweisen können?«

»Vielleicht.«

»Wie soll ich denn das bitte anstellen?«

Milla spürt, dass Ivan zu ihr hinüberblickt.

»Du hast sie selbst gehört.«

»Wen?«

»Carole!«

Milla hat keine Ahnung, wovon Nathaniel spricht. Ist es möglich, dass er wirklich ein Problem hat – mit sich?

Dass er womöglich psychiatrische Hilfe braucht, weil dieser Zwischenfall mit Carole etwas in ihm ausgelöst hat, das er aufgrund seiner eigenen Geschichte nicht verarbeiten kann? Oder versucht er mit seiner Penetranz verzweifelt, seiner Einsamkeit zu entkommen?

»Als du den Film gemacht hast, damals, als du bei mir warst, da habe ich dir doch demonstriert, wie die App funktioniert.«

Milla erinnert sich, aber sie weiß nicht, was das alles mit dieser mysteriösen Carole zu tun haben soll.

»Damals war ich das erste Mal mit Carole verbunden«, erklärt Nathaniel.

»Du kanntest Carole bereits?«

»Ja, denn *sie* hat *mich* wiedererkannt. Sie sagte, sie sei schon mal mit mir verbunden gewesen, als ein Fernsehteam bei mir gewesen ist. Du solltest sie also auf Band haben. Du hast mich doch dabei gefilmt, oder?«

Das hat sie. Milla erinnert sich, dass Nathaniel ihr während der Dreharbeiten die App gezeigt hat, allerdings hat sie die Szene im Beitrag selbst nicht verwendet. Sie müsste das Rohmaterial noch einmal sichten. Sie blickt auf die Uhr. Halb sechs. Um halb sieben wird sie zurück in Zürich sein.

»Ich werde das heute noch prüfen.« Milla unterdrückt ein Ächzen, weil ihr Versprechen bedeutet, dass sie wieder einmal einen Abend in der Redaktion verbringen wird, statt sich gemütlich mit Freunden am Ufer der Limmat auf einen Drink zu treffen. Doch Nathaniel ist die Erleichterung anzumerken. Er hört gar nicht mehr auf, sich bei Milla zu bedanken. Sie notiert sich Name und Nummer der mysteriösen Frau und verspricht, Bescheid zu geben, sobald sie etwas herausgefunden hat.

Auf dem Weg in ihr Büro kommt Milla an der Kantine des TV-Studios vorbei. Sie grüßt die Kollegen der Tagesschau um halb acht, die gemeinsam an einem Tisch sitzen. Ihr Magen beginnt wie auf Knopfdruck zu knurren, als ihr der Geruch von Bratwürsten und Rösti um die Nase streicht. Doch sie gönnt sich nichts. Statt ihren Gelüsten nachzugeben, wechselt sie in den anderen Gebäudetrakt und fährt mit dem Lift in den elften Stock hoch, wo die Redaktion der Sendung »Wochenthemen« liegt.

Im langen Flur, der die Grenze zwischen dem Großraumbüro der Mitarbeitenden und den Einzelbüros des Chefs, der Produzenten und des Moderators zieht, reihen sich metallene Schränke, in denen die Redakteure ihr Rohmaterial aufbewahren. Verflucht, denkt Milla, als sie ihren öffnet und das Chaos darin erblickt. Sie braucht eine Viertelstunde, bis sie die Scheiben mit dem Rohmaterial zum Film über Nathaniel entdeckt. Dreißig Minuten später findet sie darauf die Szene mit der App *Be my eyes*. Sie lässt die Aufnahme in Slow Motion abspielen.

Die Einstellung zeigt Nathaniel in seiner abgedunkelten Wohnung. Milla erinnert sich, dass sie zuerst die Rollläden etwas hochziehen mussten, weil man im Film sonst genauso viel wie Nathaniel gesehen hätte: nichts als Schwarz. Nathaniel sitzt an seinem Pult und erläutert, wie er den Computer nutzen kann und wie sein Programm die normale Schrift auf dem Bildschirm in Brailleschrift auf seiner Tastatur übersetzt. Dann folgt die Kamera Nathaniel in die Küche, wo er zeigt, wie er sich bei alltäglichen Problemen Hilfe holt. Der Kameramann zoomt auf das Smartphone in seiner Hand, die App *Be my eyes* ist schon geöffnet. Mit zweimaligem Antippen löst

Nathaniel einen Anruf aus. Das nächste Bild zeigt Nathaniels Gesicht in Großaufnahme, als sich eine Frauenstimme meldet. Er sagt der Frau, dass er gerade einem Fernsehteam erkläre, wie die App funktioniere. Dann fragt er sie, ob der Käse noch genießbar sei. Das Bild zeigt Nathaniel jetzt in der Halbtotalen, wie er zielsicher in den Kühlschrank greift, sich den eingepackten Käse ertastet – Nahaufnahme des Käses – und diesen vor sein Handy hält.

»Mehr nach rechts«, hört man die Frauenstimme sagen. Und dann: »Ja, der ist noch ganze zwei Wochen essbar.«

Schnitt.

Das war's. Kein Bild der Frau auf dem Handy. Milla kennt den Grund: Sie wollte die Szene nicht unterbrechen, um die Frau zu fragen, ob sie damit einverstanden sei, dass sie im Fernsehen gezeigt werde – und ohne zu fragen, darf sie niemanden zeigen. Aber ihre Stimme ist auf Band.

Nur, was soll sie jetzt damit anfangen?, fragt sich Milla. Sandro das Band vorspielen und ihn fragen, ob das Carole Steins Stimme sei? Sie ist sicher, dass Sandro sich die Stimme nicht so gut eingeprägt hat, dass er sie wiedererkennen würde. Oder soll sie die unbekannte Frau zwecks Stimmenvergleich anrufen und ihr sagen: Bitte sprechen Sie mal, und achten Sie darauf, dass Ihre Stimme genau so klingt, wie sie sonst immer klingt? Andererseits hat Milla schon aus ganz anderen Gründen gänzlich unbekannte Menschen belästigt.

Milla hört sich die Stimme der Frau im Beitrag noch einmal an. Dann legt sie sich einen Vorwand zurecht, schaltet auf ihrer Telefonstation die Aufnahmefunktion ein und wählt die Nummer, die ihr Nathaniel gegeben hat. Es klingelt ein paar Mal, dann geht jemand ran.

»Hallo?«

»Frau Stein? Spreche ich mit Carole Stein?«

»Ja, am Apparat.«

»Guten Tag, Frau Stein, mein Name ist Milla Nova. Ich arbeite bei der Sendung ›Wochenthemen‹, und ich mache eine Umfrage zur Zuschauerzufriedenheit. Kennen Sie unsere Sendung?« Milla hört sich an wie eine Call-Center-Angestellte.

»Nein, die Sendung kenne ich nicht, Sie müssen jemand anderen fragen. Ich habe im Moment auch überhaupt keine Zeit.«

Aufgehängt. Milla hört sich die letzten beiden Sätze noch einmal an. Dann spielt sie das Rohmaterial mit den Aufnahmen aus Nathaniels Wohnung ab. Die Stimmlagen liegen deutlich auseinander, auch die Sprechweise der beiden Frauen ist nicht identisch; jene im Film hatte einen melodiösen Klang, die Frau am Telefon sprach eher in Stakkato; ihre Wörter klangen abgehackt. Entweder liegt eine Verwechslung vor, oder es gibt zwei verschiedene Carole Steins. Milla hält inne und dreht den letzten Gedanken noch einmal um. Oder aber Nathaniel hat recht, und tatsächlich gibt sich unter Caroles Nummer eine Frau als Carole Stein aus, die gar nicht Carole ist.

Milla spielt im Kopf Nathaniels These durch. Das würde bedeuten: Carole wurde niedergeschlagen, sie ist tot oder verletzt, und die Täterin benutzt ihr Mobiltelefon. Sie wechselt die SIM-Karte nicht aus, sondern verwendet weiterhin Caroles Nummer. Und sie geht sogar ran, wenn jemand anruft – und behauptet, Carole Stein zu sein. Bloß warum? Damit niemand merkt, dass der echten Carole etwas zugestoßen ist?

Wieder pfeift Millas Telefon die Melodie von *Kill Bill*. Milla sieht, dass ihr Cousin Kaspar sie sprechen will und beschließt, dass er warten muss. Sie klickt den Anruf weg. Falls es wichtig ist, kann er ihr auf die Voice-Mailbox quatschen.

Die Voice-Mailbox! Wenn ich jemandem das Handy klaue, überlegt Milla, dann denke ich wohl kaum daran, den Ansagetext des Anrufbeantworters zu ändern. Das heißt: Liegt Nathaniel mit seiner These richtig, dass jemand Fremdes an Caroles Handy rangeht – dann müsste auf der Mailbox noch immer die Stimme der echten Carole zu hören sein.

Milla hat kürzlich, als sie neben Sandro lag und nicht schlafen konnte, weil er schnarchte, als müsse er die gesamte Altstadt wachhalten, seinen Anrufbeantworter direkt angewählt. Sie hat ihm ihr Telefon vor den Mund gehalten und seine Voice-Mailbox mit seinem eigenen Schnarchen bespielt. Als Beweis, sozusagen. Als Sandro am nächsten Morgen seine Meldungen abhörte, fragte er entsetzt, was das denn sei, das klinge ja grauenhaft! Milla kringelte sich vor Lachen, Sandro fand es nicht ansatzweise lustig. Auf jeden Fall kommt ihr jetzt zunutze, dass sie weiß, wie man direkt mit Anrufbeantwortern kommuniziert.

Milla wählt noch einmal Carole Steins Nummer, nur stellt sie dieses Mal die Ziffern 004186 voran; so wird sie direkt mit der Mailbox des Handys verbunden. Milla vernimmt ein leises Klacksen. Sie hofft, dass Carole einen eigenen Text aufgenommen hat und sie nicht bloß die automatisch generierte Stimme eines Telefonanbieters zu hören bekommt. Tut sie nicht: »Pech gehabt«, sagt eine Frau munter. »Ich bin weg. Sie können mir aber, wie immer, nach dem Beep eine Nachricht hinterlassen. Beep.«

Milla unterbricht die Verbindung. Diese Stimme war höher als die Stimme jener Frau, die sie vor wenigen Minuten live am Telefon hatte. Sie klang viel munterer, freundlicher, heller. Anders halt. Und vor allem: Die Stimme auf dem Band stimmt mit jener auf ihrem Filmmaterial überein. Nathaniel hatte recht. Es gibt zwei verschiedene Caroles unter dieser Nummer. Und Milla kann sich beim besten Willen nicht erklären, warum.

27

Auf das schabende Geräusch folgt ein giftiges Quietschen. Carole kriecht so schnell sie kann zurück zur Matratze, rollt sich mit ihrem schweren Bauch darauf und versucht, sich nicht zu bewegen. Sie atmet flach, um kein Geräusch zu verursachen. In ihrer Brust fühlt sie ihr Herz pochen. Die Angst füllt ihren Körper aus. Für den Bruchteil einer Sekunde fällt ein Streifen Licht in das Verlies, dann füllt erneut das undurchdringbare Schwarz den Raum. Sie hört Schritte, sie kommen näher. Sie hält den Atem an. Plötzlich spürt Carole einen Luftzug, fast im gleichen Augenblick fasst ihr jemand mit der Hand ans Gesicht. Sie schreit auf, dreht sich weg. »Lass mich!«, brüllt sie laut, »fass mich nicht an!«, ihr Atmen ist jetzt ein panisches Keuchen. Die Person zögert, dann spürt Carole Hände auf ihrem Bauch. Sie kreischt und schlägt um sich. »Fass mich nicht an!«, schreit Carole erneut. Der Fremde packt sie an den Schultern und drückt sie auf den Boden. »Fass mich nicht an!«, sagt Carole noch einmal, leiser jetzt, dann beginnt sie zu weinen. Die Hilflosigkeit übermannt sie. Sie wehrt sich nicht länger. Noch nie hat sie sich so ausgeliefert gefühlt.

Die Person packt Carole am Handgelenk und drückt etwas Kaltes gegen ihre Hand. Eine Plastikflasche, denkt Carole, sie greift danach. Wasser. Sie trinkt. Hält sich auf einmal an die Regeln dieses makabren Spiels, an dem sie nie hat teilnehmen wollen. Trinkt wie ein Gaul an der Tränke nach einem Wüstenritt. Die Flasche ist leer, bevor ihr Durst gestillt ist. Dann schieben ihr die Finger des Fremden etwas in den Mund. Tabletten. Sie spuckt. Sie will sie nicht schlucken. Drogen, denkt sie. Betäubungsmittel.

»Was willst du von mir?« Caroles Stimme klingt fremd, zu ängstlich. »Sprich mit mir! Bitte!«

Die Person schweigt. Ein Geräusch neben ihr, es klingt nach Plastik, das über Betonboden scheuert. Sicheren Schrittes entfernt sich die Person durch das Dunkel. Carole hört das Schaben der Tür, das seltsame Quietschen, sieht kurz Licht aufblitzen. Schon ist es wieder weg, besiegt vom undurchdringlichen Schwarz, das Carole gefangen hält. Sie lauscht. Da ist nichts mehr. Nichts als das tote Geräusch, das sich Stille nennt.

Sie sinkt zurück auf die Matratze. Liegt da, starrt mit aufgerissenen Augen in die Luft. Schließt sie. Öffnet sie. Kein Unterschied.

Was will der Mann von ihr? Es muss ein Irrtum sein. Er hat sie verwechselt. Denn es gibt niemanden, den man mit ihrer Entführung erpressen könnte. Keinen reichen Ehemann. Nicht einmal einen Freund. Keine Familie. Den Vater hat sie verloren, bevor sie ihn kennenlernen konnte. Die Mutter starb vor einem halben Jahr.

Mutter, denkt Carole. Tränen nässen ihre Augen, ihr Gesicht. Wie sehr sie sie vermisst. Sie wünscht sich, ihre Mutter wäre noch hier, und gleichzeitig schämt sie sich für diesen egoistischen Wunsch, denn das ist das einzig Gute an dieser Katastrophe; dass ihre Mutter sie nicht mehr miterleben muss. Warum geschieht das alles? Warum ich?

Carole wälzt sich auf die Seite, tastet nach dem Gegenstand, den der Fremde neben der Matratze auf den Boden gestellt hat. Sie findet ihn, es ist ein Eimer. Sie hat es also nicht geträumt. Daneben entdeckt sie einen Plastikteller. Als sie in etwas Weiches greift, schreckt sie zurück. Dann tastet sie erneut danach, es sind Orangenschnitze, Bananen, ein Apfel und eine Birne. Gierig beginnt sie zu essen.

»Wenigstens will er uns nicht verhungern lassen«, sagt Carole in Richtung ihres Bauchs, noch während sie kaut. »Das ist ein gutes Zeichen. Er versorgt uns sogar mit Vitaminen.«

Carole erstarrt.

In diesem Moment begreift sie, was der Fremde von ihr will.

Er will nicht sie.

Er will ihr Kind.

28

»Du hattest recht.«

Die Ahnung eines Lächelns streift Nathaniels Gesicht, als er Millas Worte hört.

»Es ist nicht dieselbe Stimme.«

»Du hast sie angerufen?«

»Ja. Und danach habe ich den Anrufbeantworter ihrer Nummer direkt angewählt.«

»Und?«

»Die Stimme auf dem Band ist nicht die Stimme der Frau, die unter derselben Nummer das Gespräch entgegengenommen hat.«

»Ich wusste es! Und was machen wir jetzt?« Nathaniel hört sich an wie ein Kind, das soeben einen Zaubertrick durchschaut hat und ihn nachmachen will.

Ja, was machen wir jetzt?, denkt Milla.

»Wir müssen herausfinden, wer die Frau wirklich ist«, sagt sie nach kurzem Zögern.

»Und wir müssen herausfinden, wo die wirkliche Carole steckt«, fügt Nathaniel an.

»Falls sie überhaupt vermisst wird.«

Milla glaubt noch immer, dass sich früher oder später alles klären und sie gemeinsam mit Nathaniel darüber lachen wird. Doch sie muss zugeben, dass die Geschichte höchst eigenartig ist. Es ergibt einfach keinen Sinn, dass jemand verschwindet und eine zweite Person in dessen Rolle schlüpft. Ihr Instinkt sagt ihr, dass an der Geschichte etwas faul ist. Und dass sie daher für sie als Journalistin durchaus interessant werden könnte.

»Ich muss heute arbeiten, ich bin an einer unglaublichen Story dran. Aber ich könnte am Wochenende einige Recherchen anstellen, um etwas über die echte Carole zu erfahren; was sie beruflich macht, wer ihre Freunde sind … So finden wir bestimmt heraus, wo sie sich aufhält. Einverstanden?«

Natürlich ist Nathaniel einverstanden, er ist froh um jede Hilfe, die er kriegen kann.

Nachdem er das Gespräch mit Milla beendet hat, sitzt er eine Weile reglos da. Er hat einen kleinen Sieg errungen: Milla glaubt ihm, wenigstens sie. Milla hat einen Beweis dafür gefunden, dass sich die Stimmen unterscheiden, was wiederum beweist, dass er nicht verrückt geworden ist. Und vor allem: Sie ist bereit, ihm zu helfen. Auf der anderen Seite fühlt sich Nathaniel verlorener als zuvor. Denn nun, wo Milla seinen Verdacht bestätigt hat, kann er sich nicht länger etwas vormachen; jetzt hat er Gewissheit, dass Carole etwas zugestoßen ist, auch wenn Milla davon noch nicht überzeugt ist.

Es ist erst Mittwoch, denkt Nathaniel. Drei Tage noch bis zum Wochenende. Er kann nicht drei Tage lang tatenlos herumsitzen und warten, bis Milla Zeit hat. Er muss selbst etwas tun.

Carole Stein mithilfe von Google zu finden, stellt sich selbst für einen Blinden als einfacher heraus, als Nathaniel vermutet hat: Sie hat eine eigene Homepage, deren Inhalt er sich durch das Sprachprogramm im Computer vorlesen lässt. Carole ist selbstständige Grafikdesignerin und hat ein eigenes Atelier – in dem sie aber gemäß der Website nicht anzutreffen ist: »Ich bin ausgeflogen«, liest die Frauenstimme Nathaniel vor. »Ich nehme derzeit keine Aufträge an – bitte wenden Sie sich an meine Stellvertreterin Marina Bär.« Dahinter folgt ein Hyperlink, der auf ihre Website verweist.

Die Information hat etwas Beruhigendes. Vielleicht ist doch alles in Ordnung. Carole ist einfach weggefahren. Nichts passiert. Nathaniel öffnet die Website von Marina Bär und findet die Telefonnummer. Er lässt sie sich diktieren und hält dabei das Handy vor einen Computerlautsprecher; sein Smartphone »schreibt mit« und wählt die Nummer direkt an. Es läutet nur ein einziges Mal.

»Bär«, meldet sich Marina Bär sofort.

»Guten Tag, Brenner hier. Ich bin auf der Suche nach Carole Stein.«

»Carole Stein ist im Urlaub, worum geht es denn?«

»Ich suche sie in privater Angelegenheit.«

»Dann kann ich Ihnen nicht helfen. Wie gesagt, sie ist im Urlaub.«

»Moment!«, ruft Nathaniel, als er realisiert, dass Marina Bär im Begriff ist, das Telefonat zu beenden.

»Was denn noch?«

»Können Sie mir Caroles Adresse nennen?«

»Nein, wir geben private Adressen nicht bekannt.«

»Wann haben Sie Carole das letzte Mal gesehen oder gehört?«

»Ich weiß nicht, was Sie das angehen sollte.«

»Es ist nur so, dass ich … dass ich mir Sorgen um sie mache.«

Nathaniel hört das Zögern der Frau.

»Sie können Frau Stein gerne eine E-Mail schreiben, dann wird sie sich sicher bei Ihnen melden, sobald sie zurück ist. Die Mail-Adresse finden Sie auf ihrer Homepage. Viel Glück.«

Dann ist die Leitung tot. Der Summton lacht Nathaniel aus.

Glück kann ich wirklich gebrauchen, denkt er. Glück hat wahrscheinlich auch Carole nötig. Nach diesem Telefongespräch ist er genauso schlau wie vorher, vor allem hat die Frau Caroles Adresse nicht herausrücken wollen, die in keinem Online-Telefonbuch verzeichnet ist. Aber das macht nichts, Nathaniel weiß noch eine weitere Möglichkeit. Er öffnet die Website *domainwhois*. Die Frauenstimme im Computer hilft ihm, das Fenster zu finden, in das er die Adresse von Caroles Website eintippen kann. Eine Sekunde später verrät ihm die Seite, wer die Besitzerin der Webadresse ist – und vor allem auch, wo diese wohnt: Carole Stein, Militärstrasse 73, Bern. Na also, geht doch, sagt Nathaniel und klatscht in die Hände. Er hört, wie Alisha neben ihm erschrocken aufspringt.

»Alles gut, Alisha, wir gehen gleich raus.«

Nathaniel braucht eine halbe Stunde – teils mit dem Bus, teils mit der Tram und die letzten Straßen zu Fuß –, bis er Carole Steins Adresse erreicht. Vor dem Haus an der Militärstrasse 73 spricht er ein paar Worte mit Alisha, der Klang seiner Stimme verrät ihm, dass er vor einem größeren Gebäude steht. Er muss drei Stufen hochsteigen, dann führt ein Weg zur Eingangstür. Links an der Wand ertastet Nathaniel die Klingelknöpfe. Es sind sechs, zwei Reihen, je drei Knöpfe übereinander. Er tastet auch auf der anderen Seite der Tür die Wand ab. Nichts, keine Briefkästen. Er drückt auf die Klinke. Die Tür öffnet sich. Drinnen empfängt ihn eine angenehme Kühle. Nathaniel sagt drei Mal »Babababab«. Ein kleines Echo wiederholt sein Gebrabbel; ein Treppenhaus. Er tastet sich an der Wand entlang. Da ist etwas. Er hat die Briefkästen gefunden.

Er greift durch die Schlitze hinein, in jedem spürt er etwas drin, aber keiner ist pickepackevoll. Nathaniel zückt sein Handy, öffnet die App *Be my eyes* und fordert einen Anruf an. Was, wenn jetzt Carole am anderen Ende rangeht?, denkt er. Nichts würde ihn glücklicher machen. Doch eine Männerstimme begrüßt ihn. Keine Carole.

»Hallo, ich bin Nathaniel. Ich möchte jemandem eine Karte in den Briefkasten einwerfen, weiß aber nicht, welcher der richtige ist.« Nathaniel ist überrascht, wie einfach ihm das Lügen mittlerweile fällt.

»Klar. Wie lautet denn der Name?«

»Carole Stein.«

Nathaniel richtet das Handy gegen die Wand und führt es an den Briefkästen entlang.

»Etwas höher, bitte. Stopp, dieser ist es.«

Nathaniel greift nach vorne. Ertastet den zweiten Briefkasten von links.

»Dieser da?«

»Genau, dieser da.«

»Vielen Dank.«

»Gern geschehen.«

Anders als behauptet wirft Nathaniel nichts in den Briefkasten ein, sondern klaubt alle Umschläge, die sich darin befinden, heraus. Er geht auf die Knie, legt die Kuverts vor sich auf den Boden und fotografiert sie mit der Handykamera, dann wendet er sie und fotografiert sie erneut. Ich hätte Privatdetektiv werden sollen, denkt

Nathaniel. Er weiß zwar nicht genau, was diese Aktion bringen soll, aber vielleicht hilft die Post Milla weiter. Er hofft, dass sich auf den Umschlägen Absender-Adressen befinden, die ein Hinweis sein könnten.

Nathaniel kniet noch immer auf dem Boden, als er draußen plötzlich etwas hört. Es kommt jemand.

»Verflucht!« Er stellt sich vor, was für ein Bild er gerade abgibt; ein Blinder auf den Knien, der die Post einer Fremden *fotografiert*.

Die Person nähert sich der Tür. Drei Treppenstufen. Leichte Schritte. Eine Frau.

29

»Und du bist wirklich sicher, dass die Geschichte wasserdicht ist?«

Wolfgang spricht aus, was alle anderen am Sitzungstisch denken. Sie sind es zwar gewohnt, dass Milla schräge oder spektakuläre oder verrückte, auf jeden Fall überraschende Geschichten vorschlägt – und dass sie die Fakten stets seriös recherchiert. Die Story über den Musiklehrer aber, die sie gerade vor ihnen ausgebreitet und für die nächste Sendung vorgeschlagen hat, klingt völlig abwegig.

»Fakt ist: Am Inselspital werden HIV-infizierte Patienten behandelt, die sich ihre Infektion nicht erklären können, und die alle zum gleichen Musiklehrer in den Unterricht gegangen sind.« Millas Stimme hat einen pädagogischen Tonfall angenommen, als spräche sie zu jemandem, der eine einfache Lösung einfach nicht kapieren will. »Fakt ist ebenfalls, dass die Polizei gegen eben diesen Musiklehrer ermittelt, weil er seine Schüler angesteckt haben könnte.«

»Mit Akupunktur?«, fragt Evelyne ungläubig.

»Mit Akupunktur«, sagt Milla.

»Und das hat dir die Polizei bestätigt?«, will Janosch wissen, der Moderator, der der Sitzung beiwohnt.

»Nein, nicht direkt. Aber der Musiklehrer selbst hat im

Interview zugegeben, dass er deswegen verdächtigt wird – allerdings streitet er alles ab.«

»Hast du schon mit der Polizei gesprochen?«, hakt Wolfgang nach.

»Nein, habe ich nicht, das spare ich mir bis zum letzten Moment, ich will nicht, dass sie aufgrund meiner Anfrage gleich eine Medienmitteilung an alle rausgeben. Aber sie werden sowieso nur sagen: »wegen laufender Ermittlungen können wir Ihnen leider keine Informationen blablabla.«

»Und dein Freund könnte die Ermittlungen nicht zumindest inoffiziell bestätigen, damit wir auf der sicheren Seite sind?«

»Das ist etwas heikel.« Milla wirkt auf einmal zerknirscht. Sie hat Sandro immer noch nicht gestanden, dass sie in seinem Fall recherchiert – geschweige denn, dass es morgen vielleicht einen Beitrag dazu in der Sendung geben wird. Sie flüchtet sich in die Hoffnung, dass er davon nichts mitkriegt, im Wissen, wie naiv dies ist.

»Er weiß gar nichts davon?«, fragt Wolfgang, als hätte er ihre Gedanken gelesen.

Milla schüttelt den Kopf. Ein kollektives Stöhnen geht durch die Runde. Den letzten Beziehungskrach zwischen Milla und Sandro haben sie alle in Echtzeit mitbekommen, weil er in erheblicher Lautstärke am Telefon mitten in ihrem Großraumbüro ausgetragen worden ist. Auch damals ist es darum gegangen, dass Milla über Polizeiangelegenheiten berichtet hatte, die Polizeiangelegenheiten hätten bleiben sollen.

»Das ist mein Problem«, erwidert Milla trotzig.

»Gut jetzt.« Wolfgang spricht sein Machtwort, das jeder Diskussion ein Ende setzt. »Wir bringen die Geschichte. Milla, du musst unbedingt noch ein Polizeistatement einholen. Und sei es nur eine Absage am Telefon. Aber wir müssen eine offizielle Stimme im Beitrag haben.«

Milla nickt.

»Janosch, wir brauchen einen Studiogast, der die Geschichte einordnen kann. Ich denke da an den forensischen Psychiater Franz Maniuk. Frage ihn an, ob er Zeit hat. Falls er zusagt, gibt Milla ihm ein Update zu allen Fakten.«

Janosch und Milla nicken gleichzeitig.

»Na dann, an die Arbeit.«

Zur gleichen Zeit, als Milla am Schnittplatz im Zürcher Leutschenbach die Aufnahmen des Musiklehrers Claudio Rudelli in ihren Beitrag schneidet, befragt Felix Winter rund hundertzwanzig Kilometer weiter westlich in der Berner Polizeizentrale eines von Rudellis mutmaßlichen Opfern. Mit zwei Patienten hat er in den letzten Wochen bereits gesprochen; mit einem siebzehnjährigen Cellisten und mit einem Bankangestellten, der in seiner Midlife-Crisis Kontrabass erlernen wollte. Beide sind mit einem seltenen Typus von Hepatitis C infiziert. Beide sind HIV-positiv. Die Viren, mit denen die Männer infiziert sind, gleichen sich und haben denselben Stammbaum. Diese enge Verwandtschaft der Viren, die dank einer phylogenetischen Analyse nachgewiesen ist, ist zwar noch kein Beweis, aber ein extrem starkes Indiz, dass sich die beiden Männer bei derselben Quelle angesteckt haben. So wie auch das dritte Opfer, von dem sie vor einigen Tagen erst erfahren haben und das nun vor Felix Winter sitzt.

Die Frau wirkt gefasst. Ihre Kleidung ist unauffällig elegant, das dunkelblonde Haar hat sie streng zurückgebunden. Die Linien ihres Gesichtes sind auffallend symmetrisch und ebenmäßig, als hätte ein Künstler sie extra für sein Bild geschaffen. Doch Winter findet keine Wärme darin. Ihre Züge lassen erahnen, dass das Leben für sie nicht einfach ist und sie vorschnell altern lässt. Er würde sie auf Mitte vierzig schätzen, gemäß seinen Unterlagen ist sie aber gut zehn Jahre jünger: Vor zwei Wochen ist sie fünfunddreißig geworden.

»Die Frage, woher das Virus kam, hat mich monatelang beschäftigt«, erzählt sie Felix Winter. »Sie nahm viel Raum ein in meinem Leben. Aber ich hätte mir nie vorstellen können, dass jemand anderes die Schuld an meiner Krankheit trägt.« Sie greift zu einem Taschentuch, doch sie wischt sich die Träne nicht weg, die sich langsam einen Weg die Wange hinunter bahnt.

»Wie sind Sie darauf gekommen, dass Sie durch Herrn Rudelli infiziert worden sein könnten?«, fragt Winter nach einer Pause.

»Ich bin nicht selbst darauf gekommen. Mehrere Monate nach meiner Infektion wurde ich vom Inselspital zu einer Besprechung eingeladen. Der Arzt sagte mir, es gebe mittlerweile weitere unklare Fälle, und dass sie darum systematische Befragungen durchführten. Er wollte von mir wissen, ob ich ein Instrument spiele. Ich weiß noch genau, dass ich dachte: Was soll denn diese seltsame Frage? Ja, sagte ich, ich spiele Klavier. Und da fragte mich der Arzt, ob mein Musiklehrer Claudio Rudelli heiße.«

»Können Sie sich vorstellen, wie er Sie infiziert hat?«

»Es muss dieser eine Stich gewesen sein. Anders kann ich es mir nicht erklären.«

Felix Winter blickt in seine Akte, er sieht, was der behandelnde Arzt angemerkt hat, aber er will es in ihren Worten hören.

»*Ein* Stich – können Sie mir mehr dazu sagen?«

»Claudio sagte mir nach einer Lektion, ich sei nun so weit, um eine Akupunktur zu empfangen. Es gehe darum, meinen künstlerischen Ausdruck zu verbessern, eine Blockade zu lösen, damit ich mehr aus mir herauskommen könne.«

Felix Winter kennt diese Begründung bereits, der Siebzehnjährige und der Bankangestellte hatten ihm genau dasselbe erzählt.

»Wo fand die Behandlung statt?«, fragt er, obwohl er die Antwort bereits kennt.

»In Claudios Wohnung, sie befindet sich gleich nebenan auf dem Schulareal. Er hat Duftkerzen angezündet, Musik lief im Hintergrund. Ich erinnere mich, dass ich die Akupunktur-Behandlung etwas seltsam fand, obwohl es meine erste war. Ich musste mich auf den Bauch legen, dann spürte ich nur einen einzigen Stich im Nacken. Ich hatte mir das anders vorgestellt, mit vielen kleinen Nadeln im ganzen Körper. Aber damals habe ich mir keine weiteren Gedanken darüber gemacht.«

Felix Winter schüttelt den Kopf. Er hat in seiner langen Polizistenlaufbahn vieles gehört und gesehen, viel Schlimmes, viel Unverständliches, viel Unvorstellbares. Aber dieser Fall hier, er weiß nicht … Wie krank manche Menschen doch sind, denkt er, während er in der Akte blättert.

»Hier steht, Sie haben vor knapp einem halben Jahr ein Kind geboren. Ist das Kind gesund?« Felix Winter blickt von den Unterlagen auf, als sein Gegenüber zögert.

»Oder ist es auch infiziert?«, hakt er nach. Juristisch ist das relevant; es wäre ein Opfer mehr auf einer immer länger werdenden Liste.

»Nein, nein, meine Tochter ist gesund. Gott sei Dank.«

»Und wie geht es Ihnen?«

»Mir geht es den Umständen entsprechend gut. Ich habe eine kombinierte Therapie mit Ribovirin und Interferon gemacht. Die Nebenwirkungen waren schrecklich, aber mit den jetzigen Medikamenten kann ich recht gut leben. Ich bin zu fünfzig Prozent arbeitsfähig. Das Problem ist vor allem die Müdigkeit. Selbst wenn ich früh aufstehe, wird es Mittag, bis ich für irgendetwas zu gebrauchen bin.«

Felix Winter klappt das Dossier zu, blickt der Frau in die Augen und spürt Mitleid in sich aufsteigen. Er verdrängt es. Nach über dreißig Jahren im Job muss er noch immer aufpassen, dass ihm die Fälle nicht zu nahegehen.

»Wir ermitteln von Amts wegen gegen Herrn Rudelli«, sagt er nach einem kurzen Räuspern. »Ich würde Ihnen aber empfehlen, sich zudem als Privatklägerin an einem Strafprozess zu beteiligen, wenn es dazu kommen sollte. Gerade auch wegen Ihrem Kind. Nur dann können Sie nämlich zivilrechtliche Ansprüche geltend machen und selbst Schadenersatz einfordern. Sie können bei der Opferhilfe eine unentgeltliche Rechtsvertreterin beantragen, die für Sie den juristischen Kram erledigt.«

Als die Frau Felix Winter zum Abschied die Hand reicht, umfasst er sie für einen kurzen Moment mit beiden Händen, bevor er sich zur nächsten Befragung aufmacht.

Im gleichen Moment klatschen sich in einem Schnittraum in Zürich Milla und ihr Cutter Daniel gegenseitig in die Hände: *Gimme five*. Milla ist zufrieden. Der Beitrag funktioniert. Er zeigt auf, dass die Polizei derzeit an der Aufklärung eines Verbrechens arbeitet, das es in dieser Art noch nie gegeben hat. Zwar lässt der Bericht die Frage offen, ob Claudio Rudelli tatsächlich etwas mit den mysteriösen HIV-Infektionen zu schaffen hat – doch sein selbstverliebter Auftritt führt den Zuschauern vor Augen, dass er eine diffuse Figur ist. Milla beendet den Beitrag mit seinem Zitat: »Sehen Sie? Ich heile meine Schüler, ich mache sie doch nicht krank!« Er sagt es mit der Stimme eines indischen Gurus, und das Lächeln, mit dem er anschließend in die Kamera blickt, kann auf viele Arten gelesen werden. Milla friert das Bild extra lange am Ende des Beitrags ein: Je öfter sie es sich am Schnittplatz anschaut, desto gruseliger wirkt Rudellis Blick auf sie. Er hat etwas Teuflisches, Rudelli ist ein teuflischer, ein falscher Heiler. Milla ist gespannt, ob Franz Maniuk, der in die Sendung eingeladene Psychiater, ihre Meinung teilen wird.

Mitten im achtminütigen Beitrag klafft jetzt noch ein Loch. Dort will Milla die Aussage des Polizeisprechers hineinschneiden. Sie wählt nicht die allgemeine Nummer der Medienstelle, sondern Stefan Wagners direkte Nummer. Sie kennt ihn von früher. Er ist einer aus der Heerschar von Journalisten, die irgendwann um den vierzigsten Geburtstag herum ihren Job an den Nagel hängen und die Seite wechseln, um fortan in einem Bundesamt oder eben bei der Polizei jenen Auskunft zu geben, die ihrem Beruf treu geblieben sind: den *richtigen* Journalisten. Milla findet es immer etwas eigenartig, einem Pressesprecher kritische und zuweilen bissige Fragen zu stellen, wenn er ein Exkollege ist, mit dem sie zuvor jahrelang das Büro geteilt hat. Doch Stefan Wagner ist total in Ordnung. Sie glaubt, dass er mal ein klitzekleines bisschen in sie verliebt gewesen war oder es womöglich immer noch ist. Ihr soll es recht sein, solange sie deshalb bei ihm eine Sonderbehandlung erfährt.

»Medienstelle Kantonspolizei Bern, Wagner.«

»Stefan, Milla hier.«

»Mir schwant Schlimmes.« Stefan Wagner lacht.

»Damit könntest du richtigliegen.« Milla kommt gleich zur Sache. »Ich weiß, dass du mir nichts sagen wirst. Laufende Ermittlungen et cetera. Aber ich müsste genau diesen Satz im Original-Ton haben, damit ich ihn im Beitrag bringen kann. Du weißt ja, wie das läuft. Könnte ich morgen das Zitat bei dir einholen?«

»Möchtest du mir nicht zuerst sagen, um welchen Fall es überhaupt geht?«

»Entschuldige, natürlich. Es geht um die HIV-Fälle, um den Musiklehrer.«

»Du weißt über den Musiklehrer Bescheid?« Wagner wirkt ehrlich überrascht.

»Ich habe mit ihm gesprochen.«

»Du hast mit ihm gesprochen?« Er ruft mehr, als dass er spricht.

»Ja.«

»Ich will lieber nicht wissen, wie du an ihn herangekommen bist …« Ein paar Sekunden lang bleibt Wagner still, Milla hört ihn förmlich nachdenken. »Nun gut«, sagt er schließlich. »Komm morgen vorbei. Ich habe da eine Idee. Wenn wir uns einigen können, werde ich dir zwei, drei Sachen mehr sagen, als dass ich dir nichts sagen kann.«

»Die du nur mir sagst und nicht gleich allen anderen Medien weitererzählst?« Milla traut ihrem Glück noch nicht so recht.

»Die du exklusiv hast, weil du das mit dem Musiklehrer herausgefunden hast.«

»Danke, du bist großartig.« Milla ballt die Faust.

»Na, na, na, warte erst mal ab, was ich zu sagen habe.«

30

Er will nicht mich.

Er will mein Kind.

Der Gedanke wird zur Gewissheit und macht alles noch viel schlimmer. Carole liegt zusammengerollt auf der Matratze, umgeben von dem schwarzen Nichts, das weder Anfang noch Ende kennt. Sie ist in einen Strudel der Unendlichkeit gestoßen worden, der sie immer weiter nach unten zieht, hinab in einen Schlund, der sie verschlucken wird. Es wäre aushaltbar, wenn es nur um ihr Leben ginge, wenn es das gewesen sein sollte. Aber Silas' Leben hat noch nicht einmal richtig begonnen. So ungerecht darf die Welt nicht sein.

Carole streichelt ihren Bauch und summt eine Melodie. Vielleicht muss sie gehen, und er darf bleiben. Vielleicht wird er sogar ein gutes Leben haben. Bei wem auch immer.

Wer ist der Fremde? Warum will er mein Kind? Immer wieder diese Fragen in Caroles Kopf, auf die sie keine Antworten findet. Könnte der Täter einer der möglichen Väter sein? Ist das die Quittung dafür, dass sie die Männer hintergangen hat? Aber sie wollte doch niemandem etwas Böses, sie wollte bloß ein Kind. Und wie sollte das einer von ihnen erfahren haben? Nur sie kennt ihre Namen. Es ist nicht möglich, dass sie etwas wissen. Oder doch?

»Denk nach«, sagt Carole laut zu sich selbst. »Konzentrier dich!« Doch es strengt sie zu sehr an. Die Müdigkeit wiegt schwer. Sie kneift sich mit den Fingern in den Handrücken, drückt ihre Nägel in das Fleisch, bis es wehtut. »Wach bleiben«, sagt sie laut. »Denk nach!«

So strategisch Carole sich einen Samenspender ausgesucht hat, so strategisch versucht sie nun, ihre Gedanken zu ordnen. Eine Entführung so kurz vor der Geburt ist mit großen Risiken für die Mutter und das Kind verbunden. Wenn jemand das Kind unbedingt will, geht er so ein Risiko nicht ein, denkt Carole. Oder doch? Wenn es hier wirklich um Silas geht, muss sie ganz vorne beginnen. Sie hat sich ihre »Samenspender« auf der Online-Dating-Plattform Tinder ausgesucht. Groß mussten sie sein, gut aussehend, Akademiker. »Keine Beziehung, gerne casual Sex«, hat sie unter ihr eigenes Profilbild geschrieben. Was schon die erste Lüge war; sie ist nicht auf gelegentlichen Sex aus gewesen, sondern einzig auf möglichst fruchtbare One-Night-Stands. Mit Männern, die auf das Kondom verzichteten, wenn sie ihnen versicherte, dass sie mit einer Spirale verhüte und der letzte HIV-Test erst drei Wochen zurückliege. Es hat erschreckend wenig Überzeugungsarbeit gebraucht, damit sie den Gummi im Portemonnaie stecken ließen. Fünf Männer in sechs Tagen. Unmittelbar vor, während und nach dem Eisprung. Sie hat sich mit jedem in den Wochen davor zwei Mal zu einem Abendessen getroffen und bis zum dritten Date gewartet, um termingenau mit ihnen zu schlafen. Mit jedem nur dieses eine Mal, um zu verhindern, dass sich jemand verliebt; das hätte das Ganze nur verkompliziert.

Fünf mögliche Väter. Die sie alle ein bisschen, aber alle nicht wirklich kennt.

Ob einer von ihnen mich gesehen hat, mit rundem Bauch, und danach eins und eins zusammenzählte?, fragt sich Carole. Und wenn schon? Allein deshalb käme kein Mensch auf die Idee, mich samt Kind zu entführen. Zumindest kein normaler Mensch. Doch angenommen, der Vater will sein Kind – warum sagt er das nicht einfach? Oder entführt das Baby nach der Geburt aus dem Spital? Warum der ganze Aufwand?

Weil er mich nach der Geburt töten wird. Der Gedanke sticht auf einmal aus allen anderen heraus. Carole schüttelt sich. Nein, nein, nein, das kann nicht sein. Einen Mord traut sie keinem der Männer zu, mit denen sie sich getroffen hat. Sie hat sie alle gemocht. Aber was sagt das schon über jemanden aus? Psychopathen geben sich nicht auf Anhieb als Psychopathen zu erkennen, sonst gäbe es weniger Opfer. Trotzdem. Ein Psychopath?

Da war zum einen Alain, der Franzose, Jurist bei einer Versicherung in Basel. Penthouse, Designer-Möbel und dennoch kein Snob. Ein lustiger Mensch, mit dem sie viel gelacht hat bei den drei Dates. Nicht Alain, unmöglich.

Oliver, der Berner Regierungsrat, bei dem sie sich sofort wie zu Hause fühlte – und der panische Angst davor hatte, die Medien könnten herausfinden, dass er eine Online-Dating-Plattform nutzt, um seine Frau zu betrügen.

Christoph, der Journalist, dem sie am liebsten erzählt hätte, dass Oliver, der Politiker, die Online-Dating-Plattform nutzt. Und der so wohlerzogen wirkte wie ein Klassenstreber an seinem ersten Schultag. Carole ist sich sicher, dass er nicht mal einer Mücke etwas antun könnte; eher lässt er sich von ihr stechen, als dass er sie totschlägt.

Jürgen, der deutsche Biologe, der seit fünfzehn Jahren Blattläuse erforscht und ihren Körper so berührt hat, als suche er auf ihrer Haut nach kleinsten Tierchen.

Oder Markus, der ihr am Morgen nach der gemeinsamen Nacht erklärte, er habe eigentlich vor drei Tagen einer Frau sexuelle Treue geschworen.

Es bringt nichts. Carole kann sich nicht vorstellen, dass einer von ihnen ihr Böses wollte oder dazu fähig wäre, etwas derart Schlimmes zu tun.

Nein. Sie kennt ihn nicht. Carole ist sich auf einmal sicher. Sie ist ein Zufallsopfer, das zum falschen Zeitpunkt am falschen Ort war und dem falschen Menschen begegnet ist. Einem geistig gestörten Täter, der es auf Schwangere abgesehen hat. Vielleicht jemand in der Nachbarschaft, der sie durchs Fenster beobachtet hat. Ein anderer Fahrgast im Bus. Der Fremde am Nachbartisch im Restaurant.

Carole versucht, sich an den letzten Tag ihres normalen Lebens zu erinnern. Sie hat im kleinen Quartierrestaurant einen Kaffee getrunken. Dann ist sie einkaufen gegangen. Im Supermarkt gleich nebenan beim Breitenrainplatz. Sie hat weder Bus noch Tram benutzt, ist zu Fuß nach Hause gegangen. Sie weiß noch, dass sie im Treppenhaus war. Und danach? Da ist nichts. Ihre Erinnerung ist ein leeres Loch. Verflucht, denkt sie. »Streng dich an«, sagt sie laut. Sie spürt unter ihrer Hand, dass sich Silas bewegt. Da war etwas. Ein Gefühl der Unsicherheit. Sie war aufgestanden in der Nacht zuvor, um zu prüfen, ob die Tür wirklich abgeschlossen war. Das fällt ihr auf einmal wieder ein. Sie erinnert sich, wie sie mit dem Schirm in der Hand die Wohnung nach einem Einbrecher durchsucht hat, weil sie sich darüber wunderte, dass die Tür zwei

Mal abgeschlossen war. Der aufgeklappte Laptop. Die Tasse im Spülbecken. Carole erstarrt.

Er war in ihrer Wohnung. Er ist schon länger Teil ihres Lebens. Ohne dass sie es gemerkt hat.

31

Nathaniel kniet in Caroles Treppenhaus auf dem Boden, greift nach den Briefumschlägen vor sich und hofft, dass er keinen versehentlich liegen lässt. Er springt auf, tastet hastig nach den Briefkästen, steckt die Umschläge in den zweiten von links und fasst zeitgleich nach Alishas Geschirr. »Avanti, avanti!« Alisha hat keine Ahnung, wohin sie gehen soll, und entscheidet sich, einfach geradeaus zu marschieren, in diesem Fall die Treppe hinauf. Sie zeigt Nathaniel die Stufen an und führt ihn. Er hat gerade den ersten Absatz hinter sich gelassen, da hört er unten die Tür ins Schloss fallen. Mit einem Ruck stoppt er Alisha. Die Person macht drei Schritte, bleibt stehen.

Nathaniel wagt kaum zu atmen. Sein Herz pocht so laut, dass es jeder hören muss. Alisha spürt seine Anspannung und gibt kein Geräusch von sich. Ein paar Sekunden lang scheint die Zeit erstarrt zu sein. Bitte, mach, dass mich die Person nicht sieht, mach, dass ich aus ihrem Blickfeld verschwunden bin, denkt Nathaniel. Er rechnet schon damit, ertappt worden zu sein, wartet auf die Stimme, die ihn fragt, was er hier treibe – doch dann vernimmt er, wie unten ein Briefkasten geöffnet und wieder geschlossen wird. Nathaniel hört, wie jemand papierene Umschläge durchblättert. Er will sich gerade wieder in Bewegung setzen, um so hoch wie möglich zu steigen, in der Hoffnung, die Person, die unten reingekommen ist, wohnte nicht in der obersten Etage, da hört er erneut die Tür. Sie wird geöffnet, fällt wieder zu. Im ersten Moment glaubt Nathaniel, eine zweite Person habe das Haus betreten. Er horcht. Nein, da ist niemand. Der Mensch, der den Briefkasten geleert hat, ist wieder gegangen.

Mit einem »Ritor« bringt er Alisha dazu, kehrtzumachen. Unten an der Treppe tastet er erneut nach den Briefkästen, greift in den Schlitz des zweiten von links. Leer. Jemand hat Caroles Briefkasten geleert.

Nathaniel überlegt nicht lange. Er tritt aus dem Haus, treibt Alisha an. »Folge der Person. Person. Folgen«, flüstert er ihr zu. Er weiß, dass Alisha als Welpe in der Blindenhundeschule gelernt hat, einer Person auf Befehl zu folgen. Nur hat er den Befehl niemals angewendet und längst vergessen, wie er lautet. Nathaniel hofft inständig, dass die Hündin ihn trotzdem versteht.

Es hat den Anschein. Auf jeden Fall marschiert Alisha zielstrebig los. Doch plötzlich stoppt sie. Nathaniel hört, dass sie sich an einer Haltestelle befinden, es stehen Menschen herum, einige sprechen miteinander. Nathaniel ist sich sicher: Sie hören sich an wie Menschen, die warten. Als ein Bus mit einem ächzenden Geräusch neben ihnen hält, steigt Alisha mit Nathaniel ein. Er hat keine Ahnung, ob sich die Person, die Caroles Post geholt hat, im gleichen Bus befindet. Wie er so dasitzt, kommt sich Nathaniel auf einmal nur noch lächerlich vor. Er fragt sich, was er hier eigentlich macht. Detektiv spielen, eine Verfolgung aufnehmen, und das als Blinder?

Der Bus hält. Alisha steht auf, sie will raus. Nathaniel schafft es gerade noch, auszusteigen, bevor sich die Tür wieder schließt. Und jetzt? Alisha scheint immer noch zu wissen, wo sie hinwill, nämlich in den nächsten Bus hinein. Nathaniel hofft, dass Alisha das Ganze nicht missversteht, als eine Art neues Spiel. Nach drei Stationen zeigt Alisha wieder an, dass sie aussteigen will. Viele Passagiere drängen hier nach draußen. Nathaniel und Alisha folgen dem Strom der Leute. Vielleicht ist die Person aus Caroles Haus tatsächlich hier ausgestiegen, denkt Nathaniel. Es bleibt ihm nichts anderes übrig, als Alisha zu vertrauen. Auch wenn die Chancen, dass seine Hündin begriffen hat, worum es geht, realistisch betrachtet wahrscheinlich bei etwa 0,2 Prozent liegen. Alisha führt Nathaniel eine Treppe hoch, und auf einmal befinden sie sich in einem Raum, oder wohl eher in einer Halle, dem Klang nach zu urteilen. Um sie herum wimmelt es von Stimmen. Zuerst zieht Alisha nach rechts, dann nach links, dann setzt sie sich hin und kläfft drei Mal. Offensichtlich weiß sie nicht mehr weiter. Bingo, denkt Nathaniel resigniert. Die Fährte ist, sofern sie überhaupt einmal aufgenommen wurde, verloren. Und er hat keine Ahnung, wo er sich befindet.

»Kann ich Ihnen helfen?«, fragt in dem Moment eine angenehme weibliche Stimme.

»Können Sie mir sagen, wo ich mich befinde?«

»Sie stehen am Empfangsschalter des Berner Inselspitals. Wohin wollen Sie denn?«

Nathaniel will nur noch nach Hause. Alisha, seine treue Hündin, muss ihn gründlich missverstanden haben, dass sie ihn direkt zum Spital geführt hat.

Als er knapp dreißig Minuten später bei seinem Wohnblock ankommt, fühlt er sich wie der tolpatschigste Möchtegerndetektiv, den die Welt je gesehen hat. Nein, mehr noch; er kommt sich vor wie ein Idiot. Rechts vom Hauseingang tastet er nach seinem Briefkasten, es ist ebenfalls der zweite von links. Aber dieser hier ist leer, keine Post für ihn, wie fast immer.

Er befiehlt Alisha, schon im zweiten Stock anzuhalten, und klingelt bei Veronika, deren Handgelenk bereits Opfer seines detektivischen Übereifers geworden ist. Es dauert einen Moment, bis Nathaniel hinter der Tür ein Rascheln vernimmt.

»Nathaniel, schön, dich zu sehen!«

»Wie geht es dir und deiner Hand? Kann ich etwas für dich tun?« Seine Frage klingt wie Hohn. Nathaniels Stimme ist seine Erschöpfung anzuhören, und offenbar ist sie ihm auch anzusehen.

»Mach dir um mich keine Sorgen. Komm erst mal herein. Es sieht eher danach aus, als ob ich etwas für dich tun könnte; du siehst ziemlich mitgenommen aus.«

Wenig später sitzen die beiden auf Veronikas Sofa, vor ihnen zieht der Tee, dessen Geruch Nathaniels Nase umstreift.

»Wie geht es deiner verschwundenen Frau?«

Ein leises Klacksen verrät Nathaniel, dass Veronika das Sieb aus der Teekanne fischt.

»Vielleicht sollte ich das Detektivspielen doch lieber bleiben lassen.« Plötzlich spürt er Tränen auf seinem Gesicht. »Ich mache alles nur noch schlimmer.«

»Ach, Nathaniel!« Veronika legt ihren Arm um seine Schulter und drückt ihn an sich.

Während die alte Frau den blinden Mann zu trösten versucht, steht zwei Stockwerke weiter unten eine Person vor der Eingangstür des Wohnblocks, studiert die Schilder an den Briefkästen, holt das Mobiltelefon aus der Tasche und öffnet das Programm mit den Notizen, bevor sie eine Zahl und einen Namen eintippt: Hausnummer 81, Nathaniel Brenner.

32

Ivan und Milla sind zu früh dran. Sie sitzen vor der Polizeizentrale im Wagen und warten darauf, dass sich die Zeit verflüchtigt.

»Erinnerst du dich an unseren Dreh mit Nathaniel, dem Blinden?«

Ivan blickt von der Gratiszeitung auf und sieht, dass Milla mit ihrem Haargummi spielt. Das tut sie immer, wenn sie nachdenkt.

»Natürlich erinnere ich mich.«

»Er glaubt, Zeuge eines Verbrechens geworden zu sein.«

»Glaubt er es nur, oder ist es auch so?«

»Wenn ich das bloß wüsste.« Milla erzählt Ivan die ganze Geschichte.

Er hört ihr aufmerksam zu. »Ich würde das ernst nehmen«, sagt er schließlich.

»Warum?«

»Weil ich glaube, dass Blinde sich in solchen Dingen selten irren. Und weil ich Nathaniel nicht so einschätze, dass er eine solche Geschichte leichthin erzählen würde, wenn er nicht überzeugt davon wäre, dass etwas passiert ist.«

»Könnte es nicht sein, dass er sich in etwas reinsteigert, gerade weil er selbst mal ein Opfer war?«, fragt Milla.

»Gerade weil er selbst mal ein Opfer war oder immer noch ist, glaube ich, dass er besonders sensibilisiert ist. Vielleicht bleibt man das ein Leben lang; ein Opfer.«

Milla schaut Ivan an. Das ist einer der Gründe, warum sie gerne mit ihm zusammenarbeitet; weil er ein feines Gespür für Menschen hat. Und weil er intuitiv stets eine angemessene Art und Weise findet, mit ihnen umzugehen. Es ist mehr als einmal vorgekommen, dass er den Zugang zu den Personen, die sie interviewt haben, viel rascher gefunden hat als Milla, die forscher und direkter, und vielleicht manchmal auch unsensibler auftritt. Allerdings passiert es hin und wieder auch, dass sich die Menschen vor der Kamera – vor allem, wenn es sich um weibliche Exemplare handelt – flugs in Ivan verlieben. Weil er groß gewachsen und gut gebaut ist, weil er aussieht wie einer dieser feschen Sportmoderatoren, und weil er es nicht lassen kann, seinen Charme einzusetzen, wenn ihm sein Gegenüber gefällt. Eigentlich würde er eher vor als hinter die Kamera gehören.

»Es ist Zeit«, sagt Ivan.

Milla blickt auf die Uhr.

Eine Viertelstunde später hat Ivan das Büro des Polizeisprechers Stefan Wagner in ein kleines Studio verwandelt: Er hat einen Scheinwerfer aufgestellt, seine Kamera auf dem Stativ installiert, Wagner ein winziges Mikrofon an den Hemdkragen geklemmt, hier eine Kommode verschoben, da einen Blumenstrauß zurechtgerückt und ein Bild umgehängt. Jetzt ist er bereit, er unterbricht den Smalltalk zwischen Milla und Wagner.

»Kamera läuft.«

»Dann legen wir los.« Milla, die rechts von Ivan, nahe

neben der Kamera sitzt, räuspert sich. »Ist es richtig, dass die Polizei gegen Claudio R. ermittelt, weil er seine Musikstudenten mit HIV infiziert haben soll?«

»Schnitt«, unterbricht Wagner.

»Was ist?«, fragt Milla überrascht.

»Ich werde sicher nicht vor laufender Kamera sagen, gegen wen wir ermitteln. Ich werde dir höchstens sagen, *dass* wir ermitteln. Vielleicht sollten wir erst mal die Spielregeln klären.«

Milla seufzt, ist aber einverstanden, schließlich bleibt ihr nichts anderes übrig. Sie gibt Ivan ein Zeichen, dass er die Kamera wieder ausschalten soll.

»Ich habe mit meinem Chef gesprochen, und er hat abgesegnet, dass ich drei Dinge sagen kann: Dass wir ermitteln, um was für ein Delikt es geht, und wie viele mutmaßliche Opfer es gibt.«

Milla nickt. Es dauert einen Augenblick, bis auch die für sie persönlich relevante Nachricht bei ihr ankommt. »Mit welchem Chef?«, fragt sie.

»Dem Chef Leib und Leben, mit welchem sonst?«

Mist, denkt Milla. Sie hätte es wissen müssen. Wie konnte sie bloß so naiv sein? Natürlich spricht sich der Mediensprecher mit dem Chef des Dezernats ab, bevor er ein TV-Interview gibt. Sie hat einfach nicht daran gedacht. Und sie hat sich auch noch nicht wirklich daran gewöhnt, dass neuerdings ihr eigener Freund ebendieser Dezernatsleiter ist.

»Hast du Sandro gesagt, dass ich das Interview mit dir führe?«

»Ja, und ich muss sagen, er wirkte einigermaßen überrascht. Du hast ihm nicht erzählt, dass du an der Geschichte dran bist?«

Milla schüttelt den Kopf.

Stefan Wagner grinst. »Tja, nun weiß er es.«

Milla ist das Lachen vergangen. Sie muss endlich mit Sandro reden. Es wird kein angenehmes Gespräch werden. Wie ich es auch mache, denkt Milla, es ist immer verkehrt. Sie fängt Ivans Blick auf und weiß, was er ihr damit sagen will: Das Private kann warten, jetzt ist zuerst Professionalität gefragt. Sie räuspert sich erneut, doch Stefan Wagner kommt ihr zuvor.

»Ich erwarte übrigens eine Gegenleistung.«

»Du erwartest was?« Milla hat zwar schon einiges erlebt. Dass die Polizei für ein Interview eine Gegenleistung verlangt, ist allerdings noch nie vorgekommen. Sie zweifelt keine Sekunde, dass Sandro hinter der Idee steht.

»Ich gebe dir dieses exklusive Interview, in dem wir die Ermittlungen bestätigen und zum ersten Mal die Zahl der mutmaßlichen Opfer nennen – dafür darf ich gleichzeitig einen Aufruf erlassen.«

Milla muss nicht lange darüber nachdenken. Damit kann sie leben.

»In Ordnung.« Sie weist Ivan an, die Kamera erneut einzuschalten. »Ich stelle die erste Frage noch einmal, formuliere sie aber anders.«

Wagner nickt, und Milla beginnt ein zweites Mal mit ihrem Interview: »Im Inselspital werden HIV-Patienten behandelt, die sich nicht erklären können, wie sie sich infiziert haben. Ist es richtig, dass die Polizei in dieser Sache ermittelt?«

»Das ist richtig. Die Polizei ermittelt wegen schwerer Körperverletzung, weil wir den Verdacht haben, dass jemand diesen Patienten absichtlich HIV-infiziertes Blut gespritzt hat.«

»Gibt es einen konkreten Verdächtigen, und was könnte sein Motiv sein?«

»Ja, die Staatsanwaltschaft ermittelt gegen eine Verdachtsperson. Das Motiv zu klären, ist Ziel dieser laufenden Ermittlungen.«

»Wir wissen von vier Personen, die betroffen sind. Können Sie etwas zur Zahl der mutmaßlichen Opfer sagen?«

»Leider liegt die Zahl höher, und es ist möglich, dass noch weitere Fälle dazu kommen. Darum bitten wir alle Personen, die sich in den letzten vier Jahren mit HIV infiziert haben und sich nicht erklären können, wo und wie sie sich angesteckt haben, mit uns Kontakt aufzunehmen. Im Moment gehen wir von dreizehn Opfern aus.«

Milla zählt im Kopf bis drei, damit sie das Zitat für den Film nicht versaut, falls sie hier einen Schnitt machen will, dann sagt sie erstaunt: »Dreizehn Opfer?«

Stefan Wagner schließt mit »So ist unser derzeitiger Stand« und deutet Ivan mit einem Nicken an, dass das Interview vorbei ist und er die Kamera ausschalten soll. Als das rote Aufnahmelicht erlischt, fügt er hinzu: »Wir gehen davon aus, dass es sogar doppelt so viele sein könnten.«

Stefan Wagners Sätze laufen wenig später über den Bildschirm am kleinen Schnittplatz hinten in Ivans Kastenwagen. Ivan hat das Material eingelesen, Milla kann es direkt hineinschneiden und den gesamten Beitrag dann dem TV-Studio in Zürich übermitteln. In zweieinhalb Stunden wird er in den »Wochenthemen« über den Sender gehen. Milla wird mit ihrer Story die schreibenden Kollegen zu einer Nachtschicht zwingen; keiner der anderen Journalisten hat bislang herausgefunden, was hinter den mysteriösen HIV-Fällen steckt und um was für ein Strafverfahren es genau geht – geschweige denn, gegen wen ermittelt wird. Sie werden Millas Geschichte in den Zeitungen von morgen zitieren und nacherzählen müssen.

»In deinem Beitrag fehlt etwas«, sagt Ivan, nachdem er ihn ins Studio gesendet hat.

»Was meinst du?«

»Die Stimme eines Opfers.«

Noch kennt Milla keine Namen von Opfern. Doch daran wird sie arbeiten, nächste Woche. Vorerst aber steht eine ganz andere Aufgabe an. Sie greift zu ihrem Handy und wählt Sandros Nummer.

33

Als Carole aufwacht, ist er schon da. Sie hat ihn nicht kommen hören. Auch jetzt füllt die Stille den Raum, aber Carole spürt seine Anwesenheit. Und vor allem riecht sie ihn: Die Ahnung eines süßlichen Parfums, ein Duft, den man eher an einer Frau vermuten würde. Und obwohl es nicht sein kann, obwohl die Dunkelheit in ihrem Gefängnis alles auffrisst, hat Carole das Gefühl, das Böse starre sie an – oder der Böse.

»Ich weiß, dass du da bist.«

Stille. Sie tastet nach dem Teller neben ihrer Matratze, er ist leer. Dann vernimmt sie ein Geräusch, sie kann nicht sagen, ob es nah ist oder weit weg, sie hat ihr räumliches Vorstellungsvermögen verloren. Manchmal glaubt sie, in einer kleinen Kiste eingesperrt zu sein und streckt die Arme aus, überzeugt davon, vor sich und neben sich gegen eine Wand zu stoßen. Dann wieder wird sie die Vorstellung nicht los, dass es um sie herum gar keine Mauern mehr gibt, dass nur noch sie existiert, auf dieser Matratze, in einem endlosen schwarzen Nichts.

Doch im Moment ist sie nicht allein. Sie hört seine Schritte, er durchquert den Raum, kommt näher. Automatisch versteift sich ihr Körper, zu groß ist die Angst, dass er sie unvermittelt berührt, sie festhält, ihr wieder etwas einflößt. Doch er geht an ihr vorbei, stellt einen neuen Teller hin; längst kann sie das Geräusch zuordnen, sie hört dem Teller sogar an, ob er schwer ist oder leicht. Ein einmaliges, dumpfes Klopfen: Er hat eine volle Flasche danebengestellt. PET, kein Glas.

»Warum versorgst du mich mit Essen, wenn du mich eh umbringen wirst?«

Keine Antwort.

»Was hast du mit meinem Jungen vor?«

Das Schweigen des Bösen lässt Carole schaudern. Gleichzeitig spürt sie, dass etwas in ihr hochkocht. Sie wird wütend, weil er ihre Worte derart respektlos ignoriert.

»Warum redest du nicht mit mir? Bist du ein Islamist, der meint, nicht mit Frauen sprechen zu müssen? Aber eine Schwangere zu entführen, das geht in Ordnung für dich, ja? Willst du nicht mit mir reden, weil du Angst vor mir hast? Angst davor, mich kennenzulernen; weil du dann nicht mehr tun kannst, was du dir vorgenommen hast? Weil du mich dann plötzlich mögen könntest? Wie erbärmlich! Dein Schweigen ist nichts als Feigheit!«

Je länger Carole spricht, desto kräftiger wird ihre Stimme und desto wütender wird sie auf diesen arroganten Mistkerl, der meint, ihr Leben zerstören zu müssen.

»Aber weißt du was? Ich mache bei diesem beschissenen Spiel nicht mit! Ich rede trotzdem mit dir, ich rede von jetzt an nonstop mit dir, und du gibst mir jetzt gefälligst eine Antwort auf die Fragen, was das Ganze hier soll, warum du mich gefangen hältst, warum verdammt noch mal du mich ausgesucht hast, eine Schwangere, die du nicht einmal kennst.«

Keine Antwort. Carole muss Atem holen, ihr Herz rast.

»Oder kennen wir uns? Ist das der Grund, warum du

keinen Pieps von dir gibst, damit ich deine Stimme nicht erkenne? Weil du mich tatsächlich laufen lassen willst, sobald du meinen Sohn geraubt hast? Ist es das? Bist du Alain? Sag schon! Sprich mit mir! Nicht? Ah, jetzt weiß ich es: Oliver. Komm schon, gib es zu, ich habe dich erkannt! Hast wohl Angst um deine politische Karriere!«

Carole ist auf einmal schlecht. Sie weiß nicht, was die schlimmere Vorstellung ist: dass sie von einem Fremden entführt worden ist oder dass der Böse jemand sein könnte, der ihr einst vertraut war. Mit dem sie womöglich intim war. Ein Zittern durchfährt ihren Körper.

»Markus. Natürlich. Dir, Markus, dir würde ich das sogar zutrauen. Du hast nichts Gutes in dir.«

Das stimmt nicht. Sie hat Markus gemocht.

»Jürgen? Jürgen, bist du das, warum tust du mir das an? Warum?«

Plötzlich droht Caroles Stimme zu versagen, sie kann die Tränen nicht zurückhalten, sie schluchzt jetzt mehr, als dass sie spricht.

»Egal, wer du bist, bitte lass mich hier wieder raus. Ich werde auch nicht zur Polizei gehen, ich werde so tun, als ob nichts geschehen wäre, dir wird nichts passieren. Lass mich bitte frei. Lass mich und meinen Sohn gehen. Bitte.«

Carole schnieft. Schluckt. Hört etwas. Das Schleifen der Tür.

Er ist weg.

34

Wenn es nach Nathaniel geht, hat seine Nachbarin Veronika nicht nur den Titel »Beste Oma der Welt« verdient, sie ist auch die beste Trostspenderin, die er sich vorstellen kann. Sie hat ihn kurz an sich gedrückt, ihm Papierservietten für seine Tränen gereicht und ist sodann in die Küche geeilt, um ihm ihre selbst gebackenen Schokoladenkekse zu holen, das wirkungsvollste Rezept gegen Kummer und Sorgen, wie sie ihm versichert hat – und die ihre Wirkung tatsächlich nicht zu verfehlen scheinen. Nathaniel fühlt sich schon wieder besser. Was aber auch daran liegt, dass Veronika ihm zuhört, wie ihm sonst niemand zuhört.

Sie kannten sich noch nicht sehr lange, als er ihr von seiner Geschichte erzählte – und er ihr ebenso anvertraute, wie er nicht nur sein Augenlicht, sondern seine Seele verloren hat. Es ist nicht nur der Verlust seiner Familie auf diese schreckliche Art und Weise, den er nie überwunden hat. Auch die Angst vor der Wahrheit und vor sich selbst hat ihn während all der Jahre innerlich zerfressen.

Veronika weiß mehr über Nathaniel als irgendjemand sonst. Sie betrachtet ihn sorgenvoll, als er ihr berichtet, was er in der Zwischenzeit herausgefunden hat, wie ihn in Caroles Haus beinahe jemand im Treppenhaus erwischt hätte, kniend, die Post vor sich liegend, die Carole gehört. Und wie kläglich er und Alisha bei der anschließenden Verfolgungsjagd versagt haben.

»Stell dir vor, ins Inselspital hat mich meine Hündin geführt – wahrscheinlich dachte sie, ich sei ein Fall für die Psychiatrie.«

Einen Moment lang ist in Veronikas Wohnzimmer nichts anderes zu hören als ihr Teelöffel, mit dem sie in der Tasse rührt. Sie klimpert eine kleine Melodie.

»Diese Carole hat sich also in ihrem Atelier abgemeldet, richtig?«

»Richtig.«

»Und du hast jemanden gehört, der ihre Post holte und danach das Haus wieder verließ?«

»Korrekt.«

Veronika legt erneut eine Pause ein. Nathaniel hört sie förmlich nachdenken. Sie überlegt, wie sie mir schonend beibringen soll, dass ich ein fehlgeleiteter Wirrkopf bin, denkt er.

»Es tut mir leid, Nathaniel. Aber das klingt für mich alles nach einem ganz gewöhnlichen Urlaub. Sie ist weggefahren, hat eine Stellvertretung organisiert, und jemand leert für sie den Briefkasten.«

Jetzt braucht Nathaniel einen Augenblick, um sich die richtigen Worte zurechtzulegen, auch wenn er weiß, dass er sich wie ein sturer Bock anhören muss.

»Aber ich habe einen Schrei gehört.« Er versucht, langsam und ruhig zu sprechen. »Eine fremde Frau geht an Caroles Handy und sagt, sie sei Carole Stein. Auch gegenüber der Polizei hat sie dies behauptet. Aber die fremde Frau hat eine andere Stimme als Carole. Und die Post? Nimmt man die gleich mit nach Hause, wenn man für jemanden den Briefkasten leert? Legt man sie nicht in der Wohnung auf den Tisch?«

Könnte Nathaniel sehen, würde er in Veronikas Gesicht Skepsis lesen. Sie greift zu ihrer Teetasse, nippt daran. Nathaniel hört sie schlucken. Veronika betrachtet dabei ihren blinden Nachbarn eingehend. Er gehört zu jener Sorte von Menschen, in deren Zügen man erkennt, wie sie einst als Kind ausgesehen haben müssen. Fast so, als sei ihnen ein Rest kindlicher Unschuld erhalten geblieben. Und doch weiß man nie, wie es *in* einem Menschen aussieht. Nathaniel hat Schreckliches erlebt. Er hat ihr auch von seinem Traum erzählt, von seinen schwierigen Momenten. Ob er deswegen weniger glaubwürdig ist? Ob seine Fantasie deshalb etwas zusammenschustert, das nicht der Realität entspricht? Oder ob er, gerade weil er blind ist, über einen sechsten Sinn verfügt, auf den man hören sollte?

»Zeig mir doch mal die Fotos, die du von den Briefumschlägen gemacht hast«, sagt Veronika schließlich. Nathaniel atmet erleichtert auf und reicht ihr sein Handy.

»Ich kann das nicht bedienen, dieses moderne Zeugs, ich weiß nicht, wo ich die Fotos finde, du musst das machen.«

Nathaniel und Veronika lachen gleichzeitig laut auf, weil sie realisieren, wie absurd die Situation ist.

»Schön, dass ich dir auch einmal etwas zeigen kann.«

Nathaniel lässt sich von Veronika das Handy in die Hand legen, dann tippt er einmal auf das Display, sagt laut »Fotos« und öffnet damit das Programm.

»Wenn du jetzt mit dem Finger leicht auf das Display drückst und ihn zu einer Seite schiebst, sollte das nächste Bild erscheinen.«

Veronika wischt sich durch die Fotos. Die meisten Aufnahmen bringen gar nichts; sie zeigen entweder die Rückseite des Umschlags oder nichts als Caroles Adresse auf der Vorderseite. Auf drei Briefen sind die Absender zu erkennen: Ein Telefonanbieter, die Elektrizitätsgesellschaft und die Praxis einer Frauenärztin namens Tischler in Hinterkappelen. Veronika liest Nathaniel die Absender laut vor. »Rechnungen, vermute ich. Ich fürchte, dass uns das nicht weiterbringt.«

Nathaniel versucht, sich seine Enttäuschung nicht anmerken zu lassen. Es muss an den Sternen liegen, denkt er, dass derzeit nichts, aber auch gar nichts so läuft, wie er es gerne hätte. Als wäre das Leben nicht sowieso schon schwierig genug.

»Es ist nicht nur diese Frau, oder? Da ist noch etwas anderes, das dich bedrückt.«

Nathaniel fragt sich, ob Veronika ihm seine Gedanken direkt von der Stirn ablesen kann. Als wäre sie seine echte Großmutter, spürt sie immer genau, wenn bei ihm etwas nicht in Ordnung ist. Großmütter scheinen dafür ein besonderes Gespür zu haben.

»Ja, da ist noch etwas.«

Nathaniel erzählt Veronika von der Begegnung mit dem alten Polizisten Felix Winter. Und von dessen Bemerkung, dass er Nathaniels Fall kenne.

»Wie klein die Welt ist.« Veronika hält kurz inne. Dann fügt sie an. »Das ist doch eigentlich wunderbar. Jetzt hast du endlich jemanden, dem du all die Fragen stellen kannst, die dich schon so lange umtreiben.«

Nathaniel schweigt. Er will etwas sagen und weiß nicht, wie er es formulieren soll.

»Es ist nicht wunderbar?«, hakt Veronika nach.

»Ich weiß nicht. Vielleicht ist es manchmal besser, die Wahrheit nicht zu genau zu kennen. Ich habe Angst, dass das Bild, das ich mir über die ganzen Jahre zurechtgebastelt habe, vielleicht falsch ist. Und ich kann mittlerweile gut leben mit diesem Bild. Ich bin nicht sicher, ob ich Retuschen oder gar Änderungen daran ertragen würde.«

Zum zweiten Mal an diesem späten Nachmittag legt Veronika ihren Arm um Nathaniel. Draußen vor dem Fenster schiebt sich die Sonne hinter die Berge, und ein wundersames Blau legt sich auf die Stadt. Wie schade, dass Nathaniel das nicht sehen kann, denkt die alte Frau traurig.

Eine Stunde später hat Nathaniel keine Zeit mehr, über Felix Winter und das, was er von ihm erfahren könnte, nachzudenken: Im »Blinde Kuh« ist die Hölle los. Ein Firmen-Fest einer Versicherungsgesellschaft, jeder Tisch ist voll besetzt. Nathaniel arbeitet hochkonzentriert, sein Tempo ist höher als üblich. Und obwohl oder vielleicht gerade auch, weil er sich besonders Mühe gibt, nicht zu stolpern, bleibt er prompt mit seinem Fuß an einem Stuhlbein hängen. Nathaniel strauchelt, beide Füße sind für einen Bruchteil einer Sekunde gleichzeitig in der Luft, doch auf unerklärliche Weise gelingt es ihm, sein linkes Bein nach vorn zu reißen und seinen Fall mit einer Art Spreizschritt aufzufangen. Den Teller hält er weit von sich gestreckt, es gelingt ihm, ihn auszubalancieren. Tatsächlich bietet er eine akrobatische Einlage der Sonderklasse, die kein Mensch in dieser allumfassenden Finsternis zu sehen bekommt. Der Beinahe-Sturz spielt sich in Nathaniels Wahrnehmung zeitlich verlangsamt ab. Er spürt, wie sich der Inhalt auf dem Teller im Zeitlupentempo auf den Rand zubewegt, in der letzten Sekunde innehält, um danach wieder in die andere Richtung zu rutschen. Doch jetzt hat Nathaniel schon wieder beide Füße auf dem Boden und steht zu seiner Überraschung aufrecht da, statt wie erwartet einmal mehr platt auf dem Bauch zu liegen. Allerdings kann er nicht beschwören, dass das Mahl nach dem gemeinsamen Luftsprung noch genauso angerichtet ist wie zuvor. Vorsichtig tastet Nathaniel mit seinen Füßen den Boden ab, damit rechnend, in etwas Weiches zu treten. Aber da ist nichts. Er überlegt kurz, den Teller zurück in die Küche zu tragen, um zu fragen, ob noch alles drauf sei. Aber damit würde er dem ganzen Team offenbaren, dass er einmal mehr seinem Namen »Stolperer vom Dienst« alle Ehre gemacht hat. Darum beschließt er, den Teller wie geplant an Tisch drei zu bringen. Denn eines ist sicher: Dass die Anordnung des Brokkoli und des Filets womöglich etwas durcheinandergeraten ist, wird der Gast nicht sehen können. Nathaniel hofft einfach, dass sich das Filet noch immer irgendwo auf dem Teller befindet.

Tatsächlich gibt es an diesem Abend keine Reklamationen. Als die letzten Gäste gegangen sind, was stets zeitig passiert, sie scheinen sich nach dem Essen regelrecht danach zu sehnen, endlich wieder etwas zu sehen, sitzt Nathaniel mit seiner Kollegin Martha am kleinen Beistelltisch in der hintersten Ecke der Restaurantküche, vor sich eine Cola. Martha bevorzugt ein Glas Wein.

»Erinnerst du dich noch, letzte Woche, als ich auf der Suche nach dieser Carole war?«, fragt Nathaniel, nachdem sich ihre Gläser zum Anstoßen gefunden haben.

»Ja, da war was, genau. Hast du sie gefunden?«

»Nein, noch nicht.«

Einige Sekunden lang schweigen sich die beiden an. Es passiert Nathaniel oft im Gespräch mit anderen Blinden, dass der eine oder der andere nicht weiß, ob da noch etwas folgt, weil die Mimik des Gegenübers unsichtbar bleibt.

»Du hast mir doch gesagt, dass eine Carole Stein in der ›Blinden Kuh‹ reserviert hatte. Das muss an jenem Tag gewesen sein, als ich hinfiel.«

»Du fällst doch ständig hin.« Martha lacht, doch Nathaniel findet es weniger lustig. »Ja, ich erinnere mich vage«, fährt Martha fort, versöhnlicher jetzt.

»Erinnerst du dich auch noch an den Namen ihrer Begleitung?«

»Nein. Es waren zwei Frauen, aber es war nur auf den Namen Carole Stein reserviert.«

»Hmm.« Nathaniel tastet nach seinem Glas.

»Ich glaube, eine der beiden Frauen war schwanger.«

Nathaniel hebt den Kopf, dreht ihn in die Richtung, aus der Martha spricht. Das macht er immer, obwohl er seinem Gegenüber nie in die Augen blicken kann – und obwohl dieses Gegenüber ebenfalls blind ist. Aber man hört der Stimme immer an, ob die Person direkt an ihn gerichtet spricht oder nicht.

»Warum glaubst du das?«

»Sie hat sich übervorsichtig bewegt, als ich sie an den Tisch geführt habe, also noch vorsichtiger als normale Gäste. Und sie hat keinen Alkohol getrunken.«

»Hmm.« Nathaniel nimmt einen großen Schluck Cola. Schwanger, denkt er. Das kann nicht Carole gewesen sein. Er findet, sie hat sich überhaupt nicht nach einer schwangeren Frau angehört. Aber diesbezüglich ist er alles andere als ein Experte. Er irrt sich ja auch ständig bei der Haarfarbe.

»Und manchmal merke ich das einfach. Keine Ahnung, warum. Dann weiß ich, dass eine Schwangere vor mir steht, oft sogar, bevor sie selbst weiß, dass sie schwanger ist«, fährt Martha fort.

Nathaniel glaubt ihr sofort. Manche Dinge spürt man einfach, ohne dass es dafür eine rationale Erklärung gibt. Darum also die Rechnung von der Frauenärztin? Aber auch Caroles Freundin könnte die Schwangere von beiden gewesen sein.

Er muss sie anrufen, die Ärztin. Nur, was soll er ihr für eine Geschichte auftischen, damit sie ihm Auskunft über ihre Patientin gibt? Er kann sich schlecht als Vater des Kindes ausgeben, wenn sie womöglich gar nicht schwanger ist.

Ich brauche Millas Hilfe, denkt Nathaniel einmal mehr.

»Hörst du mir überhaupt noch zu?«, reißt Martha ihn aus seinen Gedanken.

»Klar, natürlich.« Dabei hat Nathaniel keine Ahnung, was Martha ihm gerade erzählt hat.

35

Milla sitzt im Schneidersitz neben Sandro auf den großen Kissen in seinem Wohnzimmer, beide halten ein Stück Pizza in der Hand und gucken sich gerade Millas Beitrag über den verdächtigen Musiklehrer an.

Das war eigentlich nicht Millas Plan gewesen. Sie hat Sandro zu einem gemeinsamen Essen in den »Araber« einladen wollen, wie die Berner das Restaurant Aarbergerhof nennen. Aber Sandro hat sie durchschaut. Sie wolle bloß verhindern, dass er die Sendung sehe, hatte er erwidert, womit er natürlich genau richtiglag. Also bestellten sie stattdessen Pizza zu ihm nach Hause, und hier sitzen sie nun. Milla fühlt sich ein bisschen wie bei einem Examen, wo der Prüfer, in diesem Fall heißt er Sandro, ihren Beitrag beurteilt. Doch Sandro hat versöhnlich geklungen, und er tut es immer noch, auch wenn von ihm im Moment nicht mehr als ein gelegentliches Kauen zu vernehmen ist.

»Wir wissen von vier Personen, die betroffen sind. Können Sie etwas zur Zahl der mutmaßlichen Opfer sagen?«, hört Milla ihre eigene Stimme aus dem Off fragen.

»Leider liegt die Zahl höher, und es ist möglich, dass noch weitere Fälle dazukommen. Darum bitten wir alle Personen, die sich in den letzten vier Jahren mit HIV infiziert haben und sich nicht erklären können, wo und wie sie sich angesteckt haben, mit uns Kontakt aufzunehmen. Im Moment gehen wir von dreizehn Opfern aus«, erklärt Polizeisprecher Stefan Wagner. Schnitt. Danach kommt noch einmal Claudio Rudelli ins Bild, er wirft sich neben seiner Schülerin am Klavier in Pose, anschließend sagt er direkt in die Kamera: »Sehen Sie? Ich heile meine Schüler, ich mache sie doch nicht krank!« Der Beitrag endet mit dem unergründlichen Lächeln in seinem Gesicht, das Milla nur noch teuflisch findet.

»Ich will nicht von Neuem unseren immer wiederkehrenden Streit anzetteln.« Sandro stellt den Ton des Fernsehers auf leise. »Aber ich finde es einfach nicht gut.«

Milla schielt auf den Bildschirm, auf dem jetzt der forensische Psychiater Franz Maniuk zu sehen ist. Er steht an der Theke im Studio, neben ihm Moderator Janosch, der ihn gleich über das Wesen des Musiklehrers befragen wird. Zu gerne würde Milla hören, was Maniuk zu sagen hat, aber es gibt Momente, da genießt besser Sandro Vorrang.

»Du fandest den Beitrag nicht gut«, sagt sie deshalb, nicht als Frage formuliert, sondern als Feststellung, in der falschen Hoffnung, dass Sandro sich damit zufriedengibt und den Ton wieder anstellt.

»Nein. Ich finde es nicht gut, dass du überhaupt über den Fall berichtest, an dem ich arbeite.«

»Ich weiß. Aber du hast mir ja nicht einmal gesagt, dass du an diesem Fall arbeitest, wenn ich dich daran erinnern darf.«

In Millas Augen sitzt der Trotz, in Sandros Blick liegt der Vorwurf. Sie haben die Diskussion schon hundertmal geführt.

»Aber du wusstest genau, dass dem so ist.«

»Es ist meine Arbeit«, rechtfertigt sich Milla.

»Und es tangiert meine Arbeit«, sagt Sandro.

»Aber auch im guten Sinne. Stefan Wagner hat einen Zeugenaufruf platzieren können. Das hilft euch bei der Suche nach weiteren möglichen Opfern.«

»Das war aber meine Idee, nicht deine.«

Milla sieht ein Funkeln in Sandros Augen. Es verrät, dass er lächelt, ohne es zu zeigen. Sie lächelt jetzt auch, weil sie weiß, dass er heute Abend versöhnlich bleiben wird, dass nicht wieder die Fetzen fliegen werden, dass alles gut sein wird. Zumindest für heute. Ihr fällt auf, wie müde Sandro aussieht. Sein sonst südländischer Teint ist käsig, sie erkennt Ringe unter seinen Augen. Der Fall raubt ihm den Schlaf. Sie lehnt sich zu ihm hinüber, umarmt ihn kurz, schielt dabei über seine Schulter in Richtung Fernseher, und sieht, dass sich Janosch gerade von Franz Maniuk verabschiedet. Sie wird sich das Interview morgen im Internet anschauen.

Milla nutzt den vertrauten Moment, um das Thema zu wechseln.

»Nathaniel glaubt, dass du nicht die richtige Carole gesehen hast.«

Milla sieht ihrem Freund an, dass er keine Ahnung hat, wovon sie spricht.

»Nathaniel, der Blinde. Die Frau vom Videochat.«

»Ach ja, genau.«

Sandro hat diese Geschichte längst ad acta gelegt, sie in einen Bereich im Gehirn entsorgt, in dem all die Fälle aufbewahrt sind, an die er sich nicht mehr erinnern muss. Sein Kopf würde überquellen, wenn er nicht über die Gabe verfügte, Geschichten aus seinem Gedächtnis zu löschen, sobald sie nicht mehr relevant sind.

»Du meinst, er glaubt noch immer, dass eine Frau niedergeschlagen worden ist?«

»Ja.«

»Warum?«

»Weil sie nicht die richtige Stimme hat.«

»Bitte was?«

»Er hat sie angerufen und erkannt, dass die angebliche Carole Stein eine andere Stimme hat als die Frau vom Videochat.«

»Und woher hatte er bitte schön ihre Nummer?«

»Auf jeden Fall nicht von mir.«

»Milla, das ist absolut unwahrscheinlich. Die Frau hat sich ausweisen können, es ist Carole Stein. Er bildet sich das nur ein.«

»Ich habe die Stimmen auch verglichen. Ich hatte die Stimme der Frau vom *Be-my-Eyes-Chat* auf Band, weil sie bereits während unserer Filmarbeiten mit Nathaniel verbunden war.«

Sandros Augenbrauen schnellen in die Höhe, und Milla sieht ihm an, dass er keine Lust hat, dieses Gespräch zu führen.

»Und du hast jetzt auch das Gefühl, dass es die Stimme einer anderen ist.«

»Es *ist* eine andere Stimme.«

»Und wenn schon! Das hat noch lange nichts zu bedeuten. Wahrscheinlich gibt es dafür eine einfache Erklärung. Vielleicht hatte sie bloß ihr Handy jemandem ausgeliehen.«

»Das kommt dir nicht seltsam vor?«

»Milla, ich habe Besseres zu tun, als einem Fall hinterherzujagen, der gar keiner ist. Und solange es kein Opfer gibt, gibt es auch keinen Fall. Übrigens finde ich, auch wir beide hätten Besseres zu tun, als über Fälle und Nichtfälle zu streiten.«

Das findet Milla allerdings auch.

Als sie am nächsten Morgen neben Sandro aufwacht, zeugt ein regelmäßiges, leises Schnarchen davon, dass er sich noch in einer Traumwelt tummelt. Milla gibt sich keine Mühe, beim Aufstehen besonders leise zu sein. Sandro ist morgens selbst dann schwer wach zu kriegen, wenn man ihn wach kriegen will. Sie sammelt ihre Kleidung zusammen, die im ganzen Zimmer verstreut ist. Nach einigem Suchen findet sie auch ihren Slip; er hängt mitten in der Bananenstaude. Die Spurensicherung hätte ein leichtes Spiel zu rekonstruieren, was hier letzte Nacht abgegangen ist.

In der Küche brüht Milla Kaffee auf, schüttet etwas Zucker und Milch in eine Schale mit Haferflocken und checkt auf ihrem Laptop die Schlagzeilen der großen Medienhäuser. Sie alle haben ihre Geschichte aufgegriffen, fast alle haben die Sendung »Wochenthemen« dabei zitiert. Sie lächelt zufrieden. In den Boulevardblättern findet sie auch Screenshots aus ihrem Beitrag: der Musiklehrer Rudelli vor seinem Schulhaus, Rudelli neben seiner Klavierschülerin. Milla fragt sich, was der Frau durch den Kopf gehen wird, wenn sie sich plötzlich in den Schlagzeilen sieht – und gleichzeitig erfährt, dass ihr angehimmelter Guru womöglich seine Studenten mit HIV infiziert hat –, vielleicht auch sie selbst? Arme Frau, denkt Milla. Gleichzeitig fühlt sie sich ein bisschen schuldig, die Klavierschülerin erst in diese Situation gebracht zu haben. Aber was will man machen? Wahrheit ist besser als Unwissen, auch wenn sie manchmal wehtut.

Eine halbe Stunde später steht Milla im Badezimmer und sieht im Spiegel, dass ihre schwarzen Locken nach der vergangenen Nacht wirr in alle Richtungen abstehen. Sie stellt sich unter die Dusche, am Schluss dreht sie die Wassertemperatur von heiß auf ziemlich kalt. Danach trägt sie etwas Gesichtscreme, Wimperntusche und Kajal auf. Den noch feuchten Haarschopf zwängt sie in einen Pferdeschwanz. Bevor sie loszieht, steckt sie noch einmal den Kopf in Sandros Schlafzimmer – er hat sich in der Zwischenzeit keinen Millimeter bewegt und schnarcht noch immer leise vor sich hin. Wenn er schläft, sieht er aus wie ein Junge, für den »Pubertät« noch ein Fremdwort ist. Sie drückt ihm einen Kuss auf die Stirn. Sandro riecht leicht nach saurer Milch.

Kaum ist Milla draußen vor der Tür, ertönt die Melodie von Kill Bill. Sie wird den Klingelton wieder ändern müssen, denkt Milla beschwingt, »I'm feeling good« von MUSE fände sie im Moment passender. Sie greift nach ihrem Handy, es ist Nathaniel.

36

Carole fällt. Ihr Körper zuckt heftig zusammen. Auf einen Schlag ist sie hellwach. Sie kennt diese Träume, in denen sie meint, sie stürze, doch bevor sie den Boden berührt, reißt sie der Schrecken aus dem Schlaf. In ihrem bisherigen Leben bedeutete das Aufwachen eine Erleichterung, jetzt kommt es ihr vor, als befinde sie sich im Wachzustand in einem noch weit übleren Traum.

Ihr Herz pocht zu schnell. Sie horcht, ob da jemand ist. Stille. Sie ist allein. Fast allein.

»Guten Morgen, Silas«, flüstert sie kaum hörbar, obwohl sie keine Ahnung hat, ob es Tag oder Nacht oder Morgen oder Nachmittag ist. Es gibt keine Stunden mehr, keine Minuten, keine Sekunden. Die Zeit ist weg.

Carole setzt sich auf, kriecht auf den Knien von der Matratze weg und tastet nach dem Plastikeimer, den sie in die eine Ecke des Raums geschoben hat, möglichst weit weg. Sie muss sich jedes Mal zwingen, ihn zu benutzen, sich im Finstern auf dieses Ding zu kauern, unbeholfen um das Gleichgewicht ringend. Sie hasst die Prozedur, sie hasst den Gestank, sie zögert es jeweils so lange hinaus, bis sie Bauchschmerzen kriegt. Wenigstens hat der Fremde ihr einen Deckel dagelassen, sodass sie den Kübel verschließen kann. Sie fühlt sich so schmutzig. Der Gestank von Schweiß und Urin klebt an ihrem

Krankenhaushemd, das ihr jemand übergezogen hat. Darunter ist sie nackt, obwohl es kühl ist. Sie weiß nicht, wer das getan hat und wie es getan wurde und was sonst noch mit ihr gemacht wurde. Sie weiß nicht, wo ihre Kleidung ist. Wo ihre unförmige Schwangerschaftshose ist, die sie getragen hat, das rote Diesel-Shirt, das sie in Paris gekauft hat und so liebt. Sie fürchtet, dass sie bald auch nicht mehr weiß, was sie am Leben halten soll. Sie verliert sich. Die Apathie legt sich wie ein warmer Mantel um sie, am liebsten würde sie für immer die Augen schließen und auf dieser Matratze liegen bleiben, bis es vorbei ist. Sie ist so müde. Das hier ist so weit weg von jeder möglichen Realität, dass sie zu zweifeln beginnt, ob es die Wirklichkeit überhaupt noch gibt. Oder ob nur noch sie existiert, schwanger mit ihrem Kind, vergessen in einem schwarzen Loch. Wie schnell es geht, denkt sie, bis man aufgibt. Bis man der Hoffnungslosigkeit die Hand reicht und sie als neue Gefährtin akzeptiert. Kraft und Mut haben vor ihr kapituliert und sich in die hintersten Ritzen des feuchtschwarzen Raums zurückgezogen.

Das bist nicht mehr du, würde ihre Mutter sagen. Carole kann sich ihren Tonfall vorstellen, den leichten Tadel in ihrem Blick: Du bist eine Kämpferin, du gibst nicht so schnell auf. Kämpfe, für dich und für dein Kind! Carole hört die Worte ihrer toten Mutter in ihrem Kopf und fragt sich, ob sie beginnt, den Verstand zu verlieren.

Sie will ja kämpfen.

Wenn sie bloß die Müdigkeit nicht derart niederdrücken würde.

Und wenn sie nur wüsste, wie.

Er wird wiederkommen. Sie muss ihm eine Falle stellen, ihn überwältigen, sie muss fliehen. Carole rappelt sich hoch und kriecht auf allen vieren in die Richtung, in der die Tür liegen muss. Kaum ist sie in Bewegung, gerät sie außer Atem. Langsam, sagt sie sich. Langsam. Der Raum ist groß, ein gewöhnlicher Keller kann es kaum sein. Sie legt etliche Meter zurück, vorsichtig, bis sie mit ihrer Hand gegen die Wand stößt. Sie richtet sich auf und tastet sich weiter. Da ist etwas. Sie hat die Tür gefunden, den Ausgang aus der Hölle. Sie ist aus Beton, eingefasst in etwas, das sich anfühlt wie Metall. Was, wenn sie sich einfach öffnen lässt? Carole beginnt zu zittern. Sie muss sich zwingen, ruhig zu bleiben. Sie tastet nach einer Klinke, doch dort, wo die Klinke sein sollte, ist nichts. Etwas weiter unten aber stößt Carole auf ein kurzes Metallstück, das aus dem Beton ragt. Sie schneidet sich an der scharfen Kante die Finger auf. Carole versteht nicht, sie zieht an dem Metall, versucht es zu drehen, aber es passiert nichts. Erneut tastet sie die Tür ab, dann fasst sie weiter hinauf. Im oberen Drittel stößt sie wieder auf ein abgesägtes Metallteil. Es lässt sich nicht bewegen.

Auf einmal ist Carole klar, wovor sie steht. Eine solche Tür gab es auch im Keller ihres Elternhauses: eine Luftschutzkellertür. Dieses tonnenschwere Ding, das sie als Kind kaum zu öffnen vermochte. Nur gibt es einen Unterschied: Bei dieser Tür wurden die Metallhebel entfernt, mit denen sie sich auch von innen öffnen ließe. Carole reißt noch einmal an dem Metallteil, dem Stummel, der vom Hebel übrig geblieben ist, versucht, ihn zu drehen, doch nichts rührt sich. Erschöpft lässt sie sich zu Boden sinken. Wie schwach sie geworden ist. Sie ringt nach

Atem. Nach einer Weile wiederholt sie, was sie gerade eben vergebens versucht hat. Sie zerrt an den Metallteilen, so fest sie kann, sie stöhnt und beginnt laut zu fluchen und schließlich zu schluchzen. Sie bleibt an die Wand gelehnt neben der Tür sitzen, kann nicht mehr aufhören zu weinen. Zehn Minuten lang, eine Stunde lang, sie weiß es nicht.

Irgendwann wird er wiederkommen. Wenn sie etwas finden würde, mit dem sie ihn niederschlagen könnte. Wenn sie eine Schnur spannen könnte, damit er stolpert.

Sie wird weitersuchen.

Später.

Zuerst muss sie schlafen.

Schlafen.

Langsam kriecht sie in die Richtung zurück, aus der sie meint, gekommen zu sein. Sie findet die Matratze wieder, die viel zu dünn ist und die Kälte des Bodens aufnimmt. Carole legt sich hin und wünscht sich nur noch eines: Dass jemand kommt und sie hier rausholt. Die Augen fallen ihr zu. Sie ist schon fast weg, als ihr ein Name wieder einfällt.

Nathaniel.

Der blinde Mann. Vielleicht hat er doch etwas mitgekriegt. Vielleicht hat er die Polizei alarmiert. Vielleicht sucht die ganze Schweiz nach ihr, gerade jetzt, weil ihr Foto in allen Zeitungen prangt. Vielleicht steht ein Sondereinsatzkommando der Polizei draußen vor dem Haus, kurz vor dem Zugriff. Carole denkt an das Buch *Bußestunde* von Arne Dahl, das sie einst gelesen hat. In dem die Polizei verzweifelt nach einer entführten Frau sucht. Die Frau, die die Psychopathin gefangen hielt, war nicht ihr erstes Opfer. Vielleicht bin auch ich nicht die Erste, denkt Carole.

Vielleicht …

Der Gedanke schnürt ihr die Kehle zu: Vielleicht bin ich nicht die Einzige.

37

»Milla, ich brauche deine Hilfe.«

»Das kommt mir irgendwie bekannt vor.«

Nathaniel ist beruhigt, dass sich Milla so gut gelaunt anhört. Er hat befürchtet, sie könnte genervt sein, wenn er schon wieder anruft.

»Ich komme nicht weiter. Können wir uns treffen?«

Milla zögert. Eigentlich ist sie gerade auf dem Weg zum Bahnhof. Um zehn hätte sie in Zürich Redaktionssitzung, inklusive Feedback zur Sendung, bei dem sie bestimmt mit Bestnoten abschneiden wird. Andererseits hat sie in den letzten Tagen so viel gearbeitet, dass es ihr niemand übel nehmen wird, wenn sie endlich mal einen freien Tag einlegt.

»Du hast Glück, ich bin gerade in Bern. Wollen wir irgendwo Kaffee trinken?«

Eine Viertelstunde später sitzt Milla beim Zytglogge in der Café-Bar Adriano's vor einem Espresso. Als Nathaniel und Alisha kurz darauf ebenfalls eintreffen, steht sie auf, um sie an ihren Tisch zu führen. Alisha wedelt wie irre und droht, mit ihrem Schwanz die Tasse wegzufegen. Sie ignoriert sämtliche Beruhigungsversuche ihres Herrchens und lässt sich ihre Begrüßungsbegeisterung nicht nehmen.

Als Nathaniel endlich auch einen Kaffee vor sich stehen hat, berichtet er Milla von seinen Erlebnissen vom Vortag, nahezu in den gleichen Worten, wie er es zwölf Stunden zuvor bereits Veronika erzählt hat.

»Du hast ihre Post gestohlen?«

»Nein, nicht gestohlen, ich habe sie nur abfotografiert und wieder eingeworfen.«

Milla muss schmunzeln und ist froh, dass Nathaniel das nicht sieht. Er erinnert sie an sie selbst. Sie hat zu Recherchezwecken auch schon mal fremde Post aus Briefkästen gefischt, aber das erzählt sie Nathaniel nicht.

»Auf einem der Briefe stand die Adresse einer Frauenarztpraxis in Hinterkappelen.«

»Und du glaubst, das ist eine Spur.« Milla klingt herablassender, als sie beabsichtigt hat. »Frauen gehen jedes Jahr mindestens einmal zum Frauenarzt. Das ist wahrscheinlich bloß eine Rechnung.«

Nathaniel überlegt, ob er Milla sagen soll, dass seine Kollegin aus der »Blinden Kuh« das Gefühl hat, Carole oder deren Freundin könnten schwanger sein. Noch bevor er den Gedanken ausspricht, realisiert er, dass sich auch das einmal mehr nach einer verrückten Geschichte anhört. »Ich finde trotzdem«, sagt er deshalb nur, »wir sollten da mal anrufen. Also … eigentlich du, als Frau.«

»Und was soll ich sie bitte schön fragen? Eine Ärztin wird mir niemals Auskunft über eine Patientin geben.«

Nathaniel schweigt. Milla sieht ihm seine Enttäuschung an.

»Ich habe heute etwas Zeit. Lass mich zuerst selbst ein paar Nachforschungen machen, bevor wir die Ärztin belästigen. Vielleicht finde ich ja etwas heraus.«

Als sich Nathaniel und Alisha von Milla verabschiedet haben, holt sie sich noch einen zweiten Espresso. Die Sonne vertreibt gerade die Schatten aus den Gassen, ihre Strahlen werden wärmer und versprechen den nahen Sommer. Eine Tram legt sich vor der Café-Bar Adriano's in die Kurve und spielt ihre vertraute Melodie – ein Quietschen, das einem die Haare zu Berge stehen lässt. Wie jedes Mal, wenn Milla in Bern ist, überschwemmt sie das Heimweh. Es ist noch immer ihre Stadt, auch wenn sie hier nicht mehr zu Hause ist.

Sie stößt die Sehnsucht weg, greift zu ihrem Handy und tippt »Carole Stein« in die Suchmaske von Google ein. Als Erstes stößt sie auf die Website des Grafikdesign-Ateliers, von dem Nathaniel ihr bereits erzählt hat. Der zweite Eintrag in der Suchabfrage ist Carole Steins Facebook-Profil. Das heißt, Milla findet einige Carole Steins auf Facebook – bei einer Carole ist sie aber sicher, dass es die Richtige sein muss: In der Unterzeile steht der Name des Ateliers: »Stein&Bein-Design«. Mehr ist der Facebook-Seite nicht zu entnehmen. Nicht einmal das Profilfoto zeigt die Besitzerin selbst, sondern James Dean in Schwarz-Weiß. Carole Stein scheint besonders großen Wert auf ihre Privatsphäre zu legen: Sie hat keine einzige Fotografie von sich selbst hochgeladen, oder sie hat keine für Fremde freigegeben. Milla weiß, dass das Internet nie vergisst und ein einmal reingestelltes Bild für immer und ewig im weltweiten Netz gespeichert sein wird. Sie hat einige Bekannte, die darum darauf verzichten, Fotos von sich auf Facebook zu posten.

Wenigstens kann Milla in Carole Steins Profil prüfen, ob sie gemeinsame Freunde haben. Und tatsächlich, gelobt sei die virtuelle kleine Facebook-Welt: Es gibt einen gemeinsamen Freund. Allerdings einen, der es auf Millas Beliebtheitsskala von eins bis zehn nicht auf die ersten neun Ränge schafft: Steve Berger, ein schmieriger Boulevard-Reporter von der schreibenden Zunft. Ausgerechnet der. Lange Jahre arbeitete er als Polizeireporter für die größte Klatschzeitung im Land, seit einiger Zeit ist er in der gleichen Funktion für das Gratis-Online-Magazin Sherlock tätig, das sich »jung, frech, unkonventionell« nennt, was zu Berger passt wie ein Steak auf einen Veggie-Teller. Da Millas und Bergers journalistische Themen sich oftmals kreuzen, laufen sie sich regelmäßig über den Weg. Sehr zur Freude Bergers, der zweifellos viel mehr Sympathien für Milla bekundet als umgekehrt, und der daraus auch kein Geheimnis macht.

Milla schaut auf das Foto dieses einen gemeinsamen Facebook-Freundes, den sie sich mit Carole Stein teilt. Sie weiß, dass er wahrscheinlich mehr Einsicht in Caroles Profil hat und dass sie diese Einsicht ebenfalls haben will, was bedeutet: Sie muss Berger um einen Gefallen bitten. Milla stöhnt leise auf. Ihr schwant, dass es unangenehme Folgen für sie haben wird, und zögert. Sie denkt an Nathaniel, daran, dass sie versprochen hat, ihm zu helfen. Dann fasst sie sich ein Herz und ruft Steve Berger an.

»Milla! Was für eine Überraschung! Und das an einem Freitagmorgen! Du willst mich bestimmt zum Brunch einladen.«

»Guten Morgen, Steve. Das war nicht meine Absicht. Ich wollte dich um einen Gefallen bitten.«

»Warum nur überrascht mich das nicht? Aber du weißt, Gefälligkeiten haben ihren Preis. Ein Brunch – ein Gefallen.«

Eine Dreiviertelstunde später spaziert Milla die Altstadt hinab Richtung Schwellenmätteli. Sie erkennt Berger schon von Weitem, er schließt gerade sein Fahrrad vor dem Restaurant ab, dessen Terrasse über den Fluss gebaut ist. Es ist bestimmt kein Zufall, dass er sich das wohl romantischste Lokal in Bern für den gemeinsamen Brunch ausgesucht hat, denkt Milla. Berger steckt in einer Jeansjacke, die er seit Jahrzehnten zu tragen scheint. Obwohl er bald fünfzig sein muss, pflegt er noch immer den Schlabberlook eines Schulabgängers und unterstreicht damit jedes negative Klischee, das einem Journalisten anhaftet. Die letzte Akne-Attacke aus jener Zeit, in der seine Kleidung noch der Mode entsprochen hat, ist nicht spurlos an seinem Gesicht vorübergegangen. Und als Berger Milla mit drei Wangenküssen begrüßt, stellt sie fest, dass er noch immer wie ein abgestandener Aschenbecher riecht. Milla muss ihm allerdings zugutehalten, dass er ein ausgezeichneter Rechercheur ist; keiner schafft es wie er, an Informationen heranzukommen, an die eigentlich nicht heranzukommen ist. Er kennt die neusten Gerüchte bereits, bevor sie entstanden sind.

»Es geht um Carole Stein«, sagt Milla ohne Umschweife, damit Berger gar nicht erst auf die Idee kommt, Nettigkeiten auszutauschen.

»Carole Stein? Wer ist Carole Stein?«

Bingo, denkt Milla. Das war dann wohl zu viel der guten Hoffnung. »Carole Stein! Du bist auf Facebook mit ihr befreundet.«

»Carole … Stein …« Berger scheint nachzudenken. Gleichzeitig mustert er Milla. »Du siehst großartig aus, du wirst immer schöner.«

»Sie ist Grafikerin.«

»Ach, sag das doch gleich. Ich glaube, ich erinnere mich. Sie hat für mich mal eine Infografik erstellt. Das war eine größere Geschichte über einen Mehrfachmord in einem Berner Restaurant. Sie hat für uns den Tatort mit einer Grafik rekonstruiert.«

»Das heißt, du kennst sie nicht näher?«

»Ich hätte sie gerne näher kennengelernt. Sie war sexy. Aber sie wollte mich nicht daten.«

Was Milla wiederum bestens verstehen kann.

»Ich hab dann rausgefunden, dass sie schon jemanden trifft. Ich hab mir sogar überlegt, ob ich eine Geschichte daraus machen soll. Aber ich ließ es dann trotzdem bleiben.«

»Du hast ihr nachspioniert?«

»Milla, du kennst mich.«

»Eben.«

»Ich hab mich nur ein bisschen umgehört.«

Man kann gegen Berger sagen, was man will, er ist und bleibt eine gute Spürnase. »Und was hast du herausgefunden?«

»Siehst du?«, fragt Berger zurück.

»Was?«

»Du bist keinen Deut besser als ich.«

»Komm, sag schon, es ist wichtig.«

»Warum ist es wichtig?«

Wenn zwei Journalisten aufeinander losgelassen …, denkt Milla. Doch sie weiß, dass sie nicht umhinkommt, Steve Berger wenigstens ansatzweise zu erklären, warum sie sich für Carole Stein interessiert.

»Ein Freund von mir fürchtet, dass ihr etwas zugestoßen sein könnte«, sagt sie vage.

»Und warum fragt er sie nicht einfach, ob es ihr gut

geht, ist sie etwa verschwunden oder was?«, hakt Berger sofort nach.

»Nein, nein«, sagt Milla rasch. »Aber er kann sie nicht erreichen, und ihre Stellvertreterin sagt, sie mache bloß Urlaub, aber er glaubt ihr nicht, ach, es ist kompliziert.«

Berger blickt Milla prüfend an. Es ist ihm anzusehen, dass er ihr die Geschichte nicht abkauft. »Klingt so, als wärest du an einer heißen Story dran und erzähltest mir nur gerade so wenig, dass du nicht die ganze Wahrheit sagen, aber auch nicht lügen musst.«

Milla fühlt sich ertappt. »Tut mir leid, mehr kann ich im Moment wirklich nicht sagen. Aber du bist der Erste, der es erfährt, wenn daraus eine heiße Story wird. Versprochen. Und jetzt rück endlich damit raus!«

»Sie hat sich mit einer prominenten Schweizer Persönlichkeit getroffen.«

»Was heißt *getroffen*?«

»Na, getroffen halt.«

»Mit wem?«

»Für diese Information müsste eigentlich ein gemeinsames Nachtessen drin sein«, meint Berger.

»Jetzt komm aber, rück endlich raus.«

Steve Berger erzählt Milla, dass sich Carole Stein mit Oliver Moser getroffen hat, einem Berner Regierungsrat. Man müsse sich das mal vorstellen: Der Vertreter der Christlich Demokratischen Partei in der Berner Regierung habe eine außereheliche Affäre. Was für eine schöne Skandalgeschichte!

Milla fragt gar nicht erst nach, wie Berger dahintergekommen ist. Er hat seine eigenen Methoden und Quellen, und seine Informationen sind stets wasserdicht. Er erzählt nichts, das nicht stimmt. Berger ist ein Journalist der alten Schule, der schon auf die Tastatur gehämmert hat, bevor das Internet oder der Begriff »alternative Fakten« überhaupt erfunden waren.

»Und warum hast du deine Skandalgeschichte nie geschrieben?«

»Weil ich nicht durfte. Seit mein Magazin über einen Bordellbesuch einer anderen prominenten Person berichtete, was uns eine sechsstellige Summe für Schadenersatz und Schmerzensgeld kostete, haben meine Chefs die Hosen voll. Sie wollten von meiner Geschichte nichts wissen, weil es nicht von öffentlichem Interesse sei, wenn ein Politiker eine außereheliche Affäre habe. Darüber zu berichten sei eine Verletzung der Privatsphäre! Dass ich nicht lache.«

Für Milla hingegen ist die Information überaus wertvoll. Moser ist ihr Mann. Wer, wenn nicht Caroles Liebhaber, wird ihr sagen können, wo die echte Carole steckt und ob es ihr gut geht? Nur ist an diesen Mann nicht so einfach heranzukommen, aber ihr wird schon etwas einfallen. Am liebsten würde sie Berger sitzen lassen und sofort mit Moser Kontakt aufnehmen, doch da fällt ihr wieder ein, worum sie ihren Kollegen eigentlich hat bitten wollen.

»Als Facebook-Freund von Carole kannst du doch all ihre Posts und ihre Freundesliste einsehen. Kannst du mir das irgendwie rauskopieren?«

»Lass uns mal schauen.«

Berger wechselt seinen Platz und setzt sich neben Milla. Er kommt ihr dabei näher, als ihr lieb ist, und sie rückt einige Zentimeter von ihm weg. Berger zückt sein Handy, öffnet die Facebook-App, tippt Caroles Namen ein und scrollt sich durch ihre Chronik.

»Viel hat sie nicht hier reingestellt.«

Hinweise auf Fortbildungstagungen für Grafikdesigner, Screenshots und Fotos von offenbar besonders gelungenen Infografiken. Mehr nicht. Es gibt nur einen einzigen Eintrag, der privater Natur zu sein scheint. Es ist ihr letzter, verfasst am 6. Juni, kurz vor Mitternacht: *Liebe Freunde, ich bin dann mal weg. Ich will eine facebookfreie Zeit einlegen und werde mich in den nächsten Wochen oder Monaten nicht mehr einloggen. Bis dann, Carole.*

Also ist sie doch nicht spurlos verschwunden, sondern hat sich absichtlich irgendwohin zurückgezogen, denkt Milla. Trotzdem kommt ihr dieser Eintrag merkwürdig vor. Sie bittet Steve um einen Screenshot und lässt sich ihn schicken.

»Und die Freunde, ich möchte gerne die Liste ihrer Freunde haben.«

Carole Stein hat 187 Facebook-Freunde. Eine Zahl, die Milla schlucken lässt: Das bedeutet viel Arbeit, wenn sie die alle abklappern muss. Sie fragt Berger, ob sie sich noch einmal die Chronik anschauen könnten, und schreibt dann jene drei Namen heraus, die immer mal wieder einen Post von Carole kommentiert haben. Mindestens eine von ihnen, eine gewisse Vanessa Niggli, scheint wahrhaftig, also auch außerhalb der virtuellen Welt, mit Carole befreundet zu sein. Milla wird versuchen, sie via Facebook anzuschreiben.

»Kannst du mir noch etwas sagen?«, fragt Milla Steve Berger, der ihr schon mehr geholfen hat, als sie erwartet hatte.

»Wenn's dafür noch einmal eine Latte Macchiato gibt …«

Milla winkt resigniert der Kellnerin, zeigt auf Bergers

Tasse, um ein weiteres Bestechungsmittel für ihren Informanten zu bestellen.

»Kannst du mir ganz genau beschreiben, wie Carole Stein aussieht?«

38

»Fünfunddreißig Anrufe sind nach der Sendung reingekommen, darunter sieben Fälle, die passen könnten.«

Felix Winter schiebt Sandro Bandini einen Stapel Papiere hinüber, darauf stehen die Namen von weiteren HIV-Infizierten, die bei Claudio Rudelli Musikstunden genommen haben.

»Meine Güte.« Sandro blättert sich durch die Unterlagen. Hinter jedem Namen steht eine neue Geschichte, ein weiteres Schicksal, Angehörige, die ebenfalls betroffen sind. Er schüttelt den Kopf. »Dieser Scheißkerl hat das wirklich getan.«

»Wir müssen ihn wieder reinholen. Oder eher: Wir hätten ihn nie aus der U-Haft entlassen dürfen.«

»Das war nicht unser Entscheid«, sagt Sandro bitter. Seit die neue Strafprozessordnung in Kraft ist, ist es kaum mehr möglich, Straftäter schon vor einem Urteil in Haft zu setzen oder dortzubehalten. Die meisten Anträge auf Untersuchungshaft oder auf Verlängerung werden vom Zwangsmaßnahmengericht abgelehnt: keine Verdunkelungsgefahr, keine Fluchtgefahr, keine akute Wiederholungsgefahr … blablabla. Vor allem beim letzten Punkt hat Sandro erhebliche Zweifel, was Rudelli anbelangt. Er findet die neue Gesetzgebung zum Davonlaufen, im wörtlichen Sinne, er könnte sich stundenlang darüber ärgern.

»Ich werde gleich einen Antrag auf erneute Untersuchungshaft stellen. Sieben weitere Fälle! Vielleicht kann die Vielzahl der Opfer die Schreibtischjuristen endlich überzeugen, dass wir es hier mit einem brandgefährlichen Mann zu tun haben.« Bandini ist seine Wut anzuhören. »Es kann doch nicht sein, dass Rudelli frisch und fröhlich weiter unterrichten und seine verseuchten Nadeln setzen kann, während wir gegen ihn ermitteln. Himmelarsch noch mal.«

»Zum Glück hat deine Freundin über den Fall berichtet.« Felix Winter sagt es mehr zu sich selbst als zu Sandro.

»Warum meinst du?«

»Weil seine Schüler dadurch wenigstens gewarnt sind. Wir hätten sie ja nicht einmal darüber informieren dürfen, dass sie sich womöglich in Gefahr befinden. Datenschutz …«

Sandro nickt. Winter hat recht. So hat er das bis jetzt noch nicht gesehen. Vielleicht ist er zu hart in seinem Urteil mit Milla und mit Journalisten im Allgemeinen. Beim Stichwort Milla muss Sandro an die gestern begonnene und aus guten Gründen nicht fortgeführte Diskussion zurückdenken.

»Du hast doch die Meldung von diesem Blinden entgegengenommen, richtig?«

»Nathaniel Brenner, ja, warum?«

»Milla sagt, der behaupte noch immer, dass eine Frau niedergeschlagen worden sei. Er sagt, er habe Carole Stein angerufen, und sie habe eine andere Stimme gehabt als jene Frau, die er vorher am Draht gehabt habe. Frag mich nicht, wie er an ihre Nummer herangekommen ist.«

Winter schluckt schwer. »Du hast ihm den Namen der Frau nicht gegeben?«, fragt er Sandro.

»Nein, warum sollte ich?«

»Mist! Dann hat er die Nummer von mir.«

Jetzt ist es Sandro, der schlucken muss. »Er hat die Nummer von dir?«

»Er hat mich reingelegt, er sagte, du habest ihm Name und Nummer gegeben, er habe sie sich aber nicht merken können.«

Winter erntet einen tadelnden Blick von seinem Chef.

»Es tut mir leid«, fügt er deshalb an. »Ich hatte wohl Mitleid, ich kenne seine Geschichte – er war sozusagen mein erster Fall.«

»Tatsächlich? Damals warst du schon dabei? Milla hat eine Reportage über Nathaniel Brenners Fall gedreht.«

»Ein Film, der nur die halbe Wahrheit erzählte. Nathaniels Wahrheit.«

»Wie meinst du das?« Sandro blickt Winter fragend an.

»Es gibt da etwas, das du über Nathaniel Brenner wissen solltest.«

39

Carole ist wach. Nicht nur so wach, dass sie die Augen offen hält. Sondern so wach, dass sie klar denken kann. Das erste Mal seit Tagen, wenn nicht seit Wochen, sie weiß es nicht genau, es fühlt sich auf jeden Fall an wie eine Ewigkeit.

Carole fährt sich mit der Hand über das nackte Schienbein. Sieben Tage, schätzt sie, vielleicht acht, seit sie in diesem Loch gefangen ist. Denn am Tag, bevor ihr die Welt abhandengekommen ist, hat sie sich die Beine rasiert. Früher hat sie die Beine immer kurz vor einem Date gemacht, doch als die Dates spärlicher wurden und schließlich ganz ausblieben, beschloss sie, dass fortan der Montag ihr Beine-Rasier-Tag ist. Oder besser gesagt: war. Jetzt fühlen sich die Stoppeln in etwa so an, als wären sie seit etwas mehr als einer Woche gewachsen. Das würde bedeuten, dass in drei oder vier Tagen der Geburtstermin ansteht. Und sie hatte sich davor gefürchtet, in einem sauberen Spitalbett ihr Kind auf die Welt zu bringen, denkt Carole. Wie lächerlich sich ihre Sorgen heute anfühlen, obwohl sie kaum eine Woche alt sind.

Sie muss hier raus, bevor Silas zur Welt kommt. Dies ist der klarste Gedanke in ihrem Kopf, seit sie die Geisel dieses Irren ist. Carole ist sicher, dass er sie betäubt hat – und dass die Drogen langsam ihre Wirkung verlieren. Das ist gut. Denn sie muss nachdenken. Darüber, wie sie in diese Lage geraten ist, und vor allem darüber, wie sie sich daraus befreien kann. Sie befindet sich in einem Luftschutzkeller, so viel weiß sie, vermutlich in der Schweiz; sie weiß aber nicht, ob auch in anderen Ländern während des Kalten Krieges sämtliche Neubauten mit einem solchen unterirdischen Schutzbunker ausgestattet wurden. Es ist keiner dieser kleinen Bunker, wie sie sich unter Einfamilien- oder Mehrfamilienhäusern finden. Es muss sich um einen Schutzraum unter einem größeren Gebäude handeln, womöglich gar um einen öffentlichen Luftschutzkeller, vielleicht unter einem Schulhaus oder einer Turnhalle. Wenn sie sich richtig erinnert, verfügt jeder Schutzkeller über einen Luftschacht, der nach draußen führt.

Carole kriecht von der Matratze und versucht sich aufzurappeln, sobald sie an der Mauer angelangt ist. Ihre Glieder sind ganz steif, sie kann sich fast nicht rühren. So muss es sich anfühlen, alt zu sein, denkt sie. Als sie so da kauert, mit ihrem kugelrunden Bauch, und sich fast nicht hochzustemmen vermag, kommt sie sich vor wie in der Schwangerschaftsgymnastik. Verkrüppelter Hund würde man diese Position wohl nennen. Auf einmal bedauert Carole, dass sie nie Yoga gemacht hat, dann wäre sie jetzt nicht ein solcher Bewegungstrottel. Sie gibt sich einen Ruck und steht auf. Zuerst schwankt sie etwas, dann ist sie stabil. Ihre Hände spüren die Steine der Mauer, die Rillen dazwischen, sie rückt in kleinen Schritten vor. Alle paar Zentimeter bleibt sie stehen, reckt die Arme in die Höhe, streckt sich, so lang sie kann, und tastet die Wand ab. Sie sucht eine Nische, eine Rinne, irgendetwas, das darauf schließen lässt, dass es ein Fenster oder einen

Luftschacht gibt. Wie sie ihn erreichen geschweige denn durch ihn in die Freiheit gelangen könnte – darüber denkt Carole noch nicht nach, das wird sie tun, wenn es so weit ist.

Schritt für Schritt, sagt sie sich, wie Tranquilla Trampeltreu, die beharrliche Schildkröte von Michael Ende, ein Buch, das sie Hunderte Male als Kind gelesen hat. »Tranquilla Trampeltreu will zur Hochzeit des Löwenkönigs reisen und wird von allen ausgelacht, weil sie als Schildkröte viel zu langsam sei. Sie werde die Strecke nie und nimmer rechtzeitig schaffen«, erzählt Carole dem Kind in ihrem Bauch, während sie sich an der Wand entlangtastet. »Doch Tranquilla Trampeltreu hält an ihrem Ziel fest, sie sagt sich, ein Schritt nach dem anderen, bis sie es schließlich erreicht. Und tatsächlich wird just an jenem Tag Hochzeit gefeiert, an dem die Schildkröte beim Königspalast ankommt. Dass es sich beim Gatten bereits um den Sohn des Königs handelt, weil Tranquilla Trampeltreu eine ganze Generation zu spät gekommen ist, kümmert die Schildkröte nicht. Party ist Party, Hochzeit ist Hochzeit. Dank ihrer Beharrlichkeit hat sie ihr Ziel erreicht.« Schritt für Schritt, denkt Carole, während sie ein weiteres Stück der Mauer hinter sich bringt. »Schritt für Schritt wie Tranquilla Trampeltreu«, wiederholt sie laut. Nichts als Backsteinmauer. Noch ein Stück. »Wenn wir hier heil rauskommen werden, du und ich«, sagt sie zu Silas, »dann werde ich dir jeden Abend aus Tranquilla Trampeltreu vorlesen, versprochen, so oft und so lange du willst.« Noch ein Schrittchen, noch ein Stückchen. Carole reckt sich. Streckt die Finger. Spürt eine Kante. Da ist etwas!

40

Fast eine Viertelstunde lang erzählt Felix Winter dem um Jahre jüngeren Chef von seinem ersten Einsatz bei der Abteilung Leib und Leben, als er jung und unerfahren an den Tatort kam. Er berichtet von den drei Toten, dem Jungen, der als Einziger überlebt hat. Davon, dass ihm dieses Verbrechen nie wieder aus dem Kopf gegangen ist.

Sandro blickt Felix Winter einen Augenblick lang stumm an. Er meinte, die Geschichte von Nathaniel Brenner zu kennen. Milla hat ihm erzählt, dass Nathaniel als Kind das Opfer eines Familiendramas wurde und seither blind ist. Doch das war offenbar nur die eine Version der Geschichte. Wie so oft scheint es auch bei diesem Verbrechen, das fast dreißig Jahre zurückliegt, verschiedene Wahrheiten zu geben.

»Trotzdem.« Sandro fährt sich mit der Hand durch das schwarze Haar, das perfekt verwuschelt ist. »Das alles ist noch lange kein Grund, ihm die Telefonnummer von Carole Stein zu geben.«

»Er war verzweifelt. Ich hatte Mitleid. Bei seiner Geschichte. Und ich bin tatsächlich auf seinen Trick hereingefallen.« Felix Winter sieht im Moment selbst verzweifelt aus. »Aber ich weiß, das sind Ausreden. Es war ein Fehler.«

Mit einer Handbewegung macht Sandro deutlich, dass

die Sache, was die Telefonnummer angeht, gegessen ist. Den Fall Nathaniel Brenner hingegen will er sich noch einmal genauer ansehen.

Zurück in seinem Büro, öffnet Sandro den Link, der ihn ins elektronische Archiv der Berner Kantonspolizei führt. Doch der Fall von Familie Brenner ist unauffindbar – die ältesten digitalisierten Akten reichen bloß zwanzig Jahre zurück.

Also steigt er die linoleumgrauen Treppen hinab in den Keller des Polizeigebäudes und braucht eine Viertelstunde, um die Akten des längst abgeschlossenen Falles aufzustöbern. Als er das Dossier auf den Tisch legt, wirbelt Staub auf. Sandro muss husten. Er blättert durch die vergilbten Seiten, die Rapporte sind mit Schreibmaschine abgetippt. Die Fotoaufnahmen des Tatortes waren damals zwar bereits in Farbe gemacht worden, doch sie sind verblasst und sehen aus wie jene Filterfotografien mit der künstlichen Vergilbung, die derzeit gerade in Mode sind. Aber der Schrecken auf den Bildern hat die Zeit überdauert. Der zusammenfassende Abschlussbericht macht Sandro deutlich, dass Nathaniel in Millas TV-Beitrag einiges für sich behalten hat. Mit Absicht?, fragt er sich. Oder weil er es nicht besser wusste? Was, wenn Nathaniel seine Wahrheit für die richtige Wahrheit hält, weil er sich nicht mehr an die Tat erinnern kann – oder erinnern will? Sandro hat es mehr als einmal erlebt, dass das Gehirn etwas Schreckliches einfach ausblendet. Als säße in einer unserer Gehirnwindungen eine Zensurbehörde, die aus Selbstschutz hin und wieder den Löschen-Knopf drückt: Wenn eine Erinnerung zu schrecklich ist, um damit weiterleben zu können, wird sie kurzum in die Abteilung des Vergessens abgeschoben. Aber sie verschwindet nie zur Gänze.

Man will sich nicht vorstellen, was eine solche Erfahrung in Nathaniels Seele angerichtet hat, denkt Sandro, und wie es heute in ihm aussieht. Und jetzt will dieser Nathaniel selbst Zeuge eines Verbrechens geworden sein – ein Verbrechen, das wahrscheinlich gar nicht stattgefunden hat.

Sandro nimmt das Protokoll zur Hand, das der Kollege der Einsatzzentrale nach dem ersten Anruf Nathaniels verfasst hat. Es ist sehr knapp formuliert, das genügt Sandro nicht. Er ruft die Zentrale an, wenig später hat er das Audiofile des Telefongesprächs auf seinem Computer. Er klickt auf das Play-Symbol und hört Brenner, wie er aufgeregt ins Telefon brüllt, und die ruhige Stimme eines Beamten, der versucht, eine brauchbare Information aus dem Anrufer herauszuholen.

Als der Blinde resigniert meint, er höre sich an »wie ein Verrückter«, fragt sich Sandro: Tut er das? Hört er sich wirklich an wie ein Verrückter? Einer, der ein Verbrechen meldet, das nur in seiner Fantasie stattgefunden hat? Etwas stimmt hier nicht, denkt Sandro. In dieser ganzen Geschichte wirkt Etliches verschoben, fehl am Platz, als habe jemand am Kameraobjektiv gedreht und den Fokus falsch ausgerichtet.

Sandros Erfahrung nach gibt es drei Gründe, warum jemand der Polizei ein Verbrechen meldet, von dem niemand sonst etwas mitbekommen zu haben scheint: Es hat gar kein Verbrechen gegeben, und die Person will sich bloß wichtigmachen, Aufmerksamkeit erhaschen. Oder jemand ist tatsächlich Zeuge eines Verbrechens geworden, das aus irgendeinem Grund von niemandem sonst bemerkt wurde. Oder aber dieser Jemand hat selbst ein Verbrechen begangen und kann mit der Schuld nicht umgehen. Die Meldung an die Polizei ist eine Art Hilferuf des Täters, ihn zu stoppen oder ihn zumindest als Täter auf dem Radar zu haben.

Sandro nimmt noch einmal die Akte aus den Neunzigerjahren zur Hand, blickt auf das Tatortfoto, auf das Bild des schwer verletzten Jungen.

»Wie sieht es in dir drin aus, Nathaniel Brenner?«, murmelt Sandro leise vor sich hin. »Was hast du zu verbergen?«

41

»Ich habe gute Neuigkeiten!«

Nathaniel hält sich das Telefon etwas weiter vom Ohr weg, weil Milla eher schreit als spricht. Sie hat ihn geweckt. Er weiß einen Moment lang nicht, ob es morgens oder abends ist.

»Wie viel Uhr haben wir?«, fragt er schläfrig.

»Vier Uhr. Nachmittags. Hab ich dich etwa geweckt?«

Er muss eingenickt sein. »Nein, alles klar, ich bin hellwach. Was für Neuigkeiten?«

Ein paar Sekunden lang glaubt Nathaniel, dass Milla ihm gleich sagen wird, sie hätte die echte Carole gefunden. Dass sie auf Kuba an einem Sandstrand liege und verwundert-amüsiert den Kopf geschüttelt habe über die Bemühungen eines Blinden, sie aufzuspüren.

»Eine Freundin von Carole ist bereit, uns zu treffen.«

Das ist nicht das, was Nathaniel sich gewünscht hat, aber es ist besser als nichts.

»Wir können in einer halben Stunde bei ihr sein. Bist du zu Hause? Ich hole dich gleich ab.«

Nathaniel schafft es gerade noch, ja zu sagen, da hat Milla schon aufgehängt. Zehn Minuten später klingelt es an seiner Tür.

»Mein Wagen steht unten«, sagt Milla zur Begrüßung. »Wir müssen uns beeilen.«

Alisha lässt sich das nicht zweimal sagen. Schwanzwedelnd umkreist sie Milla, kläfft dabei ihren eigenen Willkommensgruß und schießt dann wie ein Blitz die Treppen hinab. Drei Minuten später haben sich alle drei in einen roten Smart gequetscht. Alisha kann sich im »Kofferraum« nicht einmal um die eigene Achse drehen.

»Ich wusste gar nicht, dass du ein Auto hast.«

»Habe ich auch nicht«, sagt Milla, während sie so forsch anfährt, dass es Nathaniel in den Sitz drückt. »Das ist ein Car-Sharing-Wagen von Mobility.«

»Aber einen Fahrausweis hast du schon?«, fragt er verunsichert.

»Werd nicht frech!« Milla pufft Nathaniel mit der Faust gegen die Schulter, der erschrocken zusammenzuckt.

»Ich habe noch etwas anderes herausgefunden.« Milla hört sich an wie ein kleines Kind, das ein Geheimnis nicht länger für sich behalten kann.

»Was denn?«, fragt Nathaniel nach, als sie nicht von sich aus damit herausrückt.

»Carole hatte eine Affäre! Und nun rate mal mit wem …«

»Keine Ahnung.« Allein schon der Gedanke, dass Carole eine Affäre gehabt haben soll, verursacht in seinem Magen ein eigenartiges Gefühl.

»Mit Oliver Moser.«

Nathaniel hat den Namen noch nie gehört, und Milla scheint es ihm anzusehen, also fährt sie fort.

»Moser ist ein Berner Regierungsrat. Erzkonservativ und urchristlich! Leider wird es schwierig sein, an ihn heranzukommen. Aber falls Caroles Freundin uns nicht weiterhilft, wird mir schon etwas einfallen, wie ich mit ihm in Kontakt treten kann.«

Nathaniel fällt es schwer zu glauben, dass Carole die Geliebte eines bekannten Politikers sein soll, ausgerechnet eines konservativen Christen. Das passt nicht zu dem Bild, das er sich von ihr gemacht hat. Zum ersten Mal fragt sich Nathaniel, ob er sich ein bisschen in die Unbekannte verliebt hat. Ob es Eifersucht ist, die sich in ihm regt. Dabei ist ihm bewusst, wie abwegig der Gedanke ist, dass sie sich für ihn interessieren könnte. Blinde Männer rangieren auf der Attraktivitätsskala einer Frau nicht im mittleren und auch nicht im unteren Bereich, sondern auf dem allerletzten Rang. Zusammen mit Brandopfern und Todkranken.

»Vanessa Niggli« steht auf dem Klingelschild neben dem Eingang eines modernen Mehrfamilienhauses in Bremgarten. Kaum hat Milla auf die Klingel gedrückt, erklingt das Summen des Türöffners. Als Milla, Nathaniel und Alisha das Treppenhaus betreten, öffnet sich im Parterre eine Tür. Vor ihnen steht eine Frau im Jogging-Anzug, Typ durchtrainierte Triathletin. Das lange honigfarbene Haar hat sie zu einem Pferdeschwanz hochgesteckt, darunter trägt sie ein weißes Stirnband. Wäre die Nase der Frau nicht etwas zu groß geraten, hätte sie das perfekte Gesicht. Entfernt erinnert die Frau Milla an Steffi Graf, freilich als eine etwas jüngere Version.

»Entschuldigen Sie mein Outfit, ich will noch laufen gehen, und das hier dauert ja wohl nicht lange, oder?« Vanessas Worte plätschern fröhlich dahin. Sie klingt, als würde sie ihre Sätze singen. Nathaniel ist die Stimme sofort sympathisch. Er will Milla später nach der Haarfarbe der Frau fragen. Er tippt auf Fuchsiarot.

»Es tut mir leid, aber der Hund muss draußen bleiben«, singt die Stimme weiter, die Nathaniel jetzt schon weniger freundlich findet. »Ich habe Katzen.«

Er befiehlt Alisha, sich hinzulegen und zu warten, danach sucht er nach Millas Ellenbogen, damit sie ihn in die Wohnung führt.

»Sie haben gesagt, Sie seien Reporterin. Aber es geht hier um eine private Angelegenheit? Sie werden also nichts schreiben oder so?«, will Vanessa von Milla wissen, als sich die drei an den gläsernen Tisch in der Mitte des Wohnzimmers gesetzt haben.

»Richtig, ich arbeite fürs Fernsehen, aber ich bin als Privatperson hier. Zusammen mit Nathaniel Brenner, es geht darum, ihm zu helfen.«

Nathaniel spürt, dass er rot wird. Er ärgert sich über Millas Wortwahl. Sie spielt die Mitleidskarte aus. Dabei ist es gar nicht er, der Hilfe braucht.

»Es geht nicht um mich, sondern um Ihre Freundin Carole«, sagt er laut, um sich aus seiner Statistenrolle zu befreien.

»Ja, Sie haben Carole erwähnt. Ich habe versucht, sie anzurufen, aber sie ist nicht ans Telefon gegangen. Was soll mit ihr sein?«

»Wann hatten Sie zum letzten Mal Kontakt mit Carole Stein?«

»Vor etwas mehr als einer Woche. Wir waren gemeinsam essen, im Restaurant ›Blinde Kuh‹.«

Vanessa hält inne. Nathaniel kriegt nicht mit, dass sie ihn verwirrt anschaut, weil sie sich fragt, ob es Zufall ist, dass eine Woche, nachdem sie sich von blinden Menschen in einem nachtfinsteren Restaurant hat bedienen lassen, ein Blinder an ihrem Tisch in der Stube sitzt. Nathaniel denkt im gleichen Moment an Martha, die sich also nicht geirrt hat, die den Namen richtig in Erinnerung hatte. Ihm wird klar, wie nahe er an jenem Abend Carole gewesen sein muss. Wahrscheinlich hat er sie sogar bedient.

»Und seither haben Sie nichts mehr von ihr gehört?« Milla reißt die beiden anderen aus ihren Gedanken.

»Nein. Aber das ist total normal. Wir sehen uns nicht sehr oft. Carole ist, nun, etwas speziell. Sie liebt das Alleinsein. Manchmal höre ich wochenlang nichts von ihr.«

»Ist es auch normal, dass sie nicht ans Telefon geht?«

»Können Sie mir erst mal sagen, worum es genau geht?« Vanessas Stimme ist anzuhören, dass sie ungeduldig wird.

»Ich mache mir Sorgen um Ihre Freundin«, sagt Nathaniel rasch, um Milla zuvorzukommen. Er erzählt Vanessa von seinem Gespräch mit Carole, von ihrem Schrei. Milla ergänzt, dass ein Polizist in Caroles Wohnung daraufhin eine Frau angetroffen habe, die behauptet habe, sie sei nur gestolpert. Nathaniel fährt fort, dass er Carole danach angerufen habe – aber eine Frau mit einer anderen Stimme ans Telefon gegangen sei.

Vanessa ist mit dem Stuhl unmerklich von ihren beiden Besuchern abgerückt. Unsicher wandert ihr Blick von Nathaniel zu Milla. Vanessa sieht dabei aus wie jemand, der überzeugt ist, dass ihm gerade ein ganzer Haufen Mist aufgetischt wird.

»Sie erlauben sich hier einen üblen Scherz, oder?«

»Leider nein, es ist mir ernst«, sagt Nathaniel.

»Haben Sie sich eben selbst zugehört? Sie wissen schon, wie seltsam das alles klingt? Und unglaubwürdig noch dazu.«

»Sie wissen also nichts davon, dass Carole verreisen

wollte, dass sie irgendwohin geflogen ist?«, hakt Milla nach. Sie schlüpft automatisch in die Rolle der hartnäckig fragenden Journalistin.

»Nein. Mit Carole ist bestimmt alles in bester Ordnung, sonst hätte ich etwas gehört.« Die Verunsicherung ist aus Vanessas Stimme verschwunden. Jetzt hört sie sich distanziert und genervt an. »Und Sie stehlen mir mit Ihrer Räubergeschichte die Zeit. Darf ich Sie bitten, zu gehen?«

Ihr Tonfall macht klar, dass es sich nicht um eine Bitte handelt. Milla und Nathaniel erheben sich. Doch Nathaniel will nicht gehen. Er will, dass Vanessa ihm glaubt.

»Bitte, Sie müssen mir glauben.« Er hört sich an wie ein Bettler. »Kann ich wenigstens meine Nummer dalassen, für den Fall, dass Sie etwas von Carole hören?«

Widerwillig willigt Vanessa ein. Nathaniel hört, dass sie die Nummer mitschreibt, als er sie ihr laut vorsagt.

Sie sind schon zur Tür raus, als Nathaniel noch einmal innehält.

»Darf ich Sie noch etwas fragen?«

»Was ist denn noch?«

»Sind Sie schwanger?«

Vanessa müsste lachen, würde die Frage nicht ein Blinder stellen. »Ich bin so wenig schwanger, wie man nur unschwanger sein kann.«

»Ist Carole schwanger?«

»Das geht Sie gar nichts an. Auf Wiedersehen.«

Mit einem lauten Rumms fällt die Tür hinter Milla und Nathaniel ins Schloss.

Kaum ist sie wieder allein, setzt sich Vanessa an den Tisch und wählt Caroles Handynummer. Der Klingelton verhallt im Nirgendwo. Keiner geht ran.

42

Selbst ein Blinder würde sofort erkennen, wo er sich befindet, denkt Sandro, als er den Obduktionssaal betritt. Ein unverkennbarer Geruch hat sich hier eingenistet, eine Mischung aus Desinfektionsmittel, kaltem Metall – und Tod. Er mag diesen Ort nicht, er wird sich nie daran gewöhnen. Wände wie Boden des Saals sind weiß gekachelt, Neonröhren zeichnen ein liniertes Bild an die Decke und tunken den Raum in ein grellgelbes Licht. Mitten im Saal stehen die drei Obduktionstische, sie sind metallen und erinnern Sandro jedes Mal an überdimensionierte Kuchenbleche.

Zuhinterst im Raum befindet sich das nachträglich eingebaute Büro der Rechtsmedizinerin Irena Jundt, das sie selbst liebevoll »meine Garage« nennt. Sandro vernimmt Musik, Popmusik, er glaubt, einen Song von Depeche Mode zu erkennen. Das bedeutet, dass sie in ihrem Büro mit Schreibarbeit beschäftigt ist. Wenn Irena obduziert, hört sie ausschließlich klassische Musik.

Als Sandro an die offene Tür klopft, und Irena sich ihm zuwendet, denkt er einmal mehr, wie schön sie ist mit dem langen, glatten, pechfarbenen Haar und ihrer fast durchsichtig scheinenden Haut, die ihr selbst eine Blässe verleiht, wie sie ihre Klienten, die Leichen, sonst aufweisen. Doch ihre Augen funkeln lebendig, und obwohl sie essen kann wie ein Holzfäller, hat sie die elegante Figur einer Chefsekretärin, die ihre Stelle nicht allein aufgrund ihrer beruflichen Fähigkeiten erhalten hat.

»Sandro!«, ruft sie überrascht. »Eine Freude, dich zu sehen, was verschafft mir das Vergnügen?«

Sandro war einmal in Irena verliebt gewesen, vor langer Zeit. Seither ist zwischen ihnen eine Freundschaft entstanden, die über die berufliche Beziehung hinausgeht.

»Lass mich raten«, fährt sie fort, ohne seine Antwort abzuwarten, »du bist wegen des Aids-Heilers hier.«

»Hundert Punkte.« Aids-Heiler, denkt er, so schnell geht es, und ein Verdächtigter hat polizeiintern seinen eigenen Namen. »Ich brauche ein paar medizinische Informationen. Ich will, dass die Staatsanwaltschaft so rasch wie möglich Anklage erheben kann. Eindeutige Beweise fehlen mir, aber unzweifelhafte Indizien bringen uns auch schon weiter.«

»Letzteres kann ich dir liefern.« Irena reicht Sandro ein Dossier, dass sie für ihn vorbereitet hat. »Wir haben derzeit die Daten von dreizehn Personen. Die Beschaffenheit des HI-Virus in ihrem Blut zeigt, dass sie sich alle bei der gleichen Quelle angesteckt haben müssen, aber das ist ja bereits bekannt. Doch ich habe noch mehr: Die Beschaffenheit des Virus belegt ebenfalls, dass sich die Opfer nicht auf natürliche Art und Weise angesteckt haben.«

»Das sieht man diesen Viren an?«, fragt Sandro überrascht.

»Ja, das sieht man diesen Viren an.«

Irena erklärt Sandro, dass die HI-Viren der dreizehn Opfer nicht nur denselben Stammbaum hätten, sondern sich kaum unterschieden und bei zwei Personen sogar identisch seien. »Das ist außergewöhnlich. Normalerweise verändert sich die Erbmasse einer Viruszelle bei jeder Übertragung.«

»Ich kann noch nicht ganz folgen. Was bedeutet das genau?«

»Das bedeutet, dass das Blut über den langen Zeitraum, in dem die Ansteckungen erfolgt sind, aus ein und demselben Reservoir stammen musste.« Irena greift zu einem Stift und kritzelt ein Strichmännchen in die Mitte eines Blattes. »Diese Quelle kann zum Beispiel eine infizierte Person gewesen sein, der regelmäßig frisches Blut abgezapft wurde.« Nun zeichnet sie neben das Strichmännchen einen großen Eimer. »Oder aber – und das ist die wahrscheinlichere Version, da sich das Virus überhaupt nicht verändert hat: Einer infizierten Person wurde nur einmal Blut abgezapft, das entsprechend gelagert und als Konserve für die Infektionen verwendet wurde.«

»Das hieße also: Rudelli hat einem HIV-Infizierten Blut abgenommen und irgendwie gelagert. Sein eigenes Blut kann's ja nicht gewesen sein, er hat sich nach der ersten Befragung freiwillig testen lassen, was negativ ausfiel.«

»Richtig.« Irena greift zu einem roten Stift und malt den Eimer damit aus. »Bei ausreichender Kühlung sind HI-Viren über Jahre hinweg konservierbar. Das kann jeder.«

»Dass sich die Viren nicht verändert haben, spricht also dagegen, dass die Ansteckung über einen natürlichen Weg erfolgt sein könnte?«

»Genau, du hast es erfasst. Eine serielle Ansteckung von einer Person zur nächsten und dann von dieser zur übernächsten ist auszuschließen, dann hätte sich das Virus von Mal zu Mal verändert. Wahrscheinlicher ist die

Übertragung mit einer Spritze oder einem ähnlichen Gegenstand, mit dem das Blut den Opfern injiziert wurde.«

»Eine Akupunkturnadel.«

»Eher nicht. Das Ansteckungsrisiko mit einer Nadel beträgt nur 0,3 Prozent. Und die Betroffenen erzählten alle von einem einzigen Stich. Da müsste der Täter Tausende gestochen haben, um so viele Opfer zu infizieren.«

»Wie denn dann?«

»Die Opfer haben gesagt, dass sie sich bei der Akupunktur-Therapie auf den Bauch legen mussten, richtig?«

»Richtig.« Sandro ahnt, worauf Irena hinauswill.

»Sie haben einen Stich verspürt und gemeint, es handle sich um eine Akupunkturnadel – in Wahrheit war es aber eine mit Blut gefüllte Spritze.«

Die Vorstellung, dass der Musiklehrer auf diese hinterhältige Art und Weise seine eigenen Studenten mit dem tödlichen Virus infiziert haben soll, geht noch immer nicht in Sandros Kopf. Es klingt zu abstrus, um wahr zu sein.

»Glaubst du, dass er das wirklich getan hat?«, fragt er nachdenklich. »Ich verstehe einfach nicht, warum er das tun sollte.«

»Da bist du bei mir an der falschen Adresse, ich bin für die medizinischen Fakten und nicht für die Abgründe der Seelen zuständig.«

Sandro versinkt einen Moment lang in Irenas Augen. In diesem Bruchteil einer Sekunde ist ihm auf einmal wieder sehr bewusst, warum er damals in diese Frau verliebt war. Er räuspert sich. »Apropos abgründige Seelen. Bei uns hat sich ein Mann gemeldet, der vor fast dreißig Jahren Opfer eines Familiendramas wurde, Nathaniel Brenner, sagt dir das was?«

Irena Jundt lacht auf. »Danke für das Kompliment!« Sie verdreht dabei die Augen. »Ich bin zwar eine Winzigkeit älter als du, aber vor dreißig Jahren war ich noch weit davon entfernt, mich den toten Wesen zu widmen.«

»So meinte ich das nicht.« Sandro spürt, dass er rot wird. »Ich dachte, vielleicht hast du mal etwas darüber gelesen. Es war ein außerordentlicher Fall.«

»Brenner, sagst du?«

»Ja.«

»Da klingelt tatsächlich was. Der Fall mit dem überlebenden Jungen, der nicht nur Opfer, sondern in gewissem Sinne auch Täter war?«

»Genau. Diesen Fall meine ich. Ich frage mich, was ein solches Erlebnis mit einem Kind macht. Was da zurückbleibt.«

»Warum hat er sich nach all den Jahren gemeldet?«

»Er behauptet, Zeuge eines Verbrechens geworden zu sein.«

Irena blickt Sandro fragend an.

»Aber es gibt kein Verbrechen«, fährt er fort. »Bis jetzt. Seine Geschichte mutet gelinde gesagt etwas seltsam an. Noch eigenartiger ist, mit welcher Vehemenz sich Brenner in diese Sache hineinsteigert.«

»Hmm.« Irena zeichnet etwas Undefinierbares auf das Papier, das höchstens als moderne Kunst durchgehen würde. »Auch in diesem Fall, fürchte ich, bist du bei mir an der falschen Adresse. Ich würde mich mal mit seinem Psychiater unterhalten. Zweifellos muss er in Behandlung sein oder zumindest mal gewesen sein. Irgendwann wurde bestimmt ein Gutachten über den Jungen erstellt«, sagt sie, ohne vom Papier aufzublicken.

Als Sandro zurück in seinem Büro ist, nimmt er noch einmal die Akte Brenner zur Hand. Tatsächlich findet er darin einen psychiatrischen Bericht und den Namen der Therapeutin, die den Patienten behandelt hat. Er tippt ihn in seinen Computer ein.

»Was zum Teufel ...?«, flucht er laut, als das Resultat seiner Anfrage auf dem Bildschirm erscheint.

43

Da ist etwas! Carole ertastet hoch oben an der Wand eine dünne Rille, darüber spürt sie Holz. Ein Brett. Sie fährt mit dem Finger die Kante nach. Es fühlt sich an, als sei das Brett in die Wand eingelassen. Dahinter muss ein Luftschacht liegen.

Sie stellt sich auf die Zehenspitzen und kommt doch nicht richtig ran. Auch der Bauch ist ihr im Weg. Trotzdem versucht sie, einen Finger zwischen das Brett und die Mauer zu schieben. Es geht nicht. Da ist kein Raum. Sie versucht es mit dem Fingernagel, beginnt, an der Kante der Mauer zu kratzen, um einen Zwischenraum zu schaffen. »Autsch«, ruft sie laut, als der erste Fingernagel abbricht. Beim zweiten zuckt sie kurz zusammen, beim dritten juckt es sie nicht mehr. Wenig später sind ihre Fingerspitzen blutig, und der Spalt zwischen Brett und Mauer ist kein bisschen größer geworden. Es bringt nichts.

Sie weiß nicht, wie lange sie dasteht, lang gestreckt an die Wand gelehnt, wie lange sie sich die Fingerkuppen wund gescheuert hat. Ein Krampf in der Wade zwingt sie schließlich zur Aufgabe.

Selbst wenn sie das Brett entfernen könnte, würde es ihr nicht gelingen, zum Schacht hinaufzuklettern. Er liegt zu hoch. Aber wenn sie das Holz lösen könnte, dann hätte sie wenigstens eine Waffe. Sie könnte den Bösen damit niederschlagen. Noch einmal rappelt sich Carole hoch, fährt mit der Hand über jenen Teil des Holzbretts, den sie erreichen kann, sucht einen vorstehenden Nagel, einen Splitter, irgendetwas, das sich lösen lässt und sich als Waffe eignen würde. Doch da ist nichts.

Carole rutscht mit dem Rücken an die Wand gelehnt auf den Boden, kauert sich hin. Fragt sich, was wohl schlimmer ist: sich an einer falschen Hoffnung festzuklammern oder gar keine Hoffnung mehr zu haben. Dann hat man wenigstens nichts mehr zu verlieren.

Sie ringt nach Luft. Wie wenig es braucht, um außer Atem zu geraten, denkt sie. Wie schnell ihr die Kraft abhandengekommen ist, nicht nur die körperliche. Sie schafft es nicht allein. Ohne Hilfe von außen ist sie verloren.

»Sie suchen uns, Silas, bestimmt wird bald jemand da sein«, sagt sie leise. Mit ihrem ungeborenen Sohn zu sprechen, tut ihr gut. Es gibt ihr das Gefühl, nicht ganz so allein zu sein. Obwohl sie noch nie so verlassen und einsam war wie gerade jetzt.

»Sie werden uns bald finden.«

Ob jemand sie vermisst? Seit ihre Mutter tot ist, steht sie mit niemandem in so engem Kontakt, dass ihre Abwesenheit von sieben bis zehn Tagen jemandem auffallen würde oder gar Grund zur Besorgnis böte. Ihre Freundin Vanessa hat sie gerade noch gesehen. Ausgerechnet im Restaurant »Blinde Kuh«, denkt Carole. Diese Erfahrung im Dunkeln hätte sie sich sparen können, davon kriegt sie in diesem Loch genug. Einem Freund, der jeweils samstags abends in einer Kneipe Musik auflegt, hat sie vage zugesagt, dass sie kurz reinschauen werde. Es war aber nicht das erste Mal, dass sie es sich vornahm und dann doch nicht auftauchte. Er wird sich nichts dabei gedacht haben, falls es ihm überhaupt aufgefallen ist, dass sie nicht da war. Andere Verabredungen hat sie in dieser und der kommenden Woche wegen der Geburt keine vereinbart.

Außer dem Termin bei der Frauenärztin. Carole ist sicher, dass sich Frau Tischler Sorgen um sie macht, weil sie nicht zur Untersuchung erschienen ist. Aber ob sie deswegen gleich die Polizei einschaltet? »Guten Tag, ich möchte eine Vermisstenanzeige aufgeben, weil eine Patientin einen Termin hat sausen lassen? Ach, das ist kein Grund für die Polizei, eine Suchaktion zu starten? Auch nicht, wenn ich Ihnen sage, dass die Patientin hochschwanger ist? Ach, Sie meinen, sie habe vielleicht die Ärztin gewechselt?« Carole kann förmlich hören, wie Frau Tischler von einem gelangweilten Beamten abgewimmelt wird. »Scheiße«, schimpft sie laut. »Scheiße, scheiße, scheiße!«

Da fällt Carole Frau Kobler ein. Ihre Vermieterin, die immer und überall ihre Nase hineinsteckt. Frau Kobler kann unmöglich entgangen sein, dass ihr Briefkasten überquillt. Ihre Vermieterin muss gemerkt haben, dass sie seit einer Woche nicht zu Hause war. Frau Kobler merkt alles und noch viel mehr. Vielleicht wird ausgerechnet sie ihre Rettung sein, denkt Carole. Doch was, wenn nicht? Was, wenn Frau Kobler Tag für Tag verärgert an ihrem vollen Briefkasten vorbeigeht und darauf wartet, dass Carole zurückkommt, um ihr eine Standpauke zu halten? Statt ihr Fehlen jemandem zu melden. Statt Alarm zu schlagen.

Es gibt niemanden, denkt Carole. Niemand vermisst uns, niemand sucht nach uns. Keiner hilft. Sie ist auf sich allein gestellt. Und sie sieht nur eine einzige Chance, wie sie das hier überleben kann: Sie muss kämpfen. Sie muss ihn überwältigen.

In ihrem schwerfälligen Kriechgang begibt sich Carole vorsichtig tastend zurück zu ihrer Matratze, um sich zu orientieren, und schließlich zum Eimer in der hinteren Ecke. Sie schiebt ihn langsam vor sich her, quer durch den Raum, vorsichtig, damit er ja nicht umkippt und sich der stinkende Inhalt entleert.

Es ist der einzige Gegenstand, den sie einsetzen kann. Der Mann wird wiederkommen. Sie will ihn zum Stolpern bringen. Obwohl sich der Fremde unglaublich sicher in dem dunklen Raum zu bewegen scheint, kann er nicht mehr sehen als sie selbst. Darum will sie den Eimer unmittelbar hinter der Tür aufstellen. Sobald der Fremde darüber stürzt, wird sie sich auf ihn werfen und versuchen, ihm mit den Knien in die Eier zu treten. Sie muss ihn außer Gefecht setzen, zumindest so lange, wie sie brauchen wird, um zur Tür hinauszukommen und sie hinter sich zu verschließen.

Carole rückt den Eimer in eine Position, die ihr richtig erscheint, und lehnt sich neben der Tür sitzend an die Wand. Er wird wiederkommen. Und bis es so weit ist, wird sie in ihrem Kopf ganz genau durchgehen, wie sie sich auf ihn stürzen und treten will, wie sie rauseilen und die Tür hinter sich zuziehen wird. Es ist alles eine Frage der Vorbereitung und der Konzentration, denkt Carole, und sie kommt sich dabei vor wie ein Skirennfahrer, der kurz vor dem Start in Gedanken noch einmal die Strecke hinunterrast und sich mit dem Körper imaginär in die Kurven legt. Sie wird bereit sein, wenn er kommt.

44

»Wie kamst du darauf, dass Vanessa Niggli schwanger sein könnte?«

Milla hat nach dem unerwartet kurz ausgefallenen Besuch bei Caroles Freundin mit Nathaniel im Smart Platz genommen. Hinter sich hören die beiden das Hecheln der zusammengequetschten Alisha.

»Oder dass Carole schwanger sein könnte?«, schiebt Milla nach, während sie das Radio anstellt, um die Geräusche aus dem Kofferraum zu übertönen.

Nathaniel erzählt ihr nun doch von seiner Kollegin Martha, die sich an einen Gast namens Carole Stein erinnert hat. Und dass Martha den Eindruck gehabt habe, eine der beiden Frauen sei in Erwartung gewesen.

»Spürt ihr so etwas?« Milla hat davon gehört, dass es Menschen gibt, die einer schwangeren Frau nur ins Gesicht schauen müssen, um zu wissen, dass sie nicht allein, sondern zu zweit unterwegs ist. Sie selbst ist diesbezüglich in etwa so feinfühlig wie ein Schützenpanzer auf dem Fahrradstreifen. Kürzlich hat sie sich eine halbe Stunde lang mit einer ehemaligen Schulkollegin unterhalten. Sie hatten sich eine Weile nicht gesehen, und als Milla fragte, was sie für Pläne in naher Zukunft habe, zeigte die Freundin auf ihren Bauch. Er war riesig. Milla hatte ihn schlicht übersehen.

»Es ist nicht so, dass Blinde ein spezielles Sensorium zum Erkennen von Schwangerschaften haben.« Nathaniel muss lachen. »Aber eine der beiden Frauen hat sich sehr vorsichtig bewegt und keinen Alkohol bestellt. Doch Martha wusste natürlich nicht, welche der beiden Carole Stein ist.«

»Es gibt auch andere Gründe, keinen Alkohol zu trinken.«

Nathaniel hört, dass Milla das Blinklicht gesetzt hat, und glaubt zu wissen, wo sie sich befinden.

»Hast du an jenem Abend auch in der ›Blinden Kuh‹ gearbeitet?«, fragt sie. »Das würde ja bedeuten, dass ihr euch vor dem folgenschweren Chat im selben Raum aufgehalten habt.«

Milla hält den Wagen ruckartig an, sodass Nathaniel in den Sicherheitsgurt gedrückt wird. »Genau so scheint es gewesen zu sein. Sind wir da?«

Milla schaltet den Motor aus. »Vielleicht liegen wir völlig verkehrt.«

»Hast du dich verfahren?«

»Nein, ich meine: mit dieser Geschichte. Und ja, du bist zu Hause. Ich finde es seltsam, dass Caroles Freundin so abweisend reagiert hat.«

Während Milla Alisha aus dem Kofferraum befreit und Nathaniel sich an dem Auto entlangtastet, ist ihr der Auftritt bei Vanessa Niggli auf einmal peinlich. Sie selbst würde wohl nicht anders reagieren, wenn plötzlich zwei wildfremde Personen vor der Tür stünden, ein Blinder und eine Journalistin, und ihr eine abstruse Geschichte erzählten.

»Vielleicht haben wir uns geirrt«, sagt Milla noch mal. »Vielleicht wird sich alles bald klären.«

»Ich irre mich nicht.« Nathaniel klingt wie ein trotziger Schulbub.

Als sich Milla von ihm verabschiedet, verspricht sie, bei Oliver Moser, Caroles mutmaßlichem Liebhaber, vorstellig zu werden. Auch wenn sie nach diesem enttäuschenden Besuch bezweifelt, dass sich der Aufwand lohnen wird. Mittlerweile glaubt sie trotz der verschiedenen Stimmen und der eigenartigen zweiten Frau, dass Carole ganz einfach für eine Weile weggefahren ist. Milla setzt sich wieder hinter das Steuer und blickt Nathaniel und Alisha nach, bis die Haustür hinter den beiden zufällt. Vielleicht hat sie sich auch aus Mitleid mit dem schönen, blinden Mann in diese Geschichte hineinmanövrieren lassen, in der sie sich verloren haben. Moser wird ihr letzter Versuch sein, schwört sich Milla. Dann will sie die Sache ad acta legen. Bestimmt wird sich in ein paar Wochen alles von selbst klären, spätestens wenn Carole aus dem Urlaub zurück ist. Und dann wird auch Nathaniel einsehen müssen, dass er sich geirrt hat.

Als Milla den Smart zurück auf seinen Platz im Parkhaus beim Bahnhof gestellt hat, klickt sie auf dem Handy die App mit den Notizen an und öffnet ihre To-do-Liste. »Opfer finden!«, steht da. Um ein Haar hätte Milla den echten, den relevanteren Fall vor lauter Nathaniel vergessen. Sie will in der nächsten Sendung noch einmal nachlegen in der Sache um den HIV-Skandal. Sie will mit Opfern sprechen, die Situation aus ihrer Perspektive schildern, nachdem der Musiklehrer Rudelli in der letzten Sendung so prominent zu Wort gekommen ist. Doch bevor sie das tun kann, muss sie an die Namen der Opfer gelangen. Milla kennt zwei Personen, die dafür infrage kommen. Sandro kann sie allerdings gleich wieder streichen. Bleibt also nur noch Ben. Vielleicht lässt er sich mit einem Abendessen ködern. Milla stellt die Handy-Nummer des Arztes ein. Es braucht weniger Überzeugungsarbeit, als sie gedacht hat; eine Stunde später sitzen sie zusammen auf der Terrasse des Restaurants Ringgenberg.

»Ich kann dir keine Namen nennen, vergiss es!« Ben hebt abwehrend die Hände.

»Du weißt, dass niemand erfahren wird, von wem ich sie habe.« Milla sticht mit der Gabel in ihr Filetto di Manzo, als müsse sie es erst noch töten, bevor sie es essen darf. Ben hört sich an, als wäre er nicht umzustimmen.

»Diesmal kriegst du mich nicht rum.«

Überdies scheint er ihre Gedanken lesen zu können. »Kannst du mir, wenn du schon keine Namen nennst, die Patienten etwas näher beschreiben?«

»Du meinst, ob ich dir eine Phantomzeichnung anfertige?«

»Natürlich nicht. Ich meine eher: Erkennst du ein Muster bei den Opfern? Und kannst du etwas darüber sagen, wie es ihnen heute geht?«

Als die Weingläser zum zweiten Mal fast leer sind, wird Ben schließlich doch etwas gesprächiger. Er erzählt Milla, dass der Gesundheitszustand der Opfer unterschiedlich sei. Noch sei niemand an Aids erkrankt.

»Aber die Medikamente, die sie einnehmen müssen, sind regelrechte Giftcocktails mit erheblichen Nebenwirkungen«, sagt Ben. »Die meisten der Patienten sind zu fünfzig oder mehr Prozent arbeitsunfähig. Am schlimmsten ist die Müdigkeit, der Mangel an Energie; die kleinste Aufgabe kann zu einem kaum zu bewältigenden Kraftakt werden.«

»Werden Rudellis Opfer an den Infektionen sterben?«

»Nicht unmittelbar. Aber fast alle haben wegen des HI-Virus in Kombination mit Hep C eine teils massiv verminderte Lebenserwartung.«

Kein Mord, kein Totschlag, denkt Milla, juristisch kann Rudelli wohl höchstens schwere Körperverletzung vorgeworfen werden. »Rudelli hat sie zwar nicht getötet, aber er hat ihnen ihr altes Leben geraubt und sie zu Halbinvaliden gemacht.«

»Doch, in einem Fall hat er getötet, zumindest indirekt«, widerspricht Ben.

Milla hört Verbitterung in seiner Stimme, eine Mischung aus Wut und Müdigkeit. Mit einem Schluck leert er sein Weinglas ganz. Fragend blickt sie ihn an.

»Eines seiner Opfer wurde wegen der Hepatitis mit Ribavirin behandelt. Unglücklicherweise muss die Frau kurz vor der medikamentösen Therapie unbemerkt schwanger geworden sein. Als die Schwangerschaft schließlich doch noch festgestellt wurde, haben die Ärzte die Medikamente sofort abgesetzt, weil sie schwere Auswirkungen auf das ungeborene Kind haben können.«

»Aber?«

»Es war zu spät; als das Kind geboren wurde, litt es an einer schweren Leberschädigung. Es war kaum lebensfähig.«

»Das klingt ja schrecklich.« Milla sieht erneut das Lächeln Rudellis vor sich, hört seine Beteuerung, dass er seine Studenten nicht krank mache, sondern heile. Von wegen! Sie schaudert.

»Warum hat sie das Kind nicht abtreiben lassen?«

»Man wusste vor der Geburt nicht, wie schwer das Kind geschädigt sein wird. Als es – ein Mädchen – zur

Welt kam, dachten wir, es sei durch eine Lebertransplantation zu retten.«

»Aber das war es nicht.«

»Kennst du dich aus mit der Transplantationsproblematik?«

»Ich weiß nur, dass es zu wenige Spender und lange Wartelisten gibt.«

»Selbst wenn man zuoberst auf der Warteliste steht, kann es Monate, wenn nicht gar Jahre dauern, bis ein geeigneter Spender gefunden wird. Und die meisten Patienten haben nicht genügend Zeit.«

»Du meinst, bis ein geeigneter Spender stirbt.«

»Ja, zum Beispiel.«

»Ich habe einen Spenderausweis«, sagt Milla, als müsse sie sich rechtfertigen.

Ben geht über die Bemerkung hinweg. »Aber es gibt auch Lebendspenden. Da die Leber eine hohe Regenerationsfähigkeit hat, kann man einen Leberlappen bei einem gesunden Spender entnehmen und einem Leberkranken transplantieren. Dieses Verfahren wenden wir oft bei Kindern an – wenn ihr Vater oder ihre Mutter einen Teil der Leber hergeben.«

»Also konnte die Mutter ihr Kind retten?«

»Sie konnte nicht spenden. Nicht bei ihrem Gesundheitszustand mit HIV und Hepatitis.«

»Und der Vater?«, fragt Milla.

»Der Vater hat schon vor dem Schwangerschaftstest das Weite gesucht und das Kind nie anerkannt. Geschweige denn war er bereit, für das Mädchen auf einen Teil seiner Leber zu verzichten.«

»Ihr habt für das Mädchen also keinen Spender gefunden?«

Obwohl Ben tagtäglich mit dem Tod und mit Sterbenden zu tun hat, sieht Milla ihm an, wie nahe ihm dieser Fall geht, dass ihn sein Job nicht abgehärtet hat. Er schnäuzt sich in die Papierserviette, bevor er ihr die Antwort gibt, die Milla bereits zu kennen glaubt.

»Es wurde keine fünf Monate alt. Das Mädchen ist vor gut einer Woche gestorben.«

45

Der Traum ist wieder da. Nathaniel wälzt sich im Bett hin und her, kalter Schweiß nässt seine Haut und das Laken. Sein Herz rast. Er keucht im Schlaf.

Dann reißt ihn sein eigener Schrei zurück in die Wirklichkeit, ein Schrei, der Welten durchbricht.

Nathaniel schreckt hoch. Setzt sich auf. Sein Atem geht schnell. Ruhig, sagt er sich. Ruhig. Einige Traumfetzen sind kleben geblieben, es sind die Bilder eines Sehenden: Blut auf einem beigefarbenen Teppich. Die Augen seiner Mutter, die ins Leere starren. Ein Schatten in der Tür, eine Gestalt, umgeben von einem weltfremden Licht. Und das letzte Bild, mit dem der Traum immer endet: Seine Schwester, unter dem Tisch, sie versucht, sich zu verstecken, schaut ihn an mit tausend Fragen in den Augen. Keine Angst, keine Verzweiflung, nur Fragen. Dann ein Lidschlag. Und sie ist tot. Liegt zusammengerollt da, als würde sie schlafen. Doch er weiß, sie schläft nicht, es wird für sie kein Erwachen mehr geben.

Nathaniel sitzt nach vorn gebeugt im Bett und drückt beide Handballen auf seine Augen, die nichts mehr taugen, die nur noch in seinem Traum ihren Dienst tun, obwohl er gerade dort nichts sehen möchte. Die wenigen Bilder, die sich überscharf in seinem Gehirn festgekrallt haben, zeigen ihm das Schrecklichste, das er je in seinem

Leben gesehen hat. Und gleichzeitig das Letzte, was er je mit eigenen Augen gesehen hat.

Obwohl es doch so viele schöne Dinge gäbe, an die er sich erinnern möchte. Daran, wie die Bäume aussehen, mit ihren mal grünen und mal bunten Blättern. An den Wald, wenn die Sonne tief hängt und die Äste ihr Licht in Hunderte Strahlen brechen. An die Wellen, die auf einem See tanzen. An Wolken, die sich am Himmel jagen. Doch die Bilder, die ihm geblieben sind, erzählen von Blut, Gewalt und Tod. Und abgrundtiefer Trauer.

Der Traum war schon immer da. Seit es passiert ist. Mal kommt er öfter, mal seltener. Jetzt ist er mit einer Wucht zurückgekehrt, die Nathaniel aus dem Gleichgewicht bringt. Felix Winter hat mit seiner Bemerkung alles wieder hochkommen lassen. Plötzlich ist da jemand, der alles weiß. Dessen Wissen sich auf Fakten und nicht auf verdrängte Erinnerungen und einen leidvollen Traum stützt.

Seit Nathaniel allein auf der Welt ist, will er das Dorf aufsuchen, das einst sein Zuhause war und von dem in seiner Erinnerung so wenig übrig geblieben ist. Seit er erwachsen ist, will er Akteneinsicht verlangen in jenen Kriminalfall, der sein eigener ist. Doch Nathaniel hat sich nie getraut. Er möchte wissen, was genau geschehen ist. Warum sein Vater geschossen hat. Wer die andere Person ist, die manchmal durch seinen Traum streift wie ein Schatten. Warum er überlebt hat. Ausgerechnet er. Doch gleichzeitig will er das alles auch nicht wissen. Weil die Wahrheit ihn ängstigt, die richtige Wahrheit, die womöglich eine ganz andere Wahrheit ist als jene, die er sich in all den Jahren aus Erinnerungsfetzen zusammengebastelt hat. Die Angst hält ihn auch jetzt davon ab, Felix Winter anzurufen, ihm zu sagen, ja, er wolle reden, er wolle endlich alles wissen. Er müsste nur zum Telefon greifen, um die Fragen zu töten, die ihm das Leben schwermachen. Aber ich kann nicht, denkt Nathaniel. Ich schaffe es einfach nicht.

Mit einem Ruck steht er auf, geht sicheren Schrittes aus dem Zimmer, er kennt jeden Zentimeter seiner Wohnung. Würde jemand Nathaniel von draußen durch das Fenster beobachten, würde er nicht merken, dass er blind ist. Nathaniel stellt sich unter die Dusche, stellt das Wasser zuerst auf heiß, um es danach auf eiskalt zu drehen und am Schluss noch einmal lauwarmes Wasser über sich rieseln zu lassen. Eine Angewohnheit, die er mit Milla gemein hat, was die beiden aber natürlich nicht voneinander wissen. Anschließend begibt er sich in die Küche, raschelt mit Alishas Futterschachtel und füllt ihren Napf. Sie kommt angerannt, als drohe Gefahr, dass Nathaniel selbst ihr alles wegfresse. Er hört ihre Krallen über den Plattenboden schleifen, als sie in der Kurve ausrutscht und sich sogleich wieder fängt. Immer noch nackt setzt sich Nathaniel an den Computer, tastet nach dem Handy, das er stets exakt an dieselbe Stelle an der vorderen Tischecke legt, und schließt es an den Computer an. Automatisch öffnet sich das Fotoprogramm, und die Frauenstimme fragt ihn, ob er die neusten Fotos herunterladen möchte.

»Ja«, sagt Nathaniel übertrieben deutlich.

Sobald die Fotos auf seinem Computer sind, öffnet er auf dem Handy *Be my eyes*. Er will gerade eine Anfrage starten, da fällt ihm ein, dass er sich noch immer nichts übergezogen hat. Irgendwann wird er nackt auf die Straße treten, weil er dauernd vergisst, sich etwas anzuziehen.

Nachdem Nathaniel in ein Shirt und in eine Jeans geschlüpft ist, startet er einen *Be-my-eyes*-Chat. Er muss nur drei Augenblicke lang warten, da hört er es in seinem Handy rauschen; das Zeichen dafür, dass eine Verbindung zustande gekommen ist.

»Hallo, hier ist Nathaniel, ist da jemand?«

»Hallo, Nathaniel, hier ist Esther. Moment, ich kann dich noch nicht sehen.«

Nathaniel schließt die Augen. Er hat gerade ein Déjà-Vu, die Furcht greift nach ihm: Was, wenn es jetzt gleich wieder passiert? Was, wenn die Frau plötzlich schreit und fällt und auf einmal weg ist? Nathaniel weiß, wie absurd dieser Gedanke ist. Trotzdem schaudert er.

»Jetzt sehe ich dich«, sagt die Frauenstimme. »Wie kann ich dir helfen?«

»Einen Moment.« Nathaniel richtet sein Handy gegen den Bildschirm des Computers. »Ich habe hier Fotos von Briefumschlägen. Auf einem sollte als Absender die Praxis eines Frauenarztes angegeben sein.«

Auf der anderen Seite der Leitung bleibt es einen Moment lang still. Esthers Zögern macht Nathaniel bewusst, dass sich seine Frage eigenartig anhören muss.

»Kannst du etwas näher rangehen?«

Als Nathaniel die Kamera seines Handys näher zum Bildschirm rückt, beginnt Esther, ihm die Adresse vorzulesen. Er merkt sich Name und Ort: Tischler und Hinterkappelen.

»Steht da auch eine Telefonnummer?«

»Nein. Soll ich dir die Nummer heraussuchen?«

»Nein, danke, das schaffe ich auch alleine. Praxis Doktor Tischler in Hinterkappelen.«

»Genau.«

»Vielen Dank!«

»Gerne, auf ein andermal.«

Nathaniel würde ein Hohelied auf den Erfinder der App anstimmen – hätte sie ihn nicht in diese labyrinthartige Geschichte hineinkatapultiert, in der er den Weg zum Ende hin nicht findet.

Mithilfe seines Computerprogramms sucht Nathaniel die Nummer der Arztpraxis heraus, bei Doktor Tischler handelt es sich um eine Ärztin. Er stellt ihre Nummer ein. Sofort klackst es am anderen Ende der Leitung.

»Derzeit ist die Praxis von Chantal Tischler nicht besetzt«, erklärt ihm eine Stimme vom Band. »In Notfällen in Zusammenhang mit einer Geburt oder Schwangerschaft können Sie Frau Doktor Tischler unter ihrer Handynummer erreichen. Bitte benutzen Sie diese Nummer nur in wirklich dringenden Fällen.« Nathaniel merkt sich die Nummer und diktiert sie anschließend als Sprachmemo in sein Handy.

Er fragt sich, ob es sich hierbei um einen »wirklich dringenden« Fall handelt, der einen Anruf auf ihrem Handy rechtfertigt, und entscheidet sich spontan für ein Ja. Schließlich ist er überzeugt, dass Carole schwanger ist – und was, wenn nicht die Entführung einer schwangeren Frau, ist ein Notfall? Noch bevor er sich überlegt hat, was er der Ärztin genau sagen will, wählt Nathaniel ihre Nummer. Nach dem zweiten Klingeln geht sie ran.

»Tischler. Handelt es sich um einen medizinischen Notfall?«

»Ähm.« Mehr bringt Nathaniel im ersten Augenblick nicht heraus.

»Hallo, wer ist denn da?«, fragt Chantal Tischler. Sie klingt leicht genervt, aber nicht unfreundlich.

»Hier ist Nathaniel Brenner. Ob es sich um einen Notfall handelt, kann ich im Moment nicht sagen. Genau das versuche ich herauszufinden.«

»Sie können nicht Patient bei mir sein. Sie wissen schon, dass Sie mit einer Gynäkologin verbunden sind?«

»Es geht nicht um mich. Es geht um meine Freundin.«

»Wer ist denn Ihre Freundin?«

»Ihr Name ist Carole Stein.«

Am anderen Ende der Leitung wird es auf einmal sehr still.

46

Im Bruchteil einer Sekunde ist Carole hellwach. Ein dumpfes Scheppern hat sie aus dem Schlaf gerissen. Der Eimer! Er ist umgestürzt! Doch da ist kein Licht, die Tür ist wieder geschlossen. Der Fremde ist schon da. Sie ist zu spät.

Die Erkenntnis, dass sie ihre einzige Chance verschlafen hat, trifft Carole wie ein Fausthieb in den Bauch. Sie kauert reglos neben der Tür und wagt nicht zu atmen, lauscht den Schritten, die sich von ihr entfernen. Zielstrebige Schritte, kein Zögern. Der Fremde marschiert durch den Raum, als wäre das Licht an. Plötzlich hält er inne. Die Schritte kommen zurück. Carole erstarrt. Er kann mich nicht finden, denkt sie. Er hat keine Ahnung, wo ich bin.

In dieser Sekunde packt er sie am Handgelenk und reißt sie hoch. Carole schreit laut auf. Er zerrt an ihr, schleift sie über den Boden in Richtung Matratze. Sie zappelt, windet sich wie ein Fisch, der gefangen im Netz in ein Boot gezogen wird. Doch der Griff des Fremden ist nicht allzu fest, sie kann sich befreien, wälzt sich auf den Rücken und tritt mit den Beinen zu. Carole trifft ins Nichts, da ist nur Luft, tritt wieder und wieder ins Leere. Da stößt sie gegen etwas, einen Arm? Der Kopf? Bitte, lass es den Kopf sein. Der Person entweicht ein dumpfer

Laut, sie hört etwas fallen, aufprallen. Carole stößt erneut ihre Beine von sich, trifft aber nichts.

Wo ist er?

Sie starrt in das Schwarz und bleibt blind. Weg hier, weg hier! Das ist das Einzige, das in ihrem Denken jetzt noch Platz hat. Weg hier! Sie wälzt sich auf die Knie, rappelt sich hoch, stolpert los, obwohl sie nicht weiß, in welcher Richtung die Tür liegt, obwohl sie nichts sieht, sie stürzt sich ins Dunkel.

Und strauchelt.

Es gelingt ihr, sich im Fallen abzudrehen, sie fängt ihren Aufprall mit der Hand ab. Ein brennender Schmerz zuckt durch ihr Handgelenk. Verzweifelt kriecht sie weiter, nur weg hier, nur weg, so schnell, wie sie noch nie in ihrem Leben gekrochen ist, sie schürft sich die Handgelenke auf, kriegt kaum genug Luft und hofft, dass sie sich nicht in der Richtung irrt, dass vor ihr die verdammte Tür liegt.

Sie fühlt etwas Matschiges, der Gestank verrät ihr, was es ist. Sie lacht beinah laut auf, weil sie erleichtert ist, dass sie durch ihre eigene Scheiße kriecht, weil sie weiß, dass sie auf dem richtigen Weg ist, dahinter muss die Tür liegen, die Welt, die sie verloren hat, auf einmal ist sie greifbar nah. Sie stößt gegen den Eimer, da ist die Wand, sie fühlt die Tür, ihre Hände zittern, ihr ganzer Körper zittert, sie muss sich zusammenreißen, hastig zieht sie sich an der Tür hoch, tastet nach der metallenen Kante. Jetzt nur noch die schwere Tür aufziehen, gleich ist sie draußen.

Der Schlag kommt von rechts. Sie stürzt wie eine gefällte Tanne. Es fühlt sich an, als nähere sie sich dem Boden in Zeitlupe. Sie versucht, die Schulter vorzuschieben, um den Aufprall zu mildern, und den Rücken dem Boden zuzudrehen; bloß nicht auf den Bauch fallen. Silas, denkt sie. Der Schmerz schießt wie ein glühender Feuerschwall in ihren Bauch, als sie auf den Boden klatscht.

Sie krümmt sich, wimmert. Der Fremde ist über ihr, sie erwartet einen weiteren Schlag, mehrere Hiebe, doch es kommt nichts. Stattdessen fühlt sie seine Hände auf sich, kleine Hände, die den Bauch abtasten; sie lässt es geschehen. Sie wehrt sich auch nicht, als er ihr etwas in den Mund schiebt: Pillen. Sie schluckt, ihre letzten Gedanken sind bei Silas, sie entschuldigt sich bei ihm, weil sie versagt hat in ihrem letzten Kampf um seine Freiheit. Dann ist sie weg.

47

Das Zögern der Ärztin am anderen Ende der Telefonleitung dauert einen Moment zu lange. Auch hat sich ihre Stimme verändert. Nathaniel hört sofort, dass sie alarmiert ist.

»Was ist mit Carole Stein?«

»Ich fürchte, ihr ist etwas zugestoßen.«

Wieder bleibt die Stille zwischen ihnen hängen.

»Sie wissen, ich bin an das Arztgeheimnis gebunden und kann Ihnen keine medizinische Auskunft über Carole Stein geben«, sagt Chantal Tischler schließlich.

»Es geht nicht um Caroles Schwangerschaft.«

Die Bemerkung ist ein Schuss ins Blaue. Noch ist es nicht mehr als Nathaniels Vermutung, dass Carole schwanger sein könnte. Eine Vermutung, die sich einzig auf das Gefühl einer blinden Serviceangestellten stützt.

»Was möchten Sie denn dann wissen? Und in welcher Beziehung stehen Sie zu Carole Stein?«

Also ist sie tatsächlich schwanger, denkt Nathaniel. Um ein Haar hätte er gesagt, er sei der Vater des ungeborenen Kindes. Aber er war noch nie ein guter Lügner. Auch kennt die Frauenärztin den wahren Vater bestimmt; er wird die werdende Mutter zu ihren Terminen begleitet haben.

»Ich bin ein Freund von ihr«, antwortet er stattdessen. Das hört sich nur nach einer halben Lüge an. Obwohl er Carole noch nie gegenübergestanden hat, fühlt er sich längst wie ein guter Freund von ihr. Vielleicht sogar ihr bester. Auf jeden Fall der Einzige, der sich um sie zu sorgen scheint. »Ich habe mit ihr telefoniert, und ich glaube, dass ihr während des Gesprächs etwas zugestoßen ist. Und seither kann ich sie nicht mehr erreichen.«

Diese verkürzte Form von Nathaniels Geschichte genügt. Chantal Tischler nimmt den Faden sofort auf.

»Ich bin auch beunruhigt. Sie hat einen Termin bei mir verpasst. Das ist gar nicht typisch, vor allem so kurz vor der Geburt.«

»Wann ist es denn so weit?«

Kaum hat Nathaniel die Frage ausgesprochen, da würde er sich am liebsten selbst ohrfeigen.

»Wie gut kennen Sie Carole Stein?«, fragt Chantal Tischler zurück.

»Wir sind befreundet. Aber ich konnte mir Daten noch nie merken.« Nathaniel versucht, seine Unsicherheit mit einem Lachen zu vertuschen. Der Versuch misslingt.

»Ich möchte die Angelegenheit nicht am Telefon besprechen. Können wir uns treffen? Damit ich sehe, mit wem ich es zu tun habe?«

Nathaniel möchte der Ärztin am liebsten sagen, dass er sie nicht wird sehen können. Weil er nie jemanden sehen kann. Dass er sich immer nur an die Stimme eines Menschen halten kann, um sich von ihm ein Bild zu machen. Und dass er genau darum sofort erkannt hat, dass eine falsche Frau an Caroles Telefon gegangen ist. Aber all das verschweigt er. Stattdessen verabredet er sich noch für denselben Abend mit Chantal Tischler in ihrer Praxis. Als er das Gespräch beendet hat, legt seine Hündin ihren Kopf auf seinen Oberschenkel.

»Alisha, wir haben heute noch etwas vor.« Er krault sie hinter ihrem rechten Ohr. Sie legt den Kopf schräg und gibt ein wohliges Grummeln von sich.

»Stell dir vor: Ich habe einen Termin bei einer Frauenärztin.« Wäre der Anlass nicht so dramatisch, müsste er lachen.

Obwohl Nathaniel zu Hause den Weg zur Praxis der Frauenärztin mithilfe seines Navigationsprogramms drei Mal durchgegangen ist, verliert er in Hinterkappelen die Orientierung. »Sie haben Ihr Ziel erreicht«, hat ihm die Frauenstimme seines Handys verkündet. Nur spürt er, dass er nicht vor einer Haustür steht, sondern mitten auf einem Platz. Zu schade, dass Alisha keine Hausnummern lesen kann; das würde sein Leben vereinfachen.

»Alisha, wo könnte die Praxis der Ärztin wohl sein?«

Nathaniel horcht. Nicht, weil er auf eine Antwort wartet, sondern weil der Schall seiner Stimme ihm weiterhelfen soll. Er hört, dass die nächsten Häuser einige Meter entfernt sein müssen, und dass da Autos neben ihm geparkt sind. Und dann vernimmt er noch etwas: eine Frauenstimme.

»Sind Sie Nathaniel Brenner?«

Erleichtert geht Nathaniel in die Richtung der Frau.

»Ich wusste nicht, dass Sie blind sind«, sagt sie anstelle einer Begrüßung.

»Ich hatte nicht das Gefühl, dass ich das ankündigen müsste.«

»Ich meine nur; ich hätte dann auch zu Ihnen kommen können.«

Es passiert Nathaniel immer wieder, dass Sehende meinen, er könnte sich nicht fortbewegen. Aber er nimmt es ihnen nicht übel. Sie können sich einfach nicht vorstellen, wie es ist, blind zu sein.

»Kein Problem, ich habe es ja beinahe gefunden«, sagt er darum in versöhnlichem Ton.

Auf jeden Fall scheint es Chantal Tischler zu beeindrucken, dass Nathaniel den Weg auf sich genommen hat, um ihr sein Anliegen persönlich zu unterbreiten. Sie führt ihn in ihre Praxis und hört sich vertrauensvoller und gleichzeitig vertrauenswürdiger an als zuvor am Telefon. Nathaniel beschließt, ihr die ganze Geschichte zu erzählen. Als er mit seinen Ausführungen geendet hat, bleibt Chantal Tischler einen Moment lang still. Nathaniel muss ihr Gesicht nicht sehen können, um zu wissen, dass sie nachdenkt.

»Ich bin mir sicher, dass ich kein Arztgeheimnis verletze, wenn ich Ihnen sage, dass Carole Stein in vier Tagen ihren errechneten Geburtstermin hat.«

»In vier Tagen!«

»Sie hätte am Freitag zur Untersuchung kommen sollen und ist nicht erschienen. Meine Assistentin hat sie sofort angerufen und auch erreicht. Doch Frau Stein habe sie unhöflich abgewimmelt und gesagt, sie hätte sich für einen anderen Arzt entschieden. Aber ich kann das nicht glauben.« Chantal Tischler legt eine Pause ein. »Ich hatte ein sehr gutes Verhältnis zu meiner Patientin«, fügt sie an. »Und selbst, wenn es nicht so wäre – man wechselt nicht eine Woche vor der Geburt den Frauenarzt, wenn nicht etwas Gravierendes vorgefallen ist. Und ganz bestimmt hätte sich Carole abgemeldet, statt den Termin ohne ein Wort verstreichen zu lassen.«

Nathaniel kennt sich zwar damit nicht aus, aber er nickt. »Nur wenige Tage vorher habe ich mit ihr telefoniert und gehört, wie ihr etwas zugestoßen ist.«

»Ich verstehe, dass Sie sich Sorgen machen, aber ich glaube nicht, dass ihr etwas passiert ist«, wendet Chantal Tischler ein. »Sie ist schließlich ans Telefon gegangen, als meine Assistentin sie angerufen hat.«

»Das war nicht sie. Das muss diese andere Frau gewesen sein. Die falsche Stimme.«

Nathaniel hört die Ärztin schlucken. »Das alles klingt sehr rätselhaft. Aber wahrscheinlich gibt es dafür eine einleuchtende Erklärung. Es bringt nichts, den Teufel an die Wand zu malen.«

Nathaniel hört die Zweifel in der Stimme der Ärztin, aber er spürt, dass sie besorgt ist. »Wären Sie denn bereit, gegenüber der Polizei zu bestätigen, was Sie mir erzählt haben? Dass Carole einen Termin verpasst hat? Vielleicht glaubt die Polizei einer Ärztin eher als einem Blinden.« Im letzten Satz schwingt mehr Bitterkeit mit, als Nathaniel beabsichtigt hat.

»Falls die Polizei mich befragen sollte, werde ich es bestätigen.«

Nathaniel würde viel dafür geben, wenn er sehen könnte, was sich im Gesicht der Ärztin in genau diesem Moment widerspiegelt. Er meint zu spüren, wie ihre Augen ihn mustern.

Kaum hat Nathaniel die Praxis mit seiner Hündin verlassen, greift er zu seinem Handy.

»Milla anrufen!«

Kurz darauf vernimmt er, dass es auf der anderen Seite klingelt.

»Nathaniel!« Millas Stimme würde er aus tausend anderen heraus erkennen. »Du, ich kann jetzt grad schlecht, ich sitze mit meinem Freund in einem Café«, fügt sie an, bevor Nathaniel etwas sagen kann. Er hört im Hintergrund die Geräusche, die auch ein Sehender einer Bar zuordnen könnte – das Zischen einer Kaffeemaschine, Gläser, die abgestellt werden –, doch er übergeht Millas Bemerkung. Er muss seine Neuigkeiten sofort loswerden und plappert drauflos wie ein Sturzbach.

»Sie ist also wirklich schwanger?« – »Bei der Frauenärztin?« – »Sie hat die Ärztin versetzt?« – »In vier Tagen ist der Geburtstermin?« Nathaniel redet trotz Millas Zwischenfragen einfach weiter, auch wenn ihre Stimme lauter und lauter wird. Als er fertig ist, bleibt es am anderen Ende der Leitung eine Weile still.

»Ich werde mit Sandro darüber reden.«

Als Milla das Gespräch beendet hat, blickt Sandro sie fragend an.

»Eigenartig«, sagt sie, nachdem sie an ihrem Weißwein genippt hat. »Das war Nathaniel, der Blinde. Carole, die Frau, von der er meint, dass ihr etwas zugestoßen sei …« Sandro nickt, um ihr zu signalisieren, dass er im Bilde ist. »Sie hat ihren Termin bei der Frauenärztin verpasst. Obwohl sie in wenigen Tagen ein Kind gebären wird.«

Sandro setzt sich aufrecht hin. Seine Körperspannung hat sich auf einen Schlag geändert. Er wirkt elektrisiert.

»Was ist?«, fragt Milla.

»Die Frau, die ich bei Carole Stein zu Hause angetroffen habe – die war nicht hochschwanger.«

48

Sie hat im Schlaf geweint. Oder vielleicht hat sie auch nicht geschlafen, sie weiß es nicht, weiß nicht, wo sie war, wo sie ist, was sein wird. Alles tut ihr weh. Blitze im Bauch, ihre Brüste spannen. Es ist bald Zeit. Sie streichelt über ihren Bauch, driftet wieder weg, aber sie will nicht, sie muss wach bleiben. Schlaf bedeutet Gefahr. Und verlorene Chancen. Der Eimer, jetzt fällt es ihr wieder ein, der Eimer ist umgestürzt und hat sie geweckt. Weil sie eingeschlafen war, als sie nicht hätte einschlafen dürfen. Der verpasste Moment. Der ungleiche Kampf. Ihr letztes Aufbäumen. Die Tabletten. Drogen? Oder was auch immer er ihr gegeben hat, um sie ruhigzustellen.

Ein Schmerz zerreißt ihren Körper, ihre Seele schreit auf, noch nicht, Silas, bitte noch nicht. Sie will nicht, dass ihr Kind in diese schwarze Welt, in dieses undurchdringbare Nichts hineingeboren wird, will ihm zuflüstern, dass er drinbleiben soll. Sich verstecken vor dem Bösen.

Der Böse. Wer ist er? Was will er? Warum ausgerechnet sie?

Carole hat Angst.

Angst vor der Geburt, das auch. Aber noch viel größer ist ihre Furcht davor, was danach passieren wird. Sie kann den Bösen nicht fassen. Sie versteht nicht. Sie weiß nur eines mit Gewissheit: dass es hier nicht um sie geht.

Es geht um ihr Kind. Er will ihr Silas wegnehmen. Warum?

Der Fremde kommt öfter jetzt, greift nach ihrem Handgelenk, um den Puls zu fühlen. Spürt ihre Temperatur an ihrer Stirn. Flößt ihr Milch ein oder Wasser, stellt ihr Früchte hin, die sie nicht sieht und immer erst gierig verschlingt, wenn er wieder verschwunden ist. Sie hat versucht, ihn zum Reden zu bringen. Hat Fragen gestellt. Hat erbärmlich um ihr Leben gebettelt und um das ihres Kindes. Keine Reaktion. Da kam nichts. Nie hätte sie gedacht, dass von einem Menschen eine derartige Kälte ausgehen kann. Stumm hält er sie am Leben, solange er sie noch braucht, solange Silas noch durch sie atmet. Dann wird er sie entsorgen wie eine alte Zuchtkuh, die zum letzten Mal gekalbt und ihr Soll erfüllt hat.

Die stummen Tränen enden nicht. Wieder und wieder streichelt Carole über ihren Bauch.

»Er wird dich nicht kriegen«, flüstert ihre Stimme in der unheimlichen Stille. »Dich wird er nicht kriegen.«

Sie wird ihr Leben geben, um das Leben ihres Sohnes zu retten. Sie wird kämpfen. Bis zum Schluss.

49

Sandro würde es nicht Schnarchen nennen. Aber es ist nahe dran. Auf jeden Fall steht außer Zweifel, dass Milla noch schläft. Ein Speichelfaden hängt zwischen ihrem Mundwinkel und dem Kissen und schwingt im Rhythmus ihrer lauten Atmung vor und zurück. Eine ihrer schwarzen Locken fällt ihr tief in die Stirn und kringelt sich auf ihrem Nasenflügel. Die Linien ihres Gesichtes sind sanft und schemenhaft schön, selbst wenn sie schläft. Ihre Züge lassen noch immer erahnen, wie sie als kleines Mädchen ausgesehen haben muss.

Sandro verspürt den Drang, ihr die Haarsträhne nach hinten zu streichen, doch er lässt es bleiben. Er will Milla nicht wecken, will nicht mit ihr reden, bevor er getan hat, was er tun muss. Keine Fragen, kein falsches Schweigen. Der Streit wird früh genug losbrechen. Aber auf Millas Befindlichkeiten kann er jetzt keine Rücksicht nehmen.

Vorsichtig schlüpft er aus dem Bett, sammelt seine Klamotten zusammen, die verstreut auf dem Boden liegen, schleicht hinaus und schließt leise die Schlafzimmertür hinter sich.

Nach einer Fünfminuten-Dusche kämmt er sich das Haar, schmiert Gel hinein und wuschelt es wieder durcheinander; dann einen Kaffee – zu heiß, er verbrennt sich den Gaumen. Aber er hat keine Zeit zu warten, bis das

Gebräu kühler ist. Vor seiner Wohnungstür schultert er sein Fahrrad und trägt es die Treppen hinunter.

Irgendwo in der Stadt schlägt eine Kirchenglocke sechs Uhr, als sich Sandro bei der Kornhausbrücke in die Kurve legt und den Weg Richtung Breitenrain einschlägt. Er tritt kräftig in die Pedale, um für den Anstieg Schwung zu holen. Seit Nathaniels Anruf gestern Abend ist Sandro klar, dass er einen neuen Fall zu lösen hat. Einen Fall, von dem er zunächst dachte, dass es ihn gar nicht gibt. Darum muss er jemandem einen zweiten Besuch abstatten. Und er weiß aus Erfahrung, dass sich für unangemeldete Besuche die frühen Morgenstunden am besten eignen. Er kann die Menschen gar nicht mehr zählen, die er schon aus dem Bett geklingelt hat.

Dasselbe hat er auch heute vor, als er an der Militärstrasse 73 bei Carole Stein klingelt. Nichts rührt sich. Sandro wartet eine Weile, dann drückt er erneut auf den Knopf, energischer jetzt.

Stille.

Sandro steht unten vor der Eingangstür, die dieses Mal abgeschlossen ist. Es ist nicht auszumachen, ob drei Stockwerke weiter oben jemand zu Hause ist. Im Erdgeschoss hingegen nimmt Sandro hinter dem Vorhang eines Fensters eine Bewegung wahr. Er beginnt zu winken und versucht, mit Gesten und Mimik deutlich zu machen, dass sich die Person nicht hinter dem Vorhang zu verstecken braucht, sondern es gescheiter wäre, wenn sie mit ihm spricht. Alte Damen, die durch den Spalt zwischen den Gardinen alles und jeden im Blick haben und immer genau wissen, was im Haus und in der unmittelbaren Nachbarschaft passiert, haben zwar im Allgemeinen einen schlechten Ruf – für die Polizei indes erweisen sich die selbst ernannten Detektivinnen immer wieder als ausgesprochen nützlich. Erneut bewegt sich der Vorhang. Sandro will gerade auf den Klingelknopf drücken, der seiner Meinung nach am ehesten zur Wohnung rechts im Erdgeschoss gehört, da vernimmt er das Geräusch eines Schlüssels. Die Eingangstür öffnet sich, vor ihm steht eine ältere Dame mit einem modernen Kurzhaarschnitt in einem antik anmutenden Nachthemd und Pantoffeln im Tigerlook. Wie eines dieser Suchbilder, in denen man die Fehler finden muss, denkt Sandro; nichts an ihrer Erscheinung scheint zueinanderzupassen.

»Wer sind Sie, und was wollen Sie?« Die Seniorin lässt nicht ein freundliches Wort zur Begrüßung fallen.

Sandro stellt sich vor und erntet einen misstrauischen Blick. Nicht zum ersten Mal. Er weiß, dass er mit seinem jungenhaften Gesicht unter dem zerzausten Haarschopf eher einem italienischen Lausbuben ähnelt – und nicht aussieht wie der Leiter der Abteilung Leib und Leben der Kantonspolizei Bern. Was sich manchmal als Vorteil und manchmal als Nachteil erweist.

Erst als er der alten Frau seinen Ausweis hinstreckt, nickt sie bedächtig.

»Es ist doch hoffentlich nichts passiert?«

Das hofft Sandro freilich auch noch immer. Und weil er der alten Dame, die sich schließlich als »Frau Kobler, die Hausbesitzerin« vorstellt, keine unnötigen Sorgen machen will, erklärt er, es gehe nur um eine Routinekontrolle.

»Ach, das sagen die von der Polizei immer, und stimmen tut es dann doch nie.« Die alte Frau wedelt mit beiden Händen, als wolle sie ihre Worte mit der Gebärdensprache unterstreichen.

»Ich würde Ihnen trotzdem gerne ein paar Fragen zu einer Ihrer Mieterinnen stellen.«

»Um wen geht es denn?«

»Um Carole Stein.«

»So eine nette Frau. Und eine so tragische Geschichte.«

Sandro ahnt, dass sich seine Unterhaltung mit Frau Kobler in die Länge ziehen könnte. Sie wird sich noch den Tod holen, im Nachthemd draußen im Treppenhaus, denkt er. Trotzdem schlägt er nicht vor, sich bei ihr in der Wohnung weiter zu unterhalten. Denn solange er im Hauseingang stehen bleibt, verpasst er die angebliche Carole Stein nicht, sollte sie doch noch auftauchen.

»Frau Stein hat erst vor Kurzem ihre Mutter auf ganz tragische Weise verloren«, fährt Frau Kobler ohne Pause fort. »Stellen Sie sich vor: Ein Tramunfall!« Die Mutter habe auf die bereits anfahrende Neunertram springen wollen, sei dabei abgerutscht und unter die Räder geraten. »Ein Blutbad, sag ich Ihnen!«

Sandro glaubt sich vage an entsprechende Zeitungsmeldungen zu erinnern.

»Ganz dramatisch, ganz dramatisch, vor allem, weil sie nun das Kind nie sehen wird. Ihren eigenen Enkel. Dabei brauchen Enkel doch ihre Omas!«

»Carole Stein ist also schwanger?«

»Und wissen Sie, die Sache mit dem Kind ist auch sehr schwierig.« Frau Kobler hält kurz inne, blickt nach links und dann nach rechts, bevor sie in ein Flüstern übergeht. »Es gibt keinen Vater. Keine Oma, keinen Vater, die Frau Stein muss alles ganz alleine machen.«

»Warum gibt es keinen Vater?«

»Dabei ist sie so eine nette Frau. Doch alles ist aus den Fugen geraten. Ich sage Ihnen: Es gibt Familien, die haben das Unglück abonniert. Da folgt ein Unheil aufs andere, als würde eine schwarze Gewitterwolke über der Familie hangen und einen ewigen Schatten auf sie werfen.«

»Wann haben Sie Frau Stein denn das letzte Mal gesehen?«

»Ich muss keine Prophetin sein, um vorauszusagen, dass das nicht gut kommt mit diesem Kind. Nein, das kommt nicht gut. Nicht gut.«

Sandro wundert sich langsam, ob Frau Kobler an einem Gehörschaden leidet oder ob sie seine Fragen ganz bewusst überhört.

»Könnten wir mal hochgehen und schauen, ob Frau Stein zu Hause ist?«

»Der arme Kleine kämpft sich vielleicht gerade jetzt in diese Welt. Wahrscheinlich liegt sie seit Stunden im Gebärsaal, und der Kleine legt sich quer. Wissen Sie, ich habe ihr noch nichts gesagt, aber dieses Haus ist nichts für Kinder. Sie würde gut daran tun, sich etwas anderes zu suchen. Das Kind kann doch hier nirgends spielen. Und die Wände sind auch zu dünn. Kindergeschrei, das dringt doch durch alle Ritzen!«

»Wann haben Sie Frau Stein denn zuletzt gesehen?« Sandro versucht es ein zweites Mal. Frau Kobler schaut ihn überrascht an, als hätte sie vergessen, dass er vor ihr steht.

»Vor drei Tagen, aber nur von Weitem, sie hat gerade das Haus verlassen. Seither bin ich ihr nicht mehr begegnet. Aber es kommt jemand, der die Post leert.«

»Wer leert ihren Briefkasten?«

»Das weiß ich nicht, ich kann ja nicht immer zu Hause sitzen und Wache halten.«

Obwohl Sandro bei einer Bewertung seiner Befragung eine ungenügende Note kassieren würde, weil Frau Kobler mit stoischer Hartnäckigkeit alles, was er sagte, ignorierte, hat er letztendlich doch in Erfahrung gebracht, was er hat wissen wollen.

Doch Frau Kobler ist noch nicht fertig. »Ich darf natürlich als Vermieterin nicht in ihre Wohnung rein, wenn sie nicht da ist, das ist gesetzlich verboten, aber Sie sind ja von der Polizei … Soll ich Ihnen den Schlüssel geben?«

Tatsächlich ist es so, dass Frau Kobler der Polizei den Wohnungsschlüssel nicht nur aushändigen darf, sondern sogar aushändigen muss, falls Gefahr in Verzug ist oder die Annahme besteht, dass sich eine Person in der Wohnung befindet, die an Leib oder Leben gefährdet ist. Nur ist sich Sandro in diesem Moment nicht sicher, ob die Annahme tatsächlich gerechtfertigt ist: Es liegt keine offizielle Vermisstenanzeige vor. Obwohl der Blinde es wohl anders sehen würde. Oder anders empfinden würde, korrigiert Sandro seinen Gedanken.

»Lassen Sie uns zur Sicherheit rasch hochgehen und nachschauen, ob Frau Stein vielleicht verletzt in ihrer Wohnung liegt und Hilfe braucht«, sagt Sandro nach kurzem Überlegen. Er will später nicht bereuen, etwas versäumt zu haben. Nur einen Blick reinwerfen, sagt er zu sich selbst.

Frau Kobler redet ohne Unterbrechung, als sie vor ihm die Stufen hochsteigt. Dann klingelt sie oben noch einmal an der Wohnungstür, zögert kurz, bevor sie mit ihrem Schlüssel aufschließt.

Manchmal fühlt man in der ersten Sekunde, dass eine Wohnung leer ist, denkt Sandro, als er den Flur betritt.

Und manchmal täuscht man sich. Frau Kobler bleibt in der Tür stehen, während er ins Wohnzimmer schaut, ins Schlafzimmer, Küche, Badezimmer. Sandro registriert, dass eine Zahnbürste auf dem Rand des Waschbeckens liegt. Die Wohnung sieht aus wie eine Wohnung, deren Besitzer wie jeden Morgen zur Arbeit gefahren ist; sie ist nicht sonderlich gut aufgeräumt, aber es herrscht auch kein Chaos. Als er sich wieder dem Eingang zuwendet, fällt Sandros Blick auf ein Funktelefon, das auf einer kleinen Kommode neben der Tür in der Halterung steckt. Ein grünes Licht blinkt auf. Sandro kann nicht anders, er greift zu einem Taschentuch, wickelt es sich um den Finger und drückt auf den blinkenden Knopf.

»Sie haben eine neue Nachricht«, erklärt eine monotone Stimme. Nach einem Piepen erklingt eine andere Frauenstimme. »Carole, Mann, wo steckst du bloß? Vanessa hier. Ans Handy gehst du nicht, und hier krieg ich auch nur den Beantworter zu hören. Ich, nun, ich ruf an, weil ich seltsamen Besuch hatte. Da behauptet ein Blinder, du wärest verschwunden? Ein komischer Typ. Ich hoffe, es ist alles in Ordnung. Melde dich doch rasch, bitte. Sonst mach ich mir Sorgen.«

Ein Klicken beendet die Aufnahme. Sandro notiert sich im Kopf den Namen »Vanessa« und nickt Frau Kobler zu. Gemeinsam verlassen sie die Wohnung. Als die alte Dame die Tür abgeschlossen hat, steckt Sandro ihr seine Karte zu. »Bitte rufen Sie mich sofort an, wenn sich Frau Stein bei Ihnen meldet – oder wenn die Frau auftaucht, die ihren Briefkasten leert.« Bevor sie etwas erwidern kann, verabschiedet sich Sandro und eilt die Treppe hinunter. Er hofft, so einem weiteren Monolog von Frau Kobler zu entkommen.

Kaum steht er draußen auf der Straße, ruft er die Zentrale der Kantonspolizei an und bestellt eine Streifenpatrouille. Zehn Minuten später biegt ein Streifenwagen in die Militärstrasse ein. Sandro erklärt einer Kollegin und dem Kollegen, worum es geht: Er muss mit Carole Stein sprechen, die in diesem Haus im dritten Stock zu Hause ist.

»Die Frau ist etwa ein Meter siebzig groß, dunkelblond, schulterlange Haare, Mitte dreißig.« Sandro hält kurz inne. »Oder aber es ist eine Frau ähnlichen Alters, mit dem Unterschied, dass sie hochschwanger ist.«

Als Sandro in die Gesichter seiner Kollegen blickt, realisiert er, wie eigenartig sich das gerade angehört haben muss. Er kommt nicht umhin, einige erklärende Erläuterungen anzufügen. Das Team der Streifenpolizei verspricht, sich zu melden, sobald eine der beiden Frauen auftauchen sollte.

Bevor sich Sandro erneut auf sein Fahrrad schwingt, stellt er auf seinem Handy die Nummer von Felix Winter ein. Er braucht ihn jetzt. Ihn und zwei Polizisten der Sondereinsatztruppe.

Während im Polizeipräsidium die Vierergruppe um Sandro Bandini die letzten Details ihres bevorstehenden Einsatzes bespricht, dreht Nathaniel keine drei Kilometer weiter westlich seinen Wohnungsschlüssel im Zylinder herum. Kaum hat er die Klinke hinuntergedrückt, quetscht sich Alisha durch den Türspalt hinaus. Sie zerrt Nathaniel die Treppe hinab, würde er die Stufen nicht so gut kennen, würde er in hohem Bogen hinterherfliegen. Wie Veronika … Allein beim Gedanken an ihren Sturz kriegt Nathaniel gleich wieder ein schlechtes Gewissen.

Er hat zu lange geschlafen, darum hat Alisha es eilig; sie hat ein dringendes Bedürfnis. Und weil sie eine Dame und kein Männchen ist, kann sie ihr kleines Geschäft nicht gleich an der nächsten Straßenlaterne erledigen; sie braucht Gras oder Waldboden unter ihrem Hintern, damit sie sich beim Pinkeln wohlfühlt. Nathaniel kennt seine Hündin so gut wie ein Ehemann seine Ehefrau. Oder wahrscheinlich besser.

Zehn Minuten später erreichen die beiden den Bremgartenwald. Nathaniel befreit Alisha vom Geschirr und entlässt sie mit einem »Libera«. Er hört ihre Schritte auf dem Waldboden, sie stoppt, sie pinkelt, es ist nicht zu überhören – es war überfällig. Nathaniel nutzt den Moment, um Milla anzurufen.

Er kann es kaum erwarten zu erfahren, was ihr Freund Sandro dazu sagt, dass Carole schwanger ist. Jetzt muss die Polizei doch endlich zu ermitteln beginnen!

Nathaniel wird direkt mit Millas Anrufbeantworter verbunden, mit dem er sich aber nicht »unterhalten« mag.

Auf dem Rückweg sagt er seinem Handy drei Mal, es solle die Nummer erneut anwählen. Drei Mal ohne Erfolg. Erst als er wieder zu Hause angekommen ist und es erneut versucht, hört er einen unterbrochenen Summton.

»Nova«, sagt Milla förmlich, als sie beim zweiten Klingeln rangeht. Sie wird nicht auf das Display geschaut haben, denkt Nathaniel. Die Telefone der Sehenden verkünden nicht mit einer Frauenstimme, wer der Anrufer ist.

»Ich bin's, Nathaniel«, begrüßt er sie deshalb.

Weiter kommt er nicht. Die Klingel schrillt, und Alisha bellt fast zeitgleich los, als stehe der Leibhaftige vor der Tür.

»Es kommt jemand, ich rufe gleich noch mal an«, brüllt Nathaniel in sein Telefon, um Alisha zu übertönen.

Er fragt sich verwundert, wer das sein könnte. Bei ihm klingelt nie jemand. Nathaniel fasst Alisha am Nacken und öffnet die Tür. Ihr Bellen geht augenblicklich in ein Knurren über. Nathaniel spürt, dass vor ihm mehrere Personen stehen. Und dass von ihnen Gefahr ausgeht.

50

Milla blickt auf ihr Handy. Der Anruf von Nathaniel hat gerade mal elf Sekunden gedauert. Sie hat ihn wegen Alishas Gebell kaum verstanden, glaubt aber, gehört zu haben, dass er sich gleich wieder melden will. Trotzdem stellt sie das Telefon auf lautlos, als sie ihr Büro betritt, Jacke und Tasche auf den Stuhl schmeißt und ins Sitzungszimmer eilt. Keine Anrufe in der nächsten Stunde; Wolfgang ist immer gleich auf hundertachtzig, wenn während einer Besprechung ein Telefon klingelt. Wobei die heutige Sitzung die Bezeichnung Besprechung nicht verdient, denn ein Mann von der Marketingabteilung, dessen Namen Milla sich nie merken kann, wird ein Referat halten zum Thema, wie sich das Schweizer Fernsehen in Zukunft besser verkaufen will. Das Medienverhalten ändert sich ständig, jeder sitzt jederzeit hinter seinem Tablet oder seinem Smartphone, aber kein Mensch schaltet mehr pünktlich um halb acht zu Hause den Fernseher ein, um die Neuigkeiten des Tages zu erfahren. Milla langweilt das Thema, sie haben es schon tausendmal durchgekaut und doch nie neue Ideen entwickelt, und der Mann, dessen Name ihr noch immer nicht wieder eingefallen ist, langweilt sie auch. Allein schon wenn sie ihm ins Gesicht sieht, muss sie ein Gähnen unterdrücken.

Als Milla am Tisch sitzt und Herr Langweiler zu sprechen begonnen hat, sieht sie, dass sie nicht die Einzige ist, die sich nur mäßig für das Referat begeistern kann. Drei ihrer Kollegen haben einen Platz auf dem roten Sofa ergattert und sehen aus, als würde ihnen demnächst der Kopf unkontrolliert nach vorn sacken, um gleich darauf reflexartig wieder hochzuschnellen, wie bei jenen Pendlern im Zug, die die Zeit auf dem Arbeitsweg für einen Powernap nutzen. Die anderen, die mit Milla am runden Tisch sitzen, wirken nicht viel munterer. Einzig ihr Chef Wolfgang macht ein Gesicht, als würde ihn das Gesagte interessieren, aber Show konnte er schon immer. Milla liest geistesabwesend die Schlagzeilen der Zeitungen, die hinter dem Tisch an der Wand in einem Gestell eingesteckt sind. Dann studiert sie anhand der auf zwei Drähten aufgereihten roten und blauen Würfel den letzten Spielstand am Tischfußballkasten, der in der Ecke des Raumes steht und der zweifellos unmittelbar nach der Sitzung für eine Partie in Beschlag genommen werden wird, als Weckmethode sozusagen. Schließlich versucht sie, sich wegzudenken. Milla findet, es ist eine zulässige Methode, um die in Sitzungen verlorene Zeit sinnvoll zu nutzen: Sich wegdenken und in eigener Sache Kopfarbeit leisten.

Ihre Gedanken schweifen erst zu Nathaniel, dann zu Oliver Moser, weil sie Nathaniel versprochen hat, mit dem Politiker Kontakt aufzunehmen. Oliver Moser, mutmaßlicher Lover der mutmaßlich verschwundenen Carole. Je länger Milla darüber nachdenkt, desto bizarrer erscheint ihr die ganze Geschichte und die Idee, mit Moser zu reden. Aber sie hat es Nathaniel versprochen. Es ist ein letzter Versuch, also braucht sie einen Plan. Die Zutaten, die sie dafür verwenden muss, heißen Cleverness, Kühnheit und eine kleine Portion Hinterlist.

Zur Überraschung aller Zuhörenden findet der Mann aus der Marketingabteilung doch noch ein Ende. Keine dreißig Sekunden später ist aus dem Sitzungszimmer der Redaktion »Wochenthemen« das vertraute Rattern und Poltern eines Tischfußballspieles zu hören, durchmischt mit dem Geschrei der Spieler. Milla nutzt den Moment, schließt die Tür hinter sich, setzt sich im leeren Großraumbüro an ihr Pult und wählt die Telefonnummer der Medienstelle der bernischen Finanzdirektion.

»Guten Tag, hier spricht Milla Nova von der Sendung ›Wochenthemen‹.« Der Spruch scheint zum Mantra ihres Lebens geworden zu sein. Sie könnte ihn im Schlaf aufsagen. »Ich muss mit Oliver Moser sprechen.«

»Es tut mir leid, Herr Moser gibt keine TV-Interviews, Sie können die Fragen gerne per Mail schicken, und jemand von unserer Medienabteilung wird Ihnen vor der Kamera die Antworten geben.« Auch die Mediensprecherin klingt, als hätte sie diesen Satz schon tausendmal von sich gegeben.

»Es geht nicht um ein TV-Interview. Zumindest noch nicht.«

»Worum bitte dann?«

Milla merkt, dass sie die Frau aus dem Konzept gebracht hat. Gut so.

»Ich muss ihm in privater Angelegenheit ein paar Fragen stellen. Wenn er bereit ist, sich mit mir zu unterhalten, wird es in dieser Sache nicht zu einer Berichterstattung kommen.«

»Bitte drücken Sie sich etwas klarer aus.« Die Frau klingt alarmiert. Auch das ist gut.

»Richten Sie Herrn Moser bitte diesen einen Satz aus, er wird sofort wissen, worum es geht: Wenn Carole ohne Sünde ist, dann werfe er den ersten Stein.«

Der Köder ist gelegt. Jetzt kann Milla nichts anderes tun als abzuwarten, welche Reaktion ihr Spielzug auf der Gegenseite auslöst.

»Darüber muss ich mit Herrn Moser Rücksprache halten. Können Sie mir Ihre direkte Durchwahl geben?«

Die Mediensprecherin reagiert professionell. Milla nennt ihr die Büro- und ihre Handynummer.

»Ich erwarte einen Rückruf, und zwar lieber heute als morgen. Je rascher wir eine Antwort erhalten, desto zuversichtlicher bin ich, dass wir die Geschichte nicht an die Öffentlichkeit bringen müssen.«

Als Milla den Hörer aufhängt, ist ihr flau im Magen. Sie hasst es zu lügen. Sie hasst es, jemanden unter Druck zu setzen. Und doch weiß sie genau, dass sie in diesem Fall anders nicht ans Ziel käme. Falls ihr Plan aufgeht, wird sie mit Moser sprechen können. Wenn nicht, hat sie gehörigen Ärger am Hals. Milla hat keine Ahnung, wie sie das vor ihrem Chef Wolfgang rechtfertigen soll, wenn er jemals von diesem Telefonanruf erfährt.

Es dauert keine Stunde, bis Moser reagiert. Millas Handy spielt den Nik-Kershaw-Song »Wouldn't it be good«. Das Display zeigt ihr an, dass die Nummer des Anrufers unterdrückt ist. Sie geht sofort ran.

»Hier Regierungsrat Moser«, eröffnet er mit einer tiefen Männerstimme, die klingt, als würde er sie täglich mit Whisky ölen. Nur wenige vermögen es, so zu sprechen wie er. Allein die Stimme strahlt Autorität und Souveränität aus. Milla, die sonst schlagfertig und, wie einige sagen würden, ziemlich vorlaut ist, erhält keine Gelegenheit, zu Wort zu kommen. Oliver Moser macht ihr sofort klar, was Sache ist.

»Vergessen Sie Ihre Geschichte. Ich habe Carole Stein nur kurz getroffen und sie seit Monaten nicht mehr gesehen. Wenn Sie in Ihrer Sendung auch nur ein Wort darüber verlieren, hat das Schweizer Fernsehen eine Millionenklage am Hals, und Sie werden Ihren Arbeitsplatz nie wiedersehen. Wenn Sie das Gefühl haben, hier einen Skandal lostreten zu können, dann irren Sie gewaltig. Konzentrieren Sie sich gescheiter auf die relevanten Geschichten in diesem Land, davon gibt es genug, aber die pflegen Sie beim Schweizer Fernsehen ja mit stoischer Gelassenheit zu verschlafen.«

Zwei Sekunden lang bleibt Milla nach diesem Monolog still, dann wirft sie ihren letzten Köder aus. »Es geht nicht nur um Carole Stein, sondern auch um ihr ungeborenes Kind. Sie ist möglicherweise verschwunden.«

»Was sagen Sie da?«

»Ich möchte das nicht am Telefon besprechen.«

»Carole ist verschwunden? Und sie ist schwanger? Versuchen Sie es nun mit dem ganz billigen Trick?«

Milla blickt auf das Datum auf ihrer Uhr. »Ist oder war schwanger. Morgen ist der Geburtstermin.«

Oliver Moser sagt auf einmal gar nichts mehr. Milla realisiert, warum: Er rechnet.

»Sie wussten nicht, dass sie schwanger ist? Ich dachte, Sie sind der Vater des Kindes.«

»Das bin ich mit hundertprozentiger Sicherheit nicht, ich habe mich vor Jahren einer Vasektomie unterziehen lassen. Suchen Sie sich also einen anderen Dummen.«

Klick.

Er ist weg.

Milla hält noch immer das Telefon am Ohr, als vor ihr auf dem Bildschirm eine neue Mail aufleuchtet. Die Absender-Adresse ist rätselhaft: 194497294@gmx.com. Ebenso fehlt ein Name unter der Nachricht. Doch als Milla den Text in der Autovorschau liest, ist ihr sofort klar, wer der anonyme Absender ist. Ein Lächeln streift ihre Lippen, sie schüttelt kaum wahrnehmbar den Kopf. Ben hätte sich die Verdunkelungsaktion sparen können. Niemals würde sie den Arzt als ihre Quelle verraten.

Seine E-Mail enthält sieben Namen:

Matthias Springer
Markus Lüthi
Barbara Kast
Magdalena Binggeli
Sarah Fischbach
Hannah Kopernik
Bernard Dupuis

Darüber steht in fetten Lettern der Titel:

Studenten des Musiklehrers Claudio Rudelli

51

»Nathaniel Brenner?« Eine Männerstimme hallt überlaut durch das Treppenhaus.

»Wer sind Sie?«, fragt Nathaniel zurück.

»Wir sind von der Polizei, ich bin Felix Winter, wir haben miteinander gesprochen«, sagt ein zweiter Mann. Nathaniel erkennt die tiefe, väterliche Stimme sofort wieder. Er hört, dass Winter hinter dem Fremden stehen muss, der ihn als Erstes angesprochen hat. Doch Winters Anwesenheit beruhigt Nathaniel nicht.

»Nathaniel Brenner, wir bitten Sie, mit uns mitzukommen«, sagt die Stimme von vorhin.

Der Tonfall gefällt Nathaniel gar nicht. Das hört sich nicht an wie eine Bitte, sondern wie ein Befehl.

»Muss ich das?«, fragt er, den Kopf in jene Richtung gewandt, in der er Felix Winter vermutet.

Eine dritte Stimme kommt von der anderen Seite. »Entweder Sie begleiten uns freiwillig, oder wir kommen mit einem Haftbefehl wieder.«

Keine Viertelstunde später öffnet sich die Autotür, eine Hand greift nach Nathaniels Arm und zieht ihn vorsichtig aus dem Wagen. Er spürt eine Hand auf seinem Kopf, die ihn vor der Kante am Chassis schützt. Einer der Männer führt ihn in ein Gebäude hinein, wobei er sich überraschend ungelenk und unsicher anstellt. Ein Hecheln und ein Tapsen verrät Nathaniel, dass Alisha direkt hinter ihm ist.

Er erkennt am Hallen der Stimmen und der Schritte, wo er sich befindet. Er war schon einmal hier. Letzte Woche, als er mit Felix Winter gesprochen hat. Als er das erste Mal das Gefühl hatte, jemand höre ihm zu. Als er sich das erste Mal ernst genommen fühlte. Er muss sich so was von geirrt haben.

Heute steigen sie im Polizeipräsidium nicht die Treppe hoch, sondern hinab in den Keller. Das beunruhigt Nathaniel. Er denkt an die Hörbücher von James Ellroy, an denen er sich nie satthören konnte, und in denen die amerikanischen Cops stets eine hundertprozentige Geständnisquote vorweisen können. Und das nicht, weil jeder Verhaftete ein Verbrecher ist. Nathaniel versucht, sich innerlich gut zuzureden, dass es in der Schweiz und im Kanton Bern keine Prügelpolizisten gibt. Doch als ihn die Stimme, die sich im Wagen als Sandro Bandini vorgestellt hat, anweist, der Hund müsse von nun an draußen bleiben, ist sich Nathaniel dessen plötzlich nicht mehr so sicher.

»Ist Felix Winter noch da?«, fragt er.

»Ja, ich bin hier.«

»Wo bin ich?«

»Wir betreten einen Raum, ein Besprechungszimmer, wo wir uns setzen und Ihnen ein paar Fragen stellen werden.«

»Ist das ein Verhörzimmer?«

Wäre Nathaniel ein Sehender, hätte er die Frage nicht zu stellen brauchen. Der Raum, der polizeiintern nur »Das Kino« genannt wird, sieht tatsächlich so aus wie die

Verhörzimmer in den Vorabendkrimis: Mitten im Raum steht ein Tisch mit drei Stühlen. Zwei auf der einen, einer auf der gegenüberliegenden Seite. Daneben ist eine Videokamera auf ein Stativ montiert. Und hinten in der Wand ist ein Einwegspiegel eingelassen.

»Es ist ein normales Befragungszimmer«, sagt Felix Winter.

»Warum kann dann Alisha nicht mit reinkommen?«

Es bleibt einen Moment lang still. Nathaniel stellt sich vor, wie Blicke gewechselt werden.

»In Ordnung, der Hund kann mit rein«, sagt Bandini schließlich.

»Werde ich hier als Zeuge befragt, weil sie nun doch endlich wegen Caroles Verschwinden ermitteln?«

»Ja« – »Nein.«

Bandinis und Winters Stimmen vermischen sich. Einigkeit klingt anders.

»Wir haben Sie aufs Revier gebeten, weil Sie uns nicht die Wahrheit erzählt haben. Dadurch werden Sie für uns zum Verdächtigen«, sagt Bandini.

Nathaniels Miene versteinert sich. »Ich habe die Wahrheit gesagt.«

»Nein, das haben Sie nicht, aber dazu kommen wir gleich. Ich mache Sie darauf aufmerksam, dass Sie das Recht haben zu schweigen, dass alles, was Sie sagen, gegen Sie verwendet werden kann und dass Sie jederzeit einen Anwalt beiziehen können, wobei Sie allerdings das Kostenrisiko selber tragen müssen. Haben Sie das verstanden?«

»Brauche ich denn einen Anwalt?«

»Ich denke, das wird nicht nötig sein«, hört Nathaniel Felix Winter sagen.

»Können wir beginnen?«, fragt der Mann, der sich Bandini nennt.

Nathaniel nickt. Obwohl er fühlt, dass es besser wäre, gar nicht erst anzufangen. Denn es geht hier nicht um den Schrei, den er gehört hat, als er mit Carole telefoniert hat. Es geht hier um ihn.

»Beginnen wir von vorn«, sagt Sandro Bandini, nachdem sein Kollege Winter die Kamera eingeschaltet hat.

Einmal mehr erzählt Nathaniel die Geschichte, die mit einer simplen Frage nach dem blauen Hemd ihren Anfang genommen hat. Er erklärt, warum er nicht glauben kann, dass Carole bloß die Treppe hochgestolpert sei. Er berichtet, dass er sie angerufen und erkannt habe, dass die Frau eine andere Stimme hatte. Und er schließt mit der Erzählung, wie er die Frauenarztpraxis aufgesucht und was er dort erfahren hat.

»Woher wussten Sie, wer Carole Steins Frauenärztin ist?«

Nathaniel fühlt, dass sein Kopf heiß wird. Bloß nicht rot werden jetzt, denkt er.

»Sie werden rot«, sagt Bandini.

»Ich habe die Post aus Carole Steins Briefkasten geklaubt.«

»Sie haben ihre Post gestohlen?«

»Nein, ich habe sie anschließend wieder eingeworfen.«

»Als Nächstes erzählen Sie mir wohl, dass Sie die Post nur durchgelesen haben.«

»Nein, ich habe die Umschläge nicht geöffnet.«

»Jetzt stellen Sie sich nicht dumm. Sie können die Post gar nicht gelesen haben.«

»Ich habe die Umschläge fotografiert, und auf einem davon stand die Adresse der Frauenärztin.«

Nathaniel spürt, wie seine Hände feucht werden. Obwohl er alles genau so erzählt, wie es tatsächlich gewesen ist, merkt er selbst, dass er sich völlig unglaubwürdig anhört.

»Ich habe die Fotos meiner Nachbarin gezeigt«, fügt er erklärend an. »Sie hat mir die Absender vorgelesen.«

»Sie waren also in Carole Steins Haus.«

»Ja.« Nathaniel ärgert sich darüber, wie kleinlaut er klingt. »Aber es ging mir doch nur darum, herauszufinden, was ihr zugestoßen ist.«

Es ist zum Verzweifeln. Nathaniel versteht nicht, worauf dieser Bandini hinauswill. Er versteht überhaupt nicht, was das Ganze hier soll. Unruhig beginnt er, auf seinem Stuhl hin und her zu rutschen. Er möchte nur noch eines: raus hier. Zu stickige Luft. Wie soll man hier noch atmen können? Nathaniels Nervosität überträgt sich auf seine Hündin Alisha. Immer wieder hört er, wie sie aufsitzt. Mit einem »A terra!« bringt er sie dazu, sich erneut hinzulegen. Sie hechelt laut und schnell.

»Könnten Sie meinem Hund etwas Wasser geben?«, fragt Nathaniel. Sandro sagt kein Wort. Nathaniel vermutet, dass er nickt. Wenig später öffnet sich eine Tür, jemand stellt Alisha einen Trinknapf hin, den sie geräuschvoll zur Hälfte leert. Spätestens jetzt ist Nathaniel sicher, dass er in einem Verhörraum sitzt. Sandro Bandini muss jemandem ein Zeichen gegeben haben, dass er Wasser bringen soll. Sie werden also beobachtet. Wahrscheinlich ist in der Wand ein Venezianischer Spiegel eingebaut, durch den man nur von einer Seite her hindurchsehen kann.

»Wann waren Sie in Carole Steins Haus?« Sandro Bandini setzt die Befragung exakt dort fort, wo er aufgehört hat.

»Das war vor etwa fünf Tagen.«

»Sind Sie schon früher mal da gewesen?«

»Nein. Ich kannte Carole Stein ja gar nicht.«

»Sie kannten Carole Stein also nicht.«

»Nein, das habe ich Ihnen schon gesagt.«

»Und Sie bleiben dabei?«

»Natürlich bleibe ich dabei.«

»Gut. Oder eben auch nicht.«

Nathaniel wartet auf die nächste Frage. Aber sie kommt nicht. Hinter sich hört er das Ticken einer Uhr. Sie klingt müde. Schließlich räuspert sich Sandro Bandini.

»Herr Brenner, ich kenne *Ihren* Fall. Felix Winter war damals am Tatort, ich habe die Akten gelesen.«

Nathaniel wird augenblicklich schwindlig. Seine Hand sucht Alishas Kopf und beginnt ihn zu kraulen, als könne er sich damit selbst beruhigen. Es gefällt ihm nicht, wie sich das Gespräch in diesem Polizeikeller entwickelt. Es gefällt ihm ganz und gar nicht.

»Wir wissen, dass Sie Schweres durchgemacht haben.«

Nathaniel will raus aus diesem Raum, raus aus dieser Szene.

»Ich habe auch das psychiatrische Gutachten über Sie gelesen.«

Nathaniel beginnt, seinen Oberkörper hin und her zu wiegen. Er will das nicht hören, er will es nicht wissen, will es nicht erfahren, nicht hier und nicht jetzt und nicht unter diesen Umständen.

»Sie wissen, was Ihre Therapeutin damals über Sie geschrieben hat?«

»Nein!« Nathaniel hält sich die Ohren zu. Er spürt Tränen in seinen Augen, auf seinem Gesicht. Jemand, Winter oder Bandini, reißt ihm seine Hände vom Kopf weg.

»Hören Sie mir zu, und beantworten Sie meine Frage: Selbst wenn Sie den Inhalt des Gutachtens nicht kennen wollen – an Ihre Psychiaterin werden Sie sich aber wohl erinnern?«

»Das ist alles sehr lange her.«

»Ist es richtig, dass Sie von Doktorin Gabriela Stein behandelt wurden?«

Nathaniel nickt.

»Und dass die Therapiestunden in der Praxis stattgefunden haben, die sie in ihrem Wohnhaus eingerichtet hatte?«

»In ihrer Praxis, ja.«

»Behaupten Sie noch immer, dass Sie Carole Stein nicht gekannt und nie getroffen haben?«

»Ja! Ich kann Ihnen nichts anderes sagen, sonst müsste ich lügen. Ich. Habe. Sie. Nicht. Gekannt.«

»Dann wollen Sie wahrscheinlich auch nicht gewusst haben, dass Carole Stein die Tochter von Gabriela Stein ist. Von Ihrer Psychiaterin Gabriela Stein, die vor sechs Monaten unter seltsamen Umständen tödlich verunglückt ist.«

52

Sie wird hier sterben. Sie möchte sich aufbäumen, möchte kämpfen, möchte einen neuen Plan aushecken, wie sie ihren Peiniger überraschen und überwältigen könnte. Sie möchte stark sein. Doch sie kann nicht mehr. Die Kraft ist weg, ist aus ihr herausgeflossen und versickert. Verloren gegangen. Ihr Körper eine leere Hülle. Ihr Geist taub und fast schon tot. Müde. Todmüde. Sterbensmüde. Jede Bewegung strengt sie an, und die Schmerzen im Bauch werden schlimmer. Alles ist ohne Sinn. Sie wird sterben hier, irgendwie ist es auf einmal okay. Alles ist okay, wenn es nur bald vorbei ist. Man muss loslassen können, um Neues in die Hand zu nehmen, das hat ihre Mutter immer gesagt, Carole denkt daran mit einer faden Bitterkeit. Das Leben loslassen. Sie will nicht mit bitteren Gedanken sterben. Sie möchte nur noch an Schönes denken zum Schluss. Doch es geht nicht. Nur eines ist ihr noch wichtig: dass Silas überlebt.

Der Böse ist heute noch nicht gekommen. Sie hat Durst. Sie hat Hunger. Sie will ihm sagen, dass sie aufgegeben hat. Dass sie nur eine einzige letzte Bitte hat: Er muss Silas leben lassen. Silas soll glücklich werden. Und der Böse soll ihm von seiner Mutter erzählen. Sie möchte, dass Silas weiß, wer sie war.

Hätte sie Licht, Papier und Stift, sie würde alles aufschreiben, was sie ihrem Sohn nie wird sagen können. Dass er ein absolutes Wunschkind ist. Dass er das Wertvollste auf der Welt ist. Dass er eine wunderbare Oma gehabt hat. Dass er nicht nur einen, sondern fünf Väter hat. Dass er mutig sein soll. Dass er stark sein soll. Dass ihn seine Mutter geliebt hat, auch wenn sie nicht genug Kraft hatte zum Schluss, als es darum ging zu überleben. Dass er ihr deswegen nicht böse sein darf. Weil sie alles versucht hat. Dass sie bestimmt keine perfekte Mutter gewesen wäre, dass sie aber alles für ihn getan hätte. Alles. Dass sie nicht weiß, wer ihnen das hier angetan hat. Wer schuld daran ist, dass sie nie eine Familie sein können. Dass sie nie ein gemeinsames Leben führen werden.

Wenn sie all dies schon nicht aufschreiben kann, könnte sie für Silas vielleicht alles auf Band sprechen. Ihre Stimme aufnehmen, wenigstens das. Die Stimme einer toten Mutter. Die dem groß gewordenen Silas sagen würde, wie sehr sie ihn geliebt hat, obwohl sie ihn nie kennenlernen durfte.

Sie wird den Bösen darum bitten. Er wird ihr keine Antwort geben. Er gibt ihr nie Antworten. Sie redet ins schwarze Nichts hinein, es macht keinen Unterschied, ob er im Raum ist oder nicht. Nie kommt etwas zurück. Carole hofft, dass er nur der Vollstrecker ist, der die Drecksarbeit für jemand anderen macht. Dass ihr Sohn nicht mit diesem kalten Menschen wird leben müssen, der keine Gefühle kennt.

Könnte sie doch Silas nur eine Erinnerung an seine Mutter bewahren. Selbst wenn es nur die Aufnahme ihrer Stimme ist. Sie würde ihm sagen, dass es ihr leidtut, sich entschuldigen, dass sie versagt hat.

Versagt. Verloren. Dabei hatte sie immer gedacht, sie

gehöre zu den Gewinnerinnen. Sie sei eine Kämpferin. Sie hat sich geirrt. Sie ist zu schwach, um ihr Kind zu retten, zu schwach, um zu überleben. Vielleicht hat sie es nicht anders verdient.

Der Böse hat sie ausgesucht, weil er wusste, dass sie eine Verliererin sein wird.

Wo bleibt er bloß? Sosehr sie ihn hasst, so sehr wünscht sie sich, dass er endlich wiederkommt. Durst und Hunger schmerzen jetzt. Ihre Kehle ist rau. Der Geschmack von Blut und Eisen liegt ihr im Hals. Vergeblich versucht sie, Speichel im Mund zu sammeln und zu schlucken; es gibt keinen Speichel mehr, ihr Inneres ist ausgetrocknet. Eine Wüste. Tot. Nur etwas regt sich noch in ihr. Ihr Baby.

Sie spürt den Schmerz kommen. Er überrollt sie. Wie eine Welle. Und zerreißt sie.

Ihr Schrei.

Frisst die Stille.

53

Milla liest die Nachricht, die ihr Ben anonym geschickt hat, noch einmal durch. Fast alles sind geläufige Namen; das bedeutet, es wird schwierig sein, Rudellis Opfer ausfindig zu machen, weil es bestimmt mehrere Personen gibt, die gleich heißen. Sie tippt »Markus Lüthi« in die Suchmaske des Online-Telefonbuchs, das sofort eine ganze Liste von Markus Lüthis ausspuckt. Allein in der Stadt Bern gibt es acht davon, im ganzen Kanton sogar siebenunddreißig.

Sie versucht es mit Hannah Kopernik, diesen Namen wird es hoffentlich nur einmal geben, ihr ist er auf jeden Fall noch nie begegnet. Sie fragt sich, woher der Nachname wohl stammt. Österreich, wahrscheinlich, oder aus einem Land noch weiter im Osten. Sie schreibt den Namen in die Suchmaske. Kein Resultat. »Mist«, sagt Milla laut. Sie sucht Hannah Kopernik auch auf Facebook vergebens. Und die allgemeine Suche auf Google bringt sie auch nicht weiter. In der virtuellen Welt scheint Hannah Kopernik nicht zu existieren. Also muss sich Milla doch an die Nullachtfünfzehn-Namen wagen und notfalls Dutzende von Nummern der Martin Springers oder der Barbara Kasts durchtelefonieren. Bei einer Recherche braucht es manchmal neben einer Portion Glück auch Fleiß und Hartnäckigkeit, um ans Ziel zu gelangen. Da

Milla über beide Eigenschaften verfügt und von jeher das Glück auf ihrer Seite weiß, greift sie zum Hörer und startet ihre Suche nach einem Opfer des Musiklehrers Claudio Rudelli. Sie beginnt bei Martin Springer.

Keine fünf Minuten später der erste Treffer.

»Ich bin Journalistin bei der Sendung ›Wochenthemen‹ und bin …«

»Ich weiß, wer Sie sind«, unterbricht Springer. »Und ich kann mir denken, warum Sie anrufen. Und nein, ich spreche nicht mit den Medien.«

Dann ist die Leitung tot. So viel zum Thema, dass das Glück immer auf meiner Seite steht, denkt Milla. Sie überspringt den Namen »Markus Lüthi« und gibt »Barbara Kast« ins Online- Telefonbuch ein. Frauen sind meist eher bereit, ihre Geschichte zu erzählen. Vielleicht, weil es Männern schwerer fällt einzugestehen, dass sie zu Opfern geworden sind.

Die dritte Barbara Kast ist diejenige, die Milla gesucht hat.

»Ja, ich wäre gerne bereit, darüber zu reden«, sagt sie, als Milla ihr erklärt hat, warum sie anruft. »Aber ich kann nicht.«

»Warum nicht?«

»Ich habe niemandem davon erzählt, dass ich HIV-positiv bin. Ich habe Angst vor den Reaktionen in meinem Umfeld.«

»Das verstehe ich«, beruhigt sie Milla. »Noch immer haftet dieser Krankheit ein Stigma an. Leider denkt ein Großteil unserer Gesellschaft in veralteten Klischees und hat bis heute nicht begriffen, dass Aids eine Krankheit ist wie andere auch, und dass sie jeden von uns treffen kann. Aber gerade darum ist es wichtig, das Tabu-Thema aufzugreifen – und darüber zu sprechen, statt es totzuschweigen.« Ihr Talent in Sachen Überredungskunst ist eine weitere Eigenschaft, die Milla als Journalistin auszeichnet. Als sie Barbara Kast zudem verspricht, dass das Interview in anonymisierter Form aufgenommen und niemand sie erkennen wird, ist sie bereit, vor die Kamera zu treten.

Keine drei Stunden später schleppen Milla und Ivan ihre Ausrüstung hoch in den fünften Stock eines alten Wohnhauses im Berner Länggassquartier. Stativ, Scheinwerfer, Kamera, Tonkoffer, Leinwand. Manchmal wünscht sich Milla, sie könnte wie ihre schreibenden Kollegen mit einem einfachen Schreibblock oder Diktiergerät arbeiten und auf all die Technik verzichten. Ihnen fällt es auch viel einfacher, eine Auskunftsperson zu anonymisieren.

Die Frau, die ihnen oben an der Treppe die Tür öffnet, hat all ihre Farbe verloren. Müsste man sie malen, würde man mit ein paar Grautönen und etwas Braun auskommen. Braun für die gekrausten Haare, die erst vereinzelt von hellen Strähnen durchzogen sind. Selbst die Augen der Frau sind nebelschwadengrau, ihre Haut wirkt durchsichtig fahl. Blutleer, als hätte man der Frau all ihre Energie entzogen. Sie sieht aus, als wäre sie innerhalb von kurzer Zeit um viele Jahre gealtert.

Milla ist überrascht, dass Barbara Kast ein herzliches Lachen zur Begrüßung zustande bringt. Doch die Hand, die sie ihr reicht, fühlt sich an wie ein feuchtes Laubblatt.

Es dauert fast zwanzig Minuten, bis Ivan alles aufgebaut hat. Dann bittet er Barbara Kast, die mitgebrachte

Perücke mit langem, glattem Haar aufzusetzen, damit nicht mal ihr Lockenkopf zu erkennen sein wird, und hinter der Leinwand Platz zu nehmen. Barbara Kast muss sich so hinsetzen, dass einzig der Schatten ihres Profils zu sehen ist, den ein Scheinwerfer auf die Leinwand projiziert. Dank den anderen Haaren wird sie so selbst von ihren Verwandten nicht zu erkennen sein, und die Stimme werden sie im Nachhinein am Schnittplatz verändern oder allenfalls gar synchronisieren.

»Kamera läuft«, sagt Ivan.

Und Milla macht etwas, das sie nur selten tut: Sie stellt keine Fragen.

»Am besten erzählen Sie einfach mal, was Ihnen widerfahren ist«, sagt sie stattdessen.

Mit seltsam emotionsloser Stimme berichtet Barbara Kast, wie sie durch ein Inserat auf Rudellis Musikschule aufmerksam geworden sei. Wie begeistert sie von seinen Lehrmethoden war. Dass sie am Anfang schnelle Fortschritte gemacht hat, obwohl sie befürchtet hatte, viel zu alt zu sein, um ein neues Instrument zu erlernen. Wie er dann aber plötzlich mit ihren Lernfortschritten nicht mehr zufrieden war. Und ihr nahegelegt hat, bei ihm eine Akupunkturtherapie zu machen, »damit die Musik wieder fließen kann«. Wie sicher und behütet sie sich gefühlt hat in dem abgedunkelten Zimmer, mit den Kerzen überall, der leisen Musik im Hintergrund. Und dass sie sich nichts dabei gedacht hat, als sich die Akupunktur so ganz anders angefühlt hat als Jahre zuvor, als sie sich wegen eines steifen Knies mit den Nadeln hatte stechen lassen. Er setzte nur einen einzigen Stich. Wie die Spritze beim Arzt. Hinten in ihren Nacken, als sie auf dem Bauch auf der Liege lag.

Und dann, wenig später, diese heftige Grippe.

Und schließlich die schreckliche Diagnose, die für sie selbst absolut nicht erklärbar war.

»Wie war das für Sie?«, fragt Milla, als Barbara Kast ihre Erzählung beendet hat.

»Es fühlte sich an wie das Ende der Welt.«

»Können Sie mir etwas über Claudio Rudelli sagen, wie er ist, als Mensch?«

»Zuerst dachte ich, er sei ein Genie, ein Erleuchteter.« Zum ersten Mal ist ihre Stimme nicht mehr fest. Erst jetzt ist Barbara Kast anzuhören, dass sie nicht die Geschichte einer Fremden erzählt, sondern dass es hier um ihr eigenes Schicksal geht. »Heute weiß ich: Er ist ein Teufel.«

Während Milla Ivan dabei hilft, Scheinwerfer und Leinwand abzubauen, verrichten sie ihre Arbeit schweigend. In ihrem Beruf begegnen sie den unglaublichsten, schrägsten, bezauberndsten, spannendsten, irrsten Geschichten, was ihn – zumindest aus Millas Sicht – zum besten Beruf der Welt macht. Doch manchmal werden sie auch mit schrecklichsten Lebensgeschichten konfrontiert. Oft ist es schwierig, die Distanz zu wahren. Gleichzeitig ist Milla froh, dass die Schicksale sie nach all den Jahren im Job noch immer berühren und bewegen. Denn es zeigt ihr, dass sie noch nicht abgestumpft ist wie viele andere ihrer Kolleginnen und Kollegen.

Bevor sich Milla verabschiedet, zeigt sie Barbara Kast die Namensliste, die sie per Mail erhalten hat, und fragt, ob sie noch mit jemandem Kontakt habe oder ob sie über die Telefonnummern der anderen Opfer verfüge.

Barbara Kast liest die Namen aufmerksam durch.

»Bernhard Scherrer und Markus Lüthi kenne ich nicht«,

sagt sie, »die Namen Sarah Fischbach und Hannah Kopernik kommen mir bekannt vor.«

»Haben Sie die Nummern der beiden Frauen?«

»Nein, die habe ich leider nicht.«

Als Milla und Ivan wenig später in der Nähe der Beaulieustrasse vorbeifahren, bittet sie ihn, einen kurzen Umweg einzuschlagen. Sie will rasch bei Nathaniel vorbeischauen. Er hatte sich eigentlich gleich wieder melden wollen, nachdem das Telefongespräch heute früh so abrupt durch das Geklingel an seiner Tür unterbrochen worden war. Doch das hat er nicht getan. Vielleicht hat sie Glück, und er ist daheim. Sie nimmt immer zwei Stufen auf einmal auf dem Weg hoch zu seiner Wohnung.

Als sie auf den Klingelknopf drückt, weiß sie sofort, dass er nicht zu Hause ist; es ertönt kein Gebell. Als sie die Treppe wieder hinabrennt, öffnet sich auf dem nächsten Absatz eine Tür. Ein faltiges Gesicht erscheint im Spalt. Sorgen spiegeln sich darin.

»Sie wollen zu Nathaniel Brenner?«, fragt die alte Frau.

»Ja, aber er ist nicht zu Hause.«

»Sind Sie eine Freundin?«

»Ja, das bin ich.«

»Sind Sie etwa diese Journalistin?«

»Ja, ich bin Milla Nova, warum?«

»Gut, dass Sie hier sind«, sagt die Frau, die sich noch immer nicht vorgestellt hat. »Sie müssen Nathaniel helfen. Er wurde heute Morgen verhaftet!«

54

Nathaniel sitzt in einer Zelle. Metalltüren, die zugeschlagen werden. Dröhnende Männerstimmen. Hallende Schritte und das Rasseln von schweren Schlüsselbunden. Er wurde mit einem Wagen hierhergebracht, die Fahrt dauerte keine fünf Minuten. Felix Winter hat ihm versprochen, seine Hündin bei seiner Nachbarin Veronika in Obhut zu geben. Nathaniel ist niemand anderes eingefallen, der sich um Alisha kümmern könnte. Felix Winters Stimme klang, als hätte er ein schlechtes Gewissen, als sei er nicht damit einverstanden, dass Nathaniel in diese Zelle gesteckt wird. Es handle sich um eine »vorläufige Festnahme«, hatte Bandini gesagt. Weil sie ihn verdächtigten, dass er etwas mit Caroles Verschwinden zu tun habe und sie ihn ein weiteres Mal befragen müssten. Er könne sich so lange überlegen, ob er doch noch die Wahrheit sagen wolle.

Die Wahrheit.

Nathaniel tastet das Brett ab, das wohl sein Bett sein soll. Er sitzt auf einer harten Matratze, dahinter eine Wand. Er fröstelt. Die Kälte steckt tief in ihm drin, als sei seine Seele gefroren.

Die Wahrheit.

Er erinnert sich an seine Psychiaterin. Ein Jahr nach dem Unfall hatten sie ihn zu ihr geschickt, er war gerade erst aus dem Spital entlassen worden. Gabriela Stein. Da war dieser Flur, in dem er jeweils hatte warten müssen, auf einem altmodischen Sofa. Der Stoff hatte ein aufgeprägtes Muster, auf dem er mit seinen Fingern entlangfahren konnte, die Lehnen waren aus geschwungenem Holz. Seltsam, dass er sich besser an das Vorzimmer erinnert als an die Therapiestunden selbst. Elf war er damals gewesen. Er hatte nicht viel mit der Frau geredet. Weil er wusste, dass sie ihn nicht verstehen würde. Niemand verstand ihn.

Ein paar Jahre später musste er wieder hin. Wegen dieser Sache in der Blindenschule. Weil sie behaupteten, er habe Pablo ein Messer in den Oberschenkel gerammt, mit Absicht. Doch er war unschuldig, es handelte sich um eine Verwechslung, aber sie haben ihn trotzdem wieder zu Gabriela Stein geschickt. Das Sofa stand immer noch da. Der leicht staubige Geruch des Flurs hatte sich nicht verändert. Die Sitzungen auch nicht, nur dass er beim zweiten Therapieversuch überhaupt nicht mehr den Mund aufgemacht hat. Sie wollte ständig über seinen Vater sprechen. Er wollte das nicht. Will es immer noch nicht. Es geht einfach nicht.

Sie soll Caroles Mutter gewesen sein. Seltsam. Der Zufall spielt uns immer wieder Streiche. Ob er Carole einmal begegnet ist? Nein, da war kein Kind. Carole ist wohl jünger als er. Sie hätte ein kleines Mädchen sein müssen, damals. Da ist keine Erinnerung. Keine Kinderstimme, kein ausgelassenes Lachen, nichts, das auf eine Tochter schließen ließ. Überhaupt kann er sich nicht vorstellen, dass Gabriela Stein eine Familie gehabt haben soll. Sie erschien ihm geschlechtslos, eine Psychiaterin halt. Dass auch ein Seelenklempner ein Privatleben führt, lag damals außerhalb seiner Vorstellungskraft. Wie eigenartig, dass sie Caroles Mutter war. Und dass sie tot sein soll.

Bandini hat ihm nicht gesagt, woran sie gestorben ist. Sehr alt kann sie noch nicht gewesen sein. Unter mysteriösen Umständen, waren das Bandinis Worte?

Oder ist er der kleinen Carole doch begegnet, irgendwann? Ist das alles wirklich Zufall? Nathaniel weiß, dass er diese Momente hat, die kommen und wieder gehen. Aber er würde nie jemandem etwas zuleide tun. Wie kann die Polizei bloß glauben, dass er etwas mit Caroles Verschwinden zu tun haben könnte? Was weiß die Polizei, das er nicht weiß?

55

Manchmal fühlt sich sein Job an, als fahre er ungebremst gegen eine Wand, zum Beispiel gerade jetzt. Im Fall des Aids-Heilers sind Sandro Bandini im Moment die Hände gebunden. Er muss auf den Entscheid des Zwangsmaßnahmengerichts warten, ob er Rudelli endlich wieder in Untersuchungshaft nehmen kann. Und die Befragung Nathaniel Brenners hat ihn auch keinen Millimeter vorwärtsgebracht. Noch immer ist Sandro nicht mal sicher, ob er sich nicht total verrannt hat. Schwanger oder nicht schwanger – vielleicht liegt hier gar kein Verbrechen vor. Vielleicht hatte Carole Stein die Geburt schon hinter sich, als er sie zu Hause angetroffen hat. Und vielleicht ist sie gar nie schwanger gewesen. Womöglich ist auch diese Geschichte bloß ein Hirngespinst des Blinden. Eine Wahnvorstellung, was nicht auszuschließen ist aufgrund der einstigen Diagnose seiner verstorbenen Psychiaterin. Und dass es sich bei der Verschwundenen ausgerechnet um die Tochter von Gabriela Stein handelt … Sandro glaubt nicht an Zufälle.

Er blickt auf die Uhr. Er muss mit der Frauenärztin sprechen, die Nathaniel angeblich aufgesucht hat. Er will wissen, ob der Blinde die Wahrheit gesagt hat – und ob sie tatsächlich bezeugen wird, dass Carole verschwunden sein soll. Sandro wählt die Nummer der gynäkologischen Praxis von Chantal Tischler, in der Hoffnung, dass sie ihn zwischen zwei Terminen kurz empfangen kann. Sie kann: Die Stichworte »Carole Stein« und »Polizei« genügen, offensichtlich hat sie bereits mit einem Anruf gerechnet.

Zwanzig Minuten später fährt Sandro mit seinem Dienstwagen bei ihrer Praxis vor. Die Frau, die ihn empfängt, sieht überhaupt nicht aus wie eine Ärztin. Sie trägt Jeans, ein modisches Shirt sowie einen frechen roten Krauskopf. Ihre Augen blicken wach. Sie bittet Sandro in ihr Sprechzimmer, wo er am Pult neben dem Behandlungsstuhl Platz nimmt.

»Genau, so sieht dieses Ding aus«, sagt Chantal Tischler schmunzelnd, als sie den verstörten Blick sieht, mit dem Sandro Bandini den Gynäkologenstuhl betrachtet.

»Ich habe tatsächlich noch nie so einen im wirklichen Leben gesehen.«

Sie müssen beide lachen. Sie, weil der smarte Polizist vor ihr leicht errötet. Er, um seine Verlegenheit zu überspielen.

»Ich hatte das Gefühl, dass Sie meinen Anruf erwartet haben«, wechselt er schnell das Thema.

»Das habe ich. Der blinde Mann hat mir gesagt, dass sich die Polizei bei mir melden wird.«

Nathaniel Brenner war also tatsächlich hier, denkt Sandro.

Die Gynäkologin erzählt ihm dasselbe, das sie zuvor Nathaniel gesagt hat; dass der Geburtstermin von Caroles Kind in genau diesen Tagen ansteht, dass ihre Patientin die letzte Untersuchung ohne eine Nachricht habe ausfallen lassen und anschließend am Telefon ihrer Assistentin erklärt habe, dass sie den Arzt gewechselt habe.

»Kommt das oft vor?«, fragt Sandro.

»Das ist bis jetzt noch nie passiert, nicht ein einziges Mal. Um ehrlich zu sein: Ich habe ein ungutes Gefühl. Ich kenne Carole Stein seit vielen Jahren, und es passt überhaupt nicht zu ihr, einen Termin sausen zu lassen und einen anderen Arzt aufzusuchen.«

»Haben Sie dafür eine mögliche Erklärung?«

»Nein, eigentlich nicht.«

Sandro lässt den Satz im Raum hängen. Er wartet schweigend auf eine Fortsetzung.

»Wissen Sie, Carole Stein war nicht eine Nullachtfünfzehn-Patientin. Keine, die mit einem frisch angetrauten Ehemann an ihrer Seite zu den Untersuchungen erscheint.«

Wieder wartet Sandro ab. Aber es kommt nichts mehr. Darum hakt er nach. »Wie meinen Sie das?«

»Ist das hier eine offizielle Ermittlung?«, fragt Chantal Tischler zurück.

Jetzt ist es Sandro, der zögert. Denn noch gibt es keinen offiziellen Fall »Carole Stein«. Noch hat er kein Team zusammengestellt, das nach einer vermissten schwangeren Frau sucht. Noch versucht er erst herauszufinden, ob es überhaupt eine Vermisste gibt.

»Nein«, sagt er schließlich. »Und ich hoffe, dass sich alles aufklären wird und wir nicht zu ermitteln brauchen.«

»Dann kann ich Ihnen leider keine weiteren Angaben über Carole Stein machen. Ich unterstehe dem Arztgeheimnis.«

Innerlich stößt Sandro einen Fluch aus, äußerlich lässt er sich nichts anmerken. »Nathaniel Brenner, der Sie aufgesucht hat: Er glaubt, Carole sei etwas zugestoßen.«

»Das hat er mir erzählt, ja.«

»Wie wirkte er auf Sie?«

»Sie meinen, ob ich ihm geglaubt habe?«

Sandro nickt.

»Im ersten Moment hörte sich seine Geschichte abstrus an. Aber ich wüsste nicht, warum jemand so etwas erfinden sollte.«

Sandro weiß, dass es durchaus Gründe gibt, warum jemand seltsame Geschichten erfindet. Aber er spricht seinen Gedanken nicht laut aus.

»Sie halten Nathaniel für glaubwürdig?«, fragt er stattdessen nach.

»Ist das nicht eher Ihre Aufgabe, herauszufinden, ob jemand glaubwürdig ist?«

56

Carole denkt an ihre Mutter. Sie fragt sich, ob sie sie wiedersehen wird. Oder ob es so etwas gibt wie ein Nirwana, in dem die Seelen der Verstorbenen stranden oder landen oder glücklich werden. Carole ist ein Kopfmensch, ist es immer gewesen, obwohl sie manchmal lieber ein Bauchmensch gewesen wäre. Aber sie kann ihren Verstand nicht ausschalten. Auch jetzt nicht. Und ihr Verstand sagt ihr, dass sie das, was sie jetzt gerade denkt, nur denken kann, weil ihr Hirn durchblutet ist, weil ihr Herz das Blut durch ihren Körper pumpt, weil sie ihren Organismus durch ihr Atmen mit genügend Sauerstoff versorgt. Und dass, wenn dieser Körper nicht mehr sein wird, auch nichts mehr da sein wird, das denken kann. Sie stellt sich den Tod so vor, als würde man das Licht ausschalten: Klick. Aus, vorbei.

Ihre Mutter sah das freilich anders, obwohl oder vielleicht gerade weil sie Psychiaterin war. Ihre Mutter war überzeugt, dass es in irgendeiner Form weitergeht nach dem Leben. Weil der Mensch mehr sei als der Körper. Ihre Mutter hat nach dem Tod von Freunden oder Verwandten immer und überall Zeichen gesehen, die sie als Beweis wertete, dass die Toten über den Tod hinaus noch immer existieren. Und dass man ihnen nah sein kann. Bis zuletzt hat ihre Mutter mit ihrer eigenen Mutter Gespräche geführt, obwohl Caroles Oma vor fast zwanzig Jahren gestorben ist. Manchmal hat Caroles Mutter unvermittelt laut gelacht – und auf den verwunderten Blick der Tochter erklärt, Großmutter habe gerade einen ihrer trockenen Kommentare beigesteuert.

Großmutter. Die Erinnerung fühlt sich an, als sei sie wieder mittendrin in diesem Moment, sie spürt ihr Herz pochen, spürt ihre Verunsicherung, als wäre sie wieder dort, an diesem traurigen Ort. Carole sieht sich selbst als Kind auf dem Friedhof stehen. Es ist eisig kalt, ihr Atem bildet Wolken, und unter ihren Schuhen knirscht der Schnee. Sie blickt in das offene Grab, tief unten der Sarg, in dem die Großmutter liegen soll, was sie sich aber nicht vorstellen kann, weil es in der Kiste kalt sein muss und unbequem und dunkel. Die Worte, die der Pfarrer spricht, versteht sie nicht, zu sehr nimmt der Anblick des Sarges sie gefangen. Als es plötzlich still wird, nimmt ihre Mutter ihre Hand, in die andere Hand drückt sie ihr eine Blume. Eine Rose aus Großmutters Garten, und sie weiß, sie muss sie nun auf den Sarg in das Grab werfen, aber es geht nicht, sie ist wie versteinert, ihr Arm wiegt zentnerschwer. Also nimmt die Mutter ihr die Rose wieder aus der Hand und wirft sie selbst in die Grube. Carole hört das Geräusch, der harte Stiel, der auf das Holz trifft, leiser als ein Klacksen, aber doch ein Geräusch, das sie ihr ganzes Leben lang nie vergessen hat.

Bald wird sie selbst dort unten liegen. In einem Sarg, in dem es kalt und unbequem und dunkel ist. Und es wird niemand da sein, der Rosen auf sie hinabwirft. Weil es da niemanden mehr gibt. Eine ausgestorbene Familie.

Sie wird wenigstens erfahren, wer recht hatte, sie oder ihre Mutter. Auf einmal wünscht sich Carole, dass sie sich irrt. Dass ihre Mutter es besser wusste. Dass es mit dem Tod nicht zu Ende ist. Dass sie irgendwie mitbekommen wird, wie ihr Sohn aufwächst. Dass sie ihm Zeichen schicken kann. Dass der Tod zwar ihren Körper kriegt, aber nicht sie selbst.

Carole versucht, tief in sich hineinzulauschen, ob sie etwas spürt, ob da irgendetwas ist, ein Gefühl, ein Gedanke, dass ihre Mutter ihr nahe ist. Das wäre der Moment, denkt Carole, um mir ein Zeichen zu schicken. »Mutter«, sagt sie laut. »Beweis es mir. Beweis mir, dass es dich irgendwo noch gibt.« In jedem anderen Augenblick würde sich Carole lächerlich vorkommen, ihre tote Mutter um ein Zeichen zu bitten. Jetzt wartet sie darauf, dass etwas geschieht. »Mutter, bitte!«

57

Mindestens sieben Mal hat Milla versucht, Sandro anzurufen. Er ist nie rangegangen. Vier Nachrichten über WhatsApp hat sie ihm geschickt, keine hat er beantwortet. Er hat sie noch nicht mal gelesen. *Stimmt es, dass Nathaniel verhaftet wurde, stecken du und deine Leute dahinter?*, wollte sie in der ersten Nachricht wissen. *Was fällt dir eigentlich ein, Nathaniel zu verhaften, du liegst so was von falsch, wenn du ihn verdächtigst!!!! Wessen verdächtigst du ihn überhaupt?*, fragte sie in der zweiten. Minuten später schrieb sie: *Bist du von allen guten Geistern verlassen? Anders kann ich es mir nämlich nicht erklären, dass du einen unschuldigen Blinden festnimmst!* Und schließlich ließ sie ihren Freund wissen: *Melde dich endlich, oder wir sind geschiedene Leute!*

Milla kocht vor Wut. Dass Sandro derart beharrlich schweigt, macht das Ganze nicht besser.

Eigentlich hätte sie mit ihrem Kameramann Ivan zurück nach Zürich fahren müssen, sie sollte an ihrem Nachfolge-Bericht über den Aids-Heiler arbeiten, das Material von heute Morgen sichten und die besten Interviewschnipsel mit Barbara Kast markieren. Aber das geht nicht, sie ist zu aufgewühlt. Darum hat sie Ivan alleine zurückgeschickt und sitzt nun auf dem altertümlichen Sofa in Veronikas Wohnung. Nathaniels Nachbarin hat ihr gleich das Du angeboten. Vor ihnen steht eine Kanne Tee, Dampf steigt aus ihr auf. Unter dem Tisch liegt Alisha mit todtraurigem Hundeblick, als wäre ihr Herrchen heute Morgen nicht von der Polizei abgeführt, sondern standesrechtlich erschossen worden. Milla starrt unentwegt auf ihr Telefon, in der Hoffnung, dass Sandro ihr doch noch eine Nachricht schickt. Veronika strickt trotz ihres bandagierten Handgelenks an einem undefinierbaren Kleidungsstück, in einem Tempo, als müsse sie einen Geschwindigkeitsrekord aufstellen. Das emsige Gegeneinanderklacksen der Nadeln bringt Milla fast um den Verstand.

»Stricken beruhigt mich«, entschuldigt sich Veronika, als sie Millas Blick auffängt. »Ich kann grad nicht anders. Ich bin zu aufgeregt.«

»Und du bist sicher, dass er nicht einfach zu einer Zeugenbefragung abgeholt worden ist?«

»Dann hätte mir dieser Polizist kaum Alisha vorbeigebracht.«

»Hat er gesagt, wie lange du hundesitten musst?«

»Er meinte, er wisse nicht, ob und wann Nathaniel wieder gehen könne.«

»Nathaniel hat sich nichts zuschulden kommen lassen. Sie können ihn nicht länger als achtundvierzig Stunden festhalten.«

»Natürlich hat er nichts angestellt.«

Veronika sagt es nicht mit der gleichen Überzeugung wie Milla, in ihrer Stimme schwingt eine leise Unsicherheit mit. Doch Milla nimmt sie nicht wahr. Beide nippen vorsichtig am Tee, der eigentlich noch zu heiß ist.

»Wie gut kennst du Nathaniel?«, fragt Veronika nach einer Pause.

»Einigermaßen. Wir haben vier Tage miteinander verbracht, als ich den Filmbeitrag über ihn realisiert habe. Da führten wir natürlich lange Gespräche. Er hat jetzt wieder Kontakt zu mir gesucht, weil diese Geschichte mit Carole passiert ist.«

»Was auch immer das für eine Geschichte ist …«

Jetzt hört Milla die Skepsis, die in Veronikas Stimme mitklingt. »Du glaubst ihm nicht?«, fragt sie überrascht.

»Doch, doch, ich glaube ihm. Ich glaube ihm, dass er meint, dass Carole etwas zugestoßen sei.«

»Aber?«

»Ach nichts. Es ist einfach eine seltsame Geschichte, das ist alles.«

Einen Moment lang sagen die beiden Frauen kein Wort. Milla checkt ihr Handy, Veronika greift zu ihrer Strickarbeit. Schon klackern wieder die Nadeln. Es bringt nichts, hier rumzusitzen und abzuwarten, denkt Milla und erhebt sich mit einem Räuspern.

»Ich muss dann mal wieder.«

Bevor sie sich voneinander verabschieden, verspricht Veronika Milla, sich sofort bei ihr zu melden, falls sie etwas von Nathaniel hört.

Noch im Treppenhaus versucht Milla erneut, Sandro zu erreichen, und lässt vor Schreck beinahe das Telefon fallen, als er tatsächlich rangeht.

»Du scheinst ja ziemlich auf hundertachtzig zu sein«, sagt er zur Begrüßung.

Milla findet es nicht lustig. »Ist es wirklich wahr?« Mehr sagt sie nicht.

»Ja, ich musste es tun. Aber lass uns nicht am Telefon darüber reden. Hast du Zeit für einen Abstecher ins Adriano's?«

Es ist erst später Nachmittag, und Zeit hat sie eigentlich nicht. Auch durchschaut sie Sandros Vorschlag: Er will sich an einem öffentlichen Ort mit ihr treffen, damit sie nicht allzu laut werden kann. Obwohl es ihrer Meinung nach einen guten Grund gibt, um laut zu werden. Trotzdem willigt sie ein.

Eine halbe Stunde später sitzen Sandro und Milla im Café am großen Tisch draußen unter der Laube. Vor Sandro steht eine Cola Zero, vor Milla ein Grapefruitsaft. Am liebsten hätte sie das Glas zur Hälfte mit Wodka gefüllt, ihr ist nach Alkohol zumute, aber sie will anschließend ins TV-Studio fahren und dort eine Nachtschicht einlegen, damit das doch noch etwas wird mit ihrem Beitrag über den Aids-Heiler. Und dafür braucht sie einen klaren Kopf.

»Wir haben ihn nicht verhaftet«, sagt Sandro nach einem Schluck Cola. »Wir haben ihn nur vorübergehend festgenommen.«

»Ach, hör doch auf mit dieser Begriffsspalterei! Ihr sperrt einen unschuldigen blinden Mann ein! Ich begreif's nicht.« Milla versucht, ruhig zu bleiben, was ihr beim besten Willen nicht gelingt.

»Ich sage dir, warum. Weil in dieser Carole-Geschichte zu vieles nicht stimmt. Weil Nathaniel nicht die ganze Wahrheit sagt. So, wie er auch dir nicht die ganze Wahrheit gesagt hat, als du den Film über ihn gemacht hast.«

Dieser Satz sitzt. Es passiert etwas, das so gut wie nie eintrifft: Milla weiß nicht, was sie sagen soll.

»Zum Beispiel hat er dir nicht erzählt, dass sein Vater schizophren war, richtig?«

»Nein, hat er nicht. Aber das tut nichts zur Sache. Was soll das?«

»Das tut durchaus etwas zur Sache: Mit einem schizophrenen Vater trägt der Sohn ein bis zu fünfzehnfach höheres Risiko, ebenfalls an einer Schizophrenie zu erkranken. Meistens treten Krankheitszeichen zwischen dem achtzehnten und dem fünfunddreißigsten Lebensjahr erstmals auf.«

»Willst du ernsthaft behaupten, Nathaniel sei schizophren?«

»Hat er dir gegenüber jemals seine Psychotherapeutin erwähnt?«

Millas Gesichtsausdruck verändert sich. Die Überraschung ist aus ihrer Miene verschwunden, Falten legen sich auf ihre Stirn, und ihr Blick ist auf einmal dunkel und skeptisch.

»Darum also treffen wir uns hier?«, fragt sie.

Sandro schaut sie verständnislos an.

»Nicht, weil du zu einer Aussprache mit deiner verärgerten Freundin bereit bist, sondern weil du deine eigene Freundin aushorchen willst? Weil du hoffst, durch mich an belastendes Material über Nathaniel heranzukommen?«

»Milla …«

»So nicht!« Milla steht schwungvoll auf, hinter ihr stürzt der Stuhl zu Boden. »Nicht mit mir!«

»Milla, ich will dir doch bloß erklären …«

»Deine Erklärungen kannst du dir an den Tannenbaum hängen. Ich lass mich nicht von dir über Nathaniel ausfragen. Du liegst so was von falsch, wenn du ihn vom Zeugen zum Verdächtigen machst. So was von falsch!« Die letzten Worte brüllt Milla fast.

Es ist ihr scheißegal, dass sie mittlerweile nicht nur die Aufmerksamkeit aller Gäste im Café auf sich zieht, sondern dass auch von der gegenüberliegenden Tramhaltestelle eine ganze Zuschauerschar zu ihnen hinüberblickt. Sollen die doch ihre filmreife Beziehungsszene kriegen, denkt sie. Sollen sie doch ihr Smartphone zücken und das Video an ein Boulevard-Blatt schicken, das es unter dem Titel »Beziehungskrach in der Berner Altstadt« online stellt. Ihr doch egal! Sie macht eine wegwerfende Handbewegung in Richtung der Gaffer und stapft wütend davon.

58

Sie muss eingeschlafen sein. Carole hat ihre Mutter angefleht, ihr ein Zeichen zu schicken. Irgendeinen Hinweis, eine Eingebung, eine Halluzination, etwas, das ihr zeigt, dass es die Seele der Mutter noch irgendwo gibt. Dass der Tod nicht der Schlusspunkt, sondern ein Neuanfang ist. Und was ist passiert? Sie ist eingeschlafen. Sie schläft überhaupt fast nur noch. Schlaf ist ihr einziger Trost. Sie flüchtet sich in ihre üppigen Träume, die wirren Geschichten sind ein Potpourri mit allen Zutaten, die ihr Leben ausgemacht haben. Endzeitträume, denkt Carole, als sie träge versucht, sie aus ihrem Kopf zu vertreiben und aufzuwachen. Denn sie hat Hunger. Aber noch schlimmer ist der Durst.

Er muss hier gewesen sein in der Zwischenzeit. Denn so lange ist der Böse noch nie weggeblieben. Sie muss es verschlafen haben. Vorsichtig tastet Carole den Boden neben der Matratze ab. Sie stößt an den Rand des Plastiktellers und greift danach. Er ist leer. Verzweifelt sucht sie weiter, nach einem anderen Teller, er muss ihr doch etwas zu essen gebracht haben. Sie stößt die PET-Flasche um, ihr helles Scheppern verrät, dass auch sie leer ist. Kein Wasser mehr. Sie sucht die andere Seite ab, fühlt sich einmal mehr wie ein Maulwurf, greift immer wieder ins Leere.

Ihr Hals brennt. Der Durst fühlt sich schlimmer an als Schmerz. Carole zuckt zusammen, ihre Wade krampft. Sie legt sich wieder hin. Nicht nur ihr trockener Hals tut weh, ihr ganzer Schädel dröhnt, sie könnte ihn zeichnen, den Schmerz, ein breiter roter Streifen, der sich vom obersten Rückenwirbel über den Schädel bis auf ihre Stirn hinab zieht. Ich bin dehydriert, denkt Carole. Ich muss etwas trinken. Aber da ist nichts.

Der Eimer.

Sie könnte ihren Urin trinken. Aber das sollte sie nicht. Carole hat als Jugendliche »Die Kinder auf der Insel« von Lisa Tetzner gelesen. Urin trinken hilft nicht gegen das Verdursten, daran erinnert sie sich noch. Zu salzig. Wer beispielsweise Salzwasser trinkt, scheidet mehr Wasser aus, als er zu sich nimmt. Aber vielleicht hilft Urin zum Überbrücken. Bis der Böse Wasser bringt. Damit dieser Schmerz verschwindet.

Carole setzt sich vorsichtig auf. Obwohl sie nichts sehen kann, ist ihr schwindlig. Langsam kippt sie vornüber auf die Knie und kriecht von der Matratze, in der Hoffnung, dass sie sich Richtung Eimer bewegt. Vorsichtig tastet sie sich vorwärts, sie will ihn nicht umstoßen, bloß das nicht. Nach einigem Suchen findet sie ihn. Sie überlegt, wann er ihn zum letzten Mal geleert hat. Sie hat seither nur hineingepinkelt, der Urin ist also nicht mit dem eigenen Kot verunreinigt. Urin ist eklig und löscht den Durst nicht, sagt sich Carole. Sie bewegt den Eimer, hört, wie die Flüssigkeit darin hin und her schwappt. Flüssigkeit. Nur zum Überbrücken. Denn er wird wiederkommen, wird sie nicht verdursten lassen, sonst hätte er sich den ganzen Aufwand hier sparen können. Vielleicht ist kalter Urin gar nicht so schlimm. Sie darf einfach nicht riechen, während sie trinkt, aber das geht nicht: Man kann nicht nicht riechen. Langsam hebt sie den Plastikdeckel an. Ein Atemzug genügt, und sie lässt ihn wieder sinken. Sie kann nicht. Noch nicht.

»Er wird sicher gleich kommen«, sagt Carole zu ihrem Bauch, während sie blind zurück zur Matratze kriecht. »Und er wird frisches Wasser bringen. Er ist bis jetzt immer wiedergekommen.« Mit einem Stöhnen legt sie sich hin.

Was, wenn ihm etwas zugestoßen ist? Wenn er unachtsam war und unter eine Straßenbahn geraten ist, wie ihre Mutter? Welch Hohn des Schicksals. Und wie absurd es ist zu hoffen, dass es dem eigenen schlimmsten Peiniger gut geht – weil man ohne ihn nicht überleben kann. Vielleicht ist er krank und kann deswegen nicht kommen. Er hat sich ein Bein gebrochen und liegt im Spital. Oder seine Mutter brauchte Hilfe, und er musste kurzfristig weg.

Oder er wurde verhaftet. Die Polizei hat ihn erwischt!

»Die Polizei hat ihn erwischt«, sagt sie jetzt laut zu Silas. »Sie werden sicher gleich kommen. Und uns retten. Endlich.«

Und was, wenn er ihnen nicht verrät, wo ich bin?

59

Der Schrei prallt gegen die Wände und reißt ihn aus dem Schlaf. Der Traum war da. Nathaniel hat seine tote Schwester gesehen, und er hat in die Leichenaugen seiner Mutter geblickt. Er hat das Blut unter sich gefühlt, das sich warm und dunkel in den beigen Teppich fraß. Er hat das Flehen und das Kreischen der beiden anderen gehört – und zuletzt den Schuss, der seinem Leben ein Ende hätte setzen sollen. Doch da war noch etwas anderes, ein Fremdkörper im vertrauten Traum. Etwas, das ihm zuvor nie aufgefallen war, vielleicht, weil es bisher nicht existent war, vielleicht, weil er es übersehen hat. Auf dem Teppich lag ein länglicher Gegenstand. Ein Messer?

Nathaniel schüttelt sich und stößt mit der Schulter gegen die Wand. Auf einen Schlag ist ihm bewusst, wo er sich befindet. Plötzlich ist alles wieder da; die Männer vor seiner Tür, die Befragung, die Zelle.

Seine Kleidung ist nass geschwitzt. Kalter Schweiß, wie üblich, wenn der Traum ihn quält. Nur kann er sich jetzt nicht aus den nassen Laken schälen und etwas Warmes überziehen, er trägt nichts als seine feuchte Kleidung am Leib. Nathaniel fröstelt, fragt sich, wie früh oder wie spät es ist, ob Nacht oder Tag.

Er lauscht. Hört Schritte vor der Tür, Stimmen, ein Lachen. Die Geräusche, nah und trotzdem unerreichbar weit weg, lassen ihn allein zurück. Noch nie hat er sich so einsam gefühlt.

Nathaniel steht auf, tastet sich an dem Bett entlang Richtung der Geräusche, weil er dort den Ausgang vermutet. Keine zwei Schritte, dann stößt er gegen die metallene Tür. Er ertastet eine Durchreiche in deren Mitte, sie ist geschlossen. Die Klappe ist nur von der anderen Seite her zu öffnen. Nathaniel klopft gegen die Tür, es scheint ihn niemand zu hören. Er beginnt, mit den Fäusten dagegenzuschlagen, immer heftiger.

»Hallo! Hallo!«

Nathaniel brüllt. Keiner kommt.

Seine Beine lassen nach, er rutscht nach unten, bis er seitlich an die Tür gelehnt auf dem Boden sitzt. Sein Kopf beginnt in einem vorgegebenen Rhythmus, den niemand außer Nathaniel wahrnimmt, gegen die Tür zu schlagen. Tock-tock tock-tock-tock, tock-tock tock-tock-tock. Er weiß, dass er das bleiben lassen muss, doch er kann nicht anders. Tock-tock tock-tock-tock macht sein Kopf, wenn er auf die metallene Tür trifft. Ich brauche meine Medikamente, denkt Nathaniel. Die Pillen. Und zwar schnell.

60

Sandro blickt Milla ratlos nach. Er fragt sich, was in sie gefahren ist. Soll da noch einer die Frau verstehen. Er wollte ihr doch bloß erklären, warum er so gehandelt hat, wie er hat handeln müssen, und warum es schwerwiegende Verdachtsmomente gegen Nathaniel gibt – falls Carole wirklich verschwunden sein sollte. Und im Moment sieht es danach aus: In ihrer Wohnung an der Militärstrasse ist sie noch nicht wiederaufgetaucht, und auch der Besuch bei der Frauenärztin bestärkt Sandros Verdacht, dass ihr tatsächlich etwas zugestoßen ist.

In diesem Moment klingelt Sandros Telefon, der Name seines Kollegen Winter leuchtet auf dem Display auf.

»Felix?«

»Bei der Zentrale ist ein Anruf eingegangen«, beginnt sein Kollege ohne Umschweife. »Eine Vanessa Niggli hat gemeldet, dass sie ihre Freundin seit ein paar Tagen nicht mehr erreichen kann.«

Sandro erinnert sich an den Vornamen; die Nachricht auf Carole Steins Anrufbeantworter. »Und diese Freundin heißt Carole Stein.«

»Hundert Punkte! Der Kollege, der den Anruf entgegennahm, meinte, sie habe nicht sonderlich besorgt geklungen, habe aber doch melden wollen, dass ihr das seltsam vorkomme.«

»Damit ist sie nicht die Einzige.« Sandro streicht sich mit der freien Hand durch sein verstrubeltes Haar. »Sonst noch was?«

»Allerdings. Rate mal, wo sie ihre Freundin zum letzten Mal gesehen hat.«

»Sag schon!«

»Im Restaurant ›Blinde Kuh‹.«

Sandro überlegt hin und her, aber bei ihm klingelt nichts. »Und das heißt? Ich schnall's nicht …«

»Dort arbeitet Nathaniel Brenner. Als Kellner.«

Sandro schließt kurz die Augen. Kneift seinen Nasenrücken. Zu viele Zufälle, denkt er. Es ist an der Zeit.

Nachdem er sich von Winter verabschiedet hat, setzt sich Sandro an den Computer und schickt drei seiner Mitarbeiter eine Nachricht: *Einberufung einer neuen Sonderkommission. Teamsitzung: Heute, 16 Uhr.* Die nächste Mail adressiert er an Staatsanwalt Diego Lopez. *Antrag für einen Durchsuchungsbeschluss,* schreibt er in die Titelzeile. In knappen Sätzen begründet er, warum er die Wohnung eines Verdächtigen durchsuchen muss. *Adresse: Nathaniel Brenner, Beaulieustrasse 81, Bern.*

In der gleichen Sekunde, als Sandro auf »Senden« drückt, blinkt auf seinem Bildschirm die Meldung auf, dass er selbst eine Nachricht erhalten hat, und zwar von eben jenem Diego Lopez. Die E-Mails haben sich auf ihrem Weg gekreuzt. *Grünes Licht,* schreibt der Staatsanwalt, *wir können Rudelli reinholen. U-Haft genehmigt.*

Na, geht doch, denkt Sandro und greift zu seinem Handy. Er hat ein zufriedenes Grinsen im Gesicht, als er den Teamchef der Sondereinsatzgruppe anweist, Rudelli festzunageln.

Es ist exakt vier Uhr, als Felix Winter im Sitzungszimmer Platz nimmt und seinen Stuhl an den Tisch rückt. Obwohl er stets pünktlich ist, ist er jedes Mal der Letzte. Sandro hat entschieden. Der Fall Carole Stein ist jetzt offiziell ein Fall. Vorerst handelt es sich nur um eine Vermisstenmeldung. Noch immer hat Sandro die Hoffnung, dass Carole Stein plötzlich um die Ecke spaziert, zurückkehrt von einem esoterischen Gebärseminar oder woher auch immer. Alles ist möglich, selbst wenn ihre Frauenärztin bei Sandros Esoterik-Theorie heute Morgen beinahe amüsiert den Kopf geschüttelt hat. »Ich kenne keine rationalere Patientin als Carole Stein«, hatte sie Sandro gesagt. »Und kaum eine Patientin, die sich mehr vor der Geburt gefürchtet hat. Sie würde sicher nicht freiwillig auf ein sicheres Spital verzichten.«

Sandro blickt in die Runde. Er hat ein kleines Team aufgeboten, das muss vorerst genügen. Er kann nicht mehr Personal beanspruchen; zu knapp sind seine Ressourcen, zu zahlreich die offenen Fälle.

Direkt neben ihm sitzt Felix Winter, Dienstältester und der erfahrenste Fahnder im Team. Er wirkt unscheinbar und könnte auch als Lehrer oder Versicherungsangestellter durchgehen. Das Einzige, das an ihm auffällt, sind seine tiefe Stimme und eine unverhältnismäßig große Nase. Rechts von Felix Winter kritzelt Bettina Flückiger irgendwelche Muster auf ihren Notizblock. Das macht sie immer. Sie behauptet, sie könne dadurch besser zuhören. Bettinas ganze Erscheinung ist burschikos. Ihre Augenbrauen erinnern an kleine Türvorleger, die Wangen sind voll und mit kleinen roten Äderchen überzogen. Äußerlich erinnert sie Sandro an eine ehemalige Schweizer Skirennfahrerin mit einem italienischen Namen, den er immer vergisst. Bettina trägt den Übernamen »das Hirn« oder »unsere Festplatte«, weil sie wie ein wandelndes Lexikon immer alles schon weiß, bevor die anderen es online nachschlagen können. Ihr gegenüber sitzt Florence Chatelat, die IT-Superspürnase des Teams. Wenn es darum geht, elektronische Spuren zu verfolgen, Trojaner, also Überwachungsprogramme, in fremden Computern zu platzieren, Passwörter oder ganze Informatiksysteme zu knacken, dann ist Florence die richtige Frau dafür. Als Hackerin könnte sie ein Vermögen verdienen.

»Wir haben einen neuen Fall«, sagt Sandro zur Begrüßung. »Darum habe ich euch als kleine Sonderkommission zusammengerufen.«

Sandro legt ungewollt eine Spannungspause ein, weil er nicht recht weiß, wie er beginnen soll.

»Wir haben eine etwas besondere Ausgangslage. Ich kann euch nicht einmal genau sagen, um welches Delikt es sich handelt. Aber ich glaube, dass eine hochschwangere Frau verschwunden ist.«

Sandro blickt in fragende Gesichter. Er erzählt die ganze Geschichte von Anfang an, überlässt hin und wieder Felix Winter das Wort, wenn es um Nathaniel Brenner geht, und endet damit, dass er seinen Hauptverdächtigen wahrscheinlich morgen wieder wird laufen lassen müssen, weil die Achtundvierzigstundenfrist um ist und er nichts gegen ihn in der Hand hat.

»Außer Indizien. Doch ich habe einen Durchsuchungsbeschluss für seine Wohnung beantragt. Vielleicht wird uns das weiterbringen.«

»Was macht dich so sicher, dass er etwas mit dem Verschwinden zu tun haben könnte?«, fragt Bettina nach. »Dass er als Kind von der Mutter des Opfers therapiert wurde, kann Zufall sein. Bern ist ein Dorf. Da läuft man immer wieder mal jemandem über den Weg, der jemanden kennt, den man kennt.«

Ohne im Detail auf Nathaniels Vorgeschichte einzugehen, verweist Sandro auf das psychiatrische Gutachten, das Gabriela Stein über den blinden Jungen erstellt hatte. »Weil er erblich vorbelastet ist, besteht bei Nathaniel Brenner eine erhöhte Gefahr, an Schizophrenie zu erkranken. Traumata, wie er eines erlebt hat, und Stresssituationen erhöhen die Wahrscheinlichkeit, dass früher oder später eine schizophrene Störung auftritt, massiv. Gabriela Stein hatte aufgrund der Vorkommnisse in der Mordnacht sogar den Verdacht, dass bei Nathaniel Brenner der Erstauftritt einer Erkrankung bereits im Kindesalter erfolgt sein könnte.«

»Und was würde das deiner Meinung nach bedeuten, wenn er an Schizophrenie leidet? Dass er sich die Entführung Caroles nur eingebildet hat oder dass er sie selbst durchgeführt hat?«

»Alles ist möglich«, sagt Sandro. »Bei Schizophrenie denkt man sofort an Dr. Jekyll und Mr. Hyde. Aber Schizophrene sind nicht einfach Menschen mit zwei Gesichtern, es ist viel komplexer: Schizophrene versinken in ihr eigenes Ich, sie sind Gefangene in ihrem eigenen Kopf, die Außenwelt verschwindet. Manche halluzinieren oder hören Stimmen, manche glauben, sie würden verfolgt, andere meinen, sie könnten Gedanken lesen oder würden ferngesteuert – und manche begehen in diesen Zuständen Delikte.«

»Aber wir dürfen nicht vergessen: Das Gutachten wurde erstellt, als Nathaniel ein Junge war. Glaubst du wirklich, dass er etwas mit Caroles Verschwinden zu tun haben könnte?« Felix Winter ist die Skepsis anzuhören. »Ich meine: Er ist blind! Wie sollte er so eine Tat begehen?«

»Das letzte Mal hatten wir eine Mörderin, die im Rollstuhl saß. Ihr hätte man es auch nicht zugetraut.« Sandro erinnert sich ungern an diesen Fall – weil er sich um ein Haar in die Rollstuhlfahrerin verliebt hätte, was für seine Urteilsfähigkeit in den Ermittlungen nicht gerade förderlich war. »Wir wissen nicht, wie es in diesem Mann aussieht. Gemäß der Gutachterin können Stresssituationen den Ausbruch der Krankheit beeinflussen.«

Weiter kommt Sandro nicht, denn in diesem Moment wird die Tür zum Sitzungszimmer aufgerissen.

»Rudelli«, ruft sein Kollege Ramon Fink ins Zimmer. »Er hat sich in seiner Musikschule verschanzt und droht, auf jeden zu schießen, der sich ihm nähert!«

Noch während Sandro vom Stuhl aufspringt, beginnt sein Handy zu klingeln. Er geht sofort ran.

»Carole Stein ist aufgetaucht«, meldet ein ihm unbekannter Streifenpolizist am anderen Ende der Leitung.

Sandro greift sich an die Stirn. Warum bloß muss immer alles gleichzeitig passieren?

61

Milla steigt gerade in den Zug nach Zürich, als ihr Chef sie anruft. Kein gutes Zeichen.

»Wo bist du?«, will Wolfgang ohne ein Wort der Begrüßung wissen.

»Ich komm schon, ich komm schon, ich bin auf dem Weg ins Büro.« Milla fragt sich, was mit ihrem Chef los ist. Er ist nicht der Typ Kontrollfreak; in der Regel lässt er sie machen, was sie will, Hauptsache, am Schluss stimmt das Resultat.

»Ich meine, wo bist du genau?«

»Ich bin gerade in den Zug nach Zürich gestiegen.« Das wird ja immer besser, denkt Milla.

»Wo bist du in den Zug gestiegen?«

»In Bern?« Millas Antwort hört sich nach einer Frage an.

»Fährt der Zug schon?«

»Nein?«

»Dann raus mit dir, raus, raus, raus! Ich brauche dich in Bern.«

Jetzt endlich begreift Milla, worum es geht. So schnell sie kann, packt sie ihre Jacke, das Magazin, das sie gemütlich hatte lesen wollen, und die Tasche, klemmt sich alles unter die Arme und rennt im Galopp durch den Gang zwischen den Abteilen, nicht ohne hier und da gegen eine

Schulter zu stoßen und laut Entschuldigung zu rufen; sie strauchelt zur Tür, die sich gerade schließt, und wirft ihren Körper zwischen die beiden Flügel, sodass sie dazwischen eingeklemmt wird. Das wird ihr ein paar blaue Flecken eintragen, aber Milla erreicht ihr Ziel: Mit einem Schlurfen öffnet sich die Tür noch einmal, und sie stolpert hinaus ins Freie. Kaum steht sie auf dem Bahnsteig, setzt sich der Zug hinter ihr in Bewegung. Das war knapp. Sie legt Jacke und Tasche auf eine Bank, um mit der freien Hand das Magazin in die Tasche zu packen und dann sich selbst die Jacke überzustreifen, da hört sie jemanden leise ihren Namen rufen. Erst jetzt realisiert sie, dass ihre andere Hand noch immer das Mobiltelefon umklammert hält.

»Bist du draußen?«, ruft Wolfgang am anderen Ende der Leitung.

»Yep«, gibt Milla außer Atem zurück, und als sie sich wieder ein wenig gefangen hat, fragt sie: »Was ist eigentlich los?«

»Dein Freund«, sagt Wolfgang. »Er ist durchgedreht. Er schießt wild um sich.«

»Mein Freund?«, ruft Milla entsetzt. Alles in ihr gefriert. Sofort bereut sie, dass sie Sandro im Adriano's eine solch schroffe Abfuhr erteilt und ihm öffentlich eine Szene gemacht hat. Aber sie konnte ja nicht ahnen, dass er wegen einer kleinen Meinungsverschiedenheit gleich durchdreht.

»Ja, der Rudelli. Er hat sich in seiner Musikschule verbarrikadiert.«

Milla atmet erleichtert aus. Es geht nicht um Sandro. Obwohl es keine gute Nachricht ist, dass ein durchgeknallter Aids-Heiler in Bern um sich schießt, spürt sie nichts als Erleichterung.

»Rudelli ist nicht mein Freund. Ich brauche fünfzehn Minuten, dann bin ich bei seiner Musikschule. Kannst du einen Kameramann vom Berner Team aufbieten?«

»Schon passiert«, sagt Wolfgang.

Weil Milla mehr rennt, statt zu gehen, erreicht sie schon nach sieben Minuten die Absperrung, welche die Polizei mehrere Hundert Meter von der Musikschule entfernt aufgestellt hat. Hinter dem rotweißen Plastikband stehen uniformierte Polizisten und lassen niemanden die Gefahrenzone passieren. Denn der Mensch ist ein seltsames Wesen: Obwohl die Absperrung bedeutet, dass dahinter Gefahr lauert, drängeln sich davor die Schaulustigen. Jeder will zuvorderst stehen.

»Weitergehen, weitergehen«, sagt ein Polizist mit einer Statur, die nicht nur Frauen, sondern auch Männer die Straßenseite wechseln ließe, wenn man ihm in der Nacht begegnen würde. Bei den Gaffern scheint der Breitschultrige indes wenig Eindruck zu schinden, keiner denkt auch nur daran, sich zu bewegen oder gar weiterzugehen. Milla ist sich bewusst, dass sie keinen Deut besser ist. Aber sie kann wenigstens ihr berufliches Interesse als Ausrede anführen. Nur kann sie im Moment nicht arbeiten, weil der Kameramann, den Wolfgang hierher beordert hat, ganz offensichtlich Mitglied der Schneckenfraktion ist; einer, der erst dann aufkreuzt, wenn alles schon vorbei ist.

Milla sucht in ihrer Tasche nach dem Handy, um notfalls selbst ein Video aufzunehmen, da tippt ihr jemand auf die Schulter. Es ist Alex, jener Kameramann, der notorisch schlecht gelaunt ist. Innerlich stöhnt Milla auf.

»Machen die ›Wochenthemen‹ wieder mal auf Sensationsjournalismus?« Ein schräges Grinsen verzieht sein Gesicht.

»Hallo, Alex, auch dir einen guten Tag«, gibt Milla überfreundlich zurück. »Könntest du vielleicht mal mit Filmen beginnen?«

Er wirft ihr einen säuerlichen Blick zu, aber immerhin setzt er sich in Bewegung und schultert die Kamera. Nahezu in der gleichen Sekunde beginnen die Polizisten damit, das Absperrband einzurollen.

»Was ist los?«, fragt Milla den Polizisten, während sie Alex am Ärmel zu sich zieht, damit er die Antwort nicht verpasst.

»Die Gefahr ist gebannt«, sagt der Breitschultrige.

»Was heißt das? Ist der Musiklehrer überwältigt? Sind Schüsse gefallen?«

Als Antwort erhält Milla bloß einen langen, stummen Blick des Polizisten, bevor er sich wegdreht und aus dem Bild läuft.

Na super, denkt Milla. Großartiger Einsatz. Das hat jetzt alles genau gar nichts gebracht. Sie checkt auf ihrem Handy die Website der Kantonspolizei und sieht, dass in zwei Stunden eine Pressekonferenz angesetzt ist, die sie wohl abwarten muss. Sie informiert Alex, wann er sich wo einzufinden habe, denn sie selbst hat vorher noch etwas zu erledigen.

Wenig später steht Milla vor dem Haus an der Militärstrasse 73 und blickt die Fassade hoch. Auf einmal weiß sie selbst nicht mehr, warum sie zu Carole Steins Adresse gefahren ist und was das bringen soll. Aber sie hat das Gefühl, irgendetwas tun zu müssen, um Nathaniel zu helfen, um Sandro zu überzeugen, dass er sich irrt. Allerdings hat sie keine Idee, wie sie es anstellen könnte. Außer vielleicht, Carole Stein zu finden und das große Rätsel endlich zu lösen.

Milla nimmt die leise Bewegung des Vorhangs hinter dem Fenster im Erdgeschoss nicht wahr. Auch den Schatten dahinter sieht sie nicht. Sie ist in Gedanken bei Nathaniel, stellt sich vor, wie er in dieses Haus geschlichen ist und die Post aus Caroles Briefkasten gefischt hat. Kurzentschlossen öffnet Milla die Eingangstür und betritt das Treppenhaus. Ihr Blick fällt sofort auf die in einer Reihe angeordneten, in der Mauer eingelassenen Briefkästen. Auf dem zweiten von links steht Carole Steins Name. Milla greift durch den Schlitz hinein. Nichts. Er muss gerade erst geleert worden sein. Eilig geht sie die Stufen hoch. Vor Caroles Tür bleibt sie stehen, zögert, dann drückt sie auf den Klingelknopf. Sie hört im Innern der Wohnung eine altmodische Glocke schrillen, gefolgt von einer Stille, die geradezu fassbar ist. Vorsichtig drückt Milla die Klinke hinunter. Abgeschlossen. Milla würde viel dafür geben, wenn sie es den smarten Detektiven aus den Filmen gleichtun könnte, die in Situationen wie diesen kurz die Kreditkarte in den Türspalt schieben, worauf – oh Wunder – sich das Schloss entriegelt. Nur befindet sie sich nicht im Krimi, sondern in der brutalen Realität. Wenn sie nur etwas finden würde, das einen Rückschluss zuließe, wo sich Carole befinden könnte. Und warum es eine zweite Frau gibt, die vorgibt, Carole Stein zu sein.

Milla geht wieder hinunter, im Erdgeschoss hält sie inne, blickt nach links, wo eine Treppe hinab in den Keller führt. Der Keller, denkt sie. Vielleicht hat sie dort mehr Glück. Noch immer ist es still im Haus, wahrscheinlich sind alle Bewohner bei der Arbeit. Sie gibt sich einen Ruck.

Unten im Keller findet Milla sechs Parzellen, die durch Holzlatten voneinander abgetrennt sind. Auf Klebeetiketten stehen die Namen der Mieter. Caroles Abteil ist nur mit einem Zahlenschloss gesichert. Milla jubelt innerlich. Denn ein billiges Zahlenschloss zu knacken, das schafft sogar sie. Vorsichtig zieht sie am Stift und dreht im Zeitlupentempo so lange das unterste der drei Zahlenrädchen, bis sie einen minimalen Ruck verspürt. Dasselbe wiederholt sie bei den Rädchen der zweiten und der dritten Nummer – als Letzteres bei der richtigen Stelle einhakt, springt das Schloss auf.

Millas Freude über ihren Erfolg verfliegt, sobald sie sich im Kellerabteil umgeschaut hat. In der Ecke stehen je ein Paar Langlauf- und Carving-Skier. Im Gestell daneben die dazugehörigen Schuhe. Auf den anderen Regalen findet sie in großen Kartonschachteln Winterkleidung, vergilbte Schulhefte, einen alten Plattenspieler inklusive Lautsprecher-Boxen. Nichts, das Milla weiterhelfen würde. Als sie sich enttäuscht wieder zur Tür umdreht, schreit sie vor Schreck laut auf.

62

Fünfundzwanzig Minuten hat die Sondereinheit gebraucht, um Claudio Rudelli zu überwältigen. Gelungen ist es den Polizisten nicht mit Gewalt, sondern mit Worten: Der Mann, der zuvor wie ein wild gewordener Cowboy herumgetobt hatte, ließ sich am Ende abführen wie ein gut erzogenes Schoßhündchen. Sandro, der den Einsatz seiner Kollegen der Sondereinheit nur aus der Ferne via Funk mitverfolgt hat, ist die Erleichterung anzusehen. Die Medien – ja, auch Milla – hätten es ausgeschlachtet, wenn Rudelli jemanden verletzt oder getötet hätte: Ein Mann, gegen den wegen schwerer Körperverletzung ermittelt wird und der sich dennoch auf freiem Fuß befand. Sandro sieht die Skandal-Schlagzeilen förmlich vor sich. Das Positive an Rudellis Ausraster ist: Jetzt wird nicht mal mehr der liberalste Schreibtischjurist auf die hirnrissige Idee kommen, den Musiklehrer vor dem Prozess wieder laufen zu lassen.

Jetzt, wo Rudelli versorgt ist, kann sich Sandro seinem zweiten dringlichen Fall zuwenden: Carole Stein. Sie wartet schon seit über einer halben Stunde auf ihn. Auf dem Weg ins Untergeschoss zum Kino, dem Verhörraum, trifft Sandro auf den Kollegen von der Streife, der Carole Stein hergebracht hat.

»Ist sie schwanger?«, fragt Sandro.

»Wie bitte?«

»Ist die Frau schwanger?«

»Das weiß ich nicht.«

»Aber bist du sicher, dass es Carole Stein ist?«

»Ja. Sie hat sich ausweisen können.«

»Gut.« Oder auch nicht gut, denkt Sandro. Denn ihm hat Carole Stein den Ausweis ebenfalls gezeigt, und trotzdem behauptet der Blinde, dass die Frau nicht wirklich Carole Stein sei.

Seine Kollegin Bettina Flückiger ist schon da, als Sandro beim Kino ankommt, und wird die Befragung vom Nebenzimmer aus durch den Einwegspiegel beobachten. Wenn sie nicht unmittelbar am Verhör beteiligt ist und das Gespräch aus der Distanz mitverfolgen kann, fällt ihr mehr auf. Sie kann auf Kleinigkeiten achten, die Sandro vielleicht nicht mitkriegt: eine unsichere Geste, ein nervöser Blick. Je nach Verlauf des Verhörs – zum Beispiel, wenn sie merkt, dass Sandro nicht mehr weiterkommt – hat Bettina von ihrem Chef die Erlaubnis, jederzeit das Zimmer zu wechseln und selbst in die Befragung einzugreifen.

»Na, dann wollen wir mal«, sagt Sandro. »Ich bin wirklich gespannt, ob sich dieses eigenartige Rätsel um Carole Stein jetzt endlich löst.«

Dann stößt er die Tür auf. Sandro erkennt die Frau sofort wieder, die kerzengerade alleine am Tisch in der Mitte des Zimmers sitzt: Es ist jene Frau, die er in Carole Steins Wohnung angetroffen hat, jene Frau, die ihm erzählt hat, sie sei bloß die Treppe hochgestolpert, ihr sei nichts zugestoßen. Ihre dunkelblonden Haare trägt sie offen, ihr Gesicht ist unauffällig schön, symmetrisch und ebenmäßig. Ihr Teint hingegen, das ist ihm schon beim letzten Mal aufgefallen, wirkt blutleer und kränklich. Und sie ist vor allem eines nicht: hochschwanger. Nicht der Ansatz eines Bäuchleins ist zu sehen.

»Guten Tag, Frau Stein. Bandini mein Name, wir sind uns schon mal begegnet.« Sandro hat seinen freundlichsten Tonfall gewählt.

»Guten Tag, Herr Bandini. Ja, ich erinnere mich. Weil sich angeblich ein Blinder Sorgen um mich gemacht haben soll. Ich bin etwas überrascht, dass ich gezwungen wurde, hierherzukommen. Ich dachte, das Ganze habe sich längst erledigt.«

»Nun, es ist so, dass es noch ein paar offene Fragen gibt. Danke, dass Sie hergekommen sind.«

»Es hat sich nicht so angehört, als ob ich eine Wahl hätte.«

»Zum Beispiel die Frage, ob Sie wirklich Carole Stein sind.« Die Freundlichkeit in Sandros Stimme ist einem strengen Tonfall gewichen.

»Wer sollte ich denn sonst sein?«

»Ich hoffte, dass Sie mir das sagen würden.«

»Ich bin Carole Stein.«

»Also gut.« Sandro ächzt hörbar. »Dann können Sie mir sicher auch sagen, wo Ihr Kind ist.«

»Es ist noch in der Klinik.«

Sandro stutzt. Vielleicht sitzt tatsächlich die richtige Carole Stein vor ihm. Womöglich ist er doch bloß auf die irren Halluzinationen eines blinden Verrückten hereingefallen. »Sie haben Ihr Kind bereits zur Welt gebracht?«

»Ja, letzte Woche, aber es ist krank und musste deshalb im Spital bleiben.«

»Als Sie im Treppenhaus gestürzt sind? Ist da dem Kind etwas zugestoßen?«

»Nein, dem Kind ist nichts passiert. Es ist bloß zur Überwachung der Atmung im Spital. Es wird ihm gut gehen. Bald. Womöglich hat der Sturz im Treppenhaus aber die Geburt etwas beschleunigt.« Carole Stein setzt ein unsicheres Lächeln auf. »Kann ich jetzt bitte wieder gehen?«

Sandros Gedanken rasen. Alles, was die Frau erzählt, ergibt einen Sinn: der Treppenhaussturz, den Nathaniel gehört hat. Eine Frühgeburt, die den Termin bei der Frauenärztin obsolet machte und die auch ihre Abwesenheit in den letzten Tagen erklärt. Aber warum hat sie der Frauenärztin nicht einfach mitgeteilt, dass das Kind schon da ist?

»Wie ist denn der Name Ihres Kindes?«

»Mirko«, sagt Carole Stein. »Mirko Stein.«

»In welchem Spital liegt Ihr Sohn?«

Sie zögert und blickt Sandro direkt in die Augen. »Muss ich Ihnen das sagen?«

»Gibt es einen Grund, warum Sie mir das nicht sagen wollen?«

»Ich traue Ihnen nicht.«

Ich traue Ihnen auch nicht, würde Sandro am liebsten entgegnen. Stattdessen schweigt er und schaut kurz in Richtung Spiegel. Er hofft, Bettina fängt seinen Blick auf und klärt ab, ob in einem Spital in der Nähe ein neugeborener Mirko Stein behandelt werde.

In etwa achtzig Prozent der Fälle kann Sandro sagen, ob er in einer Befragung angelogen wird. Bei zehn Prozent hat er zumindest ein Gefühl, ob sein Gegenüber offen und ehrlich zu ihm spricht. Bei den übrigen Befragungen hingegen fühlt er gar nichts. Carole Stein gehört zu diesen letzten zehn Prozent. Er hat kein Gespür für diese Frau: Es könnte sein, dass kein Wort von dem stimmt, was sie ihm erzählt, aber es ist genauso gut möglich, dass sie die Wahrheit sagt. Doch sie hat einen Fehler gemacht. Es gibt nur einen einzigen Grund, warum sie nicht sagen will, in welchem Spital ihr Kind behandelt wird: Sie hat etwas zu verbergen.

Sandro mustert das Gesicht der Frau. Er hat kein aktuelles Foto von Carole Stein auftreiben können. Im Internet ist keine einzige Aufnahme von ihr zu finden. Nicht einmal auf Facebook: Ihr Profilbild zeigt James Dean. Und das Foto in ihrem Pass ist rund zehn Jahre alt. Die Frau, die vor ihm sitzt, könnte durchaus die Frau auf dem Bild sein. Die Gesichtszüge sind etwas strenger, hagerer, erwachsener irgendwie, aber das Äußere kann sich innerhalb von zehn Jahren stark verändern. Womöglich hat sie ein wenig abgenommen im Gesicht. Die Haarfarbe ist identisch, die Augenfarbe passt. An sich gibt es keinen Grund, dieser Frau nicht zu glauben, dass sie Carole Stein ist. Außer, dass ein Blinder behauptet, dass sie die falsche Stimme hat. Und dass sie ihre Frauenärztin versetzt hat.

»Warum haben Sie Ihren letzten Termin bei Ihrem Frauenarzt verstreichen lassen, ohne ein Wort zu sagen?«

Da ist etwas. Ein Zucken an ihrem rechten Auge. Auch dauert ihr Zögern eine Sekunde zu lange. Sie hat über die Antwort nachdenken müssen.

»Wissen Sie, es ging sehr schnell, da war der Kleine schon da. Und wegen all der Aufregung habe ich vergessen, meinen Frauenarzt zu informieren.«

Sandro hätte nicht gedacht, dass es so einfach ist. Seiner Miene ist keine Gefühlsregung anzusehen. In Gedanken aber jubelt er laut auf. Sie ist in seine verbale Falle getappt.

»Wie lautet der Name Ihres Arztes?«, möchte er ganz beiläufig wissen, als sei die Frage nebensächlich.

Wieder dauert es eine Spur zu lange, bis die Antwort kommt.

»Herr Doktor Tischler.«

»Sie meinen wohl Frau Doktor Tischler. Sie ist zwar nicht Ihr Arzt – aber sie wäre Ihre Frauenärztin, falls sie wirklich Carole Stein sind.«

Eine Dreiviertelstunde später steht besagte Frauenärztin neben Sandro hinter dem Spiegel des Verhörzimmers und blickt auf die Frau, die allein am Tisch sitzt und immer noch von sich behauptet, sie sei Carole Stein. Chantal Tischler hat die Arme vor ihrer Brust verschränkt, sie betrachtet die Frau still und aufmerksam, dann wendet sie sich Sandro Bandini zu.

»Nein, das ist nicht Carole Stein«, sagt sie mit fester Stimme.

63

Das Schlimmste ist, dass sie nicht weiß, wie lange er sie hier noch gefangen halten wird. Sie braucht etwas, an dem sie sich festhalten kann. Eine Zahl: Nur noch drei Tage, vier Wochen, zwei Monate, egal, irgendwas. Hauptsache eine Perspektive in dieser schwarzen Endlosigkeit. Alles wäre besser als diese Ungewissheit. Denn die Ungewissheit tötet all ihre Hoffnung. Die Hoffnung, diesem Irrsinn jemals zu entkommen.

Carole hat keine Orientierung mehr in Zeit und Raum, sie ist aus dem Leben herausgefallen. Sie hat begonnen, sich in einem Gefühl der »Unempfindlichkeit« einzurichten, seit die Gleichgültigkeit ihre Wut und ihren Mut aufgezehrt hat. Sie kann nicht mal mehr weinen. Zwar nimmt sie die Bewegungen ihres Kindes in sich wahr, aber ihr Körper fühlt sich nicht mehr an wie ihr Körper. Sie hat sich in eine Blase zurückgezogen; alles, was außerhalb ihrer selbst liegt, existiert nicht mehr.

In der Welt, in die sie in ihren Gedanken abtaucht, gibt es Licht. Sonne. Farben. Sie liegt in ihrer Wohnung auf dem Sofa, in der einen Hand eine Tasse Tee, in der anderen ihr Buch, das sie gerade liest, »Golden House« von Rushdie. Im Hintergrund spielt Musik; ihre Lieblings-CD von Portishead. Auf dem Tisch neben dem Sofa brennt eine Kerze. Sie kann das zerflossene Wachs riechen. Sie fühlt sich wohl, es ist warm und gemütlich. Ihre Seele hat sich in diesen Traum zurückgezogen, um der Realität zu entfliehen. Doch immer wieder schreckt Carole hoch, stürzt zurück in die Wirklichkeit, und das Erwachen ist umso grausamer.

Die dünne Matratze. Die Dunkelheit. Die Kälte. Der Schüttelfrost.

Carole macht es Angst, dass sie deliriert. Es ist der Wahnsinn, der anklopft. Um den Verstand nicht zu verlieren, beginnt sie, sich selbst die Inhalte von Büchern zu erzählen, die sie einst gelesen hat, von Filmen, die sie im Kino gesehen hat. Sie möbliert in Gedanken ihre Wohnung um und stellt sich vor, was sie sich als Erstes kaufen wird, wenn sie wieder frei ist. Sie versucht, sich an die Stimme ihrer Freundin zu erinnern und fragt sich, ob Vanessa sie schon vermisst, weil sie sich eine Weile nicht gemeldet hat. Oder an die Stimme ihrer Mutter. Sie kann sie nicht mehr hören, sie hat ihren Klang vergessen. Carole driftet wieder weg. Sie liegt zusammengerollt auf der dünnen Matratze, unter der feuchten Wolldecke, die nicht wirklich Wärme spendet, und macht sich so klein wie möglich. Stellt sich vor, sie sei eine Raupe, die sich verpuppt in ihrem Kokon. Um einen kleinen Tod zu sterben.

64

»Himmel, haben Sie mich erschreckt!«

Milla fasst sich an die Brust, als müsse sie das Herz daran hindern herauszuspringen. Im Eingang des Kellerabteils steht eine alte Dame mit modernem Kurzhaarschnitt. Die Hände hat sie resolut in die Hüfte gestemmt, und sie macht ein Gesicht wie jemand, der versucht, böse zu blicken, obwohl er das eigentlich gar nicht kann.

»Sie sind so schreckhaft, weil Sie ein schlechtes Gewissen haben! Was haben Sie in Frau Steins Keller zu suchen?«

»Ich bin eine Freundin von Carole, und sie hat gesagt, ich könne mir ihre Skiausrüstung ausleihen. Da Carole aber weggefahren ist, um ihr Kind in einem Mutter-Kind-Haus zu gebären, hat sie mir den Zahlencode ihres Schlosses angegeben, damit ich mir die Skier selber hole.« Milla muss nicht einmal nachdenken, die Ausrede fliegt ihr in dem Moment zu, in dem sie sie ausspricht.

»Gott sei Dank, dann ist mit Frau Stein ja alles in Ordnung. Und warum nehmen Sie die Skier dann nicht mit?«

»Ich habe die Schuhe anprobiert, und sie passen mir nicht – obwohl wir sonst eigentlich die gleiche Schuhgröße haben. Sie sind mir zu eng. Zu enge Skischuhe sind gar nicht gut, denn das bedeutet kalte Füße. Und wenn ich kalte Füße kriege, bekomme ich immer gleich eine Blasenentzündung.« Milla glaubt sich beinahe selbst, so schlagfertig leiert sie die Sätze herunter, die sie gerade erschwindelt. Dass außer in wenigen Gletschergebieten die Skilifte längst stillstehen, kommt in diesem Moment weder Milla noch Carole Steins Vermieterin in den Sinn. Milla erntet einen letzten, abschätzenden Blick der älteren Dame, dem sie offensichtlich überzeugend standhält. Die Körperhaltung der Frau verändert sich, sie scheint förmlich zu schrumpfen.

»Also gut.«

Milla hört die Erschöpfung in ihrer Stimme.

»Man kann nie wissen, in Zeiten wie diesen. Stellen Sie sich vor, gestern hatte ich die Polizei im Haus, und Frau Stein ist einfach weggefahren, ohne mir Bescheid zu geben. Dabei weiß sie doch, dass sie auch mich fragen kann, um den Briefkasten zu leeren. Ich mag es nicht, wenn ich keine Ahnung habe, wer ein- und ausgeht in meinem Haus.« Die Frau schüttelt den Kopf. »Die jungen Leute haben einfach keinen Sinn mehr für Ordnung und Disziplin.«

Milla fürchtet, der Monolog der alten Frau habe gerade erst angefangen, aber sie wagt nicht, sie zu unterbrechen.

»Zum Beispiel das hier!« Die Frau zeigt auf zwei Stapel ordentlich verschnürtes Altpapier. Milla fragt sich, was damit los sein soll.

»Ich habe Frau Stein hundertmal gesagt, dass sie das Altpapier nicht hier im Keller deponieren soll. Zu große Brandgefahr. Und trotzdem stehen die Stapel hier.«

Milla blickt demonstrativ auf die Uhr und macht einen Schritt auf die Frau zu, um ihr zu signalisieren, dass sie jetzt wirklich gehen muss.

»Wenn Sie schon einmal da sind«, fährt diese unbeeindruckt fort, »könnten Sie die Zeitungen gleich mit hochnehmen. Morgen früh ist Altpapier-Sammlung. Stellen Sie die Stapel vor dem Haus an die Straße.«

Milla erkennt, dass Widerrede keinen Sinn macht und die ganze Angelegenheit nur verzögern würde. Also packt sie die beiden Papierstapel an den Schnüren, froh, eine Gelegenheit zu erhalten, der alten Plappertante zu entfliehen. Gemeinsam steigen sie die Treppe hoch. Milla verabschiedet sich übertrieben höflich und macht sogar einen kleinen Knicks, weil sie keine Hand frei hat, um sie der alten Frau zu reichen.

»Schon gut, schon gut«, sagt diese. »Auf Wiedersehen. Und sagen Sie Frau Stein, dass sie das nächste Mal Bescheid geben soll, wenn sie wegfährt.«

Dann fällt hinter Milla die Tür ins Schloss. Am Bordstein angelangt, stellt sie das Altpapier auf den Gehsteig. Sie ist schon ein paar Schritte weitergegangen, als sie umkehrt, erneut nach den Papierbündeln greift und sie mitnimmt. Nach wenigen Minuten schneiden ihr die Schnüre, mit denen das Altpapier zusammengebunden ist, scharf in die Hände. Auch die Schultern beginnen zu schmerzen, das Papier wiegt schwer. Milla fragt sich, was sie sich davon erhofft, das Altpapier einer möglicherweise verschwundenen Frau durch die ganze Stadt zu schleppen. Wahrscheinlich bringt es gar nichts. Aber jetzt, wo sie die Stapel schon hat mitgehen lassen, ist es ihr auch zu blöd, sie einfach irgendwo abzustellen. Sie überlegt kurz, das Altpapier bei Sandro zu deponieren. Dann fällt ihr ein, dass es keine gute Idee ist. Wenn er sieht, wessen Altpapier sie da anschleppt, wird ihm sofort klar sein, dass sie in der Sache auf eigene Faust weiterrecherchiert. Er würde es nicht gutheißen. Wahrscheinlich würde er sie lynchen.

Sie nimmt sich vor, sich bei der Pressekonferenz ausnahmsweise im Hintergrund zu halten. Dem Hausfrieden zuliebe. Der wird wohl früh genug wieder erschüttert werden.

65

Hätte Milla keine Frage gestellt, Sandro hätte sie gar nicht bemerkt. Die Pressekonferenz ist schon fast vorbei. Bis jetzt ist alles gut gelaufen. Sandro hat alles gesagt, was gesagt werden musste, aber die Punkte für sich behalten, die in der Öffentlichkeit nichts zu suchen haben. Er hat bestätigt, dass Claudio R. der Musiklehrer ist, der verdächtigt wird, seine Schüler mit HIV infiziert zu haben. Er hat berichtet, dass er sich seiner Verhaftung habe entziehen wollen und sich in der Schule verbarrikadiert habe. Und schließlich verkündete Sandro, dass die Angelegenheit ohne Gewalt habe beigelegt werden können, weil sich Claudio R. vom Polizeipsychologen überzeugen ließ, sich zu ergeben. Die anschließenden Fragen der Medienschaffenden sind unkritisch gewesen. Bis gerade jetzt. Bis eben, als neben dem ihm wohlbekannten schwarzen Lockenkopf in der hintersten Reihe eine Hand hochschnellte. Erst in dem Moment hat Sandro realisiert, dass seine Freundin mit im Raum sitzt. Er hasst diese Konstellation, wenn er offiziell als Polizeichef auftritt und sie als Medienvertreterin vor Ort ist. Tausendmal hat er Milla gesagt, dass es solche Situationen zu vermeiden gilt. Aber Milla ist eben Milla. Manchmal kommt sie ihm vor wie ein trotziges Kind, das sein Zimmer nur darum nicht aufräumen will, weil die Mutter es ihm aufgetragen hat.

»Milla Nova von der Sendung ›Wochenthemen‹«, sagt Milla, bevor sie ihre Frage stellt, als ob Sandro das nicht wüsste. »Ist es korrekt, dass die Polizei aufgrund der HIV-Infektionen wegen ›schwerer Körperverletzung‹ ermittelt?«

»Das ist korrekt, und das haben wir bereits in der letzten Medienmitteilung so kommuniziert.« Sandro wirkt leicht säuerlich, er fragt sich, worauf Milla hinauswill.

»Ist es ebenfalls korrekt, dass es aufgrund der HIV-Infektionen bereits zu einem Todesopfer kam?«

Sandro kann seine Überraschung nicht verbergen. Er blickt fragend zu Felix Winter, der kaum merkbar mit den Schultern zuckt. »Können Sie Ihre Frage etwas konkreter formulieren?«

Sandro ist sicher, dass Milla das könnte – doch sie schüttelt den Kopf. Das verunsichert ihn zusätzlich. Denn das bedeutet, dass sie etwas weiß, was ihre Journalistenkollegen noch nicht wissen sollen. Noch einmal blickt er Felix Winter an, der das Wort ergreift.

»Nein, das ist nicht korrekt. Es ist zu HIV-Infektionen gekommen, aber nicht zu einem Todesfall. Zum Glück.«

Als hätte er damit ein allseits bekanntes Code-Wort genannt, beginnen alle gleichzeitig mit ihren Papieren zu rascheln und ihre Taschen zu packen. Die Radio-Journalisten stürmen mit ihren Mikrofonen nach vorne, weil sie noch einen weiteren Originalton einfangen wollen. Und auch das Lokalfernsehen hat die Kamera schon auf dem Stativ aufgebaut. Doch bevor sich Sandro für weitere Interviews zur Verfügung stellt, hält er nach Milla Ausschau. Er muss sie fragen, wie sie darauf kommt, dass jemand gestorben sein könnte. Ist es möglich, dass sie tatsächlich mehr weiß als die Polizei? Nein, das kann nicht sein, sagt Sandro zu sich selbst. Doch er muss sich eingestehen, dass es nicht das erste Mal wäre, dass Milla ihm in einem Fall einen Schritt voraus ist.

Als sich der Medientross verzogen hat, setzt sich Sandro mit seiner Handvoll Ermittler zusammen, um das weitere Vorgehen im Fall um die verschwundene Carole Stein zu besprechen. Seit der Gegenüberstellung mit der Frauenärztin ist zumindest eines klar: Die Frau, die behauptet, Carole Stein zu sein, ist nicht Carole Stein. Auch liegt in keinem Berner Spital ein neugeborenes Kind namens Mirko Stein. Doch wo sich die richtige Carole aufhält, bleibt ein Rätsel.

»Aus dieser Frau ist nichts herauszubekommen. Sie weigert sich, ihre wahre Identität zu nennen«, klagt Sandro seinen Kollegen. »Auch in Sachen Nathaniel Brenner gibt es nichts Neues. Felix ist gerade mit den Kollegen der Spurensicherung daran, seine Wohnung auf den Kopf zu stellen. Doch Resultate stehen noch aus.« Sandro schiebt ein Handy über den Tisch in Richtung Florence Chatelat. »Das hier haben wir der Unbekannten abgenommen. Es hat geklingelt, als wir Carole Steins Nummer angewählt haben; es ist also auf die echte Carole Stein gemeldet. Kannst du versuchen, dir Zugriff zu verschaffen?« Dann wendet er sich an Bettina Flückiger. »Nimmst du dir bitte Carole Steins Wohnung vor? Wir haben auch hier den Durchsuchungsbeschluss erhalten.«

»Wonach soll ich suchen?«

»Das kann ich dir nicht sagen. Nach allem, was irgendeinen Hinweis auf ihren Aufenthaltsort geben könnte. Bankauszüge, Hotelbuchungen, schau dich um, ob etwas fehlt, das sie eingepackt und mitgenommen hat: Föhn, Reisepass, Koffer, und halte Ausschau nach der Adresse eines anderen Frauenarztes oder einer Geburtsklinik. Wir müssen herausfinden, ob sie freiwillig abgereist oder unfreiwillig verschwunden ist.« Aus dem Augenwinkel heraus erkennt Sandro, dass Florence bereits damit beschäftigt ist, Carole Steins Mobiltelefon zu bearbeiten. »Ich gehe im Moment davon aus, dass sie entführt worden ist. Die Frau, die sich als Carole Stein ausgibt, der Blinde, der ihre Entführung gehört haben will und selbst auf seltsame Weise in die Geschichte verstrickt ist … Hier stimmt einfach zu vieles nicht. Ich fürchte, wir müssen mit dem Schlimmsten rechnen. Und die Zeit drängt: Heute ist der offizielle Geburtstermin.«

Ein bedrücktes Raunen geht durch die Runde.

»Hast du einen Verdacht, wer die Unbekannte sein könnte?«, fragt ihn Bettina.

»Nein. Wir haben einen Wangenabstrich gemacht, das Resultat sollte in wenigen Stunden vorliegen. Dann werden wir sehen, ob sie in der DNA-Datenbank gespeichert ist.«

Als Sandro die Sitzung beendet, stehen alle auf, außer Florence Chatelat, die nichts um sich herum mitbekommt und immer noch auf Caroles Handy herumtippt.

»Bist du schon drin?«, fragt Sandro.

»Da gab es nichts zu knacken – das Telefon war gar nicht gesichert.«

»Also war es auch kein Problem für die Unbekannte, sich des Geräts zu bemächtigen und es zu benutzen.«

Florence nickt. »Entweder hat Carole Stein gar keinen Code benutzt, oder die Unbekannte hat das Telefon geknackt.«

»Und?« Sandro wirkt ungeduldig. »Hast du schon was?«

»Allerdings.« Florence tippt eine App an und schiebt Sandro das Handy zu. »Ich würde sagen: Hier haben wir ein paar weitere Verdächtige.«

Bevor Sandro das Handy zur Hand nehmen kann, klingelt sein eigenes Telefon: Es ist Felix Winter.

»Gibt's was Neues?«, fragt Sandro ohne Umschweife.

»Ja, das gibt es.«

»Ihr habt in der Wohnung was gefunden?« Augenblicklich beschleunigt sich Sandros Puls.

»Nein, die Wohnung war sauber. Wobei sauber wohl nicht das richtige Wort ist. Sie war total verstaubt, aber das kann man einem Blinden kaum zum Vorwurf machen.«

»Könntest du zur Sache kommen?«

»In der Wohnung war nichts – in seinem Kellerabteil hingegen schon. Dort stand ein Plastiksack mit Kleidung. Sie wird gerade auf DNA-Spuren untersucht. Aber ich kann dir jetzt schon sagen, dass wir daran Carole Steins DNA finden werden.«

»Warum?«

»Es handelt sich unter anderem um eine Schwangerschaftshose, Größe XXL.«

Sandro ballt die Faust. Florence blickt ihn fragend an.

»Was machen wir jetzt mit ihm?«, will Winter am anderen Ende der Leitung wissen.

»Wir lassen ihn laufen.«

»Wir lassen ihn laufen?«

»Ja. Wir sagen ihm kein Wort davon, dass wir etwas entdeckt haben. Du musst im Keller einen Plastiksack mit ähnlichen Kleidern deponieren. Achte darauf, dass er genau dort steht, wo ihr den anderen gefunden habt, und dass es ähnliche Materialien sind – Blinde haben einen ausgezeichneten Tastsinn. Dann wird er den Unterschied nicht merken. Wie sollte er auch. Wenn er sich sicher fühlt, wird er uns früher oder später zu Carole Stein führen.«

»Falls sie noch lebt«, wirft Winter ein.

»Sofern sie noch lebt. Ich setze sofort einen Mann auf ihn an.«

Kaum hat Winter aufgelegt, wählt Sandro die Nummer seines Kollegen Ramon Fink.

»Ich habe einen Job für dich.«

66

Nach einem Abstecher in die TV-Redaktion im Medienzentrum gleich neben dem Bundeshaus, wo sie das Filmmaterial von Kameramann Alex nach Zürich überspielt hat, trägt Milla erneut die beiden Bündel Altpapier durch Berns Gassen und kommt sich dabei ziemlich bescheuert vor. Sie denkt gerade darüber nach, ob sie den Ballast wirklich bis nach Zürich schleppen soll, da empfiehlt aus ihrer Tasche Eric Idle singend: »Always Look on the Bright Side of Life.« Milla flucht und stellt die Papierstapel neben sich ab, um ihr Telefon aus der Umhängetasche zu klauben. Auf dem Display steht eine Nummer, die sie nicht kennt. Als sie rangeht, weiß sie aber sofort, mit wem sie spricht: Veronika, Nathaniels Nachbarin.

»Er kommt frei!«, sagt Veronika aufgeregt. »Sie lassen ihn doch schon heute wieder nach Hause gehen. Das heißt, die Polizei verdächtigt ihn nicht mehr, richtig?«

Hoffentlich heißt es das, denkt Milla, aber sie spricht es nicht aus. Braucht sie auch nicht, denn Veronika redet ohne Unterlass weiter.

»Sie haben mich gefragt, ob ich ihn im Regionalgefängnis abholen könne, weil Alisha bei mir ist. Aber der Weg ist so weit. Darum dachte ich, falls du noch in der Stadt bist …«

»Klar, ich hole Nathaniel ab.« Milla blickt auf die Uhr.

»Ich kann in einer Viertelstunde dort sein.« Ächzend hebt sie die Bündel wieder hoch, dreht sich um und stapft exakt in die Richtung, aus der sie gerade gekommen ist.

Es ist das erste Mal in Millas Leben, dass sie jemanden an der Pforte eines Gefängnisses abholt. Aber sie ist überzeugt, dass kaum je ein entlassener Häftling einen hilfloseren Eindruck gemacht hat: Nathaniel steht in der Ecke des kleinen Vorraums, rechts von ihm sitzt hinter Panzerglas eine grimmig blickende Aufseherin, hinter ihm erkennt Milla die Sicherheitsschleuse, durch die es für die meisten in diesem Gebäude nur ein Hinein, aber für unterschiedlich lange Zeit kein Hinaus mehr gibt. Anderthalb Meter links von Nathaniel steht ein Klappstuhl, doch offensichtlich hat ihm niemand gesagt, dass es eine Sitzgelegenheit gibt. Als Milla ihn da so stehen sieht, das aschfahle Gesicht gegen den Boden gerichtet, die zitternden Hände ineinander verschränkt, tut er ihr plötzlich schrecklich leid. Er sieht um Jahre gealtert aus. Warum ist er bloß in diese Geschichte hineingeraten? Als wäre sein Leben nicht so schon schwierig genug.

»Nathaniel.«

»Milla! Ein Glück, dass du da bist.«

Obwohl andere Blinde oft kaum über eine Mimik verfügen, steht Nathaniel die Erleichterung ins Gesicht geschrieben. Er hat ihr mal erklärt, dass Menschen, die von Geburt an blind sind, mit Gestik und Mimik nicht vertraut sind; sie haben es nie an jemand anderem gesehen. Er hingegen war bis zu seinem elften Lebensjahr ein ganz normaler Junge gewesen.

»Ich will hier raus, und zwar schnell.« Nathaniel macht

ein paar Schritte auf Milla zu, sie reicht ihm den Ellenbogen, damit er sich daran festhalten kann.

Milla und Nathaniel geben ein ungewöhnliches Bild ab, als sie wenig später zu Fuß von der Bushaltestelle zu seiner Wohnung gehen. Milla trägt in der einen Hand ein schweres Bündel Altpapier und führt am anderen Arm einen blinden Mann – dieser hält sich mit der einen Hand an der Frau fest und schleppt in der anderen ebenfalls ein schweres Zeitungsbündel, fast so, als würden sie sonst aus dem Gleichgewicht geraten.

»Ich fand es schon ungewöhnlich, die Post einer mir unbekannten Frau abzufotografieren«, sagt Nathaniel. »Aber du schlägst mich um Längen: Du hast einer unbekannten Frau das Altpapier geklaut.«

Er kann sich ein Lachen nicht verkneifen, obwohl die Situation alles andere als lustig ist. Doch Milla ist froh, ihn wieder fröhlich zu erleben.

Kaum sind die beiden die ersten Stufen im Treppenhaus hochgestiegen, bellt im zweiten Stock Alisha. Als Veronika die Tür öffnet, stürmt das Fellbündel hinaus und bringt Nathaniel beinahe zu Fall. Die Hündin springt an ihm hoch, schleckt sein Gesicht ab und kriegt sich gar nicht wieder ein.

»Sie führt sich auf, als wärest du von den Toten auferstanden«, sagt Milla, während sie die Zeitungsbündel bei Veronika in den Flur stellt.

»Vielleicht bin ich das irgendwie auch.« Nathaniels Worte verlieren sich im Hundegeheul.

»Ich mach uns allen frischen Tee«, ruft Veronika laut.

»Ich brauche zuerst meine Medikamente«, sagt Nathaniel und entschuldigt sich für einen Moment.

Als er aus seiner Wohnung zurückkehrt, dampft der Tee aus der Porzellankanne, und die beiden Frauen am Tisch blattern sich durch das Altpapier von Carole Stein.

»Vielleicht ist es mit alter Post wie mit dem Abfall: Er verrät mehr über den Verursacher als jeder Lebenslauf.« Veronika sortiert die Bankbelege aus, die Carole Stein unvorsichtigerweise zum Altpapier gelegt hat.

Milla liest sie aufmerksam durch. Doch mehr als der monatliche Mietzins und gelegentliche Bargeldbezüge am Bankautomaten sind darauf nicht aufgeführt. Daneben finden sich zerlesene Zeitungen – Carole hatte »Die Zeit« und den »Tagesanzeiger« abonniert –, Werbebroschüren, Stromrechnungen, ein Schreiben von den städtischen Verkehrsbetrieben, das wegen Bauarbeiten an den Tram-Gleisen Nachtlärm im Quartier ankündigt, Quittungen vom Pizza-Lieferdienst. Nichts, das ihnen etwas über Carole Steins Aufenthaltsort verraten würde.

»Hoppla«, sagt Veronika plötzlich. »Was ist denn das?« Sie reicht Milla drei ungeöffnete Briefumschläge, die mit einem gelben Kleber versehen sind.

Milla begutachtet die Kuverts. Über die ursprüngliche Adresse ist ein Etikett mit Caroles Anschrift geklebt. Der Brief wurde von der Post umgeleitet oder nachgesandt. Vorsichtig versucht Milla, eines der Etiketten zu lösen. Darunter erscheint ein anderer Name.

»Gabriela Stein«, liest sie laut vor.

»Das ist ihre Mutter«, sagt Nathaniel. »Oder eher, das war ihre Mutter.«

»Caroles Mutter ist tot? Dann muss Carole einen Nachsendeauftrag beantragt haben.«

»Aber warum hat sie dann die Briefe nicht geöffnet?«, fragt Veronika.

»Vielleicht war es zu schmerzhaft für sie. Vielleicht hört man irgendwann damit auf, die Post von Toten zu öffnen.« Milla reißt den ersten Umschlag mit dem Stiel des Teelöffels auf. Darin findet sich Werbung eines Mobilfunkanbieters, der ein neues All-Inclusive-Abonnement anpreist. Im zweiten Brief sucht ein Künstler Investoren für ein Kunstprojekt. Er will auf der Berner Allmend aus Holz den Eiffelturm nachbauen und anschließend im Rahmen eines Happenings verbrennen.

»Seltsam«, sagt Milla, nachdem sie das dritte Kuvert geöffnet hat.

»Was ist es?«, fragt Veronika.

»Es ist ein Brief von der Adoptionsbehörde.«

67

Carole weiß nicht, ob sie träumt oder ob sie wach ist. Sie meint, sie sei wach. Aber sie kann plötzlich sehen. Nach all den Tagen im tiefen Schwarz sind da auf einmal Farben. Viele Farben. Vor Carole liegt ein Meer aus Blumen, das Rot und Blau und Gelb der Blüten brennt in ihren Augen. Sie blinzelt. Wo bin ich?, fragt sich Carole. Was passiert mit mir? Was sie sieht, kann nicht real sein. Vielleicht hat sie nur geträumt, sie sei aufgewacht, und befindet sich in Wirklichkeit in tiefem Schlaf. Sie kennt das Gefühl zu träumen, dass man erwacht. Schon ihre Großmutter und auch ihre Mutter hatten luzide Träume. Früher hat Carole unter ihnen gelitten, irgendwann lernte sie, damit umzugehen. Sie erkennt im Wachtraum, dass sie nicht wach ist und dass keine wirkliche Gefahr besteht – und mittlerweile kann sie ihre luziden Träume sogar so weit steuern, dass sie richtig erwacht und vom Traum nicht mehr bleibt als ein schaler Nachgeschmack. Aber das hier – das ist anders. Sie wird es nicht schaffen, aus diesem Traum zu erwachen, weil es kein Traum ist. Carole setzt sich auf. Tastet die Matratze ab, den Boden neben sich. Auch der raue Schmerz in ihrem Hals ist noch immer da, das Ziehen in den Brüsten, das Reißen im Bauch. Die Blumen vor ihren Augen beginnen, sich um sie herum zu drehen, immer schneller, bis die Blüten nicht mehr Punkte sind, sondern Kreise. Carole wird schwindlig. Nein, sie kann unmöglich wach sein. Sie kneift sich in die Wange. »Autsch«, sagt sie laut. Sie ist doch wach. Drogen, denkt sie und schließt die Augen, presst sie fest zusammen. Die farbigen Kreise werden wieder zu Punkten, aber sie sind immer noch da. Das müssen Halluzinationen sein. Carole fragt sich, ob Dehydrierung Halluzinationen auslösen kann. In ihrem früheren Leben hätte sie zum Handy gegriffen und es schnell gegoogelt. In weniger als ein paar Sekunden hätte das Gerät die Antwort ausgespuckt. Doch jetzt bleiben alle Fragen offen.

Carole ist sich nicht sicher, welche ihrer beiden möglichen Erklärungen ihr mehr Angst macht: Dass sie Dinge sieht, die es nicht gibt, weil sie gerade dabei ist zu verdursten – oder weil sie beginnt, den Verstand zu verlieren.

68

»Wo waren wir stehen geblieben?«, fragt Sandro, nachdem er Ramon Fink damit beauftragt hat, den Blinden nicht aus den Augen zu lassen.

»Bei Tinder«, sagt Florence und zeigt ihm auf Carole Steins Handy die Dating-App mit einer Liste von Männernamen. »Nichts verrät mehr über das Privatleben eines Menschen als sein mobiles Telefon. Es ist der Draht zu seiner Umwelt, um nicht zu sagen: Es ist die Welt des Menschen im Kleinformat. Diese fünf Männer hier hat Carole Stein vor neun Monaten gedatet. Mit allen fünf hat sie sich in derselben Woche verabredet. Mit allen fünf hat sie vier Wochen später den Kontakt abgebrochen. Und …«, Florence legt eine Spannungspause ein, »… alle fünf kommen, wenn ich richtig rechne, als Vater ihres Kindes infrage.«

»Langsam, langsam, langsam. Ich kann überhaupt nicht folgen.«

»Sagen wir mal so: Carole Stein hatte ein abwechslungsreiches Sexualleben. Exakt neun Monate, bevor ihr Geburtstermin ansteht, hat sie sich mit fünf verschiedenen Männern getroffen, die sie über die Dating-App Tinder kennengelernt hat. Und vier Wochen später hat sie den Kontakt zu ihren Affären wieder abgebrochen.«

»Warum sollte sie das tun?«

»Vielleicht, weil sie gemerkt hat, dass sie schwanger ist?«

Sandro wird den Verdacht nicht los, dass er sich gerade etwas begriffsstutzig anstellt, aber er versteht beim besten Willen nicht, worauf Florence hinauswill. Sie hört sich an, als würde sie in einer Sprache sprechen, die nur Frauen verstehen.

»Florence, ich begreif's nicht.«

Seine Kollegin verdreht die Augen. Sie erkennt, dass sie bei Sandro ganz weit vorne beginnen muss. »Wie alt ist Carole Stein? Dreiunddreißig?« Auf Sandros Nicken fährt sie fort. »Es ist bekanntlich so: Die Frauen meiner Generation scheinen zumindest auf unserem Kontinent den Sechser im Lotto gezogen zu haben. Dank der Pille werden wir nicht mehr ungewollt geschwängert, wir können uns bilden und müssen uns nicht in die finanzielle Abhängigkeit eines Kerls begeben, wir können Karriere machen und ein selbstbestimmtes Leben führen, kurzum: Wir können tun und lassen, was wir wollen.«

»Aber?«

»Leider hat sich unsere innere biologische Uhr noch nicht den äußeren Lebensumständen angepasst, und kaum gehen wir auf die Vierzig zu, wächst in uns das Gefühl, dass da trotz allem etwas fehlt.«

»Ein Kind.«

»Bingo!«

»Und was willst du mir jetzt damit sagen?«

»Carole Stein hat auf Tinder nach einem potenziellen Vater gesucht.«

»Nach einem Partner.«

»Nein, nach einem *Erzeuger*! Weil man zum Machen eines Kindes halt immer noch einen Mann braucht.«

»Das bedeutet, sie wollte ein Kind, aber nicht unbedingt einen Partner dazu?«

»Du kommst der Sache langsam näher. Und da sie als Single nicht einfach zur Samenbank rennen kann, hat sie sich zum Eisprung ein paar Sexgeschichten gesucht. Das ist meine Theorie. Und glaube mir, so abwegig ist sie nicht. Ich habe mir das auch selbst schon überlegt.«

Sandro blickt Florence überrascht an.

»Jetzt schau nicht so!«

»Aber warum will sie das Kind lieber alleine großziehen, statt eine Familie zu gründen? Das wäre doch viel einfacher und viel schöner und auch romantischer und überhaupt …«

»Weil es mit euch Männern halt manchmal nicht so einfach ist, und der Wunsch nach einem Kind kann plötzlich unglaublich drängend werden. Es müssen die Hormone sein.«

Die Hormone, denkt Sandro. Die Auswirkungen der weiblichen Hormonschwankungen hat er, spätestens seit er mit Milla zusammen ist, nur zu gut selbst kennengelernt.

»Die fünf Männer wissen demnach womöglich gar nicht, dass sie als Väter infrage kommen«, mutmaßt Sandro. »Und falls sie es doch herausgefunden haben, könnte ein unerwünschtes Kind unter Umständen ein Motiv sein, um es inklusive Mutter verschwinden zu lassen …«

»Jetzt hast du's begriffen.« Florence wirkt erleichtert.

»Aber warum engagiert jemand eine Frau, die dem Opfer ähnlich sieht, als Helferin?«

»Am besten fragen wir sie das selbst.«

»Kommen wir an Namen und Adressen der Männer heran?«

»Schon passiert. Jeder, der bei Tinder angemeldet ist, hat einen Facebook-Account. Mit dem Vornamen, den wir bei Tinder sehen, und einem Google-Bildervergleich konnte ich zwei von ihnen identifizieren. Und die anderen drei habe ich in Carole Steins Kontakten aufgespürt: Sie heißen Markus Tinder, Alain Tinder und Daniel Tinder … weil sie ihre Nachnamen nicht kannte, hat sie sie wohl nach dem Namen der Dating-App benannt. Aber alle haben eine Telefonnummer.«

»Du bist die Beste. Wir verfolgen auch diese Spur weiter, bis wir wissen, ob es sich tatsächlich um Caroles Kleidung handelt, die wir in Brenners Keller gefunden haben. Es kann nicht schaden, den Herren mal einen Besuch abzustatten, am besten teilen wir uns auf. Sonst noch etwas?«

»Ja, einiges …«

Florence berichtet Sandro, dass sie Zugriff auf sämtliche E-Mails, alle WhatsApp-Chats, SMS sowie auf das Fotoalbum hat. Sie hat das Bild eines Babybauches gefunden, das Carole Stein ihrer Freundin Vanessa geschickt hat, sowie zahlreiche abfotografierte Grafiken, teils aus dem Internet, teils aus Zeitungen, die sie wohl aus professionellen Gründen interessierten.

»Und dann ist da noch ihr Terminkalender: Darin steht unter anderem auch der Termin bei der Frauenärztin, den sie nicht wahrgenommen hat. Danach ist er aber leer«, fährt Florence fort. »Auffallend ist: Von jenem Tag an, als Nathaniel Brenner Zeuge des möglichen Verbrechens geworden sein will, sind nur noch eingehende, aber keine ausgehenden Telefonanrufe mehr verzeichnet. Anders bei den Kurznachrichten: Auf drei Nachrichten wurde in den letzten neun Tagen geantwortet. Eine Denise fragt, ob Carole mit zum Feierabendbier kommen möchte. Philipp will wissen, ob man sich nicht trotzdem mal wiedersehen könne. Und ein Beda hat eine Einladung zu einem Konzert in der Berner Reithalle geschickt. Alle drei Nachrichten wurden mit denselben Worten beantwortet: *Danke, das ist lieb. Aber ich habe keine Zeit, ich bin für ein paar Wochen weggefahren. Melde mich, wenn ich zurück bin.*«

»Wir wissen aber nicht, ob das die echte oder die falsche Carole geschrieben hat.«

»Nein, das wissen wir nicht. Dasselbe gilt für den letzten Eintrag auf Facebook. Er lautet: *Liebe Freunde, ich bin dann mal weg. Ich will eine facebookfreie Zeit einlegen und werde mich in den nächsten Wochen oder Monaten nicht mehr einloggen. Bis dann, Carole.* Die Meldung wurde sechs Stunden, nachdem der Blinde seinen Notruf abgesetzt hat, gepostet.«

Während Florence spricht, öffnet sie den Safari-Browser in Carole Steins Handy und schaut sich den Verlauf der Websites an, die in den letzten Monaten geöffnet waren.

»Hoppla«, unterbricht sie sich selbst.

»Was ist?«, fragt Sandro.

»Offenbar lag ich mit meiner Theorie doch falsch. Es gibt wohl einen anderen Grund, warum Carole Stein zwar einen Erzeuger, nicht aber einen Partner suchte.«

69

»Sehr geehrte Frau Stein,

mit diesem Schreiben teilen wir Ihnen mit, dass Ihre leibliche Tochter sich auf die Suche nach ihrer Herkunftsfamilie gemacht hat und gerne mit Ihnen in Kontakt treten möchte. Gemäß der geltenden Rechtslage ist es Ihre freie Entscheidung, ob wir Ihrer Tochter Ihre Identität und Ihre Kontaktdaten bekanntgeben dürfen. Falls Sie sich entscheiden, Ihre zur Adoption gegebene Tochter wiederzusehen, empfehlen wir Ihnen verschiedene Wege für ein erstes Kennenlernen:

ein anonymer Briefwechsel (die Briefe werden durch unsere Fachstelle weitergeleitet)
ein direkter Briefkontakt
eine persönliche Begegnung
eine erste Begegnung in Begleitung einer unser Fachbearbeiterinnen

Aufgrund unserer Erfahrungen empfehlen wir, behutsam aufeinander zuzugehen. Geben Sie sich gegenseitig die nötige Zeit, um Ängste ab- und Vertrauen aufzubauen. Bitte geben Sie uns Bescheid, ob und in welcher Form Sie einer Kontaktaufnahme durch Ihre Tochter zustimmen.

Mit freundlichen Grüßen
Bernadette Pfister
Fachbearbeiterin
Fachstelle für Adoptionen«

Milla hat den Brief laut vorgelesen. Als sie fertig ist, sagen weder Veronika noch Nathaniel ein Wort. »Was meint ihr? Könnte dieser Brief von Bedeutung sein? Könnte er im Zusammenhang mit Caroles Verschwinden stehen?«

Zur Antwort erhält sie ein synchrones Schulterzucken. Einmal mehr denkt Milla, dass Nathaniel nicht wie ein Blinder wirkt, wenn er die Körpersprache der Sehenden anwendet.

»Der Brief war ungeöffnet. Das heißt, dass Caroles Mutter nie erfahren hat, dass ihre leibliche Tochter sie sucht«, bemerkt Veronika. »Wie traurig.«

»Und Carole hat nie erfahren, dass sie eine Schwester oder eine Halbschwester hat.«

»Keine Ahnung, ob dieses Schreiben etwas mit Caroles Verschwinden zu tun hat. Aber seltsam ist es allemal«, meint Nathaniel.

Milla stimmt ihm zu. »Nun, dann versuchen wir doch mal herauszufinden, ob es einen Zusammenhang gibt.«

Sie blickt auf die Uhr, es ist noch früh genug. Kurz entschlossen wählt sie die Telefonnummer, die im Adresskopf angegeben ist. Es ist die Durchwahl der zuständigen Fachbearbeiterin, die sofort rangeht.

»Fachstelle für Adoption, Pfister?« Die Stimme der Frau schnellt am Ende des Satzes in die Höhe, als würde sie eine Frage stellen.

Ohne lange zu überlegen, greift Milla zu einer Notlüge.

»Guten Tag, Frau Pfister. Mein Name ist … Bea Flück«, erfindet sie schnell einen Namen. »Ich bin die Schwester von Gabriela Stein, die leider vor sechs Monaten verstorben ist. Erst jetzt ist uns bei der Durchsicht der Post Ihr Schreiben in die Hände gefallen, wonach die zur Adoption freigegebene Tochter meiner Schwester Kontakt mit unserer Familie aufnehmen möchte. Soll ich Ihnen die Dossiernummer vorlesen, die auf dem Brief angeführt ist?«

Als Milla aufblickt, sieht sie, dass Veronika beide Daumen in die Höhe streckt und eine verschmitzte Miene macht. In Nathaniels neutralen Gesichtszügen kann sie hingegen nicht lesen, ob er ihre Lüge gutheißt, doch er nickt ununterbrochen. Milla aktiviert den Lautsprecher, damit die beiden mitbekommen, was Pfister am anderen Ende der Leitung sagt.

»Nein, die Dossiernummer ist nicht nötig. Ich weiß, um welchen Fall es geht. Mein herzliches Beileid, es ist eine tragische Geschichte. Ich habe kurz nach dem Versand des Briefes vom Tod Ihrer Schwester erfahren und die Antragstellerin darüber informiert.«

»Können Sie mir sagen, wer die Antragstellerin ist? Ich möchte die Tochter meiner Schwester gerne kennenlernen.«

Am anderen Ende der Leitung bleibt es einen Moment lang still.

»Es ist mir bewusst, dass es eine spezielle Situation ist«, sagt Frau Pfister schließlich. »Aber ich kann Ihnen den Namen der Frau nicht nennen. Gemäß dem geltenden Gesetz müssen sowohl die Mutter als auch die Tochter damit einverstanden sein, dass ihre Identität offengelegt werden kann.«

»Aber meine Schwester kann diese Entscheidung ja gar nicht mehr treffen.«

»Es tut mir leid. Genau darum kann ich Ihnen im Moment nicht weiterhelfen. Ich muss zuerst abklären, was wir in solchen Situationen tun. Auf jeden Fall kann ich Ihnen ohne Rücksprache mit der Antragstellerin überhaupt keine Auskunft geben.«

Milla verdreht die Augen. »Frau Pfister, könnten Sie nicht einmal eine Ausnahme machen?«

»Wir machen keine Ausnahmen.«

»Meine Schwester hat eine zweite Tochter, immerhin die Schwester oder wenigstens Halbschwester der Frau, die sich an Sie gewendet hat. Sie wird doch wohl das Recht haben, ihre Schwester kennenzulernen.«

»Es tut mir leid. Ich habe die Regeln nicht gemacht.«

»Das bedeutet also, dass auch die Adoptionstochter nicht erfahren hat, wer ihre Mutter war – weil Gabriela das Einverständnis nicht mehr geben konnte?«

»Ja. Wie gesagt, wir machen da keine Ausnahmen.«

»Können Sie nicht wenigstens die Adoptionstochter fragen, ob Sie bereit wäre, mit mir zu reden? Ich bin ihre Tante!«

»Wir werden mit der Adoptionstochter Kontakt aufnehmen. Aber wie gesagt, ich muss zuerst abklären, was wir in Situationen wie diesen tun. Sie können mich gerne in zwei bis drei Wochen wieder anrufen.«

Milla fragt sich, ob sie je einer stureren Person begegnet ist. Diese Frau ist einfach nicht zu überzeugen. Sie will gerade aufgeben und sich verabschieden, da räuspert sich Frau Pfister.

»Aber wenn ich Sie schon am Draht habe …«

»Ja?« Jetzt ist es Milla, die in ein Dauernicken verfällt,

als könne sie damit ihr Gegenüber ködern, ihr doch noch genau das zu verraten, was sie wissen will.

»Wir hatten da unglücklicherweise einen Zwischenfall. Es ist möglich, dass die Tochter doch an den Namen ihrer leiblichen Mutter gekommen ist.«

»Wie meinen Sie das?« Milla spürt, dass sich ihr Puls beschleunigt. In Veronikas kleiner Stube scheinen alle den Atem anzuhalten. Sogar Alishas Hecheln ist verstummt.

»Wir haben es erst vor Kurzem festgestellt.«

Was denn gemerkt?, denkt Milla. Am liebsten würde sie der Beamtin einen Tritt versetzen, damit sie endlich mit der Antwort herausrückt. Aber sie schweigt und täuscht Geduld vor.

»Unsere Informatikabteilung hat uns informiert, dass jemand in unser System eingedrungen ist. Dabei hat der Hacker nur ein einziges Falldossier geöffnet. Jenes von Gabriela Stein.«

70

Ihre Augenlider sind aus Blei. Sie kann sie nicht öffnen.

Da ist es wieder.

Das feuchte Etwas auf ihren Lippen. Ein nasser Stoff. Jemand ist bei ihr. Es ist ein Traum, eine weitere Halluzination, die ihren Verstand verdrängen will.

Wasser.

Mit unerträglicher Langsamkeit dringt die Information in Caroles Gehirn, dass sie Wasser auf den Lippen fühlt. Echtes Wasser. Sie schlägt die Augen auf und bleibt blind, nichts als Schwärze, aber sie ist wach jetzt, das glaubt sie zumindest.

Er ist zurück. Der Böse ist wieder da und benetzt ihre Lippen mit einem nassen Tuch.

Carole will ihn fragen, warum er sie so lange allein gelassen hat, aber sie kann nicht sprechen und bereut den Versuch sofort; das Röcheln, das aus ihrer Kehle dringt, ist ein einziger Schmerz.

Sie fühlt den geschmacksneutralen Rand einer PET-Flasche an ihrem Mund, sie schlürft, aber es kommt nur wenig, schon nimmt er die Flasche wieder weg, sie schnellt mit dem Kopf nach vorne, sie will mehr. Viel mehr.

»Langsam, langsam«, flüstert eine Männerstimme.

Carole schreckt zusammen. Es ist das erste Mal, dass der Böse etwas sagt. Immer wieder hat sie versucht, ihn zum Sprechen zu bringen. Doch jetzt erschüttern sie seine Worte. Weil es ihn real macht. Weil es ihn zu einem echten Menschen macht. Weil seine Worte das Phantom vertreiben und die Realität nur noch schrecklicher erscheinen lassen. Er gibt ihr weiter kleinste Schlucke, entzieht ihr die Flasche wieder, hält sie ihr erneut an den Mund. Noch einmal versucht sie zu sprechen.

»Schschscht«, macht der Böse.

Er legt kurz die Hand auf ihre Stirn. Die Handfläche ist groß. Fünf Sekunden später ist die Hand wieder da und hält ihr etwas an die Lippen. Carole riecht, dass es eine Orange ist, und nimmt den Schnitz in den Mund. Die Säure brennt. Doch mit jedem Schluck und jedem Bissen fließt ein Stückchen Energie in sie zurück. Sie spürt, dass ihr Körper seine Funktionen langsam wiederaufnimmt, wie ein kalter Motor, der zu lange stillgestanden hat und mehrere Anläufe braucht, um wieder in die Gänge zu kommen. Instinktiv fassen ihre Hände an ihren Bauch.

Nichts regt sich.

Eine kalte Furcht umschließt ihr Herz. Silas. Bitte sei nicht tot. In dieser Sekunde spürt sie ihn. Ein Fußtritt. Tränen schießen ihr in die Augen. Wieder ein Schluck Wasser. Ein weiterer Orangenschnitz.

Etwas fühlt sich falsch an.

Es ist mehr eine Ahnung als ein Gefühl, Carole kann sie nicht greifen.

Der Böse schweigt wieder. Er packt ihre Hände, zieht ungeschickt daran, will ihr zeigen, dass neben ihrem Bett drei Wasserflaschen stehen und ein Plastikteller mit Früchten. Dann verschwindet er ohne ein Wort, und Carole ist sich auf einmal nicht mehr sicher, ob er überhaupt hier gewesen ist.

71

»Sag schon! Was für einen Grund?« Sandro drängelt. Geduld war noch nie seine Stärke.

»Carole hat sich ein Kind ohne Vater gewünscht, weil sie lieber eine Frau an ihrer Seite hätte als einen Mann.« Florence blickt Sandro triumphierend an.

»Carole Stein ist lesbisch?«

»Auf jeden Fall hat sie sich im Internet in etlichen Lesbenforen aktiv eingeschaltet. Und in ihrer Chronik finden sich Adressen wie ›Wybernet‹ und ›fraum‹.«

»Fraum?«

»Frauenzentrum für Lesben. In ihren Mails habe ich gesehen, dass sie hin und wieder für die Frauenbeiz gekocht hat. Aber da habe ich noch nicht daran gedacht, dass das ein Restaurant für Lesben sein könnte.«

Sandro nickt. Das erklärt natürlich einiges. »Eine lesbische Frau wünscht sich ein Kind. Und weil lesbische Frauen in der Schweiz keine Kinder adoptieren dürfen, hat sie einen legalen Weg gesucht, um an ein Kind zu kommen: Sie hatte Sex mit Männern.« Sandro hält einen Moment inne. »Kann sich eine lesbische Frau überhaupt überwinden, Sex mit einem Mann zu haben?«

Florence verdreht die Augen. »Wahrscheinlich ist es für sie kein Vergnügen, aber wir Frauen, wir können alles!«

Auf seine Kollegin trifft es sogar teilweise zu, denkt Sandro, aber er spricht es nicht laut aus. »Auf jeden Fall haben wir fünf neue Verdächtige. Doch das erklärt noch immer nicht, warum sich die Unbekannte als Carole Stein ausgibt. Und wir wissen auch nicht, wo sich die echte Carole Stein befindet. Gleichzeitig haben wir einen Blinden, in dessen Keller wir mutmaßlich eine Schwangerschaftshose der Verschwundenen finden – obwohl er derjenige ist, der als Erster behauptete, dass es ein Verbrechen gibt und der uns erst auf diese Geschichte und die falsche Carole aufmerksam gemacht hat. So einen verrückten Fall hatten wir noch nie: zu viele Verdächtige, kein Opfer, und nichts ergibt einen Sinn.« Sandro lacht bitter. Tatsächlich fühlt er sich gerade ziemlich überfordert. Zumal die Zeit drängt: Weil das mutmaßliche Opfer womöglich gerade jetzt in Gefangenschaft ihr Kind zur Welt bringt. »Wir werden alle drei Spuren parallel weiterverfolgen – Brenner, die falsche Carole, die Tinder-Männer. Wir können nicht riskieren, uns in die falsche Richtung zu verrennen.«

Während Sandros Monolog schreibt Florence die Namen und Telefonnummern der fünf Tinder-Bekanntschaften von Carole Stein heraus – zuoberst setzt sie jene Person, die der Liste besondere Brisanz verleiht: Unter den Kandidaten befindet sich niemand Geringerer als der christlich-konservative Berner Regierungsrat Oliver Moser, verheirateter Vater. Ausgerechnet ein Politiker, der ohne Unterlass die Werte der intakten Familie und der ehelichen Treue predigt. Sollte er der Vater von Carole Steins Kind sein, das bei einem außerehelichen Seitensprung entstanden ist, dann wäre seine politische Karriere wohl am Ende. Das ist Sandros Meinung nach mehr als nur ein Motiv, das hört sich schon fast wie eine präventive Tat an.

Sandro schickt Florence Chatelat los, um die neuen Verdächtigen umgehend aufzusuchen, sie und Felix sollen sich die Arbeit aufteilen, sobald er zurück ist. Die wichtigste Frage betrifft das Alibi: Wo waren sie an jenem Mittwochnachmittag, als der blinde Nathaniel Brenner mit Carole im Chat verbunden war? Kollege Ramon Fink ist derweil damit beschäftigt, Brenner zu beschatten. Und Sandro selbst will sich gemeinsam mit Bettina noch einmal die Unbekannte vorknöpfen.

Sie begeben sich hinab in das Büro neben dem sogenannten Kino und warten darauf, dass die Unbekannte von ihrer Zelle in den Verhörraum gebracht wird. Sandro steht hinter dem Einwegspiegel und beobachtet durch das Glas, wie sie hineingeführt wird, wie sich die Tür hinter ihr schließt und wie sie sich unentschlossen im Raum umsieht. Dann setzt sie sich an den Tisch, sitzt starr und steif auf ihrem Stuhl, mit geradem Rücken, die Hände auf den Schoß gelegt.

Wer bist du?, fragt sich Sandro, als er sie studiert. Warum behauptest du, Carole Stein zu sein? Damit niemand merkt, dass sie verschwunden ist? Aber warum? Wem hilfst du? Bist du die Komplizin eines psychisch kranken Blinden oder doch eher die Helferin eines untreuen Ehemannes, der um keinen Preis als Vater eines außerehelichen Kindes entlarvt werden will? Aber warum solltest du das tun?

Sandro fragt Bettina, ob sie bereit sei. Sie nickt und setzt sich auf den Stuhl hinter der Glasscheibe, während er sich in den Verhörraum begibt.

Kaum hat er die Tür hinter sich geschlossen, bricht ein verbaler Hagelsturm über ihn herein. Die falsche Carole Stein schießt aus ihrem Stuhl hoch und bombardiert Sandro mit Worten.

»Was erlauben Sie sich eigentlich! Halten mich hier fest wie eine Gefangene, sagen mir nicht einmal, worum es geht, und lassen mich stundenlang tatenlos herumsitzen, nur, um mich schon wieder zu verhören, als wäre ich eine Verbrecherin! Das ist eine Unverschämtheit. Ich werde mich bei Ihrem Vorgesetzten beschweren. Und jetzt lassen Sie mich hier raus. Ich will endlich gehen.«

»Sind Sie das denn nicht?« Sandros Stimme klingt ganz ruhig.

»Was?« Ihre Frage peitscht wie ein Knall durch den Raum.

»Eine Verbrecherin.«

»Nein, ich habe mir noch nie etwas zuschulden kommen lassen. Ich weiß überhaupt nicht, was das alles soll. Ich will jetzt meinen Sohn besuchen. Wenn Sie mich nicht endlich gehen lassen, verklage ich Sie.«

»Ich kann Ihnen sagen, warum Sie hier sind: weil Sie nicht Carole Stein sind, weil Sie nicht erst kürzlich ein Kind geboren haben, weil in keinem Spital ein Säugling namens Mirko Stein liegt. Und weil wir denken, dass Sie eine Entführerin sind. Oder zumindest die Gehilfin eines Entführers.«

»Und wen soll ich bitte sehr entführt haben?«

»Carole Stein.«

»Carole Stein wurde nicht entführt. Sie sitzt hier vor Ihnen! Ich bin Carole Stein, wie oft soll ich Ihnen das noch sagen?«

»Sie lügen. Wir haben Zeugen, die bestätigen, dass Sie

nicht Carole Stein sind. Es ist an der Zeit, uns zu sagen, wer Sie wirklich sind. Und wo Carole Stein versteckt wird.«

»Sie wollen Zeugen haben? Die lügen!«

Darauf geht Sandro gar nicht erst ein. Hatte er bei der ersten Befragung Mühe, die Frau einzuschätzen, weiß er jetzt, dass sie diejenige ist, die lügt. Er legt eine Fotografie des Regierungsrats Oliver Moser vor ihr auf den Tisch.

»Wie viel hat Ihnen dieser Mann bezahlt?«

»Ich weiß nicht, wer das ist.«

»Sie kennen den Mann nicht?«

»Nein.«

Sandro glaubt ihr nicht. Selbst wenn man ihn nicht persönlich kennt, weiß jeder, wer Oliver Moser ist. Die letzten Wahlen liegen noch keine zwei Wochen zurück, und die ganze Stadt war mit seinem Gesicht zugekleistert.

»Dann nenne ich Ihnen mal andere Namen.« Sandro zählt die Namen der vier weiteren Männer auf, mit denen sich Carole getroffen hat. Er liest in der Mimik der Unbekannten keine Reaktion. Entweder ist sie eine gute Schauspielerin, oder sie kennt die Männer wirklich nicht.

»Also gut. Dann erzählen Sie mir doch mal, wie Sie Nathaniel Brenner kennengelernt haben.«

»Ich habe keine Ahnung, wer das jetzt wieder sein soll.«

»Der blinde Mann.«

»Der Blinde? Der gemeint hat, dass ich niedergeschlagen worden sei? Den soll ich auch noch kennen?«

»Falls Sie Carole Stein sein sollten, waren Sie mit ihm am Mittwoch vor einer Woche per Videochat verbunden.«

»Ja, richtig. Aber ich kenne den Mann nicht. Er ist ein

behinderter Stalker, der mir nachgestellt hat. Ihn sollten Sie festnehmen!«

Sandro legt eine Pause ein. Es ist zum Verzweifeln. Er kommt mit dieser Frau keinen Schritt weiter.

»Wir werden Ihre DNA mit jener der echten Carole Stein vergleichen, die wir in deren Wohnung und in deren Atelier sichergestellt haben. Spätestens wenn der Abgleich vorliegt, haben wir den wissenschaftlichen Beweis, dass Sie nicht Frau Stein sind. Es bringt nichts, länger zu leugnen. Warum sagen Sie uns nicht einfach, wer Sie sind? Und wo die echte Carole Stein ist? Sollte ihr und ihrem Kind etwas zustoßen, werde ich Sie persönlich dafür verantwortlich machen.«

»Sie müssen sich keine Sorgen machen, mit meinem Jungen ist alles in Ordnung. Aber er vermisst mich sicher schon sehr. Bitte lassen Sie mich endlich gehen.«

Sandro verschränkt die Hände, presst sie so fest zusammen, dass es schmerzt. Auf einmal fragt er sich, ob die Frau womöglich selber glaubt, was sie erzählt. Ob sie wirklich meint, sie sei Carole Stein. Himmel, bin ich denn hier nur noch von Verrückten umgeben? Dann aber sagt die fremde Frau etwas, das sich durchaus vernünftig anhört.

»Kein Wort mehr ohne einen Anwalt.«

Zurück in seinem Büro, bleibt Sandro einen Moment lang am Fenster stehen. Im Baum vor seinem Fenster balgen sich zwei Spatzen. Vom nahe gelegenen Spielplatz dringen Kinderstimmen zu ihm herüber. Draußen dreht sich die Welt weiter. Als würde es niemanden kümmern, ob er seine Fälle lösen kann oder nicht. Da klopft es an der Tür, dreimal kurz und leise.

»Herein.«

Die Rechtsmedizinerin Irena Jundt streckt den Kopf zur Tür hinein. »Störe ich?«

»Du störst nie.«

»Die Resultate der DNA-Proben sind da.«

»Und?«

»Die DNA der Frau, die du festgenommen hast, stimmt nicht mit den Proben überein, die wir in Carole Steins Wohnung und in ihrem Atelier genommen haben.«

Sandro ist nicht überrascht. »Und die Schwangerschaftshose im Keller des Blinden?«

»Keine Spuren an der gefundenen Kleidung. Sie war frisch gewaschen.«

»Scheiße.«

72

Der elektrische Türöffner summt. Milla muss sich mit ihrem ganzen Gewicht gegen die Eingangstür des alten Backsteinhauses stemmen. Sie ist verzogen, und offenbar denkt keiner daran, sie jemals zu reparieren. Im Treppenhaus verraten die ausgetretenen Holzstufen knarrend jeden Schritt. Im dritten Stock klopft Milla gegen die angelehnte Tür, stößt sie auf und gibt sich innerlich einen Ruck, bevor sie die Wohnung ihres Cousins Kaspar Abgottspon betritt.

»Auf in das Chaos!« Sie sagt es mit einem Lachen. Kaspar ist ein Messie, und die Unordnung ist seit ihrem letzten Besuch nicht kleiner geworden. Im Gegenteil. Milla ist immer wieder überrascht, dass das Durcheinander in Kaspars Wohnzimmer, das gleichzeitig auch als Schlafzimmer und Büro dient, von eigentümlicher Ästhetik ist. Türme aus DVDs, CD-ROMs, leeren Keksschachteln und Tetrapaks bilden die Skyline einer kleinen Recycle-Stadt. Milla tastet sich behutsam bis zu Kaspar vor; für jeden Schritt muss sie sich eine leere Stelle auf dem Teppich suchen, dessen Farbe nicht mehr klar definierbar ist. Gleichzeitig befürchtet sie, dass bei der geringsten Erschütterung alles in sich zusammenfällt. Die Vorhänge sind zugezogen, das einzige Licht im Raum ist das bläuliche Flackern des Bildschirms. Davor sitzt ihr Cousin, sein

Rücken zeichnet sich scherenschnittartig vor dem hellen Rechteck ab. Es ist dasselbe Bild, das sich Milla bei jedem Besuch bietet. Wüsste sie es nicht besser, sie würde denken, Kaspar sei an seinem Schreibtisch festgewachsen.

»Setz dich«, sagt Kaspar, ohne sich umzudrehen.

Milla sieht sich um. Es gibt keinen freien Flecken, auf den sie sich setzen könnte. Also bleibt sie stehen.

»In wessen Computer soll ich heute für dich eindringen, Cousinchen?«, fragt er mit einem Singsang in der Stimme, der Milla an ein Lied erinnert. »Darf es dieses Mal die Bundesverwaltung oder der Bundesrat persönlich sein?«

Jetzt dreht sich Kaspar doch um, mit einem breiten Grinsen im Gesicht. Milla beugt sich zu ihm hinab und umarmt ihn kurz. Ihr Cousin hat sie auf Anhieb durchschaut. Sein Argwohn hat gute Gründe: Bei ihrem letzten Besuch wollte sie ihn dazu anstiften, in das System der Polizei einzudringen – was er indes dankend abgelehnt hatte.

»Keine besondere Sache dieses Mal«, sagt Milla. »Sollte auch gar nicht schwierig sein, denn *die* hatten gerade eben schon ein Hackerproblem.«

»Jetzt rück schon raus damit.«

»Ich brauche Zugriff auf ein Dossier der Adoptionsbehörde.«

»Keine besondere Sache also …« Kaspar wirft Milla über den Rand seiner schwarzen Nerd-Brille einen vorwurfsvollen Blick zu. »Wegen dir werde ich eines Tages den Rest meiner Tage im Knast verbringen.«

»Ich werde dich jede Woche besuchen kommen.«

»Wie gnädig! Und ich wäre dir dafür dann wohl zu ewigem Dank verpflichtet …«

»Du kannst immer Nein sagen.« Millas Tonfall ist jetzt ernst.

»Meinem Cousinchen einen Wunsch abschlagen? Nein, das geht nicht. Hast du die Angaben, um welche Behörde es genau geht und was du exakt brauchst?«

Milla reicht Kaspar den Zettel, auf dem sie alles aufgeschrieben hat.

»Gib mir vierundzwanzig Stunden, dann kann ich dir geben, was du brauchst.«

Für Milla wäre es an der Zeit, sich endlich mal wieder an ihrem Arbeitsplatz blicken zu lassen. Morgen früh muss sie ihren Beitrag über das Opfer des Musiklehrers schneiden, und noch immer hat sie das Film-Material nicht mal durchgesehen. Das bedeutet, sie muss eine Nachtschicht einlegen. Da Ivan ihr das Material auf einen USB-Stick gezogen hat, kann sie das aber auch an ihrem Laptop machen. Entweder bei sich zu Hause – oder bei Sandro, den sie heute nur aus der Ferne bei der Pressekonferenz gesehen hat. So fühlt sich derzeit auch ihre Beziehung an: als wären sie auf Distanz gegangen.

Milla hat Sandros Reaktion heute bei der Pressekonferenz nicht richtig deuten können. Entweder weiß er tatsächlich nicht, dass eines der Opfer von Claudio Rudelli ein Kind verloren hat – oder er hat ausgezeichnet geschauspielert, damit niemand das Stichwort aufgreift. Aber eines ist sicher: Sie konnte ihm ansehen, wie sehr es ihm missfiel, seiner eigenen Freundin bei einer Medienkonferenz eine Antwort geben zu müssen.

Milla zögert, Sandro anzurufen und zu fragen, ob sie heute Nacht bei ihm bleiben soll, aber sie ringt sich schließlich doch dazu durch. Und weil sie sich das letzte

Mal ziemlich unfein von ihm verabschiedet hat, versucht sie es mit einer Entschuldigungseinladung wiedergutzumachen. Noch während sie die WhatsApp-Nachricht tippt, ist sie sicher, dass er nicht wird widerstehen können.

Ich habe etwas wiedergutzumachen – um acht zu einer Peperonata-Pizza in der La Pizzeria am Bärenplatz?

Milla hat recht behalten. Sie hat Sandro noch jedes Mal mit einer Peperonata-Pizza herumgekriegt. Sie treffen sich kurz vor acht in dem kleinen Restaurant im ersten Stock, das man nur durch einen Hintereingang und ein finsteres Treppenhaus erreicht. Die Treppe ist steil und so schmal, dass sie nicht von zwei Personen gleichzeitig betreten werden kann. Dafür erwartet einen oben ein warmes, kuscheliges Restaurant, das in einem kleinen italienischen Dorf stehen könnte. Sandro und Milla begrüßen sich mit einem flüchtigen Kuss und setzen sich an einen Zweiertisch, der in einer in die Wand eingelassenen Nische steht, die wie eine kleine Höhle anmutet.

Sandro zieht die Jacke aus, stellt seine Aktenmappe unter den Tisch, ächzt einmal laut und lehnt sich dann im Stuhl zurück. Der Speisekarte, die auf das papierene Tischset gedruckt ist, widmet er keinen Blick – längst ist klar, was er bestellen wird. Stattdessen schaut er Milla in die Augen.

»Du hattest es im Adriano's ziemlich eilig wegzukommen«, sagt er in neutralem Tonfall.

»Ich weiß, es tut mir leid.«

»Man könnte sagen, dass du mir eine Szene gemacht hast.«

»Ich weiß, es tut mir leid.«

»Das Publikum war fasziniert von deinem bühnenreifen Abgang.«

Milla findet, sich zwei Mal zu entschuldigen ist genug, wenn nicht gar einmal zu viel, ein drittes Mal wird sie es sicher nicht tun. »Das mag unanständig gewesen sein – aber es war auch sehr unanständig von dir, mich über Nathaniel auszuquetschen«, erwidert sie stattdessen.

Sandro hebt abwehrend die Hände, zeigt Milla seine Handflächen. Sie deutet es als Friedensangebot.

»Sind wir wieder Freunde?«, fragt sie.

Als wäre ein Stichwort für schlechtes Timing gefallen, erscheint in dieser Sekunde der Kellner an ihrem Tisch. »Zwei Mal die Peperonata?«

Sandro und Milla nicken synchron.

»Mit einem halben Liter Hauswein?«

Erneut ein doppeltes Nicken. Der Kellner grinst zufrieden und trollt sich. Als Milla das Gesicht wieder Sandro zuwendet, hat er sich über den Tisch gebeugt, um ihr als Antwort einen Kuss zu geben.

»Das schmeckt nach einem Ja«, sagt Milla, als Sandro zurück auf seinen Stuhl sinkt.

»Obwohl ich mich jetzt gleich wieder dem Vorwurf aussetze, dich auszuquetschen … Was sollte deine Frage heute Nachmittag bei der Medienkonferenz?«

»Du weißt wirklich nicht, wovon ich gesprochen habe?«

Sandro schüttelt den Kopf. Sie überlegt einen Moment, ob sie ihm eine Antwort geben oder ob sie auf ihren Beitrag von morgen Abend verweisen soll. Aber sie will nicht schon wieder einen Streit anzetteln.

»Meine Quelle hat mir erzählt, dass ein Opfer von Claudio Rudelli ihr Kind verloren hat. Sie war offenbar schwanger, und während der Therapie gegen die Hepatitis ist es zu spät entdeckt worden. Das Kind war aufgrund der Medikamente so sehr geschädigt, dass es mit fünf Monaten gestorben ist.«

Sandro erinnert sich, dass Felix Winter von einem kranken Säugling gesprochen hat – von einem toten Kind war aber nie die Rede. Er wird dem nachgehen müssen.

»Machst du noch einmal einen Beitrag über diesen Fall?«

»Ja, morgen, ich habe ein Opfer interviewt.«

Der Kellner ist wieder da und schenkt Wein ein. Wie auf Kommando schweigen Sandro und Milla, bis er weg ist.

»Die Mutter des toten Kindes?«

»Nein, ein anderes Opfer.«

»Weißt du den Namen der Mutter?«

Milla überlegt. Es war kein alltäglicher Name, aber er fällt ihr im Moment nicht ein. »Ich komm nicht drauf. Ich werde es nachlesen müssen. Darf ich dir im Gegenzug auch eine Frage stellen?«

»Du kennst unsere Abmachung: Keine Fragen zu laufenden Fällen.«

»Es geht um Nathaniel.«

Sandro schweigt, greift nach seinem Weinglas und hält es Milla zum Anstoßen hin.

»Er ist wieder frei. Das wolltest du doch«, sagt er, nachdem er einen Schluck getrunken hat. Ein Tropfen des Weines bleibt an der linken Ecke seiner Oberlippe kleben.

»Warum hast du ihn gehen lassen?«

»Fragst du das als Privatperson oder als Journalistin?«

»Als total verschwiegene Privatperson, die nicht über diesen Fall berichten wird.« Noch während Milla den

Satz ausspricht, hofft sie, dass sie ihn später nicht bereuen wird.

»Wir haben ihn gehen lassen, weil wir Carole Stein gefunden haben.« Und weil wir hoffen, dass er uns zum Entführungsopfer führt, fügt Sandro in Gedanken an.

»Die echte Carole Stein?«

»Nein, die falsche Carole Stein.«

Als Milla am nächsten Morgen im Zug nach Zürich sitzt, lässt sie sich das Gespräch mit Sandro vom Vorabend noch einmal durch den Kopf gehen. Viel hat sie nicht aus ihm herausgekriegt, er wollte ihr partout nicht mehr über die falsche Carole Stein erzählen. Aber sie hat aus seinen Worten herausgehört, dass Sandro auch gar nicht viel mehr über sie erzählen kann – weil er nichts über sie weiß. Er hat einen müden Eindruck gemacht und ihr zu verstehen gegeben, dass der Fall kompliziert liege. Milla hat Sandro wohlweislich nichts von ihrem Einbruch in Carole Steins Keller erzählt, hat kein Wort über das geklaute Altpapier und den Brief der Adoptionsbehörde verloren, geschweige denn über den Hackerauftrag an ihren Cousin. Zumal sie keine Ahnung hat, ob diese Spur nicht ins Leere führen wird. Ihr bleibt nichts anderes übrig als abzuwarten, ob ihr Cousin sich als Cyber-Detektiv bewährt und ihr den Namen der Person nennen kann, die von Carole Steins Mutter vor vielen Jahren zur Adoption freigegeben worden ist.

Milla hat den Gedanken kaum zu Ende gedacht, da spielt ihr Handy Patti Smiths Song »Because the night belongs to lovers«, den sie sich erst heute Morgen nach der gemeinsamen Nacht mit Sandro wie ein frisch verliebter Teenager hochgeladen hat. Nach schier endlosem

Suchen in ihrer Tasche, die ihr manchmal vorkommt wie ein schwarzes Loch, das mit Vorliebe Handys verschluckt, stößt sie doch noch auf das Gerät, das aber bereits wieder verstummt ist. Kaspar hat versucht, sie zu erreichen. Bevor sie zurückrufen kann, ploppt schon seine Nachricht auf dem Display auf.

Einfacher als gedacht, schreibt er in seinem gewohnten Telegrammstil. *Hab Dossier von Gabriela Stein gefunden, inklusive Identität Antragstellerin.*

Milla kann einen Ausruf des Erstaunens nicht unterdrücken, als sie die Nachricht zu Ende liest. Sie kennt den Namen der Frau. Er ist ihr erst kürzlich begegnet.

73

Die Finsternis verkriecht sich in die hintersten Winkel der Gassen, zaghaft verdrängt das erste Blau am Himmel das Schwarz der Nacht. Im Osten hat sich bereits ein oranger Streifen auf den Horizont gebettet. Etwas weiter südlich sind im noch diffusen Licht die weißen Gipfel der Berge zu erkennen; Eiger, Mönch und Jungfrau. All das sieht Nathaniel nicht, als er im Eilschritt hinter Alisha Richtung Bremgartenwald marschiert. Er hat nicht schlafen können. Das heißt, er hätte schon schlafen können, aber er hat sich zu sehr vor dem Traum gefürchtet. Er kann ihn nicht ertragen, nicht jetzt. Es geht ihm besser, seit er gestern nach der Entlassung seine Medikamente geschluckt hat. Aber er fühlt, dass er nicht stabil ist. Eigentlich sollte ich beruhigt sein, denkt Nathaniel. Er ist nicht mehr in Haft, das bedeutet, er steht nicht länger unter Verdacht, und wenigstens hat er jetzt Gewissheit, dass die Polizei ermittelt. Beruhigt ist er trotzdem nicht. All das verwirrt ihn. Und er ist unendlich müde. Sein Körper ist ihm eine Last, er fühlt sich, als müsse er einen viel zu schweren Rucksack schleppen, der ihn niederdrückt, ihm Schmerz bereitet, jeden Schritt zur Qual macht. Selbst seine Seele wiegt zu schwer. In Momenten wie diesen muss Nathaniel sich überwinden aufzustehen, er fühlt sich zu träge zum Denken. Zu müde zum Leben. Weil es kein Entkommen gibt aus seiner Dunkelheit. Weil alles nur schwierig ist und er sich in der Einsamkeit verliert. Es ist Alisha, die ihn zwingt, weiterzumachen und sich nicht in seinen Depressionen zu verlieren. Sie braucht ihn. Und genau deshalb braucht er sie. Ohne seine Blindenhündin wäre Nathaniel nur ein halber Mensch.

Als könnte sie Gedanken lesen, bellt Alisha zweimal. Ihr Zeichen dafür, dass sie am Waldrand angekommen sind.

Nathaniel löst ihr Geschirr. »Libera«, sagt er, doch sie ist schon losgerannt. Er hört ihre Schritte im Laub leiser werden.

Noch immer treibt ihn die Frage um, was mit Carole passiert ist. Doch auf einmal geht es um mehr als um die Frau, die er nicht wirklich kennt. Auf einmal geht es auch um ihn. Wie kann es sein, dass Caroles Mutter seine Therapeutin gewesen war? Warum ist ausgerechnet er in diese Geschichte hineingestolpert? Was hat das alles mit ihm zu tun? Warum wird er nach all den Jahren mit seiner eigenen Vergangenheit konfrontiert?

Nathaniel lauscht in den Wald. Von Alisha ist nichts zu hören. Aber da ist ein anderes Geräusch. Ein Geräusch, das klingt, als ob jemand versuche, kein Geräusch zu machen. Nathaniel spürt die Anwesenheit eines Menschen. Und die Stille macht ihm bewusst, dass der Mensch nicht will, dass Nathaniel ihn wahrnimmt.

»Wer ist da?«

Keine Antwort.

»Hallo? Hallo? Hallo?«

Nathaniel dreht sich um die eigene Achse, horcht konzentriert auf seine Stimme und versucht, an deren Klang zu erkennen, ob jemand vor ihm steht. Doch da sind zu viele Bäume. In diesem Moment vernimmt er ein Rascheln.

Nathaniel überlegt nicht. Es ist reiner Instinkt, der ihn sofort in Bewegung versetzt. Er rennt los, so schnell er kann, jeder Schritt ist ein Schritt ins Ungewisse. Er hört nicht, ob ihm jemand folgt, hört nur noch sein Atmen, sein Keuchen, seine eigenen Schritte, er stolpert über etwas, rappelt sich während des Laufens hoch, er streckt die Arme vor sich aus und rempelt trotzdem gegen einen Baum, verliert beinahe das Gleichgewicht, hetzt weiter, bis sich sein Fuß in einer Wurzel verhakt. Er fällt der Länge nach hin. Sein Körper verursacht ein eigenartiges Rumsen, als er auf dem Boden aufschlägt. Nathaniel hält die Arme schützend über seinen Kopf und krümmt sich, als erwarte er Fußtritte. Doch es passiert nichts. Da ist keiner. Vielleicht ist da überhaupt niemand gewesen. Nathaniel schmeckt Erde und Moder in seinem Mund, sein Knie brennt, in seinem Rücken schmerzt jeder einzelne Knochen. Er beginnt zu schluchzen.

Nathaniel schreckt zusammen, als ihm etwas Nasses übers Gesicht fährt. Alisha, sie leckt ihm die Tränen weg und legt sich zu ihm auf den Boden. Er hält sich an ihr fest, als wäre er ein Ertrinkender und sie seine Retterin.

In diesem Moment beginnt in seiner Tasche sein Handy zu vibrieren. »Milla ruft an – Milla ruft an«, sagt ihm gleichzeitig die Frauenstimme. Nathaniel setzt sich auf und schnäuzt sich kurz. Dann geht er ran.

»Nathaniel, sie haben Carole Stein gefunden!«, platzt Milla heraus.

Nathaniel hat sich in einem Sekundenbruchteil wieder gefasst. »Die echte? Geht es ihr gut?«

»Nein, die falsche. Die falsche Carole Stein. Die Polizei

hat keine Ahnung, wer sie ist, klar ist einzig, dass sie nicht Carole Stein sein kann.« Milla legt eine Pause ein. Auch Nathaniel schweigt, also schiebt sie nach: »Aber ich habe auch eine gute Nachricht. Mein Cousin hat die Datenbank der Adoptionsbehörde knacken können. Wir haben jetzt einen Namen. Wir wissen, wie Caroles leibliche Schwester heißt. Vielleicht ist das ja eine Spur.«

74

»Sie wissen, ich habe wenig Zeit, bitte kommen Sie gleich zur Sache. Und schließen Sie die Tür!«

Regierungsrat Oliver Moser sitzt in seinem Büro und mustert Felix Winter kritisch, nachdem dieser von der Assistentin hereingeführt worden ist. Zuerst hatte sie versucht, den Polizisten abzuwimmeln. Aber als Felix Winter der Frau erklärte, er könne keine Garantie dafür übernehmen, dass die außereheliche Affäre ihres Chefs nicht doch an die Öffentlichkeit gelange, hat sie flugs einen freien Termin in seiner Agenda finden können. Und jetzt steht Winter also im Büro dieses Staatsmannes: Ein Schreibtisch so groß wie ein Ehebett, ein Lederstuhl, der eher in einen Salon passt als in ein Arbeitszimmer, Fischgrätenparkett am Boden, Stuckatur an der Decke, von der ein Festsaal-Kronleuchter hängt. Moser selbst wirkt weniger protzig als sein Gemach. Winter kennt dessen Gesicht bislang nur von Plakatwänden, kurioserweise ist das Original im echten Leben um einiges attraktiver, als er erwartet hat: Vor ihm sitzt ein sportlicher Mann mit erstaunlich schwarzem dichtem Haar, das er nach hinten gekämmt trägt und das eine leichte Tolle schlägt. Seine grünblauen Augen blicken wach und verleihen seinem Gesicht etwas Katzenartiges. Felix Winter denkt an einen Panther. Er erinnert sich daran, was Sandro ihm erzählt hat, dass Carole Stein lesbisch gewesen sei und einen Erzeuger für ihr Kind gesucht habe. Aus diesem Blickwinkel betrachtet wäre Moser die perfekte Wahl, denn er sieht nicht nur gut aus, er ist auch smart und trägt ein Erfolgsgen in sich. Letzteres wird ihm aber wahrscheinlich nichts mehr nützen, wenn seine christlichen Wählerinnen und Wähler erfahren, dass er seine Frau betrogen und mit einer Lesbe ein Kind gezeugt hat.

»Nehmen Sie Platz.« Moser weist mit einer Geste auf den freien Stuhl. »Ich höre?«

»Sie haben gewünscht, ich solle schnell zur Sache kommen«, sagt Winter, während er sich setzt. »Wir wissen, dass Sie über die Dating-App Tinder mit einer Frau namens Carole Stein in Kontakt getreten sind und dass Sie sie getroffen haben. Und dem Chat nach zu urteilen ist es dabei auch zu sexuellen Handlungen gekommen.«

»Das ist richtig. Aber das ist Privatsache, ich bitte Sie, diese Angelegenheit vertraulich zu behandeln.«

»Es wäre für Sie als Politiker wohl eher ungünstig, wenn aus dieser Affäre ein Kind hervorgehen würde.«

Oliver Moser setzt sich mit einem Ruck gerade auf. »Carole ist schwanger?«

Als Winter ihm sagt, dass der Geburtstermin diese Woche ansteht, kneift Oliver Moser demonstrativ die Augen zusammen und rechnet.

»Sie haben nichts von ihrer Schwangerschaft gewusst?«

»Das habe ich nicht. Gar nicht.«

Nein, Felix Winter glaubt dem Politiker nicht. Seine Überraschung wirkt gespielt.

»Wenn das wirklich stimmt, mit dem Geburtstermin, dann wundert es mich nicht, dass Sie zu mir kommen. Dann könnte ich theoretisch tatsächlich der Vater sein.«

»Theoretisch?«

»Praktisch muss sich Frau Stein noch mit einem anderen Mann getroffen haben. Es ist äußerst unwahrscheinlich, dass ich der Vater bin, ich habe mich nämlich nach der Geburt meines zweiten Kindes einer Vasektomie unterziehen lassen.«

»Wann hatten Sie zum letzten Mal Kontakt mit Carole Stein?«

»Wir hatten nur ein einziges Mal sexuellen Kontakt, vor circa neun Monaten. Danach haben wir uns noch etwa zwei oder drei Wochen lang Nachrichten geschickt. Doch das hat sich dann irgendwie, wie sagt man, verflüchtigt? Es ist versandet.«

»Sie behaupten also, Sie hätten seit gut acht Monaten nichts mehr von Carole Stein gehört?«

»Das behaupte ich nicht nur, dem ist auch so.«

Moser hört sich an wie ein Politiker. Winter fragt sich, ob er zu Hause auch auf diese Weise spricht.

»Können Sie mir sagen, wo Sie am Mittwoch, dem 5. Juni, um 16.30 Uhr gewesen sind?«

»Warum? Brauche ich ein Alibi? Ist Carole etwas zugestoßen?«

»Sagen Sie mir einfach, wo Sie gewesen sind.«

Oliver Moser zieht die Tastatur seines Computers näher zu sich heran und greift nach der Maus. Dann klatscht er auf einmal fröhlich in die Hände und ruft laut aus.

»Ha!«

»Was ist?«

»Was auch immer Sie mir zur Last legen wollen: Ich habe ein Alibi. Ich habe im Parlament über die Steuerreform referiert. Dafür gibt es mindestens zweihundert Zeugen.«

Winter macht sich eine Notiz in sein altertümliches, schwarz eingefasstes Notizheft.

»Können Sie mir vielleicht jetzt verraten, worum es hier geht?«

»Carole Stein ist verschwunden.« Felix Winter wartet einen Moment, weil er die Reaktion von Oliver Moser beobachten will. In seinem Gesicht zeigt sich keine echte Überraschung.

»Was heißt verschwunden?«

»Wir vermuten, dass sie entführt wurde.«

»Mit dem Kind?«

»Nein, hochschwanger. Wir wissen nicht, ob das Kind schon geboren wurde. Sie haben bestimmt nichts dagegen, dass wir Ihre Telefon- und Mailkontakte der letzten Wochen überprüfen. Denn nicht alle Entführer machen sich die Hände persönlich schmutzig. Manche, vor allem gut situierte, engagieren dafür einen Helfer.«

Oder eine Helferin, schiebt Winter in Gedanken nach.

»Was wollen Sie mir jetzt schon wieder unterstellen?«

»Nichts. Ich will bloß alle Eventualitäten ausschließen.«

»In Ordnung, ich habe nichts dagegen. Machen Sie Ihre Arbeit, und finden Sie Frau Stein. Ich habe nichts zu verstecken.«

Außer, dass du eine außereheliche Affäre hattest, während du die Politik der heiligen Familie predigst, denkt Winter, aber er verkneift sich eine Bemerkung. Er ist nicht hier, um Moser seine Meinung zu geigen.

»Oliver Moser hat den Unwissenden gespielt, aber ich bin sicher, er hat bereits gewusst, dass Carole Stein schwanger ist. Er war nicht ehrlich, aber er kann erstens mit großer Wahrscheinlichkeit keine Kinder mehr zeugen und zweitens verfügt er über ein Alibi«, schließt Felix Winter Stunden später seinen Bericht über den Besuch beim obersten Finanzchef des Kantons Bern. »Die Überprüfung seiner Telefon- und Mailkontakte wird hoffentlich mehr Klarheit bringen.« Felix Winter blickt in die Runde, die gesamte Sonderkommission ist zusammengekommen, sein Chef Sandro Bandini sitzt am Kopf des Tisches und nickt. Die Befragungen der anderen vier verdächtigen Männer haben ebenfalls keinen Durchbruch gebracht. Jürgen Platsch, ein Biologe, kann von der Liste gestrichen werden; er befindet sich seit Wochen im Amazonasgebiet, um nach einem seltenen Käfer zu suchen. Alain Curieux, seiner Wohnung nach zu urteilen ein schwerreicher Versicherungs-Jurist, scheint jeden Abend ein anderes Tinder-Date zu haben und konnte sich nur schwerlich an Carole Stein erinnern – und er verfügt wie Oliver Moser über ein Alibi. Christoph Sennhauser, Journalist, war zur Überraschung Chatelats begeistert, als er Besuch von der Polizei bekam, und er war nur schwerlich davon abzubringen, sofort einen Artikel über den Vermisstenfall in der morgigen Zeitung zu veröffentlichen. Er saß zum Zeitpunkt von Caroles Verschwinden in einer Redaktionssitzung. Und Markus Rutishuser, frisch verheiratet, gab seine Frau als Zeugin an, sie waren zur Tatzeit zusammen einkaufen; Ikea, Gitterbett und Wickeltisch. Sein Alibi wirkt überzeugend – denn er rückte nur widerwillig damit heraus. Kein Wunder, seine Frau reagierte alles andere als gelassen, als sie erfuhr, dass ihr Frischangetrauter zwei Wochen, bevor er ihr ein Kind gemacht hat, seinen Samen bei einer anderen Frau gestreut hat.

»Das gibt es zu unseren fünf Verdächtigen zu sagen«, erklärt Florence Chatelat, die die letzten drei Befragungen durchgeführt hat. »Ich wünschte, ich könnte Erfreulicheres berichten.«

Wieder verfällt Sandro Bandini oben am Tisch in ein Nicken, während er sich ein paar Notizen macht. Dann erteilt er Bettina Flückiger das Wort.

»Die Wohnung von Carole Stein sieht aus, als wäre sie bloß rasch einkaufen gegangen. Nichts deutet darauf hin, dass sie weggefahren ist. Zahnpasta und Zahnbürste sind im Badezimmer an ihrem Platz, ebenso die Schminksachen. Im Spülbecken in der Küche steht das schmutzige Geschirr eines Frühstücks; die Essensreste sind eingetrocknet. Wir haben an der Haarbürste und an Kleidungsstücken aus dem Wäschesack DNA-Spuren gesichert. Sie stimmen nicht mit der DNA unserer Unbekannten überein, von der wir aber ebenfalls Spuren in der Wohnung gefunden haben. Und zwar am Laptop des Opfers.«

»Ist dir sonst noch etwas aufgefallen?«

»Der Kühlschrank ist voll, einige Joghurts und die Milch sind über dem Verfalldatum.«

»Pflanzen?«

»Einige. Trockene Erde. Sie wurden schon länger nicht gegossen. Nichts spricht dafür, dass Carole Stein freiwillig verreist ist – außer, dass die fremde Frau ihren Briefkasten geleert hat.«

»Hast du einen Hinweis darauf gefunden, dass sich die beiden Frauen gekannt haben könnten? Oder dass es einen Kontakt zwischen ihnen gegeben hat, bevor Carole verschwand?«

Bettina schüttelt den Kopf.

»Danke, Bettina«, sagt Sandro. »Ramon, und was macht unser blinder Zeuge oder unser blinder Verdächtiger?«

»Ich war bis heute Morgen an ihm dran, dann habe ich an eine Streife übergeben, was mir ein paar unschöne Kommentare eingebracht hat, dass sie wegen Personalmangel Besseres zu tun hätten. Bis jetzt gab's bei Brenner nichts Auffälliges: Außer um mit dem Hund Gassi zu gehen, hat er das Haus nicht mehr verlassen.«

Ramon erwähnt mit keinem Wort, dass er am frühen Morgen den Blinden unwillentlich in Panik versetzt hat. Dass dieser wie von Sinnen davongerannt ist. Ramon hat gedacht, es gäbe nichts Einfacheres, als einen Blinden zu beschatten. Doch er hat ihn unterschätzt. Obwohl Brenner ihn nicht hat sehen können, hat er seine Anwesenheit bemerkt. Er muss ihm Angst gemacht haben, dabei ist er ihm nicht einmal nachgerannt. Als er den Blinden endlich weitab vom Weg im Wald hat liegen sehen, war seine Hündin schon bei ihm und er im Begriff, sich wiederaufzurappeln.

»Auf jeden Fall hat er mich nicht zu einem Entführungsopfer geführt. Übrigens: Deine Freundin Milla hat ihn vom Gefängnis nach Hause gebracht.«

Sandro greift sich mit der Hand an die Stirn und schließt kurz die Augen. Spätestens jetzt weiß sein gesamtes Team, dass seine Lebenspartnerin in die Geschichte involviert ist. Was, wie sie alle aus Erfahrung wissen, die ganze Angelegenheit verkompliziert. Als wäre dieser verworrene Fall nicht schon schwierig genug. Je mehr Fakten sie zusammentragen, desto verschwommener wird das Bild.

Sandro steht auf, geht im Zimmer auf und ab, während er seine Teammitglieder zunächst darüber informiert, dass an der bei Brenner gefundenen Frauenkleidung keine DNA sichergestellt werden konnte, bevor er ihnen das Ergebnis der zweiten Einvernahme der unbekannten Frau schildert. Danach hängt er die veraltete Passfotografie von Carole Stein an die Pinnwand, die noch erschreckend leer ist. Auf dem Passfoto ist die heute Dreiunddreißigjährige erst einundzwanzig und trägt einen Pagenschnitt, der damals gerade Mode gewesen sein muss, mit dem sich heute aber kaum mehr jemand auf der Straße blicken lässt.

»Ich muss ehrlich sagen: Ich weiß im Moment nicht weiter. Wenn die Unbekannte ihr Schweigen nicht bricht, werden wir Carole Stein kaum finden.« Sandro klingt resigniert. Dabei sollte er Zuversicht ausstrahlen und motivierend wirken. Doch das gelingt ihm nicht. »Ich fürchte, wir müssen uns mit einem Zeugenaufruf an die Medien wenden: Wer ist diese Person?«

Sandro pinnt das letzte Bild an die Wand: das Polizeifoto der Unbekannten, die der Frau auf dem Passfoto daneben ziemlich ähnlich sieht, obwohl sie einen moderneren Haarschnitt trägt und etliche Jahre älter ist.

»Aber das ist doch …«, ruft Felix Winter laut. »Ich kenne diese Frau! Ich habe sie erst gerade befragt – als Opfer! Ihr Name ist Hannah Kopernik.«

75

Nathaniel weiß, dass er das hier nicht allein machen sollte. Aber Milla muss ihren TV-Beitrag fertig schneiden und hat keine Zeit. Und wer, wenn nicht er, ist die richtige Person, wenn es ums Thema Adoptionen geht? Wo er doch selbst bei einer Adoptivfamilie aufgewachsen ist, die zwar zu seiner Familie wurde, ihm dennoch immer fremd geblieben ist.

»Wäre ja lächerlich, wenn wir das nicht alleine hinkriegen würden«, sagt Nathaniel zu Alisha, die mit einem Schwanzklopfen antwortet.

Er hat Milla nicht ganz folgen können, als sie versucht hat, ihm am Telefon die Zusammenhänge zu erklären. Er war noch völlig außer Atem gewesen, nach diesem Schrecken im Wald. Darum hat er nicht genau verstanden, warum sie plötzlich von diesem seltsamen Aids-Heiler-Fall zu erzählen begann, von dem er im Radio gehört hat. Aber das ist nicht wichtig. Wichtig ist, dass sie jetzt wissen, wer sich auf die Suche nach ihrer leiblichen Mutter gemacht und sie in Gabriela Stein gefunden hat. Das ist im Moment die einzige Spur, die zu Carole führen könnte. Hannah Kopernik: So lautet der Name, den Milla Nathaniel genannt hat. Die Frau selbst hat er zwar nirgends finden können, in keinem Telefonverzeichnis, nicht einmal auf Facebook. Dafür war es nicht schwierig, ihren

Adoptivvater ausfindig zu machen, der in den Akten ebenfalls genannt wurde: Einen Walter Kopernik gibt es nur ein einziges Mal im elektronischen Telefonbuch. Er führt ganz in der Nähe eine Autowerkstatt.

Köniz ist mit dem Bus zu erreichen, Nathaniel muss nur ein Mal umsteigen. Die Frauenstimme seines Navigationsprogramms hat ihm erklärt, dass die Autogarage drei Straßen von der Bushaltestelle entfernt liegt. Zwei Mal links und einmal rechts. Nathaniel verzichtet darauf, zuerst anzurufen; wenn er direkt vor jemandem steht, hofft er auf den Blindenbonus: Kaum jemand schlägt einem Blinden die Tür vor der Nase zu. Nathaniel prüft, ob der Akku seines Handys geladen ist, er greift nach dem Hundegeschirr, das neben der Tür bereithängt. Noch bevor er ein Wort sagen kann, ist Alisha mit dem Kopf von selbst in das Geschirr geschlüpft, er muss es ihr nur noch umbinden. Als er vor die Tür tritt, kann er zum ersten Mal den Sommer riechen. Er macht noch einmal kehrt, zieht oben in der Wohnung die Jacke aus und geht wieder nach draußen; es ist warm genug.

Nathaniel fährt mit dem Bus zum Hauptbahnhof, wechselt dort auf die andere Linie. Er merkt nicht, dass der Mann, der bereits vor seinem Haus an derselben Haltestelle gestanden hat, hinter ihm in denselben Bus umsteigt.

Während Nathaniel tief in Gedanken versunken im Bus sitzt, die Stirn gegen die Fensterscheibe gelehnt, bricht achthundert Meter weiter westlich in der Stadt in einem Besprechungszimmer auf dem Polizeirevier Hektik aus. Sandro könnte zehn Mal den Kopf gegen die Wand schlagen, so sehr ärgert er sich, dass er das Bild der falschen

Carole Stein nicht schon früher herumgereicht hat. Zwar hat er ihre DNA und ihre Fingerabdrücke in die Datenbanken eingegeben – aber dass die namenlose Frau der Polizei nicht als Täterin, sondern als Opfer bekannt sein könnte, darauf muss man erst einmal kommen.

Sein Kollege Felix Winter hat auf dem Foto eine der Patientinnen wiedererkannt, die er erst vor zwei Wochen im Zuge seiner Befragungen in sein Büro geladen hat: Hannah Kopernik, eines der Opfer von Aids-Heiler Claudio Rudelli. Obwohl Sandro noch nicht erkennen kann, wie beide Fälle miteinander zusammenhängen, hat er jetzt wenigstens einen Anhaltspunkt, wo er nach Carole Stein suchen muss. Er gibt den Namen Hannah Kopernik ins Personenregister ein; sie ist in der Stadt Bern gemeldet und Mieterin einer Wohnung an der Friedbühlstrasse.

»Wir nehmen uns ihre Wohnung vor, ihren Keller – und Rudellis Musikschule.«

Sandros Instinkt sagt ihm, dass Hannah Kopernik das Opfer nicht in ihre eigene Wohnung gebracht hat. Und es scheint ihm klar, dass sie nicht allein gehandelt haben kann, sondern dass der charismatische Musiklehrer auch hinter diesem zweiten, bisher unerklärlichen Verbrechen stehen muss. Vielleicht gab es noch einen anderen Grund, warum sich Rudelli bei seiner Verhaftung in der Schule verschanzte – kurz nachdem die Polizei die falsche Carole Stein festgesetzt hatte. Als er sich von der Polizei hat abführen lassen, gab es für niemanden einen Grund, das Areal erneut zu durchsuchen; man hatte schon bei der ersten Durchsuchung Wochen zuvor kein belastendes Material bei ihm gefunden. Geschweige denn wäre es jemandem in den Sinn gekommen, in dessen Keller hinabzusteigen und nach einer verschwundenen Frau zu suchen. Hoffentlich sind wir nicht zu spät, denkt Sandro, während er zum Telefon greift, um das Sondereinsatzkommando aufzubieten.

»Ich brauche zwei Teams, jetzt sofort«, sagt er zu seinem Kollegen und diktiert ihm die Adressen: »Einmal Friedbühlstrasse 89, Bern – gleich beim Inselspital. Zweite Etage. Dort brauchen wir nur vier Leute. Alle anderen zur Musikschule an der Viktoriastrasse – und nehmt die Hunde mit«, schiebt er nach, während er mit Handzeichen seinen Leuten zu verstehen gibt, wer mit ihm mitkommen und wer zur Friedbühlstrasse fahren soll. Als er dem Einsatzleiter des Sonderkommandos die letzten Anweisungen diktiert, ist er bereits auf der Treppe, er nimmt zwei Stufen auf einmal, hetzt um die Ecke und durch den schmalen Gang in sein Büro, um sich seine schusssichere Weste und seine Waffe zu holen. Er muss nicht nachdenken, alles passiert automatisch, jede Bewegung sitzt, er könnte sie im Schlaf ausführen. Drei Minuten später rast er mit Ramon und Florence im Wagen los, Winter und Bettina fahren in die entgegengesetzte Richtung davon. Würde man die fünf an einen Pulsmesser anschließen, würde er einen deutlich erhöhten Herzschlag anzeigen. Trotzdem wirken sie alles andere als aufgeregt. Sie sind ruhig und hochkonzentriert. Hoffentlich, denkt Sandro ein zweites Mal, hoffentlich sind wir nicht zu spät.

Im gleichen Moment, in dem zwei schwarze Wagen mit Blaulicht auf dem Dach in entgegengesetzte Richtungen durch Bern rasen und ein blinder Mann im Bus auf dem Weg zu einer Autogarage ist, schreit Carole Stein laut auf. Ein Schmerz durchdringt sie, als würde jemand ihre Eingeweide auswringen. Sie wimmert, als er langsam verglimmt. Doch noch immer zerrt und zieht es in ihrem Unterleib. Ihr Bauch fühlt sich hart an wie ein Medizinball. Auch ihr Rücken und ihre Leisten schmerzen. Und sie muss sich schon wieder auf den Eimer setzen, obwohl ihre Blase leer ist. Sie schafft es kaum.

Ihre Kraft ist ihr verloren gegangen, obwohl sie gerade jetzt so viel davon brauchen wird wie nie zuvor in ihrem Leben. Es geht los, denkt sie. Es geht los, und keiner ist hier.

Carole ahnt, dass dies noch nicht zwingend die Eröffnungswehen sein müssen. Dass es womöglich erst die Vorboten sind. Dass es noch einen oder zwei Tage dauern kann, bis es wirklich so weit ist. Denn die Wehen kommen nur sporadisch, unregelmäßig. Aber es tut schon jetzt so verdammt weh … Carole kann sich nicht vorstellen, dass es noch schlimmer werden soll.

»Du bereitest deinen Auszug vor«, sagt sie mit einem schwachen Lächeln. Sie spürt Schweißtropfen auf ihrem Gesicht. »Ich wünschte, ich könnte dich an einem besseren Ort willkommen heißen.« Ihr Schweiß vermischt sich mit Tränen. Sie möchte zum Telefon greifen und ihre Ärztin anrufen können. Frau Tischler würde sie beruhigen und sagen: »Alles ganz normal. Das dauert jetzt noch eine Weile, bis es so weit ist.« Carole würde ein Schmerzmittel schlucken, sich in die Badewanne legen, heißes Wasser einlaufen lassen, sich entspannen. Stattdessen liegt sie – hier.

Es verstört sie, dass sie sich wünscht, der Böse wäre bei ihr. Aber alles ist besser, als ganz allein zu sein. Carole fühlt sich, als gäbe es niemand anderen mehr auf der Welt außer ihr und ihrem Sohn, der aus ihr ausbrechen will.

Zur gleichen Zeit, in der Carole von der Verzweiflung aufgefressen wird, sitzt Milla in einem abgedunkelten Schnittraum in Zürich. Barbara Kast, von der nur eine Silhouette zu sehen ist, erzählt im Film, wie der Musiklehrer Claudio Rudelli ihr nahegelegt habe, bei ihm eine Akupunkturtherapie zu machen, damit die Musik wieder fließen könne und sie bessere Lernfortschritte mache. »... nichts dabei gedacht, als sich die Akupunktur so ganz anders angefühlt hat als Jahre zuvor, als ich mich wegen eines steifen Knies mit den Nadeln habe stechen lassen. Es gab nur einen einzigen Stich. Wie die Spritze beim Arzt. Hinten in meinen Nacken. Als ich auf dem Bauch auf der Liege lag.«

»Hier bitte aus der Szene rausgehen«, sagt Milla zu ihrem Cutter Daniel, der mit dem Cursor am Ende des Zitats einen Schnitt setzt.

»Jetzt brauche ich ein paar Bilder aus der Musikschule, am besten jene, auf denen Rudelli vor uns durch den Gang schreitet und auf die verschiedenen Räume zeigt, bevor wir dann den Schlusspunkt setzen.« Milla zeigt auf die Minutenanzeige, die sie sich notiert hat. Daniel klickt sie an, um sich das Zitat anzuhören.

»Zuerst dachte ich, er sei ein Genie, ein Erleuchteter«, sagt Barbara Kast. »Heute weiß ich: Er ist ein Teufel.«

Als sich in Zürich Milla und ihr Cutter gegenseitig in die Hände klatschen, weil sie den Beitrag fertig im Kasten haben, will Nathaniel in seine Jackentasche greifen. Aber er trägt die Jacke gar nicht. In diesem Moment wird ihm bewusst, dass er nicht nur die Jacke, sondern auch sein Handy zu Hause gelassen hat. Mist, denkt er, wie soll er ohne Navigationsgerät die Adresse finden? Nathaniel überlegt sich, ob er aussteigen, über die Straße gehen und nach der Bushaltestelle der Gegenrichtung fragen soll, um direkt wieder zurück nach Hause zu fahren. Dann aber sagt er sich, dass er früher, als es noch keine Handys gab, auch ohne Navigationsgerät hat auskommen müssen. Er wird sich einfach durchfragen. Früher oder später wird er bestimmt jemanden finden, der ihm hilft.

»Hallo, Entschuldigung«, sagt er laut in eine unbestimmte Richtung. »Kann mir bitte jemand Bescheid geben, wenn wir an der Thomasstrasse halten?«

Zum Glück hat er sich wenigstens den Namen der Haltestelle gemerkt. Dann zweimal links und einmal rechts.

»Es ist die nächste Haltestelle. Ich drücke für Sie auf den Anhalten-Knopf«, sagt eine ruhige Männerstimme.

Wenig später stoppt der Bus. Mit einem schmatzenden Geräusch öffnen sich die Türen. Nathaniel registriert, dass gemeinsam mit ihm eine zweite Person aussteigt. Er nutzt die Gelegenheit und fragt sie nach der Autogarage Kopernik, die ganz in der Nähe sein muss.

»Ich bin nicht von hier.« Es ist die gleiche Männerstimme, die bereits im Bus mit ihm gesprochen hat. »Aber ich kann rasch auf Google Maps nachschauen.«

Nathaniel hört ein schabendes Geräusch, Stoff, der aneinanderreibt.

»Voilà, da ist die Werkstatt. Soll ich Sie rasch hinbegleiten? Es ist kein Umweg für mich, es dauert nur fünf Minuten.«

»Gerne«, sagt Nathaniel und tastet nach dem Ellenbogen, den ihm der Mann sogleich hinhält.

»Die Werkstatt ist geschlossen. Die ist nicht mehr in Betrieb«, sagt der Mann nach wenigen Minuten, in denen sie sich angeschwiegen haben.

»Ich will nicht in die Werkstatt, ich will den Besitzer sprechen.«

»Die Wohnung ist in einem separaten Haus an die Autogarage angebaut. Ich bringe Sie bis zur Tür.«

Nathaniel bedankt sich und verabschiedet sich von seinem Helfer. Er tastet nach der Klingel, drückt auf den Knopf. Auf einmal ist er schrecklich nervös, weil ihm plötzlich überhaupt nicht mehr einfällt, was er dem Adoptivvater erzählen will. Und was er hofft, von ihm zu erfahren.

Wäre Nathaniel nicht so sehr auf sich selbst und seine Mission konzentriert, würde er registrieren, dass sich die Schritte des hilfsbereiten Mannes zwar entfernen, aber nicht in Richtung Straße, sondern nur wenige Meter um die Hausecke herum, wo sie innehalten. Nathaniel vernimmt das Klimpern eines Schlüsselbundes. Kurz darauf öffnet sich die Tür.

Während ein alter Mann mit zusammengekniffenen Augen den blinden Mann betrachtet, der vor seiner Tür steht, überschwemmt Carole die Angst. Sie hat Angst, dass sie zu schwach sein wird. Dass ihr Körper die Anstrengung nicht übersteht. Sie fühlt sich nur noch wie ein Schatten ihrer selbst. Sie wird nicht genug Kraft haben, das Kind aus sich hinauszupressen. Sie wird an dem Tag sterben, an dem das Leben ihres Sohnes beginnt. Er aber darf nicht sterben, er hat vom Leben noch nichts gehabt. Ginge es nur um sie, würde Carole ihren Tod klaglos akzeptieren, so weit hat sie bereits resigniert. Aber sie will Silas nicht allein lassen, will ihn um keinen Preis dem Bösen überlassen. Der Gedanke, dass sie sterben wird und Silas keine Mutter sein kann, nimmt ihr den Atem.

Ihr Brustkorb fühlt sich an, als würde er von zwei riesigen Händen zusammengepresst. Carole keucht. Ein erneutes Ziehen in ihrem Bauch lässt sie aufstöhnen. Warum?, denkt sie. Wenn sie wenigstens verstehen würde, was mit ihr geschieht. Und wer ihr das hier antut.

»Hannah Koperniks Wohnung ist gesichert. Sie ist leer«, tönt es in diesem Augenblick aus Sandro Bandinis Funkgerät. Felix Winter und sein Team waren schneller. Sandro sitzt noch immer vor der Musikschule im Einsatzwagen und wartet auf den Bescheid, dass er das Gebäude betreten kann.

»Damit will ich sagen: Sie ist wirklich leer«, schiebt Felix Winter nach.

»Wie meinst du das?«

»Hier hat niemand richtig gelebt. Es handelt sich um ein Einzimmerstudio. Das einzige Möbelstück ist eine Matratze auf dem Boden, daneben steht ein Koffer mit ein paar Frauenkleidern drin.«

»Sieht es nach einem Versteck aus? Wurde Carole dort festgehalten?«

»Negativ. Ich denke eher, Hannah Kopernik ist hier vorübergehend eingezogen, um in der Nähe ihres Kindes zu sein, das im Inselspital liegt.«

»Lebt das Kind noch?« Sandro denkt an Millas Frage auf der Pressekonferenz, daran, dass ihre Quelle behauptet hat, eines von Rudellis Opfer habe ein Kind verloren.

»Sie hat mir gesagt, dem Kind gehe es besser.«

»Überprüf das, bitte. Ich fürchte, dass auch das eine Lüge war.«

Das Kind, denkt Sandro. In jedem Kriminalfall gibt es einen Schlüsselmoment. Eine Erkenntnis, die auf direktem oder indirektem Weg zur Lösung führt. Vielfach ist der entscheidende Moment erst im Nachhinein als solcher erkennbar. Sandro aber ist sich sicher, dass er genau jetzt an diesem Punkt angelangt ist – es ist mehr Intuition als Wissen. Denn noch kann er die Lösung nicht greifen, nicht einmal erahnen, wo sie verborgen sein soll. Er versteht es einfach nicht, erkennt die Zusammenhänge nicht. Der Fall ist noch immer ein unübersichtliches Fadenknäuel, doch zum ersten Mal hat er das Gefühl, dass der Faden, den er ergriffen hat, nicht plötzlich im Nichts verlaufen, sondern ihn zum Ende des Weges führen wird. Sandro kann nicht länger darüber nachdenken, denn in dieser Sekunde erhält er die Bestätigung, dass die oberen Geschosse der Musikschule gesichert sind.

»Wir können rein. Wir gehen mit runter in den Keller«, sagt er zu Florence und Ramon, die auf genau diese Worte gewartet haben.

Zur gleichen Zeit, als Sandro in den Keller der Musikschule steigt, wartet Milla auf ihren Chef Wolfgang, der mit ihr den Kommentartext zu ihrem Beitrag über den Musiklehrer Rudelli durchgehen will. Milla ist damit nur halbwegs zufrieden. Das Interview mit Barbara Kast ist zwar emotional und bedrückend. Aber das Drumherum ist zumeist wiedergekautes Material aus der letzten Sendung. Damit lässt sich kein Journalistenpreis gewinnen, denkt Milla. Sie war zu abgelenkt in den letzten Tagen. Nicht der Job, sondern Nathaniels Fall hat an erster Stelle gestanden.

Milla überlegt sich, ob sie eine Woche freinehmen soll. Es gibt in ihrem Leben immer zu wenig Platz für all die Dinge, die sie gerne tun würde und die sie nicht lassen kann. Nathaniels Geschichte lässt sie einfach nicht los – zumal sie immer verworrener wird.

Während Wolfgang auf sich warten lässt, ruft Milla Nathaniel an. Sie lässt es eine Weile klingeln, dann klickt es, und sie ist mit dem Anrufbeantworter verbunden. Seltsam, denkt Milla. Es ist das erste Mal überhaupt, dass Nathaniel mitten am Tag nicht rangeht. Sie versucht es ein zweites Mal. Ohne Erfolg. Es ist zu früh, bei der Arbeit kann er nicht sein, das Restaurant »Blinde Kuh« öffnet nicht vor achtzehn Uhr. Plötzlich spürt Milla ein dumpfes Gefühl im Bauch. Jetzt habe ich mich auch schon verrückt machen lassen, denkt sie. Aber sie kann die Sorgen nicht abschütteln. Es kommt ihr eigenartig vor, dass Nathaniel, kaum aus dem Gefängnis entlassen, plötzlich nicht mehr erreichbar ist. Was, wenn ihm etwas zugestoßen ist? Und was, wenn Sandro doch recht hatte, wenn an dem psychiatrischen Gutachten über Nathaniel mehr dran ist, als sie hat glauben wollen?

Die Vorhänge sind zugezogen. Nur die wenigen Strahlen, die sich durch den schmalen Spalt in der Mitte stehlen, verraten, dass draußen der Tag regiert. Die Dunkelheit ist in der Wohnung des alten Mannes zu Hause. Die Schatten legen sich in die tiefen Furchen seines Gesichts. In der Küche steht ein alter Gasherd, ein zu tief liegendes Email-le-Becken, daneben ein primelblumengelbes Buffet, das in den Zürcher Retro-Boutiquen ein halbes Vermögen kosten würde. Der Alte hat Nathaniel nichts angeboten, nicht mal ein Glas Wasser. Die beiden Männer sitzen am Holztisch, über ihnen hängen zwei gelbe Streifen von der Decke, Fliegenfallen; ein paar der Insekten, die daran kleben, bewegen sich noch. All das sieht Nathaniel nicht.

Aber er fühlt unter seinen Fingern die vielen Kerben auf der Tischplatte. Und er riecht die abgestandene und speckige Luft im Zimmer.

»Sie wissen also, dass Ihre Adoptivtochter ihre leibliche Mutter gesucht hat?«, fragt Nathaniel.

»Ja, und sie hat sie auch gefunden, nur leider war sie nicht mehr am Leben.«

»Ich konnte meine echten Eltern nicht mehr suchen. Sie waren schon tot, als ich adoptiert wurde. Aber wenn sie noch gelebt hätten, hätte ich nicht knapp vierzig Jahre lang gewartet, um mit ihnen in Kontakt zu treten.« Nathaniel fährt mit dem Finger einer Ritze in der Tischplatte nach, die von einem Messer stammen muss. »Gab es einen bestimmten Grund, dass sie sich plötzlich auf Ahnensuche begab?«

Nathaniel kann spüren, dass der Alte das Gespräch nicht mag. Vor jedem Satz denkt er lange nach, als würde er jedes einzelne Wort genau prüfen, bevor er es laut ausspricht.

»Es gab einen Krankheitsfall in der Familie. Darum.«

Nathaniel versucht, eine fragende Miene aufzusetzen. Doch er bewirkt damit keine Reaktion. »Das verstehe ich nicht«, schiebt er deshalb nach.

»Haben Sie schon mal was von Organtransplantationen gehört?«

Nathaniel nickt. Natürlich hat er das. Er nimmt wahr, dass sich die Stimme seines Gegenübers verändert.

»Vergessen Sie alles, was Sie je darüber gelesen haben. Es klappt nie. Weil es zu wenig Spender gibt. Jeder will seine Organe über den Tod hinaus behalten und nimmt es in Kauf, dass Hunderte Menschen, die auf einer Warteliste stehen, wegen ihm verrecken.«

Nathaniel hat Mühe, den abrupten Richtungswechsel nachzuvollziehen, den ihr Gespräch genommen hat. »Ihre Tochter hat nach ihrer Herkunftsfamilie geforscht, weil sie einen Organspender suchte?«

»Es gibt tausend Gründe, warum man sich auf die Suche nach der leiblichen Verwandtschaft macht.« Die Stimme des Alten klingt jetzt wieder gemäßigt. Nathaniel hört, dass er den Stuhl zurückschiebt und aufsteht.

»Können Sie mir sagen, wo ich Ihre Tochter finde?«, fragt er rasch. Wieder verstreichen einige Sekunden, bis er eine Antwort erhält, die keine ist.

»Sie hat zu viel durchmachen müssen. Ein Schicksal wie das meiner Tochter wünscht man seinem ärgsten Feind nicht. Bitte lassen Sie sie einfach in Ruhe.«

Nathaniel bleibt sitzen, er ist noch nicht fertig hier, er hat noch viele Fragen, und er will Antworten, keine Ausflüchte oder Ausreden.

»Es ist besser, wenn Sie gehen.« Jetzt klingt die Stimme des Alten kalt.

Nathaniel erhebt sich. Sofort steht Alisha neben ihm bereit. Die beiden Männer reichen sich zum Abschied nicht die Hand. Draußen hört Nathaniel, wie sich die Tür hinter ihm schließt. Er spürt die Blicke in seinem Rücken, als er sich zur Straße begibt. Er geht hundert Schritte in Richtung Busstation, hält inne, wartet einige Minuten – und kehrt dann zu der alten Autogarage zurück.

Carole schreit. Der Schmerz zerreißt sie. Tränen nässen ihr Gesicht. Sie muss stark sein, muss stark sein jetzt, doch sie kann nicht mehr. Die Wehen kommen regelmäßiger. Und öfter. Und mit den Schmerzen wächst ihre Verzweiflung. Der Böse wird nicht kommen. Niemand wird kommen. Sie ist ganz allein. Als der Schmerz in ihrem Bauch verebbt wie eine große Welle, die sich zurückzieht, nur um neuen Anlauf zu nehmen und noch mächtiger zurückzukehren, driftet Carole weg. Die Ohnmacht umschmeichelt sie und verspricht ihr Zuflucht vor den Schrecken der realen Welt. Carole zuckt zusammen. Wach bleiben. Wach bleiben, sagt sie sich, sie darf nicht das Bewusstsein verlieren, sonst sind sie beide verloren. Verzweifelt tastet sie nach der Wasserflasche, findet sie, tastet den Boden darum herum ab, in der irrigen Hoffnung, dass sie dort Tabletten findet, Schmerzmittel, irgendetwas. Doch da ist nichts. Sie lehnt sich zurück, wartet auf die nächste Woge aus Schmerz, die sie überfluten wird.

Da hört sie etwas. Sie lauscht in Richtung Tür. Aber es ist ein fremdes Geräusch. Es kommt aus der anderen Ecke des Raumes, von dort, wo sie vor einigen Tagen – ihr kommt es wie Jahre vor – einen verriegelten Schacht entdeckt hat. Das Holzbrett, hoch oben an der Decke.

»Hallo?«, ruft sie. »Hallo, hallo, ich bin hier!« Sie schreit jetzt, wieder und wieder.

Die vier Männer des Sondereinsatzkommandos gehen voran, Sandro, Florence und Ramon folgen ihnen in einigem Abstand, die Waffe in der Hand, bereit, jeden Moment zu reagieren. Unten an der Kellertreppe angekommen, liegt ein langer Gang vor ihnen, der sich über die gesamte Länge der Musikschule zu erstrecken scheint. Rechts und links gehen mehrere Türen ab, der vorderste Mann stößt eine nach der anderen auf, tritt hinein, sichert den Raum. Der Heizungskeller, ein Hobbyraum, in dem offensichtlich Musikinstrumente repariert werden, ein Lager. Kein Mensch. Sandro leuchtet mit seiner Taschenlampe den Boden ab, wischt hin und wieder mit den Stiefeln über den Staub. Einmal klopft er gegen eine Wand. Irgendwo muss er sie versteckt halten. Draußen hört er einen Hund bellen. Sie haben den beiden Spürhunden Kleidung von der echten Carole mitgebracht, damit sie ihre Spur aufnehmen.

»Warum bellt er?«, fragt Florence flüsternd.

Sandro weiß es nicht. Auch Ramon schweigt. Mit einem Knall fliegt eine weitere Tür auf. Dahinter steht einzig ein Wäscheständer. Weiße Männerunterhosen hängen daran. Sandros Funkgerät rauscht.

»Mittig der Seitenwand am Haus, rechts, hat ein Hund bei einem Kellerfenster angeschlagen«, sagt ein Kollege des Hundeteams.

Sandro versucht, sich den Grundriss vorzustellen. Das Kellerfenster muss geradeaus vor ihnen liegen.

Wieder kracht eine Tür gegen die Wand. Ein leerer Raum. Sandro leuchtet ihn aus. Keine Anzeichen, dass sich hier in letzter Zeit jemand aufgehalten hat. Als die Truppe hinten im Gang angekommen ist, stehen sie vor einer Tür, die sich nicht einfach auftreten lässt. Sie ist aus Beton, eingefasst in Metall. Zwei Kipp-Riegel halten sie verschlossen.

»Der Luftschutzkeller«, sagt der vorderste Mann, als er vorsichtig den oberen Riegel nach unten zieht.

»Was ist los mit dir?«, flüstert Nathaniel zu Alisha. Sie hat kurz gewinselt und sich unvermittelt auf den Boden gelegt. Das hat sie noch nie gemacht. Nathaniel zerrt an ihrem Geschirr, er will weiter; wenn er sich nicht irrt, müssen sie vor den Toren der Autowerkstatt stehen. Er hofft, dass der Alte nicht aus dem Fenster schaut. Und wenn doch, dass er ihn vom Fenster aus nicht sehen kann. Kaum hat sich Alisha erhoben, legt sie sich wieder hin. Nathaniel findet den Moment ausgesprochen unpassend, den die Hündin erwischt hat, um in eine vorpubertäre Trotzphase zu verfallen.

»Alisha!«, zischt er und reißt sie mit einem Ruck hoch.

Endlich bewegt sie sich wieder. Nathaniel erreicht die Ecke des Gebäudes und tastet sich an der Mauer entlang. Er ist sich bewusst, wie lächerlich er aussehen muss: Ein Blinder, der ums Haus schleicht, ohne zu wissen, was er genau sucht, aber in der Hoffnung, irgendetwas zu finden, das ihn weiterbringt.

»Ricerca, Alisha, such Frau!«, sagt er, ohne sich große Hoffnungen zu machen, dass sie ihn versteht.

Die Idee ist ihm während des Gesprächs in der übel riechenden Küche eingefallen, als ihm der alte Mann erzählte, die Werkstatt habe er vor Jahren schon geschlossen, er sei längst im Ruhestand. Eine ausgediente Autogarage, ist ihm durch den Kopf gegangen, wäre ein ideales Versteck für ein Entführungsopfer. Darum ist Nathaniel noch einmal zurückgekommen. Darum tappt er jetzt hilflos durch einen fremden Garten, stets an der Rückwand der Werkstatt entlang. Er kann sie riechen, noch immer, auch wenn hier schon lange keine Autos mehr geflickt werden: Der Geruch nach Öl, Benzin, Lack und Farbe klebt in jeder Mauerritze. Doch plötzlich sticht Nathaniel ein anderer Geruch in die Nase, und fast zeitgleich spürt er auch, woher dieser stammt: Eine Hecke versperrt ihm den Weg. Er greift nach den flachen Nadeln des Gehölzes, zerreibt sie zwischen den Fingern, riecht daran; eine Thuja-Hecke. Er will sie umgehen, aber sie ist zu groß, und er findet keinen Durchgang.

»Du musst für mich weitersuchen«, sagt Nathaniel zu Alisha, als er ihr Geschirr losbindet. »Es ist wie beim Verstecken spielen: Du musst die Frau suchen. Frau. Suchen. Ricerca!«

Alisha kann zwar auf Befehl eine Haltestelle, ein Taxi, eine Tür oder einen Briefkasten finden, ja sogar Leute verfolgen – doch Nathaniel würde vieles dafür geben, wenn sie auch verschwundene Menschen aufspüren könnte. Wenigstens hat sie sich in Bewegung gesetzt. Er hört ihre Schritte, raschelnde Zweige, sie scheint einen Durchschlupf gefunden zu haben. Plötzlich vernimmt er auf der anderen Seite ein Kratzen. Dann bellt Alisha zweimal laut.

Er muss zu ihr gelangen. Erneut tastet sich Nathaniel an der Hecke entlang, findet keinen Halt und stolpert unbeholfen vorwärts. Da vernimmt er unmittelbar neben seinem Kopf ein Zischen.

Nathaniel stürzt.

War das ein Bellen? Hat sie tatsächlich ein Bellen gehört? Die Polizei ist hier, denkt Carole. Sie haben sie gefunden. Gerade im richtigen Augenblick.

»Ich bin hier! Ich bin hier!«, ruft sie, so laut sie kann. »Hilfe, ich bin hier!«

Das Schreien raubt ihr die Luft. Sie kriecht in die Richtung, in der sie den zugenagelten Luftschacht vermutet, schürft sich die Knie am rauen Boden auf.

»Hier! Hilfe!« Sie hält inne und lauscht. War da ein Geräusch an der Tür? Auf einmal beginnt sie zu weinen. Ein Zittern durchfährt sie. Erleichterung erfasst sie, und gleichzeitig umschlingt sie die Panik. Erleichterung darüber, dass alles gleich vorbei sein wird, dass sie gerettet und einen gesunden Jungen zur Welt bringen wird. Panik, weil sie Angst hat, dass die Polizisten ihr klägliches Rufen nicht hören. Aber sie werden nicht gehen, ohne hier drinnen nachzuschauen, sie werden nicht abziehen, bevor sie sie gefunden haben.

»Ich bin hier!«, ruft Carole, bevor sie sich krümmt, weil der Schmerz erneut in ihren Eingeweiden wühlt.

Sie stößt einen Schrei aus, dann fühlt sie die Nässe zwischen ihren Beinen.

»Vorsicht«, sagt der vorderste Mann. Er weist Sandro und seine Leute an, einige Meter zurückzutreten, denn die Tür wird sich in ihre Richtung öffnen und niemand weiß, wer oder was sie dahinter erwartet. Er schiebt auch den unteren Riegel nach unten, dann reißt er die zentnerschwere Tür auf, während seine drei Kollegen mit der Waffe voran in den Raum stürmen. Die Lichtkegel ihrer Taschenlampen tasten sich Meter um Meter durch den Luftschutzkeller. Sie streifen Holzregale, auf denen alte Musikhefte und Zeitungen liegen. An einer Wand steht ein Gestell voller Weinflaschen, auf einem anderen Regal stapeln sich Konservendosen. »Sauber«, sagt einer der Männer und knipst das Licht an.

76

Verdammt. Er ist sich so sicher gewesen.

Sandro bringt dieses eine Bild nicht aus seinem Kopf: Er sieht sich selbst auf einem Laufband rennen, das immer schneller dreht, er beschleunigt, spurtet, so schnell er kann, spürt, dass er nicht mehr nachkommt mit seinen Schritten, und dass er in den nächsten Sekunden stürzen wird. Genau so fühlt sich seine Arbeit derzeit an.

Er zieht seine schusssichere Weste aus und hängt sie zurück in den Schrank in der hintersten Ecke seines Büros. Dann greift Sandro zu seinem Handy, öffnet die Foto-App und schaut sich das alte Passbild von Carole Stein an. Wenn er die Müdigkeit spürt, weil es in einem Fall nicht vorangeht, wenn die Hoffnungslosigkeit die Zuversicht verschlucken will, dann schaut er sich ein Bild des Opfers an. Als könnte es ihm sagen: Gib nicht auf, ich glaube an dich. Er hält das Telefon noch in der Hand, als es zu klingeln beginnt. Es ist Kollege Hunziker.

»Sandro, ich musste meinen Mann von deinem Fall abziehen. Wir hatten einen Einsatz wegen häuslicher Gewalt, er befand sich gerade in der Nähe. Ich habe nicht das Personal, um all deine Verdächtigen für immer und ewig zu beschatten.«

Im ersten Moment weiß Sandro nicht, wovon Hunziker spricht.

»Soll ich ihn zurückschicken? Brauchst du den Mann wirklich noch länger, um diesen Blinden zu observieren? Ich brauch meine Leute dringend.«

Die Beschattung von Nathaniel Brenner, darum geht es. Sandro fährt sich mit der freien Hand über die Stirn, schließt kurz die Augen. Der Blinde ist etwas aus dem Fokus gerückt, denkt er. Wenn Brenner sie bis jetzt nicht zum Versteck von Carole geführt hat, wird er das wahrscheinlich gar nicht mehr tun – weil er wohl doch nichts mit ihrem Verschwinden zu schaffen hat. Doch Sandro will kein Risiko eingehen.

»Schick den Mann zurück zu Brenner. Ich schaue, ob jemand von uns ihn in der nächsten Stunde ablösen kann.« Sandro vernimmt am anderen Ende der Leitung ein mürrisches Brummen, das er als Zustimmung auffasst.

Er selbst wird sich jetzt auf jemand anderen konzentrieren. Sandro steigt drei Etagen tiefer, räuspert sich, dann stößt er die Tür zum Verhörraum auf: Im Kino erwartet ihn Claudio Rudelli.

»Herr Rudelli, es sieht schlecht aus für Sie. Sehr schlecht«, eröffnet Sandro, als er sich zum Musiklehrer an den Tisch setzt.

Er liest ihm seine Rechte nicht vor. Er schaltet auch die Kamera nicht ein. Und hinter der Glasscheibe sitzt keiner seiner Kollegen. Die beiden sind allein.

Rudelli blickt ihn mit versteinerter Miene an und sagt kein Wort.

»Wir gehen mittlerweile von rund zwanzig Opfern aus, die Sie mit HIV und Hepatitis infiziert haben. Sie werden wegen schwerer Körperverletzung in zwanzig

Fällen angeklagt werden. Ihnen drohen fünfzehn Jahre Knast.«

Rudelli schweigt. Ihm ist nicht anzusehen, was in seinem Kopf vor sich geht.

»Aber ich mache Ihnen ein Angebot.«

Sandro ist nicht ermächtigt, einem Verdächtigen ein Angebot zu unterbreiten. Das mag in den USA funktionieren, doch in der Schweiz sind es noch immer die Richter, die das Strafmaß festsetzen, und nicht die Polizisten. Aber das, hofft Sandro, weiß Rudelli vielleicht nicht.

»Wenn Sie mir hier und jetzt sagen, was Sie mit Carole Stein gemacht haben und wo Sie sie versteckt halten, sorge ich dafür, dass Sie mit weniger als zehn Jahren davonkommen. Deutlich unter zehn Jahren.«

In Rudelli regt sich etwas, ein Blitzen in seinen Augen. Verwunderung? Wie ein Schatten streift ein Gefühl sein Gesicht, bevor er wieder starr und schweigend einfach nur dasitzt.

Unvermittelt knallt Sandro seine Handfläche auf die Tischplatte. Rudelli fährt erschrocken zusammen.

»Reden Sie mit mir!«, brüllt Sandro.

»Ich kenne keine Carole Stein.«

Jetzt ist es Sandro, der beinahe erschrickt, als sein Gegenüber plötzlich doch noch Worte findet. »Sie können sprechen!«

Sandro erntet einen abfälligen Blick.

»Ich äußere mich nicht zu Ihren haltlosen Anschuldigungen, nicht ohne meinen Anwalt. Aber ich sage Ihnen: Ich kenne keine Carole Stein.«

Sandros Blick bleibt an Rudellis Augen kleben. Er glaubt, dass der Mann die Wahrheit sagt. »Hannah Kopernik?«

»Ist eine Schülerin von mir. Nicht die Begabteste, um ehrlich zu sein.«

War, denkt Sandro, war deine Schülerin, aber er korrigiert Rudelli nicht. »Gemeinsam mit Hannah Kopernik haben Sie Carole Stein entführt. Wir haben Frau Kopernik verhaftet. Sie hat gestanden, dass sie Ihre Helferin war. Sagen Sie mir, wo Sie Frau Stein versteckt halten, sie befindet sich in höchster Gefahr. Wenn Sie jetzt schweigen und ihr passiert etwas, dann kriegen wir Sie wegen Mordes dran.«

»Hören Sie«, sagt Rudelli mit fester Stimme. »Ich sage es nur ein einziges Mal, und dann sage ich aber wirklich gar nichts mehr ohne meinen Anwalt: Ich habe keine Ahnung, wovon Sie sprechen. Ich habe den Namen Carole Stein noch nie in meinem Leben gehört, und ich habe sie schon gar nicht entführt. Und jetzt bringen Sie mich wieder in meine Zelle. Bitte.«

Als Sandro zurück ist in seinem Büro, wird er mit der Nachricht empfangen, dass der Mann, der an Nathaniel dran war, dessen Spur verloren hat. *Als er von seinem Einsatz zurückkam, war der Blinde weg,* schreibt Hunziker in der E-Mail. *Ich habe ihn nun zurück zur Wohnadresse des Zielobjekts beordert. Wann schickst du uns eine Ablösung???* Sandro klickt die Nachricht weg, ohne sie zu beantworten. Dann legt er ein weißes Papier vor sich auf den Schreibtisch. Er nimmt einen Bleistift, schreibt den Namen Carole Stein in die Mitte des Blattes und zieht einen Kreis darum. Er setzt einen zweiten Kreis daneben und trägt Hannah Kopernik ein. Er verbindet die beiden Kreise mit einem fetten Strich. Der dritte Name, den er auf das Blatt setzt, lautet Claudio Rudelli, er zieht eine

Linie zu Hannah Kopernik. Zwischen Rudellis und Steins Namen zeichnet er nur eine gepunktete Linie. Er glaubt nicht mehr, dass es zwischen den beiden eine Verbindung gibt. Rudelli mag ein geisteskranker Möchtegern-Guru sein, aber seine letzte Aussage hat glaubwürdig geklungen. Auch von seinem Bluff, dass Kopernik gestanden habe, ließ sich Rudelli überhaupt nicht aus der Ruhe bringen. Unten in die rechte Ecke des Blattes schreibt Sandro »Nathaniel Brenner«. Auf die Linie, die den Namen des Blinden mit Carole Stein verbindet, notiert er Zeuge, und kleiner, in Klammern: möglicher Tatbeteiligter. Daneben zeichnet er eine unförmige Hose. Was zum Teufel hat diese Schwangerschaftshose in seinem Keller zu suchen?, fragt sich Sandro. Gehört sie wirklich Carole? Wem sonst? Aber wieso lagert er sie gewaschen in seinem Keller? Ob jemand anderes den Plastiksack dort deponiert hat? Aber wer? Oder ist Carole womöglich längst tot, und ihr Mörder, Nathaniel Brenner, wollte einen persönlichen Gegenstand seines Opfers aufbewahren? Niemand weiß, ob Nathaniel nicht doch eine tickende Zeitbombe ist, wie es seine Gutachterin vor Jahren prognostiziert hat. Man kann nicht in einen Menschen hineinblicken und erkennen, wie es in ihm drin aussieht. Sandro ist sich aber sicher, dass sich, falls man es doch könnte, bei Nathaniel ein düsteres Bild offenbaren würde. Wie ein Fanatiker verfolgt der Blinde diesen Fall, obwohl er angeblich nur kurz mit Carole gesprochen hat. Normal ist dieses Interesse an der Frau nicht, denkt Sandro. Zumal es eine Verbindung zu seiner Vergangenheit gibt. Sandro schreibt den Namen Gabriela Stein auf das Blatt und zieht eine Linie zu Carole Stein und eine zweite zu Nathaniel Brenner.

»Was weiß er?«, fragt sich Sandro laut. »Was hat er getan?«

Oben links auf das Blatt notiert Sandro die Namen der fünf Männer, mit denen Carole Stein sexuellen Kontakt gehabt hat und die als Vater ihres Kindes infrage kommen. Vier Namen schreibt er in kleiner Schrift, Oliver Moser hingegen verdient sich Großbuchstaben. Dann zieht er fünf Linien zum Kreis von Carole Stein. Sandro lehnt sich zurück, blickt auf das Papier und stellt ernüchtert fest, dass darauf ein ziemliches Chaos herrscht. Keine große Hilfe.

Er beginnt, den Kreis um Hannah Kopernik mit kleinen Fragezeichen vollzumalen. Was spielt sie für eine Rolle? Hat sie Carole entführt, allein oder als Helferin? Warum? Oder wurde sie nur von jemandem engagiert, weil sie Carole ähnlich sieht – damit niemand merkt, dass Carole vermisst wird? Ähnliche Augen. Die gleiche Größe. Alter vergleichbar. Aber wozu? Früher oder später müsste sie die Rolle wieder aufgeben. Oder wollte sie ins Leben von Carole Stein schlüpfen, deren Identität stehlen, warum auch immer? Nichts ergibt einen Sinn.

Sandro spürt einen leichten Druck im Nacken. Kopfschmerzen künden sich an.

Sein Handy meldet sich. *Hannah Koperniks Baby ist tot,* schreibt Felix Winter. *Es ist vor drei Wochen gestorben.* Das Kind, denkt Sandro. Es geht um das Kind. Er muss Hannah Kopernik zum Reden bringen. Ganz egal, wie.

77

Wie immer hat Milla mit ihrem Chef Wolfgang um den Kommentartext gestritten, wie immer haben sie sich letztlich auf eine Version geeinigt. Anschließend hat Sprecher Rainer ihrem Beitrag seine Stimme geliehen und ihm dadurch das letzte Upgrade verschafft. Wie jedes Mal klang Millas Text gleich zehnmal besser, als er vom Profi mit seiner tiefen Stimme vorgetragen wurde. Auch der Tontechniker hat zufrieden den Daumen in die Höhe gereckt, als das Ganze abgemischt war: Der Beitrag war bereit, um über den Sender zu gehen. Doch als Rainer Milla fragte, ob sie noch mit auf ein Feierabendbier komme, hat sie abgelehnt. Stattdessen hat sie sich auf den Weg zum Hauptbahnhof gemacht und ist in den Zug nach Bern gestiegen. Weil die Unruhe sie umtreibt: Etwas stimmt hier nicht. Erneut wählt sie Nathaniels Nummer, sie kann nicht mehr zählen, wie oft sie es schon versucht hat. Wieder wird sie nach mehrmaligem Klingeln mit der Frauenstimme seines Telefonbeantworters verbunden: »Die gesuchte Person ist momentan nicht zu erreichen, bitte rufen Sie später an, oder hinterlassen Sie eine Nachricht.«

Milla macht sich wirklich Sorgen. Verschiedene Szenarien jagen durch ihren Kopf, was alles passiert sein könnte. Und keines ist erfreulich. Milla stellt Sandros Nummer ein. Zu ihrem Erstaunen geht er sofort ran.

»Sandro, Nathaniel ist verschwunden!«

Milla hört ihren Freund ächzen. »Ich habe im Moment ganz andere Probleme.«

Milla erschrickt, wie niedergeschlagen sich Sandro anhört. Für einen Moment vergisst sie ihre Sorgen um Nathaniel.

»Was ist los?«

»Die einzige Person, die uns sagen kann, wo sich Carole Stein befindet, weigert sich, mit uns zu sprechen.«

»Die falsche Carole.«

»Ja, die falsche Carole. Und wir haben keine Zeit mehr, die ist längst abgelaufen. Ich muss sie irgendwie zum Reden bringen.«

Nie zuvor hat Sandro Milla gegenüber so offen über seine Schwierigkeiten gesprochen, wenn es um einen laufenden Fall ging. Immer erst im Nachhinein hat sie erfahren, was er für Probleme zu bewältigen hatte. Sie hört ihm an, dass er verzweifelt ist.

»Und wie willst du das anstellen?«

»Ich muss sie dazu zwingen.« Sandro klingt, als ob ihn diese Erkenntnis selbst überrasche.

»Wie meinst du das?«

»Ich weiß nicht. Sie halt zwingen. Ich muss ihr drohen.«

»Das darfst du nicht.«

»Ich weiß. Aber wenn es nicht anders geht? Erinnerst du dich an diesen Bankierssohn, der in Deutschland entführt worden ist?«

Milla weiß sofort, worauf Sandro hinauswill. »Das kannst du nicht machen. Nicht du.«

Der Fall, den Sandro anspricht, liegt einige Jahre zurück. Die Polizei hatte den Entführer des Jungen verhaftet, der die Tat gestanden hatte, sich aber weigerte preiszugeben, wo er den Jungen versteckt hielt. Unter Androhung von Folter versuchte der zuständige Hauptkommissar, den Entführer zum Einknicken zu bringen, doch es war zu spät. Der Junge war tot, als man ihn fand. Und der Hauptkommissar wurde wegen Nötigung im Amt verurteilt.

»Du riskierst deinen Job, wenn du das machst«, sagt Milla. Doch noch während sie den Satz ausspricht, ist ihr klar, dass sie selbst es tun würde. Sie würde einem Täter Folter nicht nur androhen, sie würde wohl auch Gewalt anwenden, wenn die Chance bestehen würde, dadurch ein Menschenleben zu retten – oder sogar zwei Leben zu retten; das einer Mutter und das ihres Säuglings. Aber Sandro ist nicht wie sie. Sandro ist superkorrekt. Sandro würde nie gegen das Gesetz verstoßen.

»Ich kenne das Risiko, Milla. Aber ich könnte es nicht mit meinem Gewissen vereinbaren, es nicht zu versuchen.«

Tu es nicht, will Milla rufen. Doch der Satz bleibt unausgesprochen. Die Stille hält Einzug zwischen Milla und Sandro und wiegt mehr als tausend Worte.

»Ich muss los«, sagt Sandro schließlich. »Hannah Kopernik wartet.«

Dann ist die Leitung tot.

Es dauert fast zwanzig Sekunden, bis Milla klar wird, was sie eben gehört hat.

Hannah Kopernik? Hat Sandro Hannah Kopernik gesagt? Hannah Kopernik ist die falsche Carole? Carole Steins eigene Schwester oder Halbschwester ist die große Unbekannte! Dann war der Brief der Adoptionsbehörde doch die richtige Spur.

Milla stellt erneut Sandros Nummer ein. Doch er geht nicht mehr ran.

Verflucht, denkt Milla. So schnell sie kann, tippt sie eine Nachricht an Sandro, in der Hoffnung, dass er sie sieht, bevor er Hannah Kopernik einvernimmt und dabei etwas tut, das er später bereuen wird.

Hannah Kopernik ist Carole Steins leibliche Schwester. Sie wurde adoptiert. Und Hannah Kopernik ist die Frau, die ihr Kind verloren hat – wegen der Infektion durch Rudelli!!!

Erneut wählt sie Sandros Nummer, erfolglos. Sie versucht es noch einmal bei Nathaniel, auch wieder erfolglos. Milla fühlt sich wie in einem Albtraum, in dem sie als Einzige eine drohende Gefahr erkennt, aber niemanden warnen kann. Wo ist Nathaniel?, fragt sie sich erneut. Er wird doch nicht …? Veronika, denkt sie, vielleicht weiß seine Nachbarin, wo er steckt. Zu Millas Erleichterung geht wenigstens Veronika ans Telefon.

»Nathaniel? Er hat sich auf die Suche nach dieser Adoptivschwester gemacht, aber sie nicht gefunden«, sagt Veronika. »Doch er hat ihren Adoptivvater aufgespürt!«

Milla hört den Stolz in Veronikas Stimme, als hätte sie gerade persönlich einen Kriminellen überführt.

»Hannah Koperniks Adoptivvater?« Milla muss sich zusammenreißen, dass sie nicht ins Telefon brüllt.

»Ja, er hat sich auf den Weg zu ihm gemacht«, sagt Veronika, die Millas Aufregung nicht versteht.

»Kennst du die Adresse?«

»Nein, leider nicht.«

»Danke«, sagt Milla und beendet das Gespräch, ohne sich zu verabschieden. Sie sucht in ihren WhatsApp-Chats nach der Nachricht ihres Cousins. Walter Kopernik heißt der Adoptivvater, so stand es in den Unterlagen der

Adoptionsbehörde. Im Online-Telefonbuch erscheint nur eine einzige Person mit diesem Namen: Walter Kopernik, Autogarage Kopernik, Köniz.

Milla erwischt am Bahnhof Bern den Bus Richtung Köniz nur deshalb noch, weil sie einen formidablen Spurt hinlegt. Kaum hat sie sich gesetzt, sucht sie die Hauptnummer des Polizeidezernats heraus. Sie muss jemanden erreichen, der Sandro Bescheid geben kann. Gerade als sie die Nummer wählen will, wird das Display ihres Handys schwarz.

Verflucht, denkt Milla. Der Akku.

78

Ein Schatten steht in der Tür. Nathaniels Herz schlägt so schnell, dass es demnächst kollabieren wird. Selbst im Schlaf ist sein Gesicht verzerrt; der Schrecken zeichnet sich in seinen Zügen ab. Dabei ist es noch nicht so weit, sein Traum hat gerade erst begonnen, noch schreit keiner, noch gibt es kein Blut, noch explodiert sein Kopf nicht. Da ist ein Geräusch. Die Sirene eines Polizeiautos, aufdringlich wie das Sirren einer Wespe unmittelbar neben seinem Ohr. Hilfe kommt, denkt Nathaniel. Hilfe kommt. Er ist wieder der kleine Bub. Der Schatten in der Tür verwandelt sich in seinen brüllenden Vater. Die Mutter weint. Und die Schwester ist ganz still, verkriecht sich, will sich unsichtbar machen. Nathaniel hat Angst. Er hat immer Angst im Traum. Doch dieses Mal gibt es da noch ein anderes Gefühl. Die Wut. Wut und Hass auf seinen Vater, den er doch so sehr liebt. Er sieht etwas Glänzendes aufblitzen. Eine Klinge. Er hört sich selbst schreien. Und plötzlich ist der Traum weg.

Nathaniel wacht nicht schreckhaft auf, wie sonst, er taucht langsam aus seiner Ohnmacht zurück ins Bewusstsein. Keine nass geschwitzten Laken. Kein Bett. Stattdessen ein kalter Betonboden. Und ein stechender Schmerz im Kopf.

»Alisha? Alisha?«

Keine Pfoten, die auf dem Boden klacksen. Keine nasse Zunge, die ihm übers Gesicht fährt. Nathaniel hat keine Ahnung, was passiert ist und wo er sich befindet. Er rappelt sich hoch, doch ihm wird schwindlig, und er muss sich sofort wieder setzen, um einen Sturz zu vermeiden.

Das ist es! Er ist gestürzt. Er muss unglücklich auf etwas gefallen sein und sich dabei den Kopf gestoßen haben. Aber er war doch draußen, in einem Garten, er ist um die Autogarage geschlichen. Den Geruch von Öl und Lack hat er noch immer in der Nase, doch er befindet sich in einem Raum.

»Hallo? Ist da wer?«

Er ist nicht gestürzt.

Nein.

Er wurde niedergeschlagen.

79

Thomasstraße zeigt der Bildschirm in der Mitte des Busses an. Milla springt auf, drückt in der letzten Sekunde den Bitte-Halten-Knopf, was den Fahrer zu einer abrupten Bremsung zwingt. Sie steigt mit einem lauten »Entschuldigung« aus dem Bus. Fünf Minuten später klingelt sie bei Walter Kopernik an der Tür. Er wohnt in einem heruntergekommenen kleinen Häuschen, das an eine Autogarage angebaut ist. Davor stehen zwei zur Hälfte abmontierte Tanksäulen. Es ist offensichtlich einige Jahre her, dass hier zum letzten Mal Benzin gezapft wurde.

Hinter dem Fenster neben der Tür schimmert ein Licht durch die zugezogenen Vorhänge. Es dauert eine Weile, bis Milla den Schlüssel hört.

»Was wollen Sie?«, herrscht der alte Mann Milla an, als er den Kopf durch den Türspalt streckt.

Milla setzt ihr freundlichstes Lächeln auf. »Ich bin eine Freundin Ihrer Tochter Hannah. Meier mein Name. Wir waren zusammen in derselben Klasse, und ich war eine Weile weg. Jetzt wollte ich wieder Kontakt zu ihr aufnehmen, aber ich habe sie in keinem Telefonbuch gefunden.«

Milla findet, sie hört sich überzeugend an. Ihr Gegenüber ist scheinbar anderer Meinung. Walter Kopernik mustert sie kritisch von unten bis oben, als suche er etwas, das er wiedererkennt.

»Claudia Meier, meine Familie ist vor vielen Jahren weggezogen«, schiebt Milla nach, ohne ihr Lächeln zu verlieren. »Darf ich nicht kurz reinkommen?«

Widerwillig öffnet der Alte die Tür und tritt einen Schritt zur Seite. »Sie sagen, Sie sind eine Freundin von Hannah?«

Ohne dass er sie darum gebeten hat, setzt sich Milla an den Tisch. Der Küche ist anzusehen, dass hier ein alleinstehender alter Mann lebt. Der Gasherd ist fleckig, alles wirkt klebrig, und die Fliegenfallen, die von der Decke hängen, haben sich zu makabren Tierfriedhöfen gewandelt, völlig überfüllt. Neben Milla verstauben auf der Ablage der Eckbank mit Trauben verzierte Weinkrüge im Miniformat, daneben steckt der Rest einer abgebrannten Kerze auf einem antiken bronzefarbenen Ständer. Millas Augen bleiben kurz an einem Feldstecher hängen, der auf einer vergilbten Zeitung liegt und nicht in diese Küche zu passen scheint, weil er viel zu modern ist. Sie fragt sich, wen oder was der Alte damit wohl beobachtet.

»Ich bin mit ihr zur Schule gegangen, aber dann ist meine Familie weggezogen, und ich habe ein paar Jahre in den USA gelebt. Ich dachte, Sie könnten mir bestimmt Hannahs Nummer geben.«

»Und darum stehen Sie gleich vor meiner Tür? Sie hätten mich das auch am Telefon fragen können.«

»Ich war gerade in der Gegend.«

Erneut betrachtet der Alte Milla mit einem Blick, der Löcher in ihre Haut zu brennen scheint. Sie wird das Gefühl nicht los, dass er sie durchschaut und ihr kein Wort glaubt.

»Ich kann Ihnen nicht helfen.«

Milla schaut ihn mit gespielter Verwunderung an. »Aber Sie sind doch ihr Vater? Ihr ist doch nicht etwa etwas zugestoßen?«

»Ich habe seit Jahren keinen Kontakt mehr zu meiner Tochter.«

»Und Sie haben keine Telefonnummer, keine Mailadresse?« Milla zögert einen Moment. Ist es möglich, dass er die Wahrheit sagt? Und dass er gar nicht weiß, dass seine Tochter verhaftet worden ist?

»Nein, wie gesagt, ich habe keinen Kontakt zu ihr.«

Oder aber er lügt genauso unverfroren wie ich, denkt Milla. Sie steht mit einem Ruck auf, sie will raus hier, sie fühlt sich unwohl, allein mit diesem Mann in dieser stickigen Küche.

»Ich gehe dann wohl besser«, sagt sie.

»Ist wohl besser«, murmelt der Alte und hält ihr die Tür auf. Als sie hinter Milla ins Schloss fällt, atmet sie erleichtert auf. Selten hat sie sich in der Gegenwart eines Menschen derart unwohl gefühlt.

Auf dem Weg zur Bushaltestelle geht sie in Gedanken das Gespräch noch einmal durch. Es hat sie keinen Schritt weitergebracht. Und Nathaniel hat sie auch nicht gefunden. Wahrscheinlich ist er längst zurück in seiner Wohnung. Womöglich hat er einfach sein Handy verloren. Milla setzt sich bei der Bushaltestelle auf die Bank und will noch einmal seine Nummer wählen. Erst da erinnert sie sich, dass der Akku leer ist.

In dem Moment, als am Ende der Straße der Bus auftaucht, fällt Milla ein, dass sie genau so einen Feldstecher wie jenen, der bei Kopernik auf der Eckbank liegt, schon mal gesehen hat. Damals, als sie nachts mit Jägern unterwegs gewesen war, um eine Reportage über den wieder eingewanderten Luchs zu drehen.

Es handelt sich nicht um ein Fernglas.

Es handelt sich um ein Nachtsichtgerät.

80

Sandro Bandini schließt das kleine Zimmer ab, von dem man durch den Einwegspiegel das Geschehen im Verhörraum beobachten kann, und steckt den Schlüssel ein. Bei seinem Vorhaben kann er auf Beobachter verzichten. Dann betritt er das Kino, in dem Hannah Kopernik regungslos am Tisch sitzt. Sandro geht stumm an ihr vorbei und klappt den Objektivdeckel der aufgestellten Kamera demonstrativ zu, dann nimmt er gegenüber Hannah Kopernik Platz. Er lässt ein paar Sekunden verstreichen, bevor er beginnt. Innerlich ist er aufgewühlt. Äußerlich wirkt er ruhig.

»Frau Kopernik, Sie haben mich angelogen.«

Sandro entgeht das Zucken nicht, das durch den ganzen Körper der Frau fährt, als sie ihren Namen hört.

»Sie sind nicht Carole Stein, sondern Hannah Kopernik. Sie wurden von Claudio Rudelli mit Hepatitis C und dem HI-Virus infiziert. Und Sie haben schon gelogen, als Sie bei meinem Kollegen Ihre Aussage als Geschädigte gemacht haben: Ihrer Tochter geht es keineswegs besser. Ihre Tochter Elena ist vor bald drei Wochen gestorben. Tochter! Einen Mirko Stein hat es nie gegeben.«

Wieder erkennt Sandro eine Regung im Gesicht der Frau, obwohl sie den Kopf gesenkt hält und auf die Tischplatte starrt.

»Es tut mir leid um Ihre Tochter.«

Sandro wartet, ohne seinen Blick von Hannah Koperniks Gesicht abzuwenden. Sie sagt kein Wort.

»Aber jetzt geht es um ein anderes Kind. Um ein Kind, das vielleicht in diesem Moment zur Welt kommt, und um seine Mutter Carole Stein. Lügen bringt nichts mehr. Wir wissen, wer Sie sind. Wenn Sie nicht den Rest Ihres Lebens im Gefängnis verbringen wollen, sagen Sie mir jetzt, wo sich Carole Stein befindet.«

Als Hannah Kopernik endlich den Kopf hebt, wirkt ihr Teint noch farbloser als zuvor. Ihre Miene ist versteinert. Sandro hat zu wenig Geduld, um dem Schweigen zwischen ihnen Platz zu lassen.

»Ist der Tod Ihrer Tochter der Grund? Geht es um das Kind von Carole Stein? Wollen Sie, dass das Kind stirbt, bevor es überhaupt zu leben begonnen hat?«

Sandro spürt die Wut, die in ihm hochkocht. Die Wut, die er so gut kennt und die er stets im Griff hat. Doch dieses Mal will er sie zulassen. Als er sich entschlossen hat, die Grenze im Notfall zu überschreiten – ein Kopf- und nicht ein Bauchentscheid –, hat er sich gefragt, ob er es wirklich wagen würde, der Frau mit Folter zu drohen, sollte sie sich weigern zu sprechen. Doch diese Zweifel sind längst verebbt. Er ist nicht nur bereit, ihr zu drohen. Er wird nicht einmal zögern, ihr Gewalt anzutun.

»Sprechen Sie!«, brüllt Sandro und knallt die Faust auf den Tisch.

Hannah Kopernik zuckt nicht einmal zusammen. Sie schaut ihm zum ersten Mal, seit sie sich in diesem Raum befinden, in die Augen. »Mein Name ist Carole Stein. Und ich habe Ihnen doch schon gesagt, dass ich ohne

Anwalt nicht mit Ihnen spreche«, erklärt sie ihm seelenruhig.

»Vergessen Sie Ihren Anwalt. Wir sind hier ganz unter uns. Und ich werde es nicht zulassen, dass Carole Stein oder ihrem Kind etwas passiert. Reden Sie. Oder Sie werden es bereuen.«

»Es wird niemandem etwas passieren. Denn ich bin Carole Stein.«

Sandro würde ihr am liebsten ins Gesicht schlagen. Er ballt die Faust und flüstert ihr zu: »Sie sind Hannah Kopernik. Wenn Sie mir nicht sofort sagen, wo Carole Stein ist, werde ich Ihnen wehtun. Sehr wehtun. Ich werde Ihnen jeden einzelnen Finger brechen, wenn's sein muss. Zweifeln Sie nicht eine Sekunde daran, dass ich das wirklich tun werde.«

»Ich – bin – Carole – Stein.«

Sandro schnellt hoch. Sein Stuhl stürzt krachend um. Er greift nach ihrem Handgelenk. In der gleichen Sekunde hört er jemanden seinen Namen rufen.

»Sandro!«

Sandro wendet den Kopf. In der Tür steht Felix Winter. Die beiden Männer blicken sich in die Augen, und Sandro erkennt, dass sein Kollege die Situation blitzschnell erfasst hat.

»Sandro, ich muss dir was sagen. Kommst du mal, bitte.«

Kaum hat Sandro die Tür hinter sich geschlossen, legt Felix Winter kurz die Hand auf seine Schulter. Es bleibt bei dieser Geste.

»Es geht um Nathaniel Brenner«, sagt er dann. »Ich habe gerade mit dem Kollegen von der Streife gesprochen. Du glaubst nicht, wo sich der Blinde zuletzt aufgehalten hat, als er ihn wegen seines anderen Einsatzes aus den Augen verloren hat.«

»Sag schon.« Sandro ist ungeduldig. Sein Puls rast noch immer. Er ist unsicher, ob er erleichtert sein soll, dass Winter eingeschritten ist, oder verärgert ob der vertanen Chance.

»Brenner hält sich bei Walter Kopernik auf, dem Vater unserer falschen Carole Stein. Der Kollege weiß das so genau, weil er den Blinden sogar hingeführt hat. Hannah Kopernik und der Blinde kennen sich möglicherweise.«

»Also vielleicht doch der Blinde!«, ruft Sandro. »Ich wusste, dass mit dem was nicht stimmt. Er ist ihr Komplize!«

81

Ein Nachtsichtgerät. Ob der Alte damit auf die Jagd geht? Oder … Milla fällt kein weiterer Grund ein, warum ein Rentner ein solches Tool besitzen sollte. Außer er ist in dunkle Machenschaften verwickelt, im wörtlichen Sinne. Das Nachtsichtgerät erinnert Milla nicht nur an die Nacht, die sie mit den Jägern auf der Pirsch verbracht hat, sondern weckt auch eine andere Assoziation: Sie denkt an den Film »Das Schweigen der Lämmer«, in dem sich Jodie Foster alias Clarice Starling in das Haus des Serienkillers wagt, der in einem Loch in seinem Keller sein letztes Opfer gefangen hält. Als Starling in den Keller steigt, legt er den Sicherungsschalter um. Zwischen ihr und dem Psychopathen beginnt ein ungleicher Kampf: Er trägt ein Nachtsichtgerät, sie muss sich blind durch die Dunkelheit tasten.

Milla springt von der Bank hoch und eilt zurück zur Autogarage. Entführung, Nachtsichtgerät, Psychopath, Carole Stein, Kellerloch: Die Wörter purzeln ungeordnet durch ihren Kopf. Der Gedanke streift sie, dass sie irgendwie Sandro erreichen sollte, dass sie nicht allein zurück in das Haus des alten Mannes gehen sollte, doch der Gedanke verschwindet in dem Moment, als Milla einen langhaarigen Schäferhund auf sich zurennen sieht. Alisha! Die Begrüßung fällt nicht freudig aus wie sonst.

Alishas Winseln klingt verzweifelt, sie hat den Schwanz zwischen die Hinterläufe geklemmt und springt immer wieder von Milla weg.

»Wo ist Nathaniel?«, fragt diese. »Alisha, wo ist Nathaniel?«

Milla begreift, dass hier etwas gar nicht gut ist. Plötzlich geht es nicht mehr einzig um eine Frau, die sie nicht kennt und die möglicherweise in Gefahr ist. Auf einmal geht es um Nathaniel, dem ganz bestimmt etwas zugestoßen ist.

»Avanti«, sagt Milla, die sich an die italienischen Befehle erinnert. Alisha rennt in die Richtung zurück, aus der sie hergekommen ist, und Milla spurtet hinter ihr her. Zu ihrem Erstaunen rennt Alisha an Koperniks Wohnhaus vorbei – aber nur, um vorn um das Gebäude herumzulaufen, das einst als Autowerkstatt gedient hat. Als Milla an der hinteren Hausecke ankommt, ist Alisha verschwunden, aber von unten dringt ein Kläffen zu ihr herauf: Milla entdeckt die Hündin am Fuß einer Treppe, die entlang der Außenwand in den Keller führt. Sie scharrt mit der Pfote an der verschlossenen Tür.

Alles in Milla will sich weigern, die Stufen hinunterzusteigen. Sie hört tausend Stimmen in ihrem Kopf, die sie davon abhalten wollen. Und ihre Beine fühlen sich an, als habe jemand ihre Füße in Beton gegossen, um sie am Vorwärtskommen zu hindern. Und doch; sie kann nicht anders. Sie muss Nathaniel dort rausholen, und sie zweifelt keine Sekunde daran, dass sie ihn dort unten finden wird, in welchem Zustand auch immer. In dieser einsamen Sekunde gibt es nur noch diese Tür dort unten. Langsam steigt Milla die Stufen hinab.

»Pssst«, sagt sie zu Alisha, als sie unten angekommen

ist, und streichelt ihren Kopf. Die obere Hälfte der Tür besteht aus zwei Scheiben. Aufgerautes Glas. Darunter steckt ein Schlüssel im Schloss. Zu einfach, denkt Milla, es ist eine Falle. Sie versucht, hineinzuschauen, aber sie sieht nichts, nicht einmal Schatten sind zu erkennen. Behutsam dreht sie den Schlüssel, dann drückt sie die Klinke nach unten. Bevor Milla den Raum betreten kann, quetscht sich die Hündin durch den Spalt und stürzt sich auf Nathaniel, der hinter der Tür am Boden liegt. Sie winselt laut und leckt ihm über das Gesicht, er schlägt sofort die Augen auf und hält sich an Alisha fest.

»Nathaniel, ich bin's, Milla. Sag Alisha, dass sie still sein soll«, flüstert Milla.

»Milla, zum Glück.« Nathaniel versucht, Alisha zu beruhigen. »Wo bin ich?«

»In einem Keller unter der Werkstatt von Walter Kopernik.«

»Ich wurde niedergeschlagen.«

»War er das?«

»Ich weiß es nicht.«

Milla blickt sich in dem Raum um. Am anderen Ende gibt es eine weitere Tür.

»Milla?« Der Tonfall in Nathaniels Stimme lässt Milla erstarren. »Bist du sicher, dass wir alleine hier sind?«

Milla dreht sich langsam um. In der Tür steht Walter Kopernik, der ein Gewehr auf Millas Kopf gerichtet hält.

82

»Wir hätten die Observierung nicht der Streife überlassen dürfen. Wir hätten selbst an ihm dranbleiben müssen.« Sandro sagt es bereits zum dritten Mal. Er ärgert sich fürchterlich über sich selbst. »Ich wusste von Anfang an, dass dieser Blinde nicht sauber ist. Er muss mit der Kopernik unter einer Decke stecken. Warum sonst sollte er ihren Vater aufsuchen?«

Felix Winter reagiert nicht, er konzentriert sich auf die Straße.

»Kannst du nicht schneller fahren?« Sandros Handy klingelt. Er geht sofort ran und stellt auf Lautsprecher. »Ramon, was hast du rausgekriegt?«

»Kopernik wohnt in einem Anbau neben seiner Autogarage, die seit elf Jahren geschlossen ist. Betrieb eingestellt.«

»Eine leer stehende Garage ist ein perfektes Versteck. Weiß jemand, ob der Blinde noch dort ist?«

»Negativ. Der Mann, der an ihm dran war, sah ihn zur Tür reingehen und wartete dann an der Straße auf ihn. Dort ist Brenner aber nicht mehr aufgetaucht, bevor der Kollege abgezogen wurde.«

»Ist das Sonderkommando unterwegs? Und ein Rettungswagen?«

»Positiv. Ihr trefft wohl etwa gleichzeitig dort ein.«

Als Sandro den Anruf wegklickt, sieht er eine ungelesene Nachricht von Milla im Posteingang. Er klickt sie an.

Hannah Kopernik ist Carole Steins leibliche Schwester, liest er. *Sie wurde adoptiert. Hannah Kopernik ist die Frau, die ihr Kind verloren hat – wegen der Infektion durch Rudelli!!!*

»Verflucht, fahr schneller!«, sagt Sandro zu Winter. Carole Steins leibliche Schwester? Er versteht nicht, was Millas Nachricht zu bedeuten hat – aber sicher nichts Gutes. Sofort wählt er ihre Nummer. Augenblicklich geht ihre Voice-Mailbox dran, also ist ihr Handy ausgeschaltet. Milla wird doch nicht etwa … »Scheiße«, flucht Sandro laut. »Hoffentlich sind wir nicht zu spät.« Er blickt auf die Uhr, als ob sie ihm eine Antwort darauf geben könnte.

Als Felix Winter von der Thomasstraße in Köniz rechts in die kleine Quartierstraße einbiegt, nimmt er den Fuß vom Gaspedal. Es herrscht eine schläfrige Abendstimmung im Quartier. Kein Mensch ist draußen zu sehen, doch die gepflegten Gärten, die Kinderzeichnungen mit Kreide auf dem Boden und die herumstehenden Fahrräder und Spielsachen zeugen von einem friedlichen Miteinander in einer Straße, in der jeder jeden kennt. Winter fährt auf den Vorplatz der einstigen Autowerkstatt, die im Gegensatz zu den anderen Häusern einen heruntergekommenen Eindruck macht. Die teilweise abmontierten Zapfsäulen erinnern an ein amerikanisches Road-Movie. Kein anderer Wagen ist in Sicht. Das Sonderkommando ist noch nicht vor Ort. Sandro Bandini und Felix Winter steigen aus und begeben sich zur Wohnung in dem kleinen Anbau. Sandro will gerade auf die Klingel drücken, als ein Schuss die Stille zerstört.

Gleichzeitig rennen die beiden Männer in die Richtung

los, aus welcher der Knall kam. Synchron greifen sie während des Rennens zur Waffe. Sie vernehmen einen Schrei und das irre Kläffen eines Hundes. Sandro ist schneller. Er drückt sich an die Wand, als er sieht, dass hinter der Hausecke eine Treppe in den Keller führt. Als Winter zu ihm aufgeschlossen hat, nickt er ihm zu und geht voraus, die Treppe hinab. Sandro stellt sich neben die Tür, macht einen Schritt nach vorne und richtet seine Waffe in den Kellerraum.

Was er darin sieht, lässt sein Herz einen Moment lang aussetzen. Doch in der gleichen halben Sekunde fasst er sich wieder und brüllt: »Waffe weg, oder ich schieße!«

Statt das Gewehr fallen zu lassen, schnellt der Alte herum und schießt in Richtung Tür. Sandro kann gerade noch weghechten. Drinnen hört er einen Hund aufjaulen und einen Mann laut schreien. Noch während er stürzt und unsanft auf den Treppenstufen aufprallt, sieht er aus dem Augenwinkel, wie Winter auf der anderen Seite der Kellertür aus der Deckung tritt, die Arme gestreckt, die Waffe im Anschlag.

Ein Schuss.

Dann Stille.

Die Zeit hält inne.

Bis aus dem Keller ein schriller, klagender Laut nach draußen dringt. Sandro erkennt nicht, ob er von einem Tier stammt oder von einem Menschen, doch er sieht, wie Winter hineinstürmt. Er rappelt sich hoch, um ihm zu folgen, da brüllt Winter schon: »Hände weg vom Gewehr, oder Sie sind ein toter Mann!«

Sandro ist wieder auf den Füßen und rennt ebenfalls hinein. Vor ihm krümmt sich der Alte am Boden, er hält sich wimmernd das Bein, in seinem Oberschenkel klafft ein Loch. Über dem Alten steht Winter, die Waffe auf dessen Kopf gerichtet. Reflexartig schiebt Sandro das Gewehr am Boden zur Seite. Erst dann stürzt er sich zu Milla, die neben dem Blinden liegt. Da ist Blut, ihre Jeans ist zerfetzt, sie ist totenbleich und wimmert leise. Er nimmt sie in den Arm, hält sie fest.

»Alles wird gut, alles wird gut«, spricht er tröstend auf sie ein. Er erkennt auf einen Blick, dass ihr Bein eine Ladung Schrotkugeln abbekommen hat. Das ist zwar äußerst schmerzhaft, aber nicht lebensbedrohlich. Sie wird es schaffen. Und dann sagt er, er kann nicht anders, er ist plötzlich unsagbar wütend, wütend darüber, dass sie sich immer wieder kopflos in Gefahr begibt: »Was zum Teufel machst du hier?«

»Was ist mit Milla?«, ruft Nathaniel. »Und wo ist Alisha?«, schiebt er hilflos nach, als er nicht sofort eine Antwort bekommt.

Sandro blickt auf den Hund, der leckt sich seine Flanke, auch er scheint ein paar Schrotkugeln abgekriegt zu haben. Sandro will Nathaniel gerade beruhigen. Da schreit sein Kollege Winter los.

»Wo ist sie?«, brüllt er dem Alten ins Gesicht. »Sag mir, wo sie ist, oder ich schieße dir eine Kugel ins Knie.«

So viel zum Thema Nötigung und Gewaltandrohung, denkt Sandro, der sofort wieder auf den Beinen ist, dem mit einem Schlag wieder bewusst wird, dass es hier noch um jemand anderes geht. Der alte Kopernik bewegt den Kopf kaum merkbar und deutet mit dem Kinn zur Tür am Ende des Raums. Winter zerrt den alten Mann hoch und schiebt ihn mühsam vor sich her, während Sandro vorausrennt. Hinter der Tür liegt ein länglicher Gang, an dessen Ende er eine Luftschutzkellertür erkennt. Es kommt ihm vor wie ein Déjà-vu; gerade erst hat er vor einem Luftschutzkeller gestanden, mit dem Unterschied, dass es diesmal der richtige ist. Sandro zieht die beiden Hebel nach unten und betritt den Raum. Es gibt kein Licht, er kippt den Schalter neben der Tür um, doch nichts passiert. Sandro nimmt den Geruch von Fäkalien und Blut und noch etwas anderem wahr, ein Geruch, dem er nichts zuordnen kann. Er greift zur Taschenlampe, leuchtet den Raum ab, der Lichtkegel tanzt durch die Leere, bis er an etwas hängenbleibt. Da liegt etwas, jemand, ein Mensch. Winter lässt den Alten los, der zusammensackt, und eilt zu der Gestalt, die in ihrem Blut am Boden liegt. Er beugt sich als Erstes zu dem kleinen Bündel neben der reglosen Frau. Felix Winter hebt den Säugling hoch; er fühlt sich warm an.

»Das Kind lebt! Es lebt!«

Felix Winter benutzt die genau gleichen Worte, die er vor über dreißig Jahren vernommen hatte, als er seinen allerersten Tatort betrat. Damals, vor fast dreißig Jahren – als das einzige überlebende Kind Nathaniel Brenner hieß.

83

Dieses Mal sitzt Sandro bereits am Tisch, als Hannah Kopernik gemeinsam mit ihrem Anwalt in den Verhörraum geführt wird. Er steht auf, schüttelt beiden die Hand, wechselt die obligaten Worte, schaltet die Kamera ein, setzt sich wieder hin.

»Wir haben Carole Stein gefunden.«

Hannah Kopernik blickt Sandro direkt an, als wolle sie in seinem Gesicht lesen, ob er blufft oder die Wahrheit sagt.

»Und wir haben Ihren Vater verhaftet«, schiebt er nach. »Eine ausgediente Autogarage … ein perfektes Versteck. Und jetzt, Frau Kopernik, erzählen Sie mir, warum Sie das getan haben.«

»Ich muss Sie korrigieren. Mein Name ist nicht Kopernik. Ich bin Carole Stein.«

»Frau Kopernik, es ist vorbei. Ihr Vater hat gestanden. Alles.«

Hannah Kopernik richtet ihren Blick wieder auf die Tischplatte und schweigt.

»Es ist besser, wenn Sie mit uns reden. Kooperation macht sich in der Regel bezahlt.«

»Ich weiß nicht, wovon Sie sprechen. Ich bin Carole Stein, das steht mir zu. Ich habe dieses Leben verdient. Ihr dürft mir nicht meinen Sohn wegnehmen.«

»Ihr Vater hat uns erzählt, dass Sie es nicht leicht hatten, dass Sie sich nie wohlfühlten in Ihrer Adoptivfamilie. Er hat uns berichtet, wie verzweifelt Sie auf eine Leberspende für Ihre Tochter warteten, und wie Sie sich für eine Lebendspende auf die Suche nach Ihrer leiblichen Familie gemacht haben. Es ist allen bewusst, wie sehr Sie unter dem Tod Ihrer Tochter gelitten haben müssen und unter Ihrer eigenen Krankheit, die Claudio Rudelli verschuldet. Das Gericht wird Ihre schwierige Situation berücksichtigen. Das alles wird sich strafmildernd für Sie auswirken« – Sandro macht eine Pause –, »wenn Sie endlich gestehen.«

Hannah Kopernik hebt den Kopf. »Ich habe keine Tochter. Ich habe einen Sohn. Mein Name ist Carole Stein.«

Sandro seufzt. Es bringt nichts. Resigniert schaltet er die Kamera aus.

»Glaubt sie wirklich, dass sie Carole Stein ist?«, fragt Sandro wenig später den forensischen Psychiater Franz Maniuk, der die Akten studiert und die Befragung vom Nebenraum aus beobachtet hat.

»Das ist auf die Schnelle schwierig zu beurteilen. Sie hat einen instabilen Realitätsbezug, das heißt, der Übergang zwischen Wahrheit und Lüge ist für sie fließend. Den Tod ihrer Tochter will sie nicht wahrhaben, es ist sogar möglich, dass sie sich tatsächlich nicht daran erinnert; weil das Gehirn manchmal verdrängt, was nicht aushaltbar ist. Stattdessen hat sie sich eine neue Wahrheit zurechtgelegt: dass die Identität ihrer Schwester ihre eigene ist, dass deren Sohn ihr Kind ist. Ob sie das selbst wirklich glaubt oder ob sie weiß, dass sie sich das nur einredet, kann ich im Moment noch nicht beurteilen.«

»Aber warum hat sie das getan? Wollte sie das Kind ihrer leiblichen Halbschwester rauben, weil sie ihr eigenes verloren hat?«

»Sie wollte das anscheinend perfekte Leben ihrer Halbschwester, inklusive dem Kind. Weil ihr selbst ein glückliches Leben versagt blieb und ihre eigene Tochter tot ist«, antwortet Franz Maniuk nachdenklich. »Womöglich gab sie Carole Stein stellvertretend die Schuld für ihr zerstörtes Dasein, als sie herausgefunden hat, dass ihre Halbschwester bei der leiblichen Familie aufwachsen durfte und gerade dabei ist, eine eigene Familie zu gründen – was Hannah Kopernik beides verwehrt blieb.«

»Weil sie von ihrer eigenen Mutter weggegeben worden war – und weil sie vom Vater ihres Kindes verlassen wurde, noch bevor es zur Welt kam. Und das keine fünf Monate alt starb«, fügt Sandro an.

»Aber was genau in ihrem Kopf passiert ist, was genau sie letztlich zu dieser Tat getrieben hat, werden wir vielleicht nie erfahren«, erklärt Franz Maniuk.

Sandro beobachtet durch das Glas, wie sich Hannah Kopernik von ihrem Anwalt verabschiedet und aus dem Verhörraum geführt wird. In diesem Moment tut ihm die Täterin einfach nur leid.

84

»Milla, Milla! Du hast ja wieder mal eine ganze Schar von Schutzengeln beansprucht«, sagt Sandro laut, als er das Spitalzimmer betritt.

Milla liegt im Bett und bemüht sich um ein Lächeln. »Danke, ich liebe dich auch.«

Sandro setzt sich auf die Bettkante und nimmt Milla in den Arm, hält sie lange fest, am liebsten würde er sie nie mehr loslassen. »Am liebsten würde ich dich nicht mehr loslassen, damit du nie wieder auf derart dumme Ideen kommst«, spricht er seinen Gedanken laut aus. »Du könntest tot sein!«

»Wie geht es ihr?«, fragt Milla ernst.

»Carole Stein hat sehr viel Blut verloren und befindet sich noch immer im Koma.«

»Wird sie durchkommen?«

»Ich weiß es nicht. Die Ärzte können noch nichts sagen. Ich hoffe es.«

Sandro sieht mitgenommen aus. Er verzeiht sich seine Fehler nicht. Tausendmal hat er sich gefragt, warum er zu spät gekommen ist. Ob sie hätten schneller sein können.

»Und das Baby?«

»Dem Jungen geht es gut. Er ist etwas klein, aber seine Lunge scheint bombastisch zu sein, dem Geschrei nach zu urteilen, das er veranstaltet.« Ein Lächeln stiehlt sich auf Sandros Lippen. »Und er hat den perfekten Patenonkel gefunden. Nathaniel lässt ihn nicht mehr aus den Augen. Ah, blöd, ich meine …«

»Ich weiß, was du meinst. Schon seltsam, wie sich manche Geschichten wiederholen. Nathaniel, der einzig Überlebende seiner Familie, kümmert sich um das überlebende Kind.«

»Was macht dein Bein?«

»Der Arzt hat gesagt, meine Wade sehe aus wie ein Klumpen Hackfleisch. Aber es sei nicht so arg, wie es aussehe.« Milla streckt den einbandagierten Unterschenkel unter der Decke hervor. »Sie haben mir dreiundzwanzig Schrotkugeln herausgeholt!«

»Tut es sehr weh?«

»Im Moment spüre ich dank der Medikamente überhaupt nichts. Aber es werden bestimmt Narben bleiben.«

»Narben, die von deinem unvernünftigen Leben zeugen … Jetzt erzähl mal, was zum Teufel du überhaupt da zu suchen hattest.«

Der leichte Tadel in Sandros Stimme entgeht Milla nicht. Doch gleichzeitig hält er ihre Hand und streichelt mit seiner anderen ununterbrochen ihren Unterarm. Er muss sich Sorgen um sie gemacht haben, und zwar zu recht. Sie kann ihm seinen Ärger kaum verübeln.

Milla beginnt ganz von vorn. Sie berichtet Sandro von ihrer Aktion in Carole Steins Keller, wie deren Vermieterin sie darum gebeten hat, das Altpapier hochzutragen, und wie sie es dann nicht am Straßenrand abgestellt, sondern zu Veronika gebracht hat. Wie sie den Brief der Adoptionsbehörde fanden. Sie flunkert Sandro vor, von der Behörde den Namen Hannah Kopernik erhalten zu haben, und lässt die Hacker-Aktion ihres Cousins tunlichst unerwähnt. Und sie erzählt, wie sie sich Sorgen um Nathaniel gemacht hat, der allein zu Kopernik gefahren war. »Und dann nanntest du mir am Telefon den Namen der falschen Carole Stein: Hannah Kopernik. Die leibliche Schwester!«

»Halbschwester«, präzisiert Sandro. »Sie hatten nicht den gleichen Vater. Gabriela Stein wurde als junge Frau vergewaltigt. Und dabei vom Täter geschwängert. Darum hat sie Hannah zur Adoption gegeben.«

»Das ist ja grauenhaft. Als du ihren Namen genannt hast, wusste ich, dass sie die Entführerin sein muss – und als ich dann auch noch das Nachtsichtgerät in der Stube des alten Kopernik entdeckte ... Ich verstehe einfach nicht, warum.«

»Und ich verstehe nicht, warum du mir nichts gesagt hast. Wir hatten keine Ahnung, dass Hannah Kopernik die Halbschwester des Opfers ist. Und wie konntest du bloß auf eigene Faust in diesen Keller steigen, ohne mich zu informieren?«

»Ich wollte es dir ja sagen, aber erst konnte ich dich nicht erreichen und dann war mein Akku leer. Und bis zu unserem letzten Telefongespräch hatte ich selbst keine Ahnung, ob die Adoptionsgeschichte überhaupt eine Spur ist. Sie hätte genauso gut nirgends hinführen können.« Milla holt einmal tief Luft. Das Reden strengt sie an. Vor allem, wenn sie sich rechtfertigen muss. Sie will das Thema wechseln. »Hat Hannah Kopernik mittlerweile gestanden?«

»Nein. Aber dank des Geständnisses von ihrem Vater können wir uns ein klares Bild von der Tat machen. Hannah Koperniks Tochter brauchte dringend eine Lebertransplantation, um überleben zu können. Aber das Baby hatte nicht genug Zeit – oder anders gesagt: Es gibt in der

Schweiz zu wenig Menschen, die einen Organspendeausweis für sich oder ihre Kinder bei sich tragen. Es fand sich kein Spender. In ihrer Not hat Hannah Kopernik versucht, ihre leibliche Verwandtschaft zu finden. Sie hoffte, jemand aus ihrer Herkunftsfamilie wäre zu einer Lebendspende bereit. Aber auch hier war die Zeit ihr Feind: Die Mutter starb, bevor sie sie kennenlernen konnte.« Sandro hält noch immer Millas Hand, während er spricht. »Es muss kurz vor dem Tod ihres Kindes gewesen sein, als Hannah Kopernik herausfand, dass sie eine Halbschwester hat. Eine Halbschwester, die hochschwanger ist und ihr zum Verwechseln ähnlich sieht.«

»Und da wollte sie deren Kind?«

»Vielleicht hoffte sie da noch, dass ihre Tochter überleben könnte, dass ihre Halbschwester einen Teil ihrer Leber spenden würde. Doch das Mädchen starb. Und Carole Stein war kurz davor, ein gesundes Kind zur Welt zu bringen. Ich glaube, spätestens da wollte Hannah Kopernik dieses Kind. Und mehr noch; sie wollte das Leben ihrer Halbschwester leben, das so viel besser zu sein schien als ihr eigenes. Sie hat es wohl nicht ertragen können, dass Carole Stein all das hatte, was sie selbst nicht haben konnte.« Sandro hält inne, als müsste er selbst über das eben Gesagte nachdenken. »Wir wissen nicht, ob sie von Anfang an plante, Carole zu entführen, oder ob sie sie niedergeschlagen hat, als sie von ihr in deren Wohnung überrascht wurde. Vielleicht hat sich die irre Idee erst in diesem Moment in ihrem Kopf eingenistet. Auf jeden Fall legte sie sich den gleichen Haarschnitt zu, zog Caroles Kleider an, ging in deren Wohnung ein und aus. Ihre eigene Erkrankung und der Tod ihrer Tochter waren wohl die Auslöser für die Tat. Sie sah in ihrer krankhaften

Verzweiflung wohl nur noch einen Weg zu überleben: Sie wollte sich die Identität und das Kind ihrer Halbschwester aneignen.«

»Wäre Nathaniel nicht gewesen, wäre ihr das sehr wahrscheinlich sogar gelungen.«

Sandro nickt stumm. Er hat Nathaniel zu Unrecht verdächtigt. Wäre der Blinde nicht so hartnäckig gewesen, wäre Hannah Kopernik womöglich tatsächlich damit durchgekommen. Sie hätte Carole Steins Identität angenommen, wäre in eine neue Stadt gezogen, hätte ihren Neffen als eigenen Sohn großgezogen – und ihr Verbrechen wäre unentdeckt geblieben.

»Und ihr Vater, der alte Kopernik?« Milla reißt Sandro aus seinen Gedanken.

»Der behauptet, er habe sich reinziehen lassen. Seine Tochter hat ihn angerufen, nachdem sie Carole Stein niedergeschlagen hatte. Er hat ihr in der darauffolgenden Nacht geholfen, Carole in den Luftschutzkeller seiner Autowerkstatt zu bringen. Angeblich hat er da noch nichts von den Plänen seiner Tochter gewusst. Er hat sich auch nicht um das Opfer gekümmert. Erst, als Hannah plötzlich nicht mehr aufgetaucht ist, hat er Carole Wasser und Nahrung gebracht. Seine Tochter hatte für den Fall ihrer Verhaftung alles vorbereitet: Sie hatte ihm einen Brief hinterlassen, in dem stand, was zu tun sei, wenn sie nicht mehr nach Hause komme. Sie hat ihn angewiesen, die Geisel zu versorgen – und dass er deren Kleidung, die sie ihr ausgezogen hatte, in Nathaniels Wohnung deponieren soll.«

»Koperniks Vater hat Caroles Kleidung in Nathaniels Wohnung deponiert?«

»In seinem Keller. Darum war ich ja eine Zeit lang

überzeugt, dass Nathaniel der Täter ist. Hannah Kopernik hat offenbar gemerkt, dass Nathaniel sie verfolgt hat. Sie hat den Spieß umgedreht und ist ihm bis nach Hause nachgegangen.«

»Als er von ihr in Carole Steins Treppenhaus überrascht wurde und meinte, er könne sie mit Alishas Hilfe beschatten.«

Sandro nickt. »Das wäre ihm fast zum Verhängnis geworden. Sie ist ihm gefolgt und hat seine Adresse herausgefunden. Und der alte Kopernik hat Caroles Kleidung, die sie zum Tatzeitpunkt getragen hat, in Nathaniels Keller gestellt, darunter befand sich auch ihre Schwangerschaftshose. Womöglich konnte er das Schloss der Wohnungstür nicht knacken. Was seine Tochter jedoch nicht wusste: Der Alte hatte die Kleidung bereits gewissenhaft gewaschen. Wir konnten daran keine DNA sicherstellen.«

»Aber eine Schwangerschaftshose im Keller eines Blinden ist verdächtig genug!« Milla schlägt sich mit der freien Hand gegen die Stirn, wobei sie um ein Haar den Infusionsschlauch aus ihrem Handrücken reißt.

»Eben«, sagt Sandro. »Der alte Kopernik sagte, er habe seiner Tochter helfen müssen, dieses eine Mal, wo er ihr doch nie ein wirklicher Vater gewesen sei. Die beiden hatten jahrelang kaum Kontakt. Er meinte, sie hätten beide kein gutes Leben gehabt.«

»Ich habe kein Mitleid. Der Alte hat aus meiner Wade Hackfleisch gemacht«, sagt Milla müde.

»Hat er gezielt auf dein Bein geschossen?«

»Nein, ich glaube, der Schuss ging aus Versehen los, als Alisha ihn angesprungen hat.«

»Die Hündin hat versucht, euch zu retten?«, fragt Sandro überrascht.

»Du schaust zu viel Fernsehen! Ich glaube, sie hat das Gewehr für ein Stück Holz gehalten und wollte spielen.«

Sandro muss lachen. »Unterschätze nicht den Instinkt eines Hundes! Wahrscheinlich hat sie die Gefahr gewittert, die vom alten Mann ausging. Alisha geht es übrigens gut, sie hat nur ein paar wenige Kugeln abgekriegt und ist schon wieder auf den Beinen.«

»Gott sei Dank. Und was ist mit Rudelli, dem irren Musiklehrer, der eigentlich an allem schuld ist?«, fragt Milla. »Der Hannah Kopernik erst zum Opfer machte, was dazu führte, dass sie später zur Täterin wurde?«

»Rudelli wartet auf seinen Prozess. Er streitet noch immer alles ab. Aber wir haben genügend eindeutige Indizien in der Hand; die Aussagen der Opfer stimmen alle überein und sind schlüssig, und medizinisch ist es erwiesen, dass die HI-Viren alle demselben Stamm angehören. Mittlerweile wissen wir auch, woher Rudelli das Blut hatte: Einer seiner Schüler hat ihm erzählt, dass er HIV-positiv sei. Rudelli versicherte ihm, dass er ihn heilen könne, indem er ihm Blut abzapfe … damit hat er dann die anderen infiziert. Ich kann mir nicht vorstellen, dass er mit seinem Leugnen vor Gericht durchkommt. Er wird bestimmt die höchstmögliche Strafe erhalten.«

Sandro beugt sich nach vorn und küsst Millas blasse Stirn. Ihr Teint hebt sich kaum vom weißen Kopfkissen ab.

»Versprichst du mir was?«

»Kommt drauf an.«

»Rufst du mich das nächste Mal vorher an, bevor du in den Keller eines Entführers kletterst – oder dich sonst wie in Gefahr begibst?«

Milla gibt Sandro zur Antwort einen langen Kuss.

Epilog

»Sind Sie sicher, dass Sie das wollen?«

»Ja, das bin ich.«

Nathaniel sitzt am Besprechungstisch in Felix Winters Büro. Vor dem Fenster balgt sich zeternd eine Schar Sperlinge. Es riecht nach Bäumen und nach Sommer. Nathaniel fühlt die Wärme der Sonne in seinem Gesicht. Ihm gegenüber hat der Polizist Platz genommen, von dem er die Wahrheit über seine eigene Geschichte erfahren will. Rechts von ihm sitzt die einzige Freundin, die erahnen kann, wie es in ihm drin wirklich aussieht. Veronika hält Nathaniels Hand, als Felix Winter zu erzählen beginnt. Von dem Morgen vor fast dreißig Jahren, an dem er zu seinem ersten Tatort ausrückte. Von dem Bild, das sich ihm dort geboten hat. Und von dem Bericht des Rechtsmediziners.

»Auf den ersten Blick sah alles nach einem klassischen Familienmord aus. Wir meinten, Ihr Vater habe zuerst auf Ihre Mutter, auf Ihre Schwester und auf Sie geschossen, bevor er sich selbst das Leben nahm – aber die Verletzungen passten nicht zu diesem Ablauf. Ihr Vater wies Wunden auf, die ihm mit einem Messer zugefügt worden sind. Und auch Ihre Verletzung war untypisch; der Schuss, der Sie am Kopf traf … er trat unten im Kinn ein und an der Schläfe wieder aus«, sagt Felix Winter.

»Das weiß ich. Was wollen Sie damit sagen?«

»Wir fanden am Messer Ihre Fingerabdrücke.«

Nathaniel schweigt. »Nein!«, brüllt eine Stimme in seinem Kopf. Veronika drückt seine Hand.

»Heißt das, ich habe meinen Vater umgebracht?«

»Das heißt zuallererst, dass Sie versucht haben, Ihre Familie und sich selbst zu schützen.«

»Indem ich meinen Vater getötet habe?« Tränen dringen aus Nathaniels blinden Augen.

»Sie waren elf Jahre alt. Sie haben richtig gehandelt. Sie wollten Ihre Mutter und Ihre Schwester retten.«

Nathaniel muss schwer schlucken. »Aber wenn ich ihn getötet habe – wie konnte er dann auf mich schießen?«

»Diese Frage hat uns auch umgetrieben. Zuerst dachten wir, dass Sie sich selbst umbringen wollten, nachdem all Ihre Lieben gestorben waren. Aber die Untersuchung zeigte, dass Sie keine Schmauchspuren an den Händen aufwiesen und dass sich Ihre Fingerabdrücke nicht auf der Pistole fanden. Darum gehen wir davon aus, dass sich im Kampf mit ihrem Vater eine Kugel gelöst und Sie getroffen hat. Das würde auch den unüblichen Eintrittswinkel erklären. Ihr Vater ist danach an seinen Verletzungen verblutet.«

»Warum hat er uns angegriffen?«

»Sie wussten, dass er krank war?«

Nathaniel schüttelt den Kopf. Er erinnert sich, dass der letzte Angriff seines Vaters nicht der erste gewesen war. Dass die Mutter einmal sogar mit ihm und seiner Schwester in ein Frauenhaus geflüchtet war. Und dann gibt es da in seinem Kopf auch noch ein anderes, verblasstes Bild: Ein Krankenbesuch, der Vater in einem fremden Zimmer, in einem weißen Bett. Aber ein normales Spital war das nicht gewesen.

»Ihr Vater litt an Schizophrenie. Er hatte Stimmen gehört, die ihm befahlen, seine Familie auszulöschen. Er ist deswegen behandelt worden, man glaubte, die Halluzinationen mit Medikamenten im Griff zu haben. Aber leider ist es anders gekommen. Ich bin sicher, er hat die Tat im Wahn begangen. Er war nicht er selbst, als er Ihre Familie getötet hat.«

Nathaniel hält seine Tränen nicht mehr zurück. »Er konnte gar nichts dafür? Ich habe ihn mein Leben lang vergebens gehasst?«

Veronika drückt Nathaniel mit ihrem gesunden Arm an sich.

»Hat die Erkrankung seines Vaters Auswirkungen auf Nathaniel?«, fragt sie.

»Kinder eines Schizophreniepatienten haben ein deutlich höheres Risiko als andere Menschen, ebenfalls an Schizophrenie zu erkranken. Die Psychologin, die Nathaniel einmal kurz nach der Tat und einmal als jungen Erwachsenen begutachtet hat, warnte davor, dass er, gerade auch aufgrund der posttraumatischen Störung, irgendwann daran erkranken könnte. Das war auch der Grund, warum mein Kollege Sie hat festnehmen lassen. Spätestens als wir herausfanden, dass Sie die Mutter des Opfers gekannt haben, waren Sie höchst verdächtig.«

Felix Winter erwähnt mit keinem Wort, dass er in Nathaniels Keller die Kleidung von Carole gefunden hat, was ihn noch viel verdächtiger machte. Dass Hannah Kopernik ihn verfolgt und seine Adresse herausgefunden hatte. Und dass der alte Kopernik in sein Haus eingedrungen war. Das wird er ihm ein andermal sagen, später.

»Denkt Ihr Kollege noch immer, ich sei psychisch krank?«

»Nein, machen Sie sich keine Sorgen.«

Doch Nathaniel macht sich Sorgen. Er kennt seine Stimmungen, die Depressionen, die ihn manchmal unvermittelt anspringen und niederdrücken, die Momente, in denen er glaubt, nicht er selbst zu sein. Nathaniel erhebt sich und streckt Felix Winter die Hand hin. Er spürt einen kräftigen Händedruck.

»Danke, dass Sie mir das alles erzählt haben.«

»Es tut mir leid, dass niemand vor mir mit Ihnen darüber gesprochen hat. Ich wünsche Ihnen von Herzen alles Gute.«

Als Veronika und Nathaniel das Polizeipräsidium verlassen, fragt Veronika, was er jetzt machen möchte.

»Ich möchte auf den Friedhof gehen.«

»Du warst noch nie an seinem Grab.«

»Eben. Es ist an der Zeit.«

Ende

Dank

Die Idee zu diesem Buch flog mir zu, als ich über die App *Be my eyes* mit einem mir unbekannten blinden Mann verbunden war, der von mir wissen wollte, welches seiner Hemden das blaue sei. Was, fragte ich mich, würde wohl passieren, wenn der Blinde jetzt hörte, dass mir etwas zustieße? Sofort begannen die Räder in der Fantasieabteilung meines Gehirns zu rattern. Doch auch die größte Fantasie nützt einem wenig, wenn man zuweilen von der Ratlosigkeit heimgesucht wird, weil sich kriminalistische Fallstricke ergeben, weil plötzlich scheinbar unüberwindbare Hürden den Weg zum Ziel versperren, oder wenn einem schlicht das fachspezifische Wissen fehlt. Zum Glück aber gibt es Menschen, die ich zu jeder unmöglichen Nacht- und Tageszeit mit den seltsamsten Fragen belästigen darf. Ihnen allen danke ich für ihre Unterstützung ganz herzlich.

Mein Dank geht an:

Silvan Spycher mit seiner früheren Blindenhündin Alisha, ohne den es dieses Buch so nicht geben würde. Ich bin dankbar, einem derart starken Menschen begegnet zu sein, der sein Leben auf so eindrückliche Art und Weise meistert. Und der mir gezeigt hat, dass Sehende nicht immer mehr sehen als Blinde.

Lilo Brand, die es wie niemand anders versteht, meine Zweifel zu vertreiben und mich zum Weitermachen zu motivieren, gerade weil sie mitunter so subjektiv ist, wie nur Mütter es sein können. Und deren erste Kritik zu diesem Buch lautete: »Kind, du kannst über alles schreiben – aber bitte schreibe nicht über Schwangere.« (Bekanntlich sollte man meistens, aber nicht immer auf Mütter hören …)

Peter Brand, mein Vater, der Bestatter, dem ich nicht nur meine morbide Ader verdanke, sondern ebenso sämtliche Informationen über Tote und ihre allfälligen Zustände.

Franziska Brand, die unerschütterlich an die Fähigkeiten ihrer kleinen Schwester glaubt und mir beim nächsten Roman mit ihrem Fachwissen über Spitäler eine Hilfe sein wird, was sie aber noch gar nicht weiß.

Einen namentlich nicht genannten Mann, der einen Großteil seines Lebens in Gerichtssälen verbracht hat, aber niemals Richter und niemals Anwalt und auch (fast) nie ein Beschuldigter war, und der mein kritischster Erstleser ist.

Felix Wenger, der in seiner langen Karriere als Fahnder bei der Kantonspolizei Zürich alles schon gesehen hat und dennoch den Glauben an das Gute und die Menschlichkeit nicht verloren hat.

Christoph Tschabold, der bei seinen Einsätzen für uns alle mitunter sein Leben riskiert und mir immer wieder zeigt, was ein wirklicher Freund ist.

Charlotte Mischler, die beste Frauenärztin der Welt, bei der es selbst auf dem Gynäkologenstuhl mitunter überaus lustig zu- und hergeht. Und die selbst dann nicht mit der Wimper zuckt, wenn ich sie nach einer Statistik frage, wie viele Patientinnen während der Behandlung die Socken anbehalten.

Ulrich Zollinger, emeritierter Professor für Rechtsmedizin, der mir jeweils nicht nur minutiös errechnet, wie weit ein Körper abgekühlt sein muss, wenn er bei einer bestimmten Außentemperatur und seit einer bestimmten Zeitdauer nicht mehr einem Lebenden gehört, sondern der auch mit Rat zur Stelle ist, wenn es um die Frage geht, wie jemand am unauffälligsten um die Ecke gebracht werden könnte.

Rechtsanwalt Bernard Rambert, der mir über juristische Hürden hinweghilft und als Verteidiger auch die andere Sichtweise mit einbringt.

Franz Immer, Direktor von Swisstransplant, der sich ob meinen ersten Fragen wohl die Haare gerauft hat und meinte: »Man merkt, dass *Sie* schreiben – und *ich* der Mediziner bin …« – und der Ihnen – liebe Leserin und lieber Leser – seinen Dank ausrichten lässt, wenn Sie besser heute noch als morgen einen Organspendeausweis ausfüllen.

Susanne Imper von der Berner Adoptionsbehörde, die sehr viel freundlicher und zuvorkommender und auskunftsfreudiger war als ihre fiktive Kollegin.

Cousin Niklaus Nuspliger, der zwar als Hacker nichts taugt, aber über viele andere Qualitäten verfügt und immer wieder für eine Inspiration gut ist.

Mathias Gruic, mein Lieblingskameramann, der nicht Ivan heißt, aber der durchaus Ivan sein könnte.

Andreas Izquierdo, ich sag nur: Frischfleisch.

Ein riesiges Dankeschön geht an Johanna Bedenk vom Blanvalet-Verlag, die sich für das Manuskript begeistert und dieses Buch ermöglicht hat. Und an René Stein, meinen Lektor, der dieser Geschichte das notwendige Upgrade verliehen hat und sie mit zusätzlicher Spannung würzte.

Und zuletzt der Dank, der an allererster Stelle steht: Danke Lars Schultze-Kossack und Nadja Kossack, das ultimative Agenten-Paar, das an mich glaubt und mich antreibt – zum Beispiel, indem es mir im richtigen Zeitpunkt das Buch mit dem vielsagenden Titel schenkt: »Wie man's vermasselt«.

Herzdank Ihnen allen, auf dass die Reise weitergeht,

Ihre
Christine Brand